사랑의
　　시차

## 사랑의 시차

초판 1쇄 찍은 날 § 2004년 5월 7일
초판 1쇄 펴낸 날 § 2004년 5월 17일

지은이 § 김지안
펴낸이 § 서경석

편집장 § 문혜영
편집 및 디자인 § 이종민 · 신혜미
마케팅 § 정필 · 강양원 · 이선구 · 김규진 · 홍현경

펴낸곳 § 도서출판 청어람
등록번호 § 제1081-1-89호
등록일자 § 1999. 5. 31
어람번호 § 제5-0019호

주소 § 경기도 부천시 원미구 심곡1동 350-1 남성B/D 3F (우) 420-011
전화 § 032-656-4452   팩스 § 032-656-4453
http://www.chungeoram.com
E-mail § eoram99@chollian.net

ⓒ 김지안, 2004

ISBN 89-5831-099-5 03810

※ 파본은 본사나 구입하신 서점에서 교환하여 드립니다.
※ 저자와 협의하여 인지를 붙이지 않습니다.

Chungeoram romance nove

# 사랑의 시차

김지안 지음

도서출판 청어람

프롤로그 / 7
1. 악연과 운명 / 12
2. 오래전 기억 속의 그는… / 32
3. 첫 데이트 / 53
4. 보이지 않는 라이벌 / 87
5. 무인도에서… / 106
6. 결혼 / 123
7. 뒤늦은 소식 / 151
8. 사랑의 유효 기간 / 172
9. 남편과 연인 / 198
10. 그대 빈자리 / 221
11. 이별은 소리없이… / 245
12. 새로운 인연 / 282
13. 고백 / 301
14. 구애 / 323
15. 사랑은… / 344
에필로그 / 368
작가후기 / 396

프롤로그

**낮**과 밤이 구분되지 않는 지하철, 한쪽 구석에 앉은 현수는 핸드폰 줄만 만지작거렸다. 돌려도 보고, 잡아당겨도 보고, 석현과 커플로 했던 핸드폰 줄이 수난을 당하고 있었지만 현수는 전혀 의식하지 못한 채 깊은 상념에 젖은 듯했다.

―이번에 정차할 역은 신촌, 신촌입니다. 내리실 분은 오른쪽 문을 이용해 주십시오.

안내 방송이 울렸지만 그마저 놓치고 있었다. 지하철 문이 열리고 사람들이 우르르 빠져나가자, 그제야 놀란 현수는 벌떡 일어나 닫히기 직전의 문을 간신히 빠져나왔다.

지하철 역을 나서자 매서운 바람이 얼굴을 때렸다. 어느새 코는 붉은빛으로 물들었고, 검은 모직 코트로 감싸인 어깨도 잔뜩 경직되었지만 현수의 걸음은 가고 싶지 않은 곳을 억지로 가기라도 하는 듯 더디기만 했다. 오늘따라 지하철에서 카페까지의 거리는 다른 어느 때보다 유난히 짧게 느껴졌다.

카페에 들어서자 창가에 앉아 멍하니 창밖을 바라보고 있는 그가 보였다. 무슨 생각에 빠져 있는지 앞에 다가갈 때까지도 그녀를 보지 못한 채 창밖만 바라볼 뿐이었다.

"오빠!"

"어, 왔구나. 앉아."

"무슨 생각을 그렇게 골똘히 하는데 내가 오는 것도 몰라?"

그의 미소가 왠지 메말라 보였다. 추운 겨울, 외로이 서 있는 겨울 나무처럼 허해 보였다.

"차부터 마시자."

"그래, 난 커피. 오빠는?"

"나도."

종업원에게 커피를 주문을 하고도 만나자고 한 당사자는 말문을 열지 않고 있었다. 자꾸만 가라앉는 분위기가 좋지 않은 징조인 것만 같았다. 현수는 불안한 나머지 애꿎은 테이블만 손가락으로 두드렸다.

어딘지 모르게 긴장감이 감도는 그녀의 테이블과 다르게 옆 테이블에 앉은 연인들은 딱 붙어앉아 타인의 시선은 아랑곳하지 않고 애정 행각을 벌이고 있었다. 그들 모습에 눈살이 찌푸려지면서도 그 당당함이 부럽기도 했다.

커피가 두 사람 앞에 놓이고도 한참 동안 침묵이 흐르자, 더 이상 참지 못하고 현수가 말문을 여려는 순간 그가 먼저 입을 열었다. 굵은 저음의 목소리가 들려왔다.

"현수야, 미안해. 나 여기 떠날 거야."

"뭐?"

"……."

"그럼 같이 떠나요."

놀라 눈을 말아 올리던 현수는 석현의 침묵에 결연한 표정을 지으며 말했다. 석현의 시선은 여전히 현수가 아닌 테이블 위의 찻잔을 향해 있었다. 그리고 낮게 읊조렸다.

"싫어. 혼자 갈 거야. 널 사랑하지만 함께 갈 수는 없어."

"왜? 왜 안 되는데?"

현수의 날카로운 대꾸에 석현의 얼굴이 굳어졌다.

"난 네 앞에서 더 이상 초라해지고 싶지 않아. 내가 고집을 부린다면 너도, 나도 불행해질 것 같아. 너도 알겠지만 난 아직 누군가를 책임질 능력이 안 되는 놈이야. 그리고 너도 내 꿈을 알잖아, 갈 길이 멀고 험하다는 걸."

"오빠, 나 몰라? 그런 건 상관없댔잖아! 내가 오빠 꿈 이루게 해줄게. 누가 오빠더러 나 책임지래? 난 나 스스로도 충분히 책임질 수 있어. 그러니까 오빠 그런 말 하지 마."

그가 이른 아침 전화를 했을 때 그녀도 어느 정도 예상했다. 만나자고 하는 그를 만나고 싶지 않다고 생각했던 적은 처음이었다. 집안의 반대로 오랜 시간 서로가 지쳐 가고 있다는 걸 모르지 않았지만 그가 먼저 손을 놓으리라고는 생각지 못했다. 타인에 의해 서로의 사랑을 포기하기에는 그들의 사랑은 절대적이라고 생각했다. 그런데 그가 이별을 말하고 있었다.

"오빠, 오 년이야. 오빠와 내가 만난 시간이……. 알지? 우리가 서로의 가진 것을 보고 만난 게 아니잖아. 난 오빠 모습 자체로 오빠를 사랑했고, 지금도 그래. 오빠가 우리 아빠 때문에 자존심 많이 상했을 거라는 것 알아. 그렇지만 오빠한테 분명히 말할 수 있어. 난 절대 오빠 포기 안 해!"

현수의 목소리는 떨렸다.

"현수야, 그만 하자."

"오빠!"

"쉽게 결정한 거 아냐. 불확실한 내 미래에 널 끌어들일 수는 없어. 이번 주 일요일에 떠날 거야."

"말도 안 돼!"

한 치의 여지도 남기지 않겠다는 듯 석현은 단호하게 말했다. 일요일이라니, 오늘이 수요일이니까 도대체 며칠이나 남은 거지? 현수는 도저히 석현의 말을 믿을 수 없었다. 그저 너무 힘드니까 해보는 소리일 거야라고 멋대로 해석하는 중이었다. 그러나 현수의 간절한 바람에도 불구하고 석현은 굳게 다문 입을 다시 열 기미를 보이지 않았다. 손이 떨려 앞에 놓인 찻잔을 잡을 수가 없었다.

'오빠, 그냥 해보는 소리지? 힘들어서 지치니까 투정 부리는 거지?'

가슴을 들쑤시는 소리가 목구멍을 타고 입으로 나오려는 순간, 석현은 남아 있던 커피를 물 마시듯 단숨에 넘기고 일어서서 카페를 나가 버렸다. 숨이 턱 막혔다. 그저 놀라고 멍한 눈으로 망연자실한 채 앉아 있었다. 석현이 앉았던 자리는 휑한 바람이 불고 있었다. 한줄기 눈물이 볼을 타고 흘러내렸다.

언제부터 그들이 카페 내에서 집중을 받게 되었는지 모른다. 아마도 현수의 음성이 좀 높았던 것 같다. 현수와 석현의 모습을 지켜보던 사람들의 수군거림이 그녀의 귀에도 들려왔다. 그러나 눈물을 멈출 수 없었다.

그날 이후 더 이상 그와 연락이 되지 않았다. 그녀가 그를 찾아갔을 때 그는 이미 모든 것을 정리하고 떠난 후였다. 현수는 절망했다. 그의 사랑을 의심치 않았으나 함께 붙잡고 있던 손을, 한 자락 붙들고 있던 그녀의 손을 내쳐 버린 석현이 원망스럽기도 했다. 그렇지만 돌아올 거라고 믿었고, 기다릴 생각이었다. 아주 짧은 이별이라 생각했다.

1... 악연과 운명

**연**초 개업한 지 얼마 되지 않아 아직 자리도 잡지 못한 상태였다. 어느 세계나 마찬가지겠지만 법조계도 동문이나 판검사 출신이라든지 인간적인 인맥이 중요시되는 곳이었다. 물론 우리 나라에서 첫째 가는 대학을 나와 좋은 성적으로 사법 연수원을 졸업했지만, 공직에 미련이 없던 지후는 로펌을 선택했다. 로펌에 스카웃되었을 때만 해도 다양한 업무 분야를 접하며 최고의 변호사가 되리라 큰 포부를 가졌지만 조직 생활은 그의 생리에 맞지 않았다. 결국 일 년 만에 로펌에서의 생활을 접고 대학 동기인 진서와 의기 투합해 사무실을 개업했다.

그러나 그 길도 순탄하지만은 않았다. 신출내기 변호사들에게 사건 수임이 많이 들어오는 것도 아니었기에 맡은 일에 대해서는 하루 스물네 시간이 모자라도록 뛰던 때였다. 공판이 있어 법원에 들렀다가 나오는 길에 우연히 윤수를 만났다. 윤수는 오랜만에 보는 지후가 반가운 듯 웃으며 다가왔다.

"요즘 할 만해?"

"할 만하긴요, 그냥 하는 거지."

"그러길래 누가 벌써 독립하래? 좀 더 경력 쌓은 다음에 독립하지. 뭐가 그리 급해서 보따리 싸들고 나오냐? 하여튼 너나 진서 둘 다 알아줘야 해."

윤수는 대학 같은 과 선배였다. 먼저 사법계에 입문해 지금은 서울지검 강력계 검사로 꽤 명성이 자자했지만 그를 사적으로 아는 사람이라면 이미지와는 다르게 부드러운 사람이라는 걸 알 수 있다. 진서의 형인 진혁과도 절친한 친구인 윤수는 그와 진서를 후배라기보다는 동생처럼 대하는 편이었다.

"선배는 요즘 어때요?"

"나야 늘 바쁘지. 일에 눌려 산다. 근데 넌 결혼 안 하냐?"

"선배는 무슨 풍딴지같이……. 나보다 급한 사람은 선배 같은데요."

눈을 치켜뜨며 무슨 소리냐는 듯 반문하는 지후를 보며 윤수는 갑자기 심각한 표정을 지은 채 자판기 쪽으로 걸음을 옮겼다. 지후도 윤수가 자판기에서 뽑아 건네주는 캔 음료를 한입에 털어 넣으며 잠시 망설이는 것 같은 윤수의 표정을 살폈다.

"너, 내 동생 한번 만나봐라."

"네?"

놀란 눈이 커져 황당하다는 듯 쳐다보는 지후를 윤수는 무시한 채 계속해서 말을 이었다.

"너랑 동갑인데, 나이가 좀 많냐? 그래도 걔 나이보다 어려 보이고 예뻐. 한번 만나봐라."

"선배!!"

지후는 윤수의 말을 더 이상 듣고 싶지 않다는 듯 단호하게 끊었다.

"왜, 싫어?"

"선배도 참, 내가 어떤 녀석인지 누구보다도 잘 아는 사람이 동생을 나 주고 싶어요? 난 태생이 여자한테 잘해줄 타입도 아닐뿐더러 지금 내 형편에 결혼이라니 말도 안 된다는 것 알잖아요. 그리고 어떻게 내가 감히 선배 집안과 연결될 수 있을 거라고 생각하는지 선배 머리 속이 궁금하네. 장 변호사님이 들으면 큰일 날 소리 하지 말고 진서한테나 한번 말해 보지 그래요?"

빈 캔을 한 번에 힘을 줘 으스러뜨린 후 지후는 휴지통에 던져 넣었다. 윤수는 아직도 음료수가 남았는지 조심스럽게 캔을 흔들었다.

"사실은 아버지가 너한테 말 좀 꺼내보라고 하셨다."

"네?"

"너, 아버지 밑에 있을 때 잘 보였나 보더라."

어이없다는 듯 윤수를 쳐다보며 지후는 눈꼬리를 올렸다.

"나야 원고 정리나 하고 있었는데……. 뭘 잘 보였다는 거야?

부딪친 적도 별로 없었는데요."

"결혼이니 그런 부담 갖지 말고 한번 만나봐. 그리고 이미 아버지가 널 마음에 들어하신 것 같으니까 괜한 자격지심 같은 건 가질 필요도 없고. 내가 오빠라서 하는 말이 아니라 우리 현수 괜찮은 애야."

"선배, 난 아직 여자 만나고 싶은 생각 없어요. 지금 얼마나 바쁜데……. 그럴 시간도, 마음의 여유도 없어."

완강한 지후의 태도에 윤수는 몹시 실망한 듯 긴 한숨을 내쉬었다.

"정말 싫어?"

다시 한 번 확인하는 것처럼 재차 묻는 윤수에게 지후는 왠지 거절하기가 어려웠다. 어쩌면 윤수는 지금 그에게 엄청난 기회를 주고 있는 것인지도 모른다. 법조계에 발을 내디뎠지만 여전히 이방인일 수밖에 없는 그에게 주류 사회로 들어갈 수 있는 절호의 기회를 그에게 선사하고 있는 것이다.

그러나 망설임의 원인은 무엇일까? 누구라도 쌍수 들고 환영할 그 기회에 대한 망설임, 분명 자격지심 같은 것은 아니었다.

"이름이 현수예요? 그렇다면 장현수?"

현수라는 이름을 말하는 지후의 눈빛이 유난히 깊어 보였다.

"응, 그렇지. 내가 장윤수니까, 그 녀석은 장현수지. 내가 솔직하게 얘기할게. 너 말고도 현수, 일 년 내내 꽤 많은 선을 봤는데 어떻게 된 건지 하나같이 다 상대 쪽에게 퇴짜를 맞는 거야. 그렇다고 이상한 눈으로 보지는 마. 내 동생이 어디가 이상하거나 모자란 것은 아니니까. 꼭 결혼 안 해도 좋으니까 한번 만나서 도대체 뭐가 문제인지 좀 봐주라."

 지후는 피식 웃고 말았다. 일 년 내내 선을 본 상대에게 퇴짜를 맞는다는 현수라는 여자, 뭐가 문제인지 봐달라고 말하는 윤수에게서 동생을 걱정하는 오빠의 마음을 봤다. 저절로 입가에 웃음이 고였다. 또한 그의 심장 한구석을 건드렸던 현수라는 이름에 대한 기대감도 날려 버렸다. 그가 기억하는 현수일 리가 없었다. 그러나 지후는 고개를 끄덕이는 것으로 승낙을 표시했다. 윤수도 피식 웃는 지후의 어깨를 두드리며 멋쩍은 듯 웃었다.

 "잘하면 네가 내 매제가 되는 거지? 벌써부터 기분 좋은데."

 윤수의 앞서 가는 농담을 뒤로하고 헤어져 돌아오던 지후의 머리 속에는 오래전 그가 알았던 현수라는 여자 아이가 가득했다. 여자하면 떠오르는 그 아이, 십 년도 더 지난 해묵은 기억이 선명하게 떠오르는 걸 보면 그 아이는 그에게 가장 깊이 낙인되어 가슴 밑바닥에 자리 잡고 있는 건지도 모른다.

 윤수의 말을 거절하지 못했던 가장 근본적인 이유는 기득권을 가진 자들에게 합류할 수 있는 기회라는 이유보다는 아마 현수, 장현수라는 이름 석 자 때문일 것이다. 비록 그의 추억 속에 그녀가 아닐지라도 그 이름은 그를 움직이게 했다.

 르네상스호텔 커피숍에 도착한 지후는 주위를 한번 둘러보았다. 어색한 표정으로 앉아 있는 여러 커플들을 바라보며 그는 쓴웃음을 지었다. 그들처럼 그도 타인의 소개를 통한 만남을 가지고자 이 자리에 나온 것이다. 누군가를 기다리는 듯한 여자의 모습은 찾을 수가 없었다.

창가 쪽 테이블에 앉은 지후는 창밖을 바라보았다. 보이는 것이라고는 도심의 고층 빌딩들과 거리를 엉금엉금 기어가는 듯한 작은 장난감처럼 보이는 차들뿐이었다. 그리고 정말 날씨 탓인지, 스모그 탓인지 알 수 없지만 잔뜩 흐린 회색 빛 하늘이 도시를 덮고 있었다. 지후는 손목시계를 다시 한 번 봤다.

약속 시간 오 분 전, 그가 만나게 될 현수라는 여자가 시간 관념을 제대로 갖춘 사람이길 바라며 다시 창가로 시선을 돌렸다. 분명히 그가 아는 현수일 리가 없음에도 불구하고 그 안에서는 자꾸 혹시나 하는 기대라는 감정이 머리를 내미는 것을 느끼며 스스로를 비웃듯이 한쪽 입가가 살짝 올라갔다.

또각또각.

하이힐 소리와 함께 회색 빛 계통의 모직 스커트 정장을 입은 여자가 그의 테이블로 다가왔다.

"김지후 씨?"

창밖을 향해 있던 시선을 여자에게로 돌리던 지후는 기다리고 있던 여자의 눈과 마주치자 그만 자리에서 벌떡 일어나고 말았다. 그의 놀란 얼굴만큼이나 여자도 놀랐는지 커다란 눈망울을 굴린 채 말을 잇지 못했다. 도저히 믿기지 않는다는 표정을 짓던 지후의 얼굴이 반가움으로 바뀌며 환한 미소가 깃들었다.

"내가 아는 장현수, 맞지?"

그의 반가워하는 얼굴이 조금 낯선지 현수는 머뭇거리며 고개를 끄덕인 후 그의 맞은편 의자에 앉았다. 그리고 놀란 표정의 얼굴은 어느새 제자리를 찾은 듯 무심한 얼굴로 주문을 받으러 온 종업원에게 커피를 시켰다.

"동명이인일 거라고 생각했는데, 정말 너였구나."

"나도 너일 거라고는 생각 못했다. 우리 얼마 만이지?"

오랜만에 만난 반가운 친구 사이라도 되는 것처럼 허물없이 말하는 그를 현수는 어색한 미소를 지으며 바라봤다. 그를 알고 지냈던 시간들 중 지금처럼 밝게 웃는 모습도, 그녀를 반가워하는 모습도 처음이었기에 당혹스러움을 감추지 못한 채 그를 지켜봤다.

그러나 그는 그녀의 당혹스러움을 전혀 의식하지 못하는 것 같았다. 대답없는 현수를 향해 그가 회상하듯이 조용히 말했다.

"십 년이 좀 더 지났지?"

"그럴 거야."

"네가 윤수 선배 동생일 거라고는 상상도 못했는데……."

"나도 네가 오빠의 후배일 거라고는 생각지 못했다. 알았다면 나오지 않는 건데."

무심하게 내뱉는 현수의 말에 미소를 머금고 있던 지후의 얼굴이 흐려졌다. 그리고 반가움에 그만 놓치고 말았던, 그 앞에 앉아 무표정한 얼굴을 한 현수를 볼 수 있었다. 그의 반가움과는 상반된 표정이었다. 그는 입가에 고이는 씁쓸한 미소를 속으로 감췄다. 그녀가 그를 반가워할 이유가 없다는 걸 어떻게 잊을 수 있었을까?

"결혼해서 잘살고 있을 거라고 생각했는데 이런 자리에서 만나게 되네."

"그러게."

"무슨 일 해?"

"어? 응, 아르바이트로 번역해. 넌 결국 성공했나 보다. 축하해."

맑은 눈을 빛내며 그에게 환하게 웃던 그녀는 찾을 수 없었다. 이야기 내내 커피 잔만을 들여다보며 관심없는 듯한 태도를 취했다. 지나온 시간들에 대한 궁금증이 가득한 얼굴을 한 자신과는 달리 현수의 시큰둥한 모습은 낯설었다. 성숙한 여인의 모습을 했으나 감정없는 인형처럼 마주 앉아 있는 현수에게서 이질감을 느꼈다.

과거의 현수 모습을 찾으려 애쓰는 자신이 보였다. 그러나 길든 짧든 함께 공유했던 시간들을 현수는 다 잊은 듯했다. 들어갈 수 없는 단단한 벽이 가로막고 있는 것 같았다. 다시 한 번 그를 바라보고, 눈을 맞추며 웃어주었으면 하는 바람이 무섭도록 가슴 안에서 메아리쳤다.

"성공은 무슨. 너, 이 자리가 무슨 자리인 줄 알고 나온 거지?"

"후, 그럼."

대답하는 현수의 눈빛이 왠지 슬퍼 보였다. 무거운 한숨과 더불어 마지못해 내뱉는 현수의 대답이 불길했다.

"윤수 선배가 자기 동생 한번 만나보라고 할 때도, 여기 앉아 널 기다릴 때까지만 해도 결혼 같은 건 관심 밖이었다. 하지만 너라면 결혼하고 싶다."

"뭐?"

깜짝 놀란 듯 내리깔고 있던 현수의 눈이 커지면서 들고 있던 커피가 흔들려서 넘치는 것도 의식하지 못한 채 다급하게 커피잔을 테이블에 내려놓았다. 그리고 마른 하늘에 날벼락이라도 맞은 것처럼 입만 벙긋거리며 말을 잇지 못했다. 결국 옆에 놓여 있던 얼음물을 단숨에 비우고 나서야 충격에서 벗어난 듯 지후의 시선을 피하지 않고 정면으로 바라봤다.

"지후야, 네가 왜 그런 생각을 했는지는 모르겠지만 그럴 필요 없어. 너도 들어서 알는지 모르겠지만, 나 지금까지 너 말고도 선 무지 많이 봤어. 그리고 만나는 사람마다 비굴하지만 미안해하며 부탁했어, 나 거절해 달라고."

"왜?"

놀란 눈의 지후가 물었다.

"나, 사랑하는 사람 있어. 집에서 반대하는 바람에 잠시 헤어져 있지만 그 사람 곧 돌아올 거야. 너한테는 사정하지 않아도 되겠지? 네 시간 뺏어서 미안한데 오빠한테는 나 맘에 들지 않는다고 말해 주라."

지후는 현수의 말에 할 말을 잃고 멍하니 앉아 있었다.

사랑하는 사람이라니! 그녀를 다시 만난 순간 그는 이런 걸 운명이라고 하는구나 하며 짧게 스쳤던 감동을 현수는 단칼에 부숴 버렸다. 과거나 지금이나 그녀는 여전히 사랑을 말하고 있었다. 사랑의 대상만 바뀌었을 뿐.

"여전히 사랑타령이구나."

"뭐?"

지후의 말에 몹시 기분이 상한 듯 현수는 그를 노려봤다.

"네가 상관할 바 아니니까 신경 끊어. 내가 누굴 사랑하든 그건 내 맘이니까."

"그래? 네 사랑놀음에 놀아나느라 아까운 시간 뺏겨가면서 널 만나러 나왔던 사람들은 그럼 뭐냐? 그런 비겁한 행동으로 가족들을 속여가면서 하는 게 네 사랑이니?"

"네가 사랑에 대해서 말할 만큼 사랑에 대해서 아니? 내가 아는 넌 절대 사랑 같은 건 몰라."

그의 눈빛이 위험스럽게 빛났다.

"그래, 난 사랑 같은 건 몰라. 지금도, 앞으로도 관심없고. 그렇지만 적어도 난 내 감정에 솔직해. 좋으면 좋고, 가지고 싶으면 가져. 그러는 넌 도대체 지금 뭐 하는 거니? 숨바꼭질하는 거니? 가족들 눈을 속여가며 다른 사람에게 피해 줘가며 그렇게 위대한 사랑을 하고 있는 거야?"

현수를 바라보는 지후의 입가에는 비릿한 비웃음이 스며들었다. 현수는 예상치 못한 지후의 공격에 당황한 듯 말을 잇지 못하고 흔들리는 눈으로 지후를 노려봤다.

"너, 정말 나쁘다. 그래, 내 행동이 옳다고 생각지는 않아. 그렇지만 너한테 그런 얘기를 들어야 할 이유는 없어. 너, 나한테 빚진 것 있잖아. 이번에 갚아."

"나, 너한테 빚진 것 없어."

뚝뚝 끊어 강조하듯 단호한 지후의 말에 현수는 기가 막히다는 표정을 지었다.

"너 정말 사람 실망시키는구나. 물론 그때도 후회했지만 지금은 너란 사람을 좋아한다고 쫓아다녔던 내 자신이 정말 싫다. 난 적어도 네가 나한테 미안해할 줄 알았는데 그것도 착각이었네. 그럼 부탁할게. 아니, 부탁할 필요도 없을지 모르겠다. 솔직하게 나에 대한 네 감정을 오빠한테 얘기해. 그러면 두 번 다시 볼 일 없겠지?"

전혀 아무런 미련도, 감정도 없다는 듯 툭 하니 내뱉는 현수의 말은 도전적이었다. 지후는 어금니를 꽉 깨물었다. 그리고 그녀가 의식할 정도로 머리에서부터 발끝까지 천천히 훑어 내렸다가 다시 불꽃이 일고 있는 그녀의 눈을 정면으로 뚫을 듯 노려봤다.

"네가 말하지 않아도 그럴 셈이야. 너랑 결혼하고 싶다고."

남자의 눈을 한 노골적인 지후의 시선 앞에 그녀는 한기를 느꼈다. 소름이 돋는 것 같아 자신도 모르게 팔을 양손으로 문질렀다.

"김지후, 도대체 무슨 심보니? 너 나한테 관심없잖아. 근데 결혼이라니? 결혼이 어린애들 장난인 줄 알아? 한 사람의 인생을 결정하는 거야. 네 장난에 놀아나고 싶은 생각 없어."

"그래, 아주 중요한 거지. 그래서 너랑 결혼하겠다는 거야. 난 네가 어떤 애라는 걸 잘 알아. 결혼 상대자로서 절대 빠지지 않다는 걸 아니까 그러는 거야."

이미 마음을 굳힌 듯 단호하기만 했다.

"말도 안 돼. 너 지금까지 내 말 안 들었어? 난 네가 아닌 다른 사람을 사랑한다구. 거리에서 물건 고르듯이 골라 하는 게 결혼이 아니잖아. 사랑하는 사람과의 결합이 결혼이란 말야."

현수는 밀려드는 짜증을 참으며 타이르듯 말했다. 그러나 지후는 전혀 흔들림없이 딱딱하게 자신의 생각을 굽히지 않았다.

"그건 네가 생각하는 결혼이겠지. 내가 생각하는 결혼은 사랑이 필수 조건은 아니야."

"뭐? 그걸 말이라고 하는 거야?"

결국 현수는 짜증이 가득 담긴 소리로 비아냥거리고 말았다. 그럼에도 불구하고 지후는 표정의 변화가 없었다.

"그래. 난 한 번도 내가 누군가를 사랑하게 돼서 결혼할 거라는 생각 해본 적 없어. 적당히 서로를 흥분시킬 수 있는 육체와 내 이름에 부끄럽지 않은 아내. 조건이 좋다면 더할 나위 없겠지. 너도 알잖아, 내가 어떻게 살았는지……."

자기가 얼마나 부끄럽고 속물적인 이야기를 하고 있는지 전혀 모르는 것처럼 뻔뻔하기만 한 그를 바라보며 현수는 할 말을 잃었다.

"너, 정말 타락했구나."

"이걸 타락이라고 할 수 있을까? 현실과 타협하는 거겠지. 장민호 변호사님은 나한테 든든한 백그라운드가 되어주실 거야."

현수는 무거운 한숨을 내쉬며 다시 한 번 그를 설득하듯이 말했다.

"지후야, 제발 그만 해라. 나와 결혼하면 넌 불행해질 거야. 그 사람과 자그마치 오 년을 만났어. 결혼한다고 하더라도 난 그 사람을 잊지 못할 거야. 내 사랑은 이미 그가 가져갔거든."

현수의 검은 눈동자가 물기로 흐려지는 것을 보며 지후는 주먹을 굳게 말아 쥐었다. 그 사람을 오 년이나 만났다고 한다. 자신과 만났던 육 년의 시간은 이미 잊혀져 기억의 저편으로 사라져 버린 듯했다. 지독한 배신감이 밀려왔다. 물론 그에게는 배신감을 느낄 자격이 없다는 것을 안다. 그럼에도 불구하고 자신 앞에서 다른 사람을 사랑한다고 말하는 그녀를 철저하게 깨부수고 싶은 강한 충동이 그를 엄습했다.

"후후……. 너 재밌다. 누가 너더러 날 사랑해 달랬니? 그 사람을 잊지 못하든 사랑하든 상관없어. 난 태어나면서부터 사랑 같은 건 믿지 않는 사람이니까. 난 너와 결혼해서 얻을 수 있는 것만으로 족해."

지후의 너무나 차갑고 냉정한 말에 현수는 소스라치게 놀랐다. 적어도 그녀는 지후가 그녀의 말에 수긍하고 물러날 것이라 생각했는데 돌아오는 대답은 전혀 흔들림이 없었다. 더 확고해져만 가는 것 같아 불안해지기 시작했다.

"난 분명히 내 의사를 밝혔다, 너랑 결혼하고 싶다고. 그렇게 전할 테니까 네 사랑은 네가 알아서 해라. 장 변호사님께 싫다고 하든, 아니면 도망을 가든. 난 내 뜻을 전하고 거기에 순응할 생각이니까."

　오빠 윤수가 후배를 소개시켜 준다고 했을 때만 해도 그녀는 적당히 시간만 보내고 오면 될 줄 알았다. 지칠 줄 모르고 몰아붙이는 가족들의 성화에 못 이겨 이런 자리에 매번 내몰렸지만 다행히도 그녀의 솔직한 고백 앞에 쉽게 해결되곤 했다.

　그러나 지금은 막다른 골목에 내몰린 기분이었다. 그녀의 의사를 전혀 받아들일 생각이 없는 지후, 오래전 그녀에게 뼈아픈 고통을 선사했던 지후는 이제 현실이 되어 다시 한 번 그녀를 벼랑 끝으로 몰고 있었다.

　"지후야."

　"난 바빠서 이만 일어나야겠다. 조만간 다시 보자."

　지후는 현수의 간절하게 부르는 목소리를 자르며 일어섰다. 일어서는 그로 인해 당혹스러워하는 현수가 보였지만 지후는 외면한 채 그녀를 남겨두고 긴 걸음으로 커피숍을 빠져나왔다. 그리고 숨을 몰아쉬었다. 한 번은 꼭 만나보고 싶었던 그녀를 만났지만 이런 식의 만남이 되리라고는 예상치 못했다. 만나기만 하면 그가 원하던 모든 것들이 다 이루어질 줄 알았는데 현실은 엄연히 달랐다. 로비를 빠져나오려다 아쉬움이 남는 듯 다시 한 번 뒤돌아보았지만 여전히 홀로 커피숍에 남아 있는지 현수의 모습은 보이지 않았다.

　커피숍에 홀로 남은 현수는 넋이 나간 것처럼 떨리는 손도 의식하지 못한 채 지후가 앉았던 빈자리를 노려보고 있었다. 그녀에게 거대한 파도가 덮쳐 오는 것이 느껴졌다. 자신의 힘으로 헤쳐 나가기 너무나 버거운 거대한 바람과 파도가 그녀를 집어 삼킬 듯이 다가오고 있었다. 이 풍랑을 헤쳐 나갈 방법이 떠오르지 않았다. 그저 멍하니 앉아 빈 찻잔만을 만지작거렸다.

'내가 할 수 있는 일이 무엇일까? 이 거친 풍랑에 왜 나 혼자 힘든 싸움을 하고 있는 것일까? 지금 석현은 어느 하늘 아래 있는 것일까? 나의 이 외로운 싸움을 그는 알까? 지금이라도 돌아와 준다면⋯⋯.'

그녀의 헛된 바람만이 물이 빠진 낡은 천처럼 우중충한 빛깔을 한 채 머리 속을 흐려놓고 있을 뿐이었다.

상황은 현수의 의도와 상관없이 흘러갔다. 분명히 싫다고 밝혔지만 아버지 장 변호사는 현수의 뜻을 받아들여 주지 않았다. 김 변호사가 매우 흡족해한다는 말만 할 뿐이었다. 가족 내에 현수의 아군은 아무도 없었다. 자기편이 되어줄 것이라고 믿었던 엄마 미정마저 현수에게 결혼을 종용했다.

누구보다도 이성적인 사람들이 결혼하는 당사자의 의사를 무시하는지 이해할 수 없었다. 무섭도록 숨통을 조여오는 가족들을 뒤로하고 어디론가 숨어버리고 싶은 충동마저 느꼈다. 스물아홉, 부모님의 의견에 좌지우지되기에는 많은 나이였다. 석현이가 어디에 있는지만 안다면 당장이라도 떠날 수 있을 것만 같은데, 이국의 어느 하늘 아래 있는지조차 모르는 그를 무슨 수로 찾아낸단 말인가.

그가 떠난 지 삼 년, 흔적조차 남기지 않고 떠나 버린 석현에게서는 전화 한 통화, 이메일 한 통 없었다. 그가 정말 세상에 존재했던 사람인가 의심이 갈 정도로 자취를 남기지 않았고, 그를 아는 사람들에게조차 연락을 끊어버렸다. 현수의 기다림이 무색하리만큼 철저히…….

오랜만에 온 가족이 식탁에 둘러앉았다. 바빠서 좀처럼 얼굴을 보기 힘든 윤수도 일찍 들어와 모처럼 미정의 얼굴에 웃음이 고였다. 부모님과 윤수, 이제 대학 4학년이 되는 현경까지 다섯 식구가 모인 저녁 식탁은 화기애애했다. 다만 현수만이 묵묵히 앉아 시위를 하고 있었지만 아무도 상대해 주지 않았다.

"참, 여보, 오는 토요일 저녁에 김 변호사 집에 와서 저녁 먹기로 했어. 준비 좀 해줘요."

"그래요? 뭘 좋아하려나……."

"어머니, 걔 가리는 것 없이 다 잘 먹어요. 너무 부담 갖지 말고 편하게 준비하세요."

무언의 시위는 전혀 받아들여지지 않은 채 그녀와 상관없이 가족들은 지후를 그녀의 결혼 상대자로, 가족으로 받아들이기로 작정을 한 것 같았다. 당장이라도 싫다는 볼멘소리가 나오려 했지만 애써 눌러 참았다.

지후와의 만남으로 편치 않는 상황에 접한 현수는 입맛을 잃었다. 그나마 가족들이 다 모인 자리라 앉아 있던 그녀였지만 더 이상 참지 못하고 숟가락을 놓고 일어섰다. 가족들의 시선이 그녀를 향했지만 돌아보지 않고 이층으로 올라와 버렸다.

석현이 떠난 후 거의 공황 상태에 빠졌던 현수였지만 삼 년이라는 시간 앞에서 무력하게 그의 빈자리를 받아들이고 또 다른 일상을 맞았다. 다시 돌아올 거라는 믿음과 희망, 그리고 그에 대한 사랑의 확신 때문에 쉽게 털고 일어났는지도 모른다.

그러나 지금은 막다른 골목에 내몰린 고양이 앞의 쥐 같았다. 아무도 그녀의 말에 귀 기울여 주지 않는 현실이 절망적이었다. 침대에 털썩 주저앉아 아무런 대책도 없이 한숨만을 내쉬는데 노크 소리가 들렸다. 현경이었다.

"언니, 자?"

"왜?"

현수의 얼굴은 귀찮은 기색이 역력했고 목소리에는 짜증이 느껴졌다. 그런 현수의 표정에 현경은 머뭇거리면서 한 발자국 물러서려 했다.

"아냐, 됐어. 그만 자라."

무슨 말을 하고 싶어서 들어온 게 분명한데 현수의 퉁명스러움이 현경을 망설이게 하는 것 같았다.

"괜찮아. 얘기해."

그러나 좀처럼 입을 열지 못하던 현경은 결심이라도 한 듯 책상 앞에 있던 의자를 끌고 와 현수와 눈높이를 맞췄다.

"언니, 나 솔직하게 얘기해도 기분 나빠하지 않을 거지?"

"그래."

"언니, 지금 가족들 원망하지?"

늦둥이로 태어나 현수와도 여섯 살이나 차이가 나는 현경은 독심술이라도 하는 것처럼 그녀의 마음을 꿰뚫고 있었다. 아니,

그녀의 태도가 누가 보아도 가족들에게 불만이 가득하다는 걸 심통난 어린애처럼 내색하고 다녔는지도 모른다.

"그래."

"그럼 언니는 언니를 바라보는 가족들 입장은 생각해 봤어?"

"뭐?"

"석현 오빠 떠난 지 삼 년이야. 거의 일 년 동안은 언니, 헛깨비처럼 하고 다녔고 모든 것이 아빠 탓인 양 지금까지도 아빠한테 제대로 눈길 한 번 주지 않잖아. 그 많은 선도 매번 퇴짜만 당하고 와. 엄마, 아빠가 눈치 채지 못했을 것 같아? 언니를 바라보는 가족들의 마음이 얼마나 조마조마한지 모르지? 아무것도 모르는 나조차 언니를 보고 있으면 안타깝고, 불안해. 난 언니가 말하는 사랑, 아직 못해봤어. 그렇지만 지금 언니 모습은 싫어. 과거에 연연해 현재를 잃고 살기에는 언니는 너무 예쁘고 젊어. 언니는 그걸 잊은 거 같아."

"현경아……."

현수는 당혹스러웠다. 지금까지 한 번도 그녀를 바라보는 가족의 마음은 생각해 보지 못했다. 그저 힘들기만 한 자신의 마음을 추스르는 데 바빠 정작 가족들이 자신을 어떤 시선으로 바라보고 있는지 몰랐다. 그렇다 하더라도 그녀의 사랑을 포기할 수는 없었다. 어린 동생에게 자신의 마음을 어떻게 표현해야 할지 난감했다.

"선택은 석현 오빠가 했어, 언니를 떠나겠다고. 아무리 반대했어도, 세상 모든 사람들이 뜯어 말렸어도 석현 오빠가 언니를 붙잡았다면 난 두 사람 편을 들었을 거야. 언니는 모르지, 언니 쓰러져 못 일어났을 때 오빠가 석현 오빠 찾으려고 백방으로 수소문한 것. 아무리 그럴듯한 이유를 붙여도 석현 오빠는 언니를 떠났어. 돌아올 거라구? 돌아올 사람이 왜 떠나니? 삼 년이야, 그동안 연락 한 번 없었잖아. 바보같이 언제까지 기다릴 건데? 왜 십 년, 이십 년 꼬부랑 할머니 될 때까지 기다리려구? 그렇게 기다렸는데 석현 오빠는 결혼해서 처자식까지 달고 돌아오면 그땐 뭐라고 할 건데? 그때도 석현 오빠만 사랑한다고 할래?"

날카로운 현경의 지적 앞에 현수는 가만있지 못하고 일어섰다.

"장현경, 그만 해라."

"아니, 끝까지 해야겠어. 언니도 충분히 알고 느끼고 있을 거야. 나도 사랑을 해보고 싶지만 언니 같은 사랑은 싫어. 그만 했으면 좋겠어. 꼭 이번에 선본 사람이 아니더라도 상관없어, 정말 마음에 안 든다면. 하지만 이젠 처음 석현 오빠를 바라봤던 눈으로 다른 사람도 봤으면 좋겠어."

현경의 직선적이고 정곡을 찌르는 거침없는 말에 현수는 할 말을 잃은 채 현경이 나가는 걸 멍하니 지켜봤다.

혼자만의 기다림, 사랑에 대한 확신이 아무리 크다 하더라도 차츰차츰 현수는 지쳐 가고 있었던 게 사실이었다. 문득문득 석현 역시 자신을 보고 싶어할까, 자신처럼 그리움에 사무쳐 할까 하는 의구심이 그녀 마음속으로 비집고 들어섰다. 그럴 때면 현수는 마음을 가라앉히지 못해 안절부절못하곤 했다.

현경이 남기고 간 말은 현수를 흔들었다. 석현에 대한 사랑이 흔들린다기보다는 기다림에 지쳐 간다는 말이 옳을 것이다. 그 기다림에 동반된 불안과 의심은 그녀의 마음을 조금씩 좀먹었고 동생마저 그렇게 느끼고 있다는 것은 현수에게는 충격이었다. 아무리 되뇌어 봐도 다른 누군가를 석현처럼 사랑하지는 못할 것 같다. 하지만 언제까지 기다릴 수 있을까?

### 2... 오래전 기억 속의 그는…

**토**요일, 윤수로부터 저녁 초대를 받은 지후는 나름대로 많이 긴장했다. 가족이라고는 어머니밖에 없었고, 생활고에 시달려야 했던 어머니는 잠자는 시간을 제외하고는 힘든 일에 매달렸다. 그래서 지후는 늘 혼자였고 모든 것을 혼자서 해결해야 했다. 그가 경험하지 못한 화목한 가족, 그 낯선 세계에 발을 내딛을 생각에 지후는 마음이 복잡했다.

―아직 퇴근 안 했어?

"선배는요?"

늦은 토요일 오후 사무실을 지키고 있던 지후에게 윤수의 전화가 걸려왔다.

―나도 여전하지. 토요일이 어딨어? 사무실에서 바로 집으로 올 거야?

"네."

―그럼 잘됐다. 내 차 퍼져서 카센타에 수리 들어갔는데, 가는 길에 나 좀 픽업해 가.

"그래요."

지후는 윤수의 배려라는 걸 모르지 않았다. 차가 수리 들어간 것은 핑계일 것이다. 지후의 불편한 마음을 덜어주고자 하는 윤수의 숨은 의도가 고마웠다. 토요일 교통 체증을 생각한다면 일어서야 할 것 같았다. 지후는 보고 있던 서류들을 접고 밖으로 나왔다. 검찰청은 자신의 사무실과 채 십 분 거리도 되지 않았다. 검찰청 앞에 차를 세우자 윤수가 기다렸다는 듯이 차에 올랐다.

"긴장되냐?"

"네, 조금 그러네요."

"자식, 너도 긴장할 때가 다 있냐?"

"전 사람 아닌가요."

늘 그렇지만 남부 순환 도로는 차들로 꽉 막혔다. 그나마 조금씩 움직인다는 것에 감사해야 했다.

"저, 선배."

"어, 왜?"

"현수 헤어진 지 얼마나 됐어요?"

"뭐?"

윤수는 못 들을 것을 들은 것처럼 당황하며 허둥댔다. 그런 윤수를 보고 지후가 피식 웃자 윤수는 멋쩍은 듯이 짧은 자신의 뒷머리를 긁적였다.

"현수가 얘기하든?"

"응."

"그게 뭐 자랑이라구. 나참, 헤어진 지 삼 년 됐다. 설마 너도 쪼잔하게 그거 가지고 걸고넘어지는 것은 아니지?"

"왜요? 걱정돼요?"

"애가 너무 착해서 뭐든 오래 걸리더라. 우리 현수 잘 부탁한다."

이미 그와 현수의 결혼을 확신이라도 한 듯 현수를 부탁하는 윤수를 보며 지후는 말없이 웃었다. 그날 커피숍에서 만난 후 일주일 만이었다. 현수가 자신을 어떤 눈으로 볼지 사뭇 궁금했다.

윤수의 등 너머로 과일 바구니를 들고 들어오고 있는 지후의 모습이 보였다. 늘 낡은 청바지와 셔츠를 입고 다니던 지후는 어디에서도 찾을 수 없었다. 고급스러우며 클래식한 스타일의 아르마니 정장은 운동으로 단련된 듯한 몸을 돋보이게 했다. 선이 굵은 얼굴에 강한 눈빛, 남자답게 생긴 그의 모습에 미정은 금세 호감을 느꼈는지 환하게 웃으며 그를 맞았다.

"어서 와요."

"처음 뵙겠습니다, 어머님."

그의 어머님이라는 말에 엉거주춤 뒤에 서 있던 현수는 기가 막혀 벌어진 입을 다물지 못했다. 처음 방문하는 집을 전혀 어색해하지 않으며 넉살 좋게 웃는 그를 보며 현수의 눈꼬리는 하늘에 닿을 듯 올라갔다. 분명 그녀가 알던 지후가 아니었다.

"어서 오게. 요즘 바쁘지?"

현수는 저녁을 준비한다는 핑계로 미정과 함께 주방으로 들어와 버렸다. 그러나 거실에서 나누는 이야기가 주방까지 들렸다.

"네, 조금요."

"우리, 자네 퇴사하고 처음 보는 거지?"

"네. 죄송합니다. 바쁘다는 핑계로 찾아뵙지도 못했습니다."

그의 깍듯한 대답에 민호는 손을 가로저었다.

"아냐, 젊은 사람이 바빠야지. 내 자네 소식은 듣고 있었네."

지후는 윤수와 더불어 민호와도 격의없이 이야기를 나누고 있었고, 식탁에 음식을 차리는 미정의 눈빛은 봄볕을 만난 것처럼 화색이 돌았다. 지후를 건너다보는 눈빛이 부드럽기만 했다.

식탁에 앉아 저녁을 먹으며 이런저런 이야기를 나누던 지후가 덥석 그녀의 아버지를 보고 아버님이라고 부르지를 않는가. 놀라 눈이 동그래진 그녀와 달리 아버지 민호는 흡족한 표정을 지었다. 옆에서 윤수는 놀란 그녀의 얼굴을 보지 못한 듯 한 술 더 떴다.

"그럼 나도 형이라고 불러라. 선배 선배 하지 말고."

"저야 그럼 좋죠. 형님!"

오래전 기억 속의 그는··· 35

윤수에게 형님이라 부르며 시선은 현수를 향하고 있었다. 얼굴에 가득 담긴 혐오스러움을 감추지 않은 채 그녀는 지후를 노려봤다. 그러나 지후는 현수의 그런 표정이 재밌다는 듯이 한쪽 눈을 치켜 올리는가 싶더니 살짝 웃기까지 했다. 화가 나 손이 부르르 떨리는 것을 겨우 참으며 현수는 그의 시선을 피해 버렸다. 그러자 지후는 어느새 편안한 표정으로 돌아가 현경에게 말을 걸었다. 현수는 이 상황이 당혹스럽기만 했다.

지후는 처음부터 식사 시간까지 내내 말없이 그녀의 동생 현경이 자신을 훑어보고 있다는 것을 알았다. 현수와는 많이 달랐다. 혹시 어디 흠이 있나 찾으려는 것처럼 꼼꼼히 살피며 현수의 짝으로 부족함이 없는지 가늠하는 듯한 눈이 동생이라기보다는 언니 같았다.

"합격? 불합격?"

지후가 자신의 생각을 다 들여다보고 있는 것처럼 묻자 현경은 얼굴을 붉혔다. 그리고 지금까지의 침묵을 깨며 질문을 쏟아내기 시작했다.

"우리 언니 어떻게 생각해요?"

"음…… 예뻐."

눈을 내리깔고 있는 현수를 한 번 건너다보며 말했다.

"애걔. 겨우 예뻐요? 연애는 해보셨어요?"

"아니."

"거짓말! 정말 안 해봤단 말이에요?"

"응."

현경에게 대답하면서 지후는 현수를 힐끔 쳐다보았다. 눈이 마주쳤다. 현수는 못마땅한 얼굴로 차가운 눈길을 보내며 비웃는 듯 그를 주시하고 있었다. 지후는 자신도 모르게 얼굴에 미소가 고이려는 걸 느끼며 현경에게로 고개를 돌렸다. 얼굴에 사랑하는 사람이 있다는 걸 절절히 담고 호소하듯 자신을 바라보던 눈빛보다는 그를 향해 비웃음을 머금더라도 도전적인 눈빛이 마음에 들었다. 그녀가 자신을 어떻게 생각하는지 그녀의 표정만으로도 알 수 있었다. 그렇지만 그녀는 전혀 그답지 않는 행동을 하며 이 자리에 앉아 있는 그의 마음을 결코 모르리라.

믿기지 않는다는 듯 눈꼬리를 올리는 현경을 향해 윙크를 하며 농담처럼 말했다.

"정말이야. 현수 같은 여잘 못 만났거든."

"윽!! 순 아부성 발언이야."

"그래, 김지후, 그건 좀 심하다."

"하하, 좀 그런가요?"

그의 진심은 그렇게 농담으로 묻혀 버렸다. 현경은 그가 어떤 사람인지 판단하려는 듯한 경계를 푼 것 같았다. 조심스러웠던 태도를 접고, 활달하고 적극적인 자신의 본성을 여과없이 드러내며 지후에게 짓궂은 질문을 계속했지만 지후 역시 만만치 않았다. 한동안 현경으로 인해 식탁에는 웃음이 떠나지 않았다.

지후는 자신이 원하던 것보다 더한 것을 얻게 될 것 같은 예감이 들었다. 그는 자신도 모르게 저녁 시간을 즐겼다. 타인들과 이렇게 편안한 저녁 시간을 가져 본 적이 없었던 그는 이미 자신이 가족이라는 울타리 안에 받아들여지고 있다는 걸 느꼈다. 한 번도 경험하지 못했던 따뜻하고 화목한 가족의 일원이 된다는 것, 전혀 예상치 못한 수확이었다. 그는 자신의 만족스러우며 편안한 미소가 그를 얼마나 빛나게 하는지 전혀 알지 못한 채 현수의 가족들로부터 깊은 호감을 샀다.

현수는 이 상황이 믿기지 않아 착잡한 심정으로 가족들을 바라봤다. 그녀를 제외하고는 모두 지후를 가족으로 받아들이고 있는 것 같았다. 문득 석현과 함께했던 식사가 떠올라 현수는 씁쓸하기만 했다. 석현 역시 지후처럼 정식으로 초대되어 집을 방문했던 적이 있었다.

물론 지금처럼 환영받지도 못했고 저녁 식사 시간 내내 무거운 정적이 감돌았다. 아버지가 묻는 말에 석현도 딱딱하게 대답했고 대화라고는 고작 그 정도였다. 식사 동안 아버지의 묻는 말이 석현으로서 대답하기엔 자존심 상하는 질문이 대부분이었지만 신경이 끊어질 듯 팽팽한 분위기를 석현은 잘 견뎌냈다. 그러나 현수는 느낄 수 있었다. 석현이 많이 불편해한다는 것을, 석현뿐만 아니라 가족들도 어려운 저녁 식사를 하고 있다는 것을.

석현과는 너무 상반되게 편안하게 저녁을 먹고, 가족들과 자연스럽게 대화하는 지후를 보며 현수는 묘한 기분이 들었다. 결혼이라는 게 두 사람만의 결합이 아니라는 건 그녀도 알고 있었다. 그래서 그 오랜 시간 반대에 부딪치면서도 부모님의 허락을 받고자 노력했었다. 결국 수포로 돌아갔지만……. 그런데 지후의 모습은 마치 오래전부터 이 자리가 제자리였던 것처럼 보였다. 어이없는 자신의 생각에 한숨이 절로 나왔다.

꽤 늦은 시간이 돼서야 그는 일어났다. 그와 이야기를 나누기 위해 배웅한다는 핑계로 대문 밖까지 따라 나왔다. 그의 행동을 두고 볼 수 없었다.

"너 정말 무서운 사람이다. 다른 사람인 줄 알았어."

집 안에서 가족들과 어울리던 사람 좋은 얼굴은 어디론가 자취를 감추고 익히 그녀가 알던 얼굴로 되돌아왔다.

"그랬어? 네 가족 맘에 든다. 욕심이 자꾸 더 생기는걸."

"뭐?"

"원하는 걸 놓치고 후회하는 일은 한 번으로 족하지."

현수는 그가 무슨 말을 하는지 잘 이해할 수 없었지만 그녀의 입장을 분명히 밝혀야 했다.

"네가 무슨 말 하는지 모르겠지만 넌 잘못 생각 하고 있는 거야. 우린 결코 행복해질 수 없어."

그녀의 고집스럽게 앙다문 입과 까만 눈을 지후는 지그시 내려다봤다. 그녀를 다시 만나는 순간 이미 결정된 일이다. 어떠한 말로도 그의 결정은 변하지 않을 거라는 걸 그녀는 모르는 것 같았다.

"후, 행복이라······ 행복 같은 것은 기대조차 않으니까 걱정하지 마. 그래서 넌 지금 행복하니? 돌아오지 않는 남자를 사랑이라는 이름 하에 기다리고 있으니까 행복해? 장현수, 웃기지 마! 난 너랑 결혼하기로 결정했고 이왕이면 빠른 시일 안에 할 거

오래전 기억 속의 그는··· 39

야. 도망가고 싶다면 얼마든지 가. 그렇다면 깨끗이 포기해 줄게."

그녀가 생각하는 보통의 사고를 벗어난 그의 대답에 현수는 할 말을 잃었다. 그녀가 알았던 지후라는 녀석이 이런 사람이었던가. 한동안 놀란 눈을 감추지 못한 채 그를 바라봤다.

"너와 결혼하는 것보다는 그를 기다리는 게 더 행복할 것 같아. 그때는 원망했는데 경희한테 감사해야겠구나."

비꼬듯 내뱉는 현수의 말에 지후는 웃는 건지 찡그린 건지 알 수 없는 알쏭달쏭한 표정을 지은 채 묵묵히 그녀를 내려다봤다. 노려보는 그녀의 시선을 붙잡고 있을 뿐 더 이상의 대꾸는 없었다.

"나, 절대 너랑 결혼 안 해."

"과연 그럴까? 한 가지 분명한 건, 난…… 바보처럼 기다리는 일은 안 해."

지후는 이죽거렸다. 그리고 노려보는 현수를 남겨둔 채 어둠 속으로 차를 몰았다. 바보처럼 기다리는 일은 안 할 거라고 말했지만 정작 그는 바보였는지 모른다. 언젠가 그녀를 만나게 될 것 같은 예감, 일부러 찾아 나설 엄두는 못 냈지만 늘 그녀를 만나는 날을 꿈꿨다.

그리고 만나는 순간 이미 운명이라 규정 지어버린 그의 사고는 삼 년 동안이나 떠난 애인을 기다리는 그녀보다 더 비정상적임에 틀림없었다. 지후는 그녀의 집을 방문하고 돌아가는 지금, 더 더욱 현수가 탐이 났다. 현수뿐만 아니라 그녀의 가족들마저도.

다른 사람을 사랑한다고 우겨대며 그와 절대 결혼을 하지 않겠다고 말하는 그녀, 지독히도 그의 자존심에 상처를 주었지만 지후는 포기할 수 없었다. 오기 같은 게 발동했다. 사랑이라는 게 얼마나 보잘것없고, 하찮은 건지 누구보다 잘 아는 그였으므로 사랑없이도 결혼 생활이 충분히 유지되리라 의심치 않았다.

차갑게 돌아서 가버린 지후를 뒤로하고 집 안으로 들어서던 현수는 가족들의 시선이 자신을 향해 있다는 걸 느꼈다. 왠지 불길했다. 거실에 다 둘러앉아 그녀를 기다리고 있는 듯한 모습은 여느 때와 다르게 느껴졌다. 현수는 모르는 척 자신의 방을 향해 이층으로 올라가려 했지만 이미 귓전에 아버지의 목소리가 들려왔다.

"잠깐 이리 와라."

"저 좀 피곤한데요. 일찍 올라가 잘게요."

"잠깐이면 된다."

끝내 아버지는 현수를 놓아주지 않았다. 그녀가 거실 소파에 가 앉자 가족들의 조심스러운 눈길이 그녀에게 쏠렸다. 이미 같은 생각들을 공유한 듯 동일한 침묵으로 그녀를 궁지에 몰아넣었다.

"날 잡자."

"네?"

지후와 벌인 의견 충돌로 인해 아직 진정되지 않았던 심장은 더 큰 충격으로 인해 멈춰 버린 것 같았다. 새파랗게 질려 놀란 표정을 한 현수를 무시한 채 이미 결정된 일을 전하는 것처럼 담담한 목소리로 확정된 결과를 통보하는 민호였다.

"아빠, 말도 안 돼요. 결혼은 제가 한다구요. 아빠나 가족들이 하는 게 아니고 저란 말이에요. 전 절대 지후랑 결혼 안 해요."

"그럼 누구랑 할 건데?"

민호의 목소리가 심상치 않았다. 강하게 거부하는 현수로 인해 담담한 척 무표정하던 민호의 눈가엔 어느새 선명한 주름이 잡힌 상태였다. 현수는 석현이라고 말하지 못했다. 그녀의 침묵 속에 민호는 다시 입을 열었다.

"알아볼 만큼 알아봤다. 김 변호사 정도면 네 짝으로 부족함이 없는 것 같다. 물론 흠이야 있지만 든든한 경제력에 실력도 겸비하고 있을뿐더러 너도 눈이 있어서 알겠지만 반듯한 얼굴에도 불구하고 여자 관계도 깨끗하더구나. 그만한 사람 찾기 쉽지 않아."

옆에 앉아 있던 윤수도 수긍한다는 듯 고개를 끄덕였다.

"아빠, 그렇지만, 그렇지만……"

그러나 현수는 석현의 이야기를 꺼낼 수 없었다. 가족들은 그녀가 끝내 말하지 못한 말이 어떤 말인지 누구보다도 잘 알 것이다. 그럼에도 누구 하나 그녀의 편이 되어주지 않았다.

"피곤하다며 그만 올라가 자라."

현수는 더 이상 어떤 말도 하지 못한 채 이층으로 올라와 그녀의 방 침대에 엎드려 누웠다. 다시 한 번 석현의 이야기를 해

분란을 일으킬 용기가 없었다. 석현과 함께일 때도 힘들기만 했던 그 시간들을 혼자서 다시 반복하기에 그녀는 너무 지쳤다. 석현이 아니라면 누구라도 상관없을 것 같은 패배감이 그녀를 엄습했다.

독신으로 사는 건 어떨까? 그건 아버지 민호와 부녀지간의 연을 끊겠다는 걸로 받아들여지리라. 언제부터 아버지와 불편한 사이가 되었는지 그녀도 잘 알고 있다. 엄격하고 무뚝뚝한 분이었음에도 그녀에게만은 너그러우셨는데 지금은 그 기억조차 가물가물해졌다. 아버지는 더 이상 예전의 눈빛으로 그녀를 바라보지 않았다. 그에게 있어 최고의 딸, 착한 딸, 사랑스러운 딸은 집안의 골칫거리, 애물단지가 된 지 오래다.

아버지와의 트러블은 석현과의 결혼 이야기가 나오면서부터였다. 그녀는 단 한 번도 아버지가 석현과의 결혼을 허락하지 않을 거라고 생각하지 않았다. 그녀가 아는 아버지 민호는 매우 이성적이며, 객관적인 시각을 가진 바른 분이었다. 석현의 환경이나 겉모습만으로 그의 사람됨을 판단하지 않으리라 믿었다. 그러나 그녀의 기대는 여지없이 무너졌다. 그래서 실망 또한 컸다.

석현과 헤어지기까지 내내 서로를 헐뜯고, 상처 주는 말을 내뱉으면서 다정했던 부녀는 건널 수 없는 깊은 골을 만들고 말았다. 더 이상 따뜻한 눈으로 그녀를 바라봐 주지 않는 아버지, 그녀 역시 특별하게 생각했던 아버지에 대한 실망감을 극복하지 못한 채 서먹서먹한 관계가 지속되었다. 두 사람의 관계를 회복하기 위해 무던히도 어머니와 가족들이 애썼지만 쉽지 않았다.

결국 그녀가 고집을 꺾으면서 선을 보기 시작한 이후로 조금 누그러진 상태였다. 그 상황은 석현과의 헤어짐으로 끝이 났지만 그 과정이 너무 힘들었고, 그가 떠나고 나서도 어긋나 버린 아버지와의 관계는 회복되지 못한 채 여전히 앙금이 남아 불편한 사이다. 조금이나마 회복되어 가는 관계를 포기하고 그 힘든 과정을 반복할 수 있을 만큼의 기운도, 여력도 없었다.

영문과를 졸업하고 대기업 무역 파트에서 근무하던 현수였다. 그러나 석현과의 결별 후 앓아 누우면서 사직서를 냈다. 세상이 끝난 것 같은 절망감을 쉽게 털고 일어나지 못했다. 삼 년이나 지난 지금, 체력은 많이 회복되었지만 의욕 상실은 여전했다. 번역 일도 처음은 선배의 강압에 의해서 시작했고, 지금은 그나마 흥미를 느끼며 하는 작업이었다.

무엇이 그녀에게 최선인지 알 수 없었다. 아무리 머리를 쥐어짜도 어떤 대답도 찾을 수 없었다. 그저 막막하기만 했다. 강하게 밀어붙이는 지후를 대항해 이길 자신도, 그녀의 주장을 굽히지 않을 용기도 없었다. 어쩌면 누구를 사랑하든 관심없다는, 그녀에게 많은 기대를 갖지 않는 지후가 최선일지 모른다는 생각도 들었다. 될 대로 돼라는 자포자기의 심정이 그녀를 흔들었다.

돌아누워 천장을 바라봤다. 그리고 기억 속에 잊혀졌던 지후와의 만남을 떠올렸다.

오후 내내 분주하게 옷장을 정리하시던 엄마가 가족들이 입지 않는 헌옷들과 오빠의 새 운동화를 챙기는 모습을 보며 물었다.

"엄마, 그것 새 운동화야. 오빠 몇 번 안 신었어."

"새 운동화면 뭐 해? 신지 않는 건데. 없는 사람 돕는 게 낫지."

"하긴 진혁 오빠가 같은 것 신었다며 안 신는다고 하더라. 그래도 그것 좋은 건데."

엄마가 준비하는 것을 거들던 그녀는 다음날 내친 김에 엄마를 따라나섰다. 성당 마당에는 시장처럼 좌판이 벌어졌고 엄마처럼 가져온 물건들이 가격표가 매겨져 손님을 기다렸다. 초등학교 6학년이던 현수는 호기심 가득한 눈으로 물건이 팔리는 것을 구경했다. 넓지 않은 마당에 그녀가 아는 엄마의 친구 분들이 물건을 팔고 있는 모습은 새로운 재밋거리였다.

한참을 이리저리 눈을 두리번거리던 그녀는 오빠의 운동화 앞에서 망설이고 있는 가무잡잡한 피부의 남자 아이를 봤다. 정말 새 운동화나 마찬가지인 신발을 선뜻 사지 못하고 망설이고 있는 그 애를 도와주고 싶었다. 그녀만이 아는 사실을 알려주고 다른 사람들이 사기 전에 빨리 사라고 권해주고 싶어 다가갔다.

"그 운동화, 우리 오빠 운동화인데 새거야. 몇 번 신지도 않았어. 저 신발이 얼마짜리냐면은……."

현수는 더 이상 말을 잇지 못했다. 험악한 표정으로 자신을 바라보는 그와 눈이 마주쳤기 때문이다. 그리고 그 아이는 뒤도 돌아보지 않고 성당 마당을 나가 버렸다. 정신이 퍼뜩 든 현수는 자신의 돈으로 운동화를 사 들고 그를 쫓아갔다. 한참 동안 골목길을 달린 후에야 앞에 걷고 있는 그를 발견하고 달려가 붙잡았다.

"이것……."

현수는 운동화를 내밀었다. 현수가 내민 운동화를 보며 남자아이의 얼굴은 붉으락푸르락해져 현수를 노려봤다. 내민 손이 머쓱해질 만큼 그녀와 운동화를 번갈아 보던 그 아이가 현수에게 내뱉은 말은 내밀고 있던 손과 운동화를 뒤로 감추게 만들었다.

"내가 거지니?"

"아니, 난 그런 뜻으로 주는 것 아냐."

당황한 현수는 다급하게 말했다.

"그럼 나한테 왜 주는 건데? 너 나 알아?"

"미안해. 네가 마음에 들어하는 것 같아서……."

"됐다. 나 그 운동화 마음에 안 들어."

그리고 그 애는 가던 길을 갔다. 현수는 오랜 시간 그가 멀리 사라지는 모습을 바라보고 서 있었다. 현수는 어려서부터 부족함이 없이 자라왔고 사립 초등학교에 입학하여 비슷한 수준의 애들과 어울렸다. 그런 현수가 아는 세상은 가족과 학교 내에 친구들뿐이었다. 엄마가 자원봉사를 간다든지 텔레비전에서 나오는 불우한 이웃들을 보았지만 그것은 현실과 동떨어진 낯선 세상이었다.

그러나 오늘 엄마를 따라 바자회에 왔다가 자신과 친구들이 입던 옷을 사고 그것마저 망설이는 사람들을 보며 현수는 무척 놀랐다. 단순한 호기심은 그녀가 알지 못했던 다른 세계를 접하며 미안한 마음으로 바뀌었다.

며칠 후 한 달 용돈을 털어 운동화 한 켤레를 샀다. 오빠의 운동화와 비슷한 종류의 운동화를 사 들고 옆 동네 초등학교 교문 앞에서 그를 기다렸다. 가방을 메고 나오는 그를 봤다. 친구들과 웃으며 나오던 그의 얼굴은 현수를 보자 놀란 듯 굳어졌다.
"나 잠깐 볼래?"
"왜?"
"잠깐이면 돼."
현수는 그를 근처의 놀이터로 데리고 갔다. 어느덧 해가 뉘엿뉘엿 지고 있었고 애들은 저녁을 먹기 위해 다 들어가고 없었다.
"나, 장현수야."
무턱대고 자기 이름부터 밝힌 현수였다. 말이 없는 그를 쳐다보며 물었다
"넌?"
"김지후. 그런데 왜 보자고 했어?"
여전히 퉁명스러운 목소리였다. 현수는 들고 있던 종이 가방에서 운동화 박스를 꺼내 그에게 내밀었다. 뭐냐는 듯 눈을 치켜뜨고 바라보는 지후의 손에 무작정 운동화 박스를 떠넘겼다.

"잘은 모르겠지만 내가 너한테 실수한 것 같아 두고두고 마음에 걸렸어. 내 한 달 용돈 털어서 산 거야. 선물이니까 받아줘."

현수의 말에 어이없어하는 표정을 지으며 지후는 손에 안겨진 운동화 박스를 열었다. 그 순간 현수는 뿌듯했다. 그 당시 유행하던 최고급 운동화였다. 주인의 칭찬을 기다리는 강아지마냥 눈을 반짝반짝 빛내며 지후를 바라봤다. 그러나 돌아온 지후의 말에 현수는 당혹스럽다 못해 쥐구멍이라도 있으면 숨고 싶은 기분이었다.

"네 한 달 용돈으로 산 이 운동화 값이 우리 집 한 달 생활비랑 맞먹는다는 것 너 아니?"

좋은 뜻으로 선물한 것이었지만 지후의 말에 부끄러웠다. 할 말을 잊은 채 귓불이 빨개지는 것을 느꼈다. 그렇다고 또다시 되돌려 받을 수는 없었다. 그에게 퇴짜맞은 오빠의 운동화가 신발장 한 귀퉁이를 차지하고 있는 것으로도 족했다. 거기에 하나 더 보태고 싶지는 않았다.

"몰라, 나 너 좋아해. 그래서 선물한 거니까 네가 신든지, 아니면 팔아서 생활비를 하든지 그건 네가 알아서 해."

전혀 준비되어 있지 않던 자신의 감정을 툭 하니 내뱉고 돌아서 와버렸다.

학교는 달랐지만 동갑내기 초등학교 6학년, 지후와의 인연의 시작이었다. 그리고 중학교 3년, 고등학교 2학년 겨울까지 줄기차게 지후를 따라다녔다.

제대로 대꾸 한 번 하지 않는 지후를 따라다니면서도 마냥 즐겁기만 했던 현수였다. 원래 성격이 무뚝뚝해서 표현하지 않지만 지후도 자신을 좋아하고 있다고 생각했기 때문이다. 활발하고, 적극적이며 자신만만했던, 세상에 두려울 게 없던 십대. 그 십대는 고등학교 2학년 겨울에 막을 내렸다.

유유상종, 항상 어울리는 물이 있다. 어려서부터 같은 길을 걸어온 잘 나가는 집안의 자식들끼리 무리를 짓게 마련이고 반면 그렇지 못한 아이들끼리 뭉치는 경우가 다반사였다. 그러나 지후를 알게 되면서 같은 레벨로 구분되어 어울리는 친구들에게, 세상에 자신들이 최고인 양 돈을 물 쓰듯 하는 친구들을 보면서 편하게 그들과 어울릴 수가 없었다. 아니, 그러고 싶지 않았다. 같은 무리라는 말조차 듣는 게 싫을 정도였다. 그래서 의도적으로 평범한 아이들과 어울리려고 노력했지만, 그것도 쉽지 않았다. 또 다른 편견과 선입견으로 현수를 바라보았기 때문이다.

그러던 중 친구 경희를 만났다. 그리고 봇물 터지듯 누구에게도 말하지 않았던 지후에 대한 감정을 털어놓았다. 부담없이 편하게 대하며 그녀의 이야기를 들어주던 친구였다. 급속도로 가까워진 경희를 2학년 가을쯤, 지후가 일하는 곳에 데려가기도 했다. 지후를 자랑하고 싶은 마음도 없지 않았다. 하루 스물네 시간이 모자라게 바쁘게 생활하는 지후는 매번 일하는 곳으로, 혹은 집으로, 학교로 찾아오는 그녀를 상대해 주지 않았다. 그렇지만 그녀의 수다에 가끔 돌아오는 무뚝뚝한 대답은 현수를 감격하게 했다. 그가 인정도, 부인도 하지 않았지만 그녀는 자칭 그의 여자 친구였다.

그러나 겨울 방학을 얼마 앞두지 않은 휴일, 지후를 만나기 위해 집을 찾아갔던 현수는 그녀의 철없는 짝사랑의 종지부를 찍는 장면을 봐야 했다. 과일을 사가지고 콧노래를 부르며 언덕배기 골목길을 오르던 그녀는 대문 앞에서 지후와 키스를 하고 있는 경희를 보고 말았다. 너무 놀라 손에 들려 있던 비닐 봉지가 떨어져 사과가 골목길을 데굴데굴 굴러가는 것조차 몰랐다.

대문을 등지고 있던 지후와 눈이 마주쳤다. 얼굴이 검붉어지며 당황한 듯이 경희를 밀어내는 모습을 보았지만 더 이상 현수는 그 자리에 서 있을 수 없었다. 정신없이 골목길을 달려 내려왔다. 그리고 큰 도로로 나오자마자 달려오는 택시를 잡아탔다. 그녀의 얼굴은 온통 눈물로 범벅이 되어 있었다.

현수는 그녀를 따라 골목길을 달려 내려오는 지후의 모습을 보지 못했다. 택시를 타고 사라지는 그녀를 망연자실한 채 멍하니 서서 차가 보이지 않을 때까지 두 주먹을 꼭 쥔 채 노려보고 있던 소년을 기억하지 못했다.

삼 일간 몸살 감기를 앓았다. 어떻게 지후와 경희가 그럴 수 있는지 원망과 분노로 치를 떨었지만, 아프면서 내내 생각한 가운데 두 사람이 정말 좋아한다면 자신이 이해해야 한다는 결론을 내렸다. 경희 역시 지후를 좋아하고 싶었겠는가. 사람 마음이 자신의 뜻대로 되지 않는다는 것을 뒤늦게나마 깨달은 현수였다.

 단 한 번도 먼저 자신을 찾은 적이 없던 지후였다. 따뜻한 말 한마디 건네지 않았다. 현수가 오면 그냥 오나 보다, 가면 가나 보다 그렇게 무심했던 지후가 어떻게 자신을 좋아할 거라는 착각에 빠져 있었는지 스스로 한심했다. 학교에 오면서 현수는 경희에게 건투를 빌어줄 생각이었다.

 그러나 경희를 본 것은 화장실이었다. 그녀의 의도와 상관없이 다른 친구에게 자신의 이야기를 하고 있는 경희를 우연히 보게 되었다.

 "최경희, 너 수상해. 네가 제일 싫어하는 애가 현수 같은 애들이잖아. 그런데 요즘 걔랑 붙어 다니더라."

 "아, 장현수? 걔 의외로 순진해. 어리버리하기도 하고. 말도 마. 뭐, 내가 걔가 좋아서 같이 다니는 줄 알아? 지후 때문이지."

 "지후? 그 카페 아모레에서 알바하던 애?"

 "그래. 알고 보니 현수 걔도 지후한테 목매고 있더라구."

 "현수가? 그래서 잘돼가?"

 "그럼, 내가 누군데. 반은 넘어왔어."

 현수는 발이 떨어지지 않는 걸음을 추스르며 밖으로 나왔다. 지후와 경희의 키스보다 경희와 다른 친구의 대화가 더 충격적이었다. 지후의 일은 아무것도 아니었다. 그것은 혼자 좋아서 설쳤던 것이라 쳐도 자신의 속내까지 다 보이며 진정한 친구라 믿었던 경희가 지후를 목적으로 자신에게 접근했다는 사실은 현수가 세상의 벽과 부딪쳐 얻은 첫 패배였고, 아픔이었다. 그녀는 혼자만의 세상 속에서 살고 있었다. 현수는 처음으로 자신이 어느 곳에도 끼지 못한 아웃사이더라는 걸 느꼈다.

차라리 잘난 맛에 사는 친구들은 적어도 그녀를 속이지는 않았다. 그들과 거리를 두려는 현수를 사이코 정도로 취급했지만 그녀를 기만하지는 않았다. 마음에 들지 않으면 마음에 들지 않다고 말했고, 좋으면 좋다고 말하는 친구들이었다. 순수했던 자신의 마음을 기만한 경희를 용서할 수가 없었다.

교실로 들어온 현수에게 아무렇지도 않은 얼굴로 경희가 다가왔다.

"몸은 괜찮아? 신경 좀 쓰지. 오후에 수업 끝나고 지후 알바 하는 데 안 갈래?"

"미안해. 나 오늘부터 선주들이랑 그룹 과외 하기로 했어."

선주 패거리와 잘 어울리지 않는다는 걸 알고 있던 경희는 흠칫 놀라는 듯했지만 고개를 끄덕이고 돌아갔다. 그러고도 몇 번쯤 경희가 말을 걸어왔던 것 같다. 그때마다 현수는 핑계를 두고 경희를 멀리하기 시작했다. 그리고 선주 패거리에 합류했다. 모두들 현수를 돌아온 탕아처럼 받아들여 줬다.

그 후로 지후를 다시는 찾지 않았다. 하물며 잘 나가던 성당에도 발을 끊었다. 그 정도로 어린 현수에게는 큰 상처로 기억된 만남이었다. 그래서 더 잊고자 했는지 모른다.

3... 첫 데이트

이른 아침부터 핸드폰 벨이 요란하게 울렸다.
"여보세요."
―나야.
"누구?"
―지후. 나 지금 네 집 앞인데 나와라.
"뭐? 웬일인데?"
―이십 분 줄게. 준비하고 나와.
"미쳤니? 너 갑자기 뭐 잘못 먹었어?"
―그럼 내가 들어갈까? 나야 어머님이 차려주시는 아침 얻어먹으면 좋지 뭐.

능청스러운 지후의 말에 현수는 정신이 번쩍 드는 것 같았다.
어제 분명히 좋은 감정으로 헤어진 그들이 아니었다. 그녀의 생각을 못 알아들을 만큼 저능아도 분명 아니었다. 현수는 시계를 봤다. 일곱 시, 일요일 아침이라 다른 식구들은 아직 꿈나라일 시간이었다. 감당이 안 되는 녀석이었다.

현수는 정신없이 씻은 후, 화장을 대충 하고 밖으로 나왔다. 지후는 아주 여유로운 자세로 차체에 몸을 기대고 서 있었다.

"타."

문을 열어주는 지후를 황당한 눈으로 쳐다보며 현수는 좀처럼 움직일 생각을 하지 않았다.

"안 잡아먹을 테니까 타. 어디 가서 아침부터 먹자."

"너 정말 어떻게 된 거 아냐?"

"그런지도 모르지."

매정한 말만 내뱉던 그는 어디로 갔는지 천연덕스럽게 안면에 미소를 가득 머금은 지후는 무척 낯설었다.

"그만 봐라, 닳겠다. 안 추워?"

그러고 보니 날씨가 꽤 쌀쌀했다. 봄을 앞두고 찾아온 꽃샘추위에 일찍 고개를 내민 봄꽃들은 추위에 질린 듯 그 빛을 유난히 발하고 있었다. 현수는 몸을 부르르 떨며 차에 올랐다.

"꼭두새벽부터 웬 난리인지 모르겠네. 너, 내가 싫어하는 거 알지?"

날이 선 현수의 말에 지후는 피식 웃었다.

"경희 때문에?"

"……."

아무렇지도 않게 경희의 이름을 내뱉는 지후를 현수는 말없이 노려봤다. 다시 한 번 그의 뻔뻔스러움에 대한 분노가 치솟기 시작했다.

"그건 네가 오해한 거야. 경희한테 갑자기 당한 거라 어떻게 할 새가 없었어."

"허, 거짓말!"

"믿든 안 믿든 그건 네 자유지만, 난 사실대로 말하는 것뿐이야. 그러니까 당연히 너한테 빚진 게 없지. 네 맘대로 판단하고 결론 낸 거잖아. 그것까지 내가 책임질 이유는 전혀 없다고 보는데?"

"넌 날 찾아올 수도 있었어. 내가 오해했다면 찾아와 해명하는 게 정상 아니니?"

"넌 내가 해명해 주길 바랐어? 네가 찾아와서 나한테 확인할 수도 있었잖아. 그런데 넌 다신 날 찾아오지 않았지. 안 그래?"

"내가 가도 반가워하지도 않았잖아. 귀찮은 애가 나타나지 않으니까 좋았겠지 뭐."

현수는 심통이 난 아이처럼 입을 삐죽였다.

"너, 그 입 내미는 건 여전하다."

현수의 눈꼬리가 하늘을 찌를 듯 올라가는데도 지후는 놀리는 표정을 감추지 않았다.

지후는 어제 현수네 집에서 돌아와 잠을 이룰 수가 없었다. 다른 가족들의 호의에도 불구하고 당사자인 현수는 완강하게 그를 거부했다. 그러나 그는 현수와 꼭 결혼할 생각이었다. 운명처럼 느껴지는 그녀와의 만남을 놓치고 싶지 않았다. 우선은 현수를 설득하는 게 급선무였다.

"허, 너 그런 것도 기억하니?"

"후, 내가 생각해도 신기하다. 네 표정을 보니 바로 생각이 나는 걸 보면. 어디로 갈까?"

"일요일 아침에 문 여는 식당이 어딨어?"

"아, 그런가. 좋아. 그럼 오늘 아침은 내가 손수 만들어주지."

"야, 김지후, 너 지금 나랑 장난하니? 실없는 소리 하지 말고 나 들어갈 테니까 너도 집에 가 발 닦고 잠이나 더 자라."

현수는 지후를 흘겨보며 말했다. 그리고 차에서 내리려고 문으로 손을 가져가는 순간 차는 이미 움직이기 시작했다.

"김지후! 너 정말 왜 이래?"

"데이트하자."

"뭐?"

"너, 나랑 이런 것 한 번도 안 해봤잖아. 어렸을 때 나한테 하루만 놀러가자고 떼쓰고 했던 것 기억 안 나? 오늘 하자."

"애 정말 웃기네. 내가 아직도 너 따라다니던 어리버리한 십대인 줄 아니? 이미 너 잊은 지 오래야. 새삼스럽게 너답지 않은 행동 할 필요 없어. 네가 뭘 한들 난 이미 널 알아."

"지금 네가 변했다고 우기듯 나 역시도 변했어. 내가 보기엔 넌 하나도 안 변했지만 말야. 너도 알겠지만 난 환경에 잘 적응하는 사람 중의 하나야. 난 많이 변했고, 또 변하고자 한다면 얼마든지 변할 수 있는 사람이야."

"그런 것 같더라. 어제의 널 보니까 정말 내가 알던 사람이 맞나 의심스러웠어."

이른 아침이라 거리는 한산했다. 스물네 시간 영업하는 대형 할인마트 주차장에 차를 세우자 현수는 의아한 눈으로 그를 쳐다봤다.

"아침 먹으려면 장 먼저 봐야지."

"허."

지후는 당연한 것을 묻느냐는 듯 말했다. 현수는 지후를 따라 내리며 자신이 지금 무엇을 하고 있는지 절로 한숨이 나왔다. 이미 지후는 쇼핑 카트를 밀며 앞서 걷고 있었다. 입을 오리마냥 쭉 내밀고 구시렁거리며 현수는 그를 따라 걸었다. 현수는 지후의 입가에 미소가 고이는 걸 전혀 알지 못했다.

일층 식품 매장을 돌며 지후는 장을 봤다. 현수는 구경꾼마냥 지후의 하는 양을 지켜볼 뿐이었다. 생각 외로 지후는 신선도가 좋은 야채와 과일들을 잘 고르는 편이었다.

"제법인데?"

"그래? 사실 할 줄 아는 건 된장찌개밖에 없어."

"그런데 뭘 이렇게 많이 사?"

"너 있잖아."

"뭐?"

"어머니가 너 요리 잘한다고 하더라. 나 지금 너 믿고 막 고르는 거야. 친구 좋다는 게 뭐냐?"

현수는 그의 능청에 입을 다물지 못했다. 어느새 그녀는 그의 친구가 되어 있었다.

"난, 너 같은 친구 둔 적 없어."

"좋아. 그럼 친구 말고 애인하자."

"내 애인은 따로 있어."

"그래? 그럼 부부하자."

"야!!"

"아침부터 너무 소리 지르지 마. 배고프겠다. 가자."

현수의 딴지에도 불구하고 지후는 웃는 낯으로 대꾸했다. 유일하게 변하지 않는 건 과거에나 지금에나 속을 알 수 없다는 것이다. 어렸을 때는 무뚝뚝하고 조용한 성격에 감정을 전혀 내비치지 않아 그녀를 답답하게 했는데, 지금은 생글생글 웃으며 지나치게 자신의 생각만을 표현한다. 도저히 진심이라고 느껴지지 않는 말을 서슴없이 내뱉는 지후를 보며 어디에 장단을 맞춰야 할지 난감했다.

사무실과 십오 분 거리에 위치한 지후의 오피스텔에 도착하자 현수는 발걸음이 무거워졌다. 정신없이 지후에게 휘둘려 그의 오피스텔까지 오고 말았지만 막상 남자 혼자 사는 집에 들어간다는 게 망설여졌다.

"들어가자. 왜, 겁나?"

"겁은 무슨?"

"그런데 뭘 뻘쭘해 가지고 서 있어? 올라가자."

엘리베이터 앞에 지후와 현수는 나란히 섰다. 지후의 손에 장을 본 찬거리가 가득 들려 있었고, 현수는 코트 주머니에 손을 넣고 엘리베이터 문이 열리기만을 기다렸다.

"김지후, 아침부터 어딜 갔다 오는 거야?"

운동복 차림의 젊은 남자가 지후의 어깨를 치며 아는 척했다. 그때 마침 엘리베이터 문이 열리자 함께 엘리베이터에 올랐다.

"응. 장 좀 봐왔다."

"아침부터?"

"후, 그렇게 됐다. 현수랑 아침 해 먹으려고."

놀란 얼굴로 묻는 남자에게 지후는 자연스럽게 현수의 등을 떠밀며 말했다. 현수를 바라보는 남자의 표정은 사진이라도 찍어주고 싶을 만큼 가관이 아니었다. 도저히 믿기지 않는다는 얼굴로 현수와 지후를 번갈아 보았다. 깊게 올라간 눈꼬리가 연신 의심의 눈길을 보내고 있었다.

"내 친구, 현진서야. 옆 집 살지."

"안녕하세요. 현진서입니다."

"네, 안녕하세요. 장현수예요."

마지못해 현수는 인사를 하며 얼굴이 뜨거워지는 걸 느꼈다.

이른 아침, 장을 봐가지고 집으로 들어오는 남녀를 어떻게 바라볼까? 진서의 눈길도, 이 광경을 즐기듯 바라보는 지후의 눈길도 현수는 불편하기만 했다. 지후의 옆구리를 꼬집어주고 싶은 심정이었다.

같은 층에 내려 살짝 고개를 숙여 인사를 한 진서는 지후에게 손짓으로 전화하라는 듯한 제스처를 한 후, 먼저 자신의 오피스텔로 들어갔다.

 진서의 모습이 사라지자 현수도 지후를 따라 그의 공간으로 발을 내디뎠다. 그리 크지 않은 평수의 독신자용 오피스텔이었지만 혼자 지내기에는 부족함이 없어 보였다. 그의 성격 탓인지 모던한 스타일의 실내는 먼지 하나 보이지 않을 만큼 깔끔했다. 청결함이 한눈에 들어왔다.

 너무 완벽해서 인간미가 느껴지지 않는 공간이라고 해야 할까? 뭘 만졌다가 흐트러질까 겁이 날 만큼 반듯반듯하게 정리되어 있었다.

 "너 결벽증있니?"

 "후, 왜?"

 "집을 보면 그 사람을 알 수 있다잖니?"

 "자는 것 말고는 집에서 하는 일이 없어. 아줌마가 치워놓은 그대로야."

 "너 돈 많이 벌었나 보다."

 비아냥거리는 듯한 현수의 대꾸에 지후도 지지 않았다.

 "왜, 네가 알던 가난한 달동네의 김지후가 아니라서 실망이냐?"

 "네 일에 내가 실망하고 말고 할 필요가 있겠어? 다만 좀 놀라워서. 널 보면 죽어라 고시 공부하는 사람들 이해가 된다."

 "앞서 가는 건 여전하네. 변호사만 되면 다 나 같은 줄 알아? 세상 모르는 것도 여전하고."

 현수의 이죽거림을 그대로 넘기지 않는 지후였다.

"뭐?"

"또 모르겠다. 부잣집 여자랑 결혼하면 한 방에 해결되기도 하겠지."

"그래서 너도 나랑 결혼하려는 거야? 미안하지만 우리 부모님, 그런 사람들 아냐."

현수의 차가운 대꾸에 지후는 피식 웃었다.

"걱정 마. 돈이라면 나도 많으니까. 나 같은 사람을 보고 돈벼락을 맞았다고 해야 하나? 암튼 네가 부자라서 너랑 결혼하겠다고 우기는 거 아니까 염려 붙들어 매. 밥부터 해야겠지?"

기분이 상할 수도 있는 이야기를 지후는 가볍게 대꾸하며 주방으로 갔다. 식탁 위에 장을 봐온 물건들을 꺼내놓으며 냉장고에 들어갈 것과 그렇지 않은 것을 구분하는 지후의 손놀림은 자연스러웠다.

현수는 뭉그적거리며 지후에게 다가갔다. 정리를 마친 지후가 쌀을 씻고 밥솥에 앉히는 걸 지켜봤다.

"웬 돈벼락? 그런 건 나도 한번 맞아보고 싶다."

현수의 말에 지후의 등이 경직되었다. 그리고 고개도 돌리지 않은 채 차갑게 대꾸했다.

"그래? 그럼…… 너도 모르는 돈 많은 아버지가 있으면 좋겠어? 어느 날 갑자기 나타나 내가 네 아버지다라고 한다면 기분이 어떨 거 같아?"

"……."

"난 참을 수 없을 만큼 화가 나던데……."

첫 데이트 61

현수는 더 이상 할 말을 잃은 채 그의 등만을 바라보고 서 있었다. 현수는 어머니와 단둘이 살던 지후의 어린 시절을 알기에 충분히 그의 마음을 헤아릴 수 있었다.

된장찌개를 가스레인지에 올려놓는 지후의 모습이 보였다. 능숙한 솜씨로 칼질을 하고 뚝배기에 된장과 멸치를 넣어 국물을 우려내는 그를 보며 소년 지후를 떠올렸다. 보통의 남자들에 비해 부엌 살림에 꽤 능숙한 건 그의 자라온 환경 탓이었다. 새벽부터 일 나가시는 어머니 때문에 식사부터 공부까지 혼자 해결해야 했다는 걸 현수도 알고 있었다.

"그래서 지금은 화해했어?"

현수는 조심스럽게 물었다. 부족함이 없어 보이는 지후의 공간을 둘러보며 현수는 화해했으려니 지레짐작했다. 그러나 돌아오는 대답은 그녀를 당황스럽게 했다.

"아니, 난 당신 같은 아버지 둔 적 없다고 했지. 그런데 날 찾아온 지 한 달 만에 돌아가셨다는 소식을 들었어. 많은 유산을 내게도 남겼더군. 죽을 날짜를 받아놓고 날 찾아왔었나 봐."

도저히 아버지의 죽음을 얘기하는 사람 같지 않았다. 아침부터 능청스럽게 그의 얼굴을 감싸던 웃음은 종적을 감추고 없었다. 싸늘한 대답을 들으며 현수는 침묵할 수밖에 없었다. 그녀의 영역 밖이었다. 감 놔라 배 놔라 할 수 있는 성질의 것이 아니었다. 오로지 그만의 몫이었다.

"내가 뭐 해?"

현수는 분위기를 바꿔볼 요량으로 가볍게 물었다. 내내 지후에게 신경질을 부리던 그녀는 자신도 모르게 그의 기분을 맞추고 있었다. 지후는 언제 냉정한 얼굴을 했느냐는 듯 피식 웃으며 현수를 돌아봤다.
"생선 굽는 건 내가 할 테니까 나물은 네가 해라."
"알았어."
원하든 원하지 않았든 분위기는 어느새 두 사람이 오순도순 대화를 나누며 아침을 준비하고 있었다. 식탁 앞에 아침부터 준비한 음식들은 차려놓고 먹기 시작했을 때는 벌써 열한 시가 다 되어가고 있었다.
현수는 숟가락으로 된장찌개를 입에 넣으며 자신의 모습에 어이가 없었다.
"아, 정말 내가 너하고 뭐 하는 짓인지 모르겠다."
"아침 먹고 있잖아."
무슨 뜻인지 뻔히 알면서도 천연덕스럽게 모른 척하는 지후를 보며 현수는 고개를 설레설레 저었다.
"밥 먹고 뭐 할까?"
"잘래."
"그것도 좋지. 내 침대 넓어."
"미쳤어. 집에 가서 잘 거라고."
현수는 지후의 놀림에 눈이 휘둥그레져 날카롭게 대꾸했다.
"너 프리랜서잖아. 잠은 내일 오전에 자라."
"뭐? 프리랜서?"
"아르바이트로 번역한다며? 마감 기한만 맞추면 되는 거 아

첫 데이트

냐? 윤수 형이 너 요즘 한가하다던데…….”

현수는 한숨이 절로 나왔다. 사방에 적이 깔렸으니 어떻게 빠져나간단 말인가. 가장 무서운 적은 더도 말고 지금 바로 앞에 앉아 있는 녀석이었다.

늦은 아침은 그런대로 맛있었다. 지후는 정말 맛있게 밥을 먹고 있었다. 오랜만에 밥 구경하는 사람처럼. 그녀의 시선을 의식했는지 밥 먹는 속도를 늦추며 말했다.

“집에서 밥 먹어본 지가 언제인지 모르겠다. 더군다나 너랑 먹으니까 꿀맛이네.”

얼굴색 하나 변하지 않고 낯간지러운 소리를 아무렇지도 않게 해대는 지후는 분명 그녀가 아는 지후가 아니었다. 이름만 같을 뿐 너무도 다른 지후를 현수는 당혹스러운 눈으로 봤다. 왠지 자꾸 놀림당하는 기분이 들었다.

식사가 끝나자 자연스럽게 지후는 뒷정리를 도맡아했다. 설거지 또한 숙련된 솜씨였다. 숱한 아르바이트들 중에 설거지하는 것도 포함되어 있을 것이라 짐작했다. 현수는 그의 뒷모습을 눈으로 쫓으며 그에 대해 많은 것을 알고 있다는 착각과 전혀 그렇지 못하다는 생각 중에서 갈등했다. 어디까지가 진짜 그의 모습일까. 그가 돌아섰다.

“나가자.”

“어딜?”

“여기 있고 싶으면 계속 있고.”

“누가 그렇대? 나가.”

발끈해서 코트를 챙겨 입는 현수를 보며 지후는 연신 웃어댔다.

"야, 너 무뚝뚝해서 말없는 것도 별로였지만 징그럽게 실실거리는 것도 맘에 안 들어."

그러나 지후의 표정은 변하지 않았다. 밖으로 나온 지후는 현수에게 더 이상 어딜 가고 싶은지 묻지 않았다. 지후는 묵묵히 운전을 했고 현수는 아직 이른 봄날의 햇살을 만끽했다. 공기는 차가웠지만 차 유리창으로 비춰 들어오는 햇살은 그녀의 몸을 나른하게 했다. 자신도 모르게 꾸벅꾸벅 졸았다. 자신의 인생을 자기 맘대로 마구 헝클고 있는 남자 옆에서 너무도 편하게 졸고 있는 모습이 스스로도 이해가 되지 않지만 현수는 정말 오랜만에 편안함을 맛보았다. 조용히 차 안을 울리는 유키 구라모토의 감미로운 피아노 곡도 한몫했다.

차가 서울의 외곽으로 빠지는 걸 확인하고서야 현수는 몸을 바로 세우며 물었다.

"도대체 어디 가는 거야?"

"네 소원 들어주려고."

"내 소원?"

"응."

엉뚱한 지후의 대답에 눈을 치켜뜨며 현수는 주위를 두리번거렸다. 그리고 도로의 표지판을 보며 그들의 목적지가 어디인지 짐작했다.

"김지후, 우리가 어린애냐? 놀이공원엔 뭐 하러 가?"

"어린애만 놀이공원 가는 것도 아니고, 너 예전에 그랬잖아. 나랑 놀이공원 한 번 가는 게 소원이라고."

현수는 어이가 없다는 얼굴로 눈만 껌벅거리며 지후를 쳐다봤다.

그를 쫓아다니던 십대의 풋풋한 시절, 분명 현수는 지후에게 몇 날 며칠을 놀이공원 가자고 노래를 부른 적이 있었다. 그러나 콧방귀도 끼지 않았던 지후였다. 그런데 그걸 기억하다니! 현수는 그의 기억력이 의심스러웠다. 졸랐던 본인조차 잊어버린 기억들을 도대체 얼마만큼 어디까지 기억하는지 궁금했다.

"너, 정말 별걸 다 기억한다."

"그것 말고도 기억하는 것 많아. 넌 다 잊어버린 것 같지만."

왠지 그의 말에 섭섭함이 묻어나는 것 같아 현수는 운전하는 그의 얼굴을 살폈지만 그의 표정에서는 어떤 것도 찾을 수 없었다.

주차를 하고 자유이용권을 끊어 놀이공원에 들어갔다. 친구에서 연인들, 또 가족들이 나들이를 왔는지 놀이공원은 많은 사람들로 붐볐다. 놀이기구들에서 쏟아내는 비명과 함성 소리, 신나는 음악, 그리고 마스코트 인형 옷을 입은 사람들을 둘러싼 어린 꼬마들의 조잘거림. 현수는 자신도 모르게 웃고 있었다.

참으로 오랜만에 느껴보는 감정이었다. 끝도 없이 어둠 속으로 가라앉기만 하던 그녀의 감정들이 다시 빛을 찾아 떠오르는 듯했다. 석현과의 결별로 자신이 얼마나 황폐해져 있었는지 깨

닿는 순간이었다.

현수는 지후를 봤다. 그녀만큼 지후도 신기한 듯 별천지 같은 세상에서 눈을 떼지 못하고 있었다. 처음 소풍을 나온 어린애마냥 얼굴이 상기된 걸 현수는 놓치지 않았다.

"놀이공원 처음 와본 사람 같은 표정이다."

"맞아."

"뭐?"

나이 서른이 다 되도록 놀이공원 한 번 와보지 않았다는 걸 어떻게 이해할 수 있을까? 그러나 현수는 이해하고 있었다. 현수의 표정을 보며 지후는 시니컬하게 말했다.

"너처럼 날 이해하는 사람, 거의 없다. 굳이 설명하지 않아도 넌 날 잘 알잖아. 내가 너와 결혼하고 싶은 첫 번째 이유야. 나란 사람에 대해 이러쿵저러쿵 설명하지 않아도 어떤 여자보다도 나에 대해 잘 아는 사람이 너니까."

처음으로 진지하게 느껴지는 지후였다.

"물론 서로에 대해 아는 것도 중요하지만 내가 생각하는 결혼은 그걸로 만족 못해."

"넌 여전히 사랑이 먼저겠지?"

"그래."

현수는 지후와 나란히 걸으며 어렵게 대답했다. 호텔에서 지후와 재회했을 때처럼 확신이 가득한 대답은 아니었다. 자신감이 결여된 대답이었다.

"네가 생각하는 사랑은 뭔데?"

지후의 갑작스런 질문에 현수는 말문이 막혔다.

'함께 있어서 행복한 것, 좋은 것을 나누고 싶은 것, 슬프고 힘들 때 서로를 위로하는 것.'

표현할 수 없는 막연한 감정이었다. 그러나 지후의 질문에 하나씩 구체적으로 떠올려 봤다. 그런데 그녀가 생각하는 사랑은 거의 혼자서는 불가능한 것들뿐이었다.

현수의 침묵이 길게 느껴졌는지 지후가 다시 물었다.

"넌 잊었을지도 모르지만, 난 분명히 기억해. 어린 나이였지만 넌 네게 좋아한다, 사랑한다라고 말했어. 솔직히 그 나이에 사랑에 대해 안다는 게 더 이상할지 모르지만 넌 그때도 확신을 가진 눈으로 날 보며 얘기했지. 영원히 나만을 사랑할 것처럼……. 그런데 결과는 어땠어? 원하지도 않았던 경희의 키스만을 보고 넌 뒤도 돌아보지 않고 단호하게 돌아섰지. 난 처음부터 네 말을 믿지 않았어. 사랑 같은 건 믿지 않았으니까."

"……."

"네가 사랑한다는 그 사람은 어때? 윤수 형 말로는 헤어진 지 삼 년 됐다던데. 상황과 여건에 따라 헤어지고도 사랑이라 말할 수 있니? 그걸 믿는 거야? 차라리, 난 네가 속물이라고 할지라도 눈앞에 보이는 걸 믿어. 막연한 감정 따위에 내 인생을 걸지는 않아."

지후는 잠시 하던 말을 멈추고 현수를 내려다봤다. 오두막집처럼 생긴 곳의 계단에 털썩 주저앉은 현수를 지켜보며 지후는 바지 주머니에 손을 찔러 넣었다.

"결혼하자. 네가 원하는 사랑은 존재하지 않을지 모르지만, 난 너와 네가 충분히 풍요로운 결혼 생활을 누릴 수 있을 거라 생각해. 결혼에 대해 관심조차 없었지만 너라면 내가 원하는 결혼 생활이 가능할 것 같아."

"네가 원하는 결혼 생활이 뭔데?"

"편안함, 따뜻한 육체, 그리고 신의, 가족, 등등. 다만 네가 원하는 사랑은 없어. 사랑을 믿지 않는 사람이 누군가를 사랑한다는 건 불가능할 테니까."

현수는 입 안이 바짝바짝 타는 것 같았다. 지후의 긴 이야기를 들으며 동요하고 있는 자신을 발견했기 때문이다. 석현에 대한 사랑의 확신이 점차 무너져 내리고 있음을 느꼈다. 아니, 사랑에 확신이 무너지고 있다기보다는 지후의 논리정연한 말의 유혹에 솔깃해졌다는 게 옳을 것이다.

그녀는 지쳐 있었고, 지후가 말하는 결혼에 대해 다소 긍정적인 감정이 이는 게 사실이었다. 뜨겁게 사랑해서 결혼 사람들도 있겠지만 우리네 어른들처럼 중매로 만나 결혼한 사람들도 잘 산다는 걸 모르지 않는 현수였다. 현수는 초조한 나머지 마른 입술을 혀로 적셨다.

그 모습을 지후는 뜨거운 눈길로 바라봤다. 약간 거칠어 보이는 입술을 붉은 혀로 적시는 모습이 전혀 생각지 못했던 상상을 불러일으켰다. 현수에게 육체적으로 끌린다는 생각을 해보지 않은 지후였다.

그러나 깊은 생각에 빠진 듯 주위를 전혀 의식하지 않은 채

첫 데이트

팔을 무릎에 괴고 입술을 지근지근 깨무는 모습은 그에게 또 다른 욕구를 불러일으키고 있었다.

"너, 정말 직업 잘 찾은 것 같다. 사람 헷갈리게 하는 데 선수구나?"

"하하하하."

지후는 호탕한 웃음을 터뜨렸다. 지후는 현수가 갈등하고 있다는 걸 알고 있었다. 아무리 감추려 해도 얼굴에 여실히 드러나는 게 현수의 감정이었다. 현수의 단점이자 장점이었다. 그녀는 모를 테지만.

그래서 과거에도 지후는 심심하지 않았다. 늘 단단한 갑옷을 걸치고 사람을 대해야 했던 그와는 달리 말과 얼굴로 자신의 감정을 전혀 숨기지 않는 현수는 생활의 활력소 같았다.

그녀를 설득하기 위한 만남에서조차 현수는 그를 웃게 만들었다. 그를 아는 사람들이라면 지후의 이런 모습에 상당히 놀라리라. 감정이 없는 사람처럼 딱딱한 얼굴에, 필요한 말 외에는 없는 사람이 그였다. 과거와 별반 다르지 않는 그라는 걸 현수는 알까? 아마도 반신반의하고 있을 것이다.

"좋은 뜻으로 받아들여도 되지?"

"아니, 누구 맘대로. 잠깐 네 언변에 정신이 나갔던 것뿐이야. 꿈 깨!"

차갑게 말하고 있지만 지후는 알 수 있었다, 현수가 처음과는 달리 그에게 많이 너그러워졌다는 것을. 지후는 자신이 충분히 원하고자 하는 것을 얻었다고 생각했다. 지금부터 시작이었다.

싫다는 현수를 끌고 몇 가지 놀이기구를 탔다. 콜럼버스 대탐험이라는 바이킹과 환상특급의 롤러코스터, 모두 험난한 코스였지만 열여섯, 열일곱으로 돌아간 듯 마음껏 소리를 질렀다. 그리고 웃었다. 시작하는 연인들처럼.

현수는 정말 유쾌했다. 신선한 공기도 좋았고, 마음에 담아뒀던 안타까움이나 그리움의 감정들에 짓눌러 기를 펴지 못하던 즐거운 감정들이 들고일어나 그녀를 웃게 만들었다. 자꾸만 지후에게 후한 점수를 주는 자신이었다. 끝은 어딘지는 모르나 뭔가 이미 시작되고 있었다.

집 앞에 도착했을 때는 이미 해가 져 어둑해진 상태였다. 차에서 내려 대문 앞까지 바래다주는 지후를 보며 현수는 묘한 기분을 느꼈다. 첫 데이트, 지후의 말처럼 정말 첫 데이트를 하고 돌아오는 듯 그 여운이 남아 있었다.

"그만 가라."

"응."

지후는 고개를 끄덕이면서 좀처럼 돌아서지 않았다. 그의 차가 떠나는 걸 보고 집으로 들어가려던 현수는 미동도 하지 않은 채 서 있는 그를 올려다봤다. 그녀의 눈이 그의 눈과 허공에서 부딪쳤다. 스파크를 일으킨 듯 현수는 흠칫 놀랐다. 깊이를 알 수 없는 검은 눈이 뚫어질 듯 그녀를 내려다보고 있었다.

갑자기 얼굴이 화끈거렸다. 현수는 어색한 표정을 지으며 먼저 돌아서려 했다. 그러나 지후가 더 빨랐다. 담벼락으로 그녀를 밀어붙인 지후였다. 현수는 거칠게 숨을 들이마셨다. 심장이 제멋대로 날뛰었다. 석현이 떠난 후 멎어버렸던 심장이 나 여기 살아 있소라고 항의라도 하는 듯 거칠고 빠르게 날뛰었다. 현수는 이 상황이 믿기지 않았다. 그를 밀어내야 하는데 손이 마비라도 온 듯 좀처럼 움직여지지 않았다.

"뭐 하는 거야?"

현수의 입을 통해 어렵게 나온 말은 항의라기보다 겁먹은 작은 짐승의 웅얼거림처럼 들렸다.

"네 샴푸 냄새 좋다."

"후."

현수는 바짝 긴장해 있던 몸이 풀리는 걸 느꼈다. 뭔가를 잔뜩 기대했다가 실망한 사람처럼 허탈감이 밀려오는 걸 느끼며 어이가 없었다. 주책맞은 심장은 이제 그만 멈춰줬으면 좋겠다. 그녀의 눈을 가로막는 지후의 가슴을 노려봤다.

"그만…… 읍!!"

현수의 입술에 따뜻한 입술이 부딪혀 왔다. 눈 깜짝할 새였다. 깃털처럼 그녀의 입술에 닿고 떨어지는 지후의 입술이었다. 놀란 눈으로 그를 올려다봤다. 지후의 검은 눈은 웃고 있었다.

"연락할게."

한마디를 남기고 돌아선 지후는 손을 들어 보인 후, 차를 타고 사라졌다.

현수는 그 자리에서 장승처럼 서 있었다. 새털처럼 가벼운 입맞춤이었다. 키스도 아닌 뽀뽀, 어린아이에게 하듯 촉촉한 느낌과 긴 여운만을 남긴 입맞춤이었다. 현수는 손가락으로 자신의 입술을 지그시 눌러봤다. 기분이 이상했다. 석현과의 첫 키스에서도 이런 기분을 느끼지는 못했다. 낯설고 어색하고 쑥스럽기만 했던 첫 키스를 현수는 기억하고 있었다. 어떤 마법에 걸리기라도 한 듯 현수는 오래도록 그 자리에 서서 찬바람도 의식하지 못한 채 여운에 취해 있었다.

환한 햇살이 유리창을 통해 스며들고 있었다. 현수는 기지개를 한껏 켜며 침대에서 일어나 앉았다. 어젯밤, 잠을 이루지 못할 거라 생각했는데 그건 오산이었다. 아침부터 바쁘게 움직여 피곤했는지 숙면을 취한 그녀였다. 늘 잠을 이루지 못하고 뒤척이는 날들의 연속이었는데, 현수는 오랜만에 단잠을 잤다. 그런 탓인지 몸도 가벼워진 듯했다.

"엄마."

불러보았지만 조용한 집 안이었다. 일상의 모습 그대로였다. 각자의 일터와 학교로, 미정은 이름 모를 모임의 참석을 위해 집을 비우는 날들이 많았다. 현수는 혼자 아침을 챙겨 먹고 외출 준비를 했다. 도통 밖을 잘 나가지 않는 현수가 외출하는 이유 중의 하나, 자원봉사를 가는 날이었다. 현수가 찾아가려는 곳은 구립 사회 복지관이었다. 담당자와 함께 독거 노인들을 둘러보기도 하고, 일주일에 세 번 복지관에서 운영하는 공부방에서 아이들을 가르쳤다. 대학 때부터 시작했던 일 중 변함없이 꾸준히 하는 유일한 일이었다. 미정의 영향도 컸고, 다른 세계를 접하게 해준 지후의 영향도 없었다고 하면 거짓말일 것이다.

집을 나서려는데 핸드폰이 울렸다.

"여보세요."

—나야.

"왜?"

—어, 이젠 바로 알아듣네. 뭐 해?

"지금 나가려고."

—끝나는 시간 맞춰 데리러 갈게.

"허."

짧게 용건만 말하고 전화를 끊는 지후였다. 현수는 난감한 표정을 지으며 핸드폰을 노려봤다. 그녀의 스케줄을 이미 꿰차고 있는 듯했다. 꼭 연애를 하는 것 같았다. 연애는 사랑하는 사람과 하는 게 아닌가 하는 의문은 여전했지만 자꾸만 그의 페이스에 휘말려 드는 것 같았다.

그와의 만남은 한 달 내내 계속되었다. 매일 전화를 해 안부를 챙기고, 퇴근 후에 만나 저녁을 먹고, 주말에는 연극이나 영화를 보고……. 보통의 연인들처럼 시간을 보냈다.

그러는 사이, 결혼 이야기는 급속도로 진행되어 갔다. 더 이상 스톱을 걸지 않으면 바로 예식장을 직행해야 할 판이었다.

저녁 시간, 가족들이 다 모인 식탁에서 아버지는 민호는 결국 폭탄을 터뜨렸다.

"이번 주 토요일에 상견례 하기로 했다."

정작 본인도 모르는 사이 상견례 날이 잡히고, 조만간 지후와 결혼을 올리게 될 상황이었다. 분명 지후도 알고 있었을 텐데 오늘 전화 통화에서도, 만났을 때조차 전혀 눈치를 주지 않았다. 현수는 기분이 몹시 상했다. 어떤 확신도 내리지 못했는데 자꾸만 등 떠밀려 자신의 의지와 상관없이 결혼을 하고 싶지 않았다.

"말도 안 돼요."

"김 변호사 어머님과 이미 약속이 됐다."

"그래도 싫어요."

"너 요즘 김 변호사랑 잘 지내고 있는 거 아니냐?"

"그냥 친구일 뿐이에요."

"흠……."

여전히 고집을 꺾지 않는 현수가 맘에 들지 않는다는 듯 민호는 얼굴을 찡그렸다.

"김 변호사는 너랑 다르던데, 그건 어떻게 이해해야 하냐?"

"그건, 그건…… 아, 나한테는 시간이 좀 더 필요해요."

　딱 잡아서 아무 사이도 아니라고 부인하기도 애매했다. 현수 자신 스스로도 느끼고 있었다. 많이 밝아졌다는 걸, 지후와 함께 있으면 즐겁다는 걸 부정할 수는 없었다. 가족들도 충분히 느끼고 있을 테니까. 그렇지만 결혼이라니! 그건 아직 그녀에게 무리였다. 지후의 생각들을 너무도 잘 알지만 그녀의 생각을 꺾을 만큼은 아니었다.

　아버지 민호는 한참 동안 말이 없었다. 무슨 생각을 하는지 전혀 알 수 없는 얼굴로 묵묵히 식사를 했다. 그녀의 결정을 받아들인 건지 아닌지 종잡을 수 없어 현수는 밥알이 제대로 넘어가지 않았다.

"그럼 상견례 겸 약혼식으로 하자."

"네?"

"그리고 한두 달 후 결혼식 올리면 시간은 충분하잖니?"

민호의 말에 윤수와 현경의 키득거리는 소리가 들렸다. 미정도 아닌 척했지만 입가엔 미소가 엿보였다. 현수는 더 이상 싫다는 소리를 못하고 입을 다물었다.

찢어진 청바지에 헐렁한 티, 중성적인 매력이 물씬 풍기는 선주의 눈이 왕방울만해졌다.

"약혼이라구? 말도 안 돼! 어떻게 그런 일이??"

"미안해. 너한테 먼저 알리려고 했는데 연락이 돼야 말이지."

"아무리 그렇다고 해도 갑자기 약혼이라니! 너, 나한테 아무 말 없었잖아."

"나도 이렇게 될 줄 몰랐으니까."

커피숍에서 만난 선주는 현수의 말에 분개했다. 무척 놀랐을 거라는 걸 너무도 잘 안다. 사실 현수도 자신의 약혼이 믿기지 않기는 마찬가지다.

"너, 나 나갈 때까지만 해도 만나는 사람도 없었잖아. 그런데 뚱딴지같이 약혼이라니?"

선주는 유럽으로 배낭여행을 다녀왔다. 사십여 일 만에 돌아왔으니 지후와의 일을 모르는 게 당연했다. 어이없다는 표정을 감추지 않은 채 채근하듯이 그녀를 노려봤다. 뭔가 잘못되기라도 한 듯 조바심마저 느껴졌다.

"빨리 말해 봐. 무슨 일이야?"

"얘기했잖아, 약혼했다고."

"네가 널 모르니? 네가 석현 선배를 두고 다른 남자와 약혼을 했다고? 누구한테 지금 사기치는 거야?"

놀란 표정을 짓던 선주는 아예 현수의 실없는 농담으로 간주해 버리는 것 같았다.

"정말이야. 지난 토요일에 지후랑 약혼했어."

"지후? 지후가 누군데?"

전혀 의심스럽다는 눈길을 거두지 않은 채 지후가 누군지 묻는 선주였다.

"너 기억 안 나? 내가 한때 열렬히 좋아했던 애 있잖아."

현수의 말에 선주의 눈동자가 커졌다. 이제야 조금은 믿겨지는지 놀란 입을 다물지 못했다.

"정말 그 지후야? 네 사춘기를 눈물바람으로 만든 사람??"

"응."

현수는 피식 웃었다. 선주도 기억하고 있었다. 분명히 그때도 선주는 현수에게 좋은 조언자 역할을 해줬다. 터프한 성격답지 않게 따뜻한 선주였다. 실연당하고 아파하는 그녀를 많이 위로해 준 친구였다.

"그런데 뭐가 그리 급해? 한 달 만에 약혼까지 하다니! 다시 보자마자 불꽃이 팍 일었니?"

"아니, 그건 아니고. 나도 한계를 느끼고 있었거든, 연락조차 없는 석현 오빠를 언제까지 기다릴 수 있을지……. 사실 많이 지쳤거든. 그 무뚝뚝하던 녀석이 정말 많이 변했다."

석현을 얘기할 때의 그 우울하던 얼굴과 달리 지후의 이야기를 하는 현수의 표정은 매우 밝았다.

"그래?"

선주는 현수의 얼굴을 유심히 살피며 초조한 듯 왼손 손가락을 오른손으로 잡아 힘을 가해 뚜두둑 소리가 나게 했다. 뭔가 하고 싶은 말이 있는 듯했다.

"왜?"

선주의 버릇을 잘 아는 현수가 눈을 치켜뜨며 물었다.

"아니, 저…… 석현 선배 말야. 저…… 그러니까……."

"선주야, 나 지후랑 **뽀뽀**했다."

"뭐?"

"기분 되게 이상한 거 있지? 내일 모레면 서른인 나이에 키스도 아니고 뽀뽀라니. 근데 석현 오빠랑은 또 다르더라. 심장이 쿵쾅거리는 기분은 정말 오랜만이었어. 다 잊어버린 줄 알았는데 내 심장이 뛰고 있는 거 있지?"

현수는 선주와 더 이상 석현에 관한 이야기를 하고 싶지 않았다. 그래서 엉뚱한 이야기를 꺼냈다. 약혼 후, 현수는 결혼 쪽으로 마음을 굳혀가는 중이었다. 석현 선배에 대해 이야기하다 보면 자신의 마음이 흔들릴까 두려웠다.

"현수야."

"나, 진지하게 결혼에 대해 생각하고 있어. 다른 사람이라면 힘들겠지만 지후라면 왠지 가능할 것 같은 생각이 들거든."

"그래."

선주는 착잡한 얼굴로 현수를 바라봤다. 현수는 선뜻 축하해 주지 못한 선주의 마음을 이해했다. 석현만 바라보던 자신을 누구보다 더 잘 아는 선주가 아닌가.

"지후 씨 사랑해?"

"글쎄, 꼭 결혼은 사랑으로만 가능한 건 아닌가 봐. 사랑과 결혼이 같은 거라면 난 석현 오빠와 결혼해 애 한둘은 둔 아줌마가 되어 있어야겠지. 그런데 봐라, 난 아직도 시집 못 간 노처녀잖아."

"왠지 그 말 굉장히 염세적으로 들린다."

"염세적인 게 아니고 현실을 이제야 깨달은 거지. 축하해 줄 거지? 늘 네가 내게 하는 말이었잖아."

"어? 어. 응, 축하해 줘야지."

마지못해 수긍하는 듯한 선주였다.

"언제 한번 지후랑 같이 보자."

"그래."

"여행은 어땠어?"

"어? 응."

선주는 현수에게 그녀가 다녔던 여행지와 명소들에 대해 이야기했다. 현수는 완고한 아버지 덕에 멀리 떠나보지 못했기에 선주가 들려주는 이야기를 들으며 맘껏 상상의 나래를 폈다.

선주는 돌아오는 비행기에서 현수를 만날 것만 기대하고 왔다. 숱한 시간을 오직 한결같은 마음으로 기다리던 석현의 소식을 전해줄 요량으로 괜스레 자신의 심장까지 오그라드는 것 같았다. 그런데 약혼이라니! 청천벽력과도 같은 소식이 선주를 맞았다. 선주는 석현의 소식이 입에서 떨어지지 않았다. 말해야 할지, 말아야 할지 갈등의 연속이었다. 이탈리아며, 그리스 등 주절주절 떠들었지만 선주는 자신이 무슨 이야기를 하는지조차 몰랐다.

석현이 곧 귀국한다는 소식을 어떻게 전해야 할지 막막했다. 침묵해야 하는지, 알려줘야 하는지 선주는 어떤 결정도 내리지 못한 채 현수의 얼굴만 살폈다. 여행을 떠나기 전보다 너무 밝아진 현수를 보며 선주의 망설임은 더 커졌다.

"내가 전화할게."

"응."

커피숍에서 일어나 작별 인사를 할 때까지도 선주는 결정을 내리지 못했다.

"너도 지후 보면 놀랄 거다."

"빠른 시일 안에 한번 보자."

"그래, 잘 가."

돌아서는 현수를 보며 선주는 입술을 깨물었다. 끝내 석현의 소식을 전하지 못했다. 단순히 귀국한다는 소식만을 전해 현수를 다시 방황하게 할 필요가 있을까 싶었다. 아무리 금의환향한다고 해도 현수의 집에서 달가워하지 않으리라는 걸 선주는 알고 있었다. 어쩌면 현수의 선택이 현명한 건지도 모른다는 생각도 들었다. 지후라는 사람만 괜찮다면.

선주는 석현의 소식을 전해야 할지의 유무는 지후와의 만남 이후로 미뤘다.

신촌의 허름한 고기집을 들어서며 현수는 선주를 찾아 두리번거렸다. 한쪽 구석 테이블에서 손을 흔드는 선주가 보였다.

약혼 소식을 들은 후로, 선주는 매일같이 전화해 지후를 언제 만나게 해줄 건지 닦달을 했다. 지후가 한가한 사람도 아니었기에 시간을 맞추기가 힘들었다. 그러나 선주는 집요했다.

결국 평일이었지만 지후와 함께 선주를 만나기 위해 먼길을 찾아왔다. 강남의 좋은 음식점들을 다 놔두고 여기까지 부르는 선주의 고집을 꺾을 수 없었다. 테이블도 몇 개 되지 않은 고기집인데다가 콘크리트 바닥에 낡은 원형 탁자, 오랜 세월이 묻어나는 불판까지 분명 선주의 취향은 아니었다.

"이선주, 네가 언제부터 이런 곳을 다녔다고?"

눈을 흘기며 말하는 현수를 지나쳐 선주의 눈은 지후에게 가 있었다.

"안녕하세요. 현수의 절친한 친구, 이선주입니다."

"네, 안녕하세요. 김지후입니다."

선주가 미리 주문을 해놨는지, 아니면 메뉴판도 보이지 않는 게 오로지 단일 메뉴인지 알 수 없지만 불판 위에 양념된 고기가 올려졌다.

"현수가 약혼했다는 소식에 저 기절할 뻔했습니다."

"왜요? 현수가 약혼한 게 이상한가요?"

"아뇨, 의외라서요."

선주는 고기보다는 지후를 살피는 데 여념이 없었다.

"현수 사랑해요?"

단도직입적인 선주의 질문에 지후는 피식 웃었다.

"그 얘길 선주 씨한테 할 필요는 못 느끼는데요. 이미 현수와 충분히 나눈 이야기고, 우린 잘살 겁니다."

한 치의 망설임도 없이 자신만큼 직선적으로 자신의 생각을 밝히는 지후의 대답에 선주의 눈동자가 흔들렸다. 친구의 약혼자를 소개받는 자리라 할 수 없을 만큼 긴장감이 감돌았다.

"보아하니, 여자도 많았을 것 같은데요."

"아뇨, 거의 없었어요."

지후의 말에 선주는 물론 현수의 눈도 치켜 올라갔다. 도저히 믿을 수 없다는 표정이었다.

"정말이에요. 여자 하면 얘가 떠올랐거든요. 현수 같은 애를 만나기란 쉬운 일이 아니죠?"

또 시작이었다. 느글느글 소름이 돋을 만큼 닭살스러운 말을 얼굴 표정 하나 바꾸지 않고 내뱉는 지후에게 현수는 경고하듯 눈을 가늘게 뜨고 노려봤다.

"하하하하!"

그러나 정말 현수를 당황시킨 건 지후가 아니라 선주였다. 지후의 대답에 호탕한 웃음을 터뜨린 것이다.

"아, 정말 나랑 같은 의견을 가진 사람을 만나니까 반갑네요."

선주의 대꾸에 지후는 사람 좋은 얼굴을 하고 잔을 내밀었다. 결국 선주와 지후는 현수를 제쳐 두고 오랜 친구나 되는 것처럼 술잔을 부딪치며 당사자를 앞에 두고 그녀의 엉뚱함에 대한 이야기를 주고받기 시작했다. 기가 막혀서 선주에게 아무리 눈치를 주고 지후의 옆구리를 손가락으로 쿡쿡 찔렀지만 소용이 없었다.

"하나만 물읍시다."

"네. 뭐든지 궁금한 게 있으면 물어요."

"만약 강력한 라이벌이 나타난다면 어떻게 할 생각이에요?"

"하하하. 전 경쟁에서 져본 적이 없는 사람입니다. 이번에도 거뜬히 이길걸요."

"사람과 사람의 일에서는 장담하는 것이 아니죠."

"그래요? 그래도 전 제 것을 놓치지는 않을 겁니다. 가질 수 있는 것과 가질 수 없는 것을 정확히 구분할 줄 알죠. 가질 수 없는 것이라면 애초에 관심조차 갖지 않을 겁니다."

지후의 시선은 현수를 향해 있었다. 선주는 자신있는 지후의 대답을 들으며 웃었다. 자신의 느낌이 맞는다면 현수에게는 석현보다는 지후가 더 어울릴 것 같았다. 지후는 현수를 아껴주고 지켜줄 수 있을 만큼 강해 보였다. 그러나 석현은 현수가 보듬어 안아줘야 할 타입이었다.

선주는 더 이상 고민하지 않기로 했다. 그냥 못 들은 걸로 하면 된다. 파리에서 영화 공부를 하고 있는 선배로부터 들은 소식이 화근이었다. 차라리 듣지 않았다면 눈 딱 감고 기뻐해 줬을 텐데……. 불덩어리를 안고 있는 심정이었다.

어차피 현수의 결혼 전에 석현이 귀국할 것이다. 석현이 정말 현수를 여전히 사랑한다면 놓치지 않겠지 싶었다. 자신이 끼어들 부분은 아니라 생각하며 무거운 짐을 내려놓았다.

"선주 씨, 그거 경고의 말처럼 들리는데요."

"후후…… 그럼 당연히 주의해서 들어야죠. 의외로 특이한 사람을 좋아하는 사람들이 꽤 되거든요. 결혼식장에 손 잡고 들어가기 전까지는 모른다는 말도 있잖아요. 또 그런 영화도 많고요. 결혼식장에서 다른 남자 손 잡고 도망치는 신부들이 나오는 영화."

지후는 선주의 말을 들으며 태연한 척했지만 마음 한구석이 요동 치는 걸 느꼈다. 그냥 흘려듣기에는 분명 뼈가 있는 말이었다. 선주는 자신보다 현수의 옛 연인에 대해 많은 것을 알고 있으리라.

그러나 삼 년이나 지난 지금에서조차 어딘지 경고의 냄새가 풍기는 말을 하는 선주의 저의를 지후는 알 수 없었다. 혹시 선주는 현수가 모르는 뭔가를 알고 있을지도 모르겠다는 생각이 문득 들었지만 지후는 묻지 않았다.

결혼식이 채 한 달도 남지 않았다. 무슨 일이 생기기에는 너무 짧은 시간이었다. 이미 모든 준비가 끝나고 식만 올리면 현수와 그는 부부가 되는 것이다.

고기가 다 구워져 입속으로 사라지고도 한참 동안 이야기를 나누던 그들은 고기집을 나왔다. 완연한 봄이었다. 밤 공기가 전혀 차갑게 느껴지지 않았다. 택시를 잡아 선주를 먼저 태워 보냈다.

선주가 손을 흔들며 사라지자 현수와 지후는 나란히 걸었다. 늦은 시간이었지만 거리는 젊은이들로 넘쳤다.

"친구 재밌네."

"멋진 애야. 나랑은 많이 다르지."

"너도 멋져."

"허, 고맙다."

"넌 가끔 내 말을 아주 실없이 흘려듣는 것 같은데 난 거짓말은 안 해."

"그럼 누구는 거짓말하고?"

현수와 지후는 삼십여 분을 거리를 헤매고 다녔다. 말은 그럴듯하게 하면서도 손은 바지 주머니에 가 있는 지후였다. 손 정도는 잡아줄 만도 하건만 지후에게서는 그런 기미가 전혀 보이지 않았다. 현수는 자신의 생각에 어이가 없어 씁쓸하게 웃었다.

첫 데이트를 하고 헤어질 때 한 그의 입맞춤이 전부였다. 그는 더 이상의 스킨십을 해오지 않았다. 문득 고개를 돌렸을 때 자신을 바라보고 있는 지후의 눈빛은 분명 남자의 눈이었지만 그것뿐이었다. 그에 대해 많이 알고 있다고 느껴질 때도 있지만 전혀 낯선 사람처럼 느껴질 때도 있었다. 그런 사람과 제2의 인생이라고 할 수 있는 결혼을 해도 되는 건지 여전히 의문스러웠다.

4... 보이지 않는 라이벌

걸어서 채 십 분도 안 되는 거리, 법원 단지의 좋은 위치에 자리 잡은 사무실을 향해 지후는 걸음을 재촉했다. 재판에 승소를 하고 돌아오는 지후의 표정에선 아무것도 찾을 수 없었다. 승자의 기쁨도, 패자의 슬픔도 자신과는 전혀 무관한 일인 듯 주어진 일에 최선을 다할 뿐 미련 같은 것은 없었다. 특히 승소로 인해 의뢰인에게 받은 호의나 감사에도 무심했고, 패소로 인해 질책하거나 아파하는 의뢰인에게조차 그의 퉁명스러움은 어쩔 수 없었다.

친구인 진서와 함께 꾸려가는 사무실은 그들의 성격을 대변이라도 하듯 인테리어 자체가 모던하고 심플한 반면 매우 차갑게 느껴졌다. 처음 찾아오는 고객들은 위화감을 느낄지도 모르겠지만 그들은 능률성이 최우선이었고 그다지 방문객에 대한 배려 같은 것은 관심 밖이었다. 직업의 특성상 편안함과는 거리가 먼 것은 당연한 일인지도 모른다.

사무실에 들어선 지후를 보고 은희가 눈짓을 했다. 약간 열린 문 사이로 여자의 뒷모습이 보였다. 틀어 올린 머리 하며 등이 훤히 드러난 드레스만으로도 평범한 사람이 아님을 말해 주었다. 저런 차림을 하고 그를 찾아올 사람은 미수뿐이었다. 지후는 자신의 얼굴에 슬며시 미소가 고이는 것을 알지 못했다. 수상쩍다는 듯 쳐다보는 은희의 시선도 의식하지 못한 채 문을 열고 자신의 방으로 들어갔다.

들어오는 지후를 미수는 반갑게 맞았다. 미수는 요즘 한창 유명세를 떨치고 있는 배우였다. 미수는 전 매니저먼트 소속사와의 소송 건으로 사무실을 찾아왔었다. 그리고 그 소송을 담당한 게 바로 지후였다. 미수는 인형 같은 얼굴에 그녀의 몸매를 확연히 드러내는 타이트한 드레스를 입고 그의 사무실 소파에 다리를 꼬고 앉아 있었다. 드레스의 슬릿 사이로 그녀의 하얀 허벅지가 살포시 고개를 내밀며 요염한 자태를 뽐냈다. 자신의 사무실처럼 느긋하게 앉아 있는 미수를 향해 지후는 인사도 없이 핀잔부터 주었다.

"무슨 일이야? 넌 촬영도 없어?"

"아이 참, 오빠는. 내가 그렇게 한가한 줄 알아?"

지후는 책상 옆에 가방을 내려놓고, 의자에 몸을 묻으며 서운하다는 듯 눈을 흘기는 미수를 봤다.

"그럼 한가하지도 않은 사람이 왜 남의 사무실에서 와서 딱 버티고 앉아 있는 건데?"

"내가 그냥 용건도 없이 왔겠어? 오빠, 오늘 나한테 한 시간만 내주라."

"인마, 나 바빠."

"알아. 바쁜 건 나도 아는데 오죽하면 내가 오빠를 찾아왔을까? 엉~"

미수는 소파에서 몸을 일으켜 지후에게 다가오며 한껏 콧소리를 냈다. 그러나 그녀의 일에 전혀 관심을 보이지 않는 지후였다. 바짝 다가온 미수는 책상 위에 양손을 짚고 얼굴을 그의 얼굴 앞으로 내밀며 애처로운 표정을 지었다. 그녀의 옷차림과는 상반된 천진난만한 미수의 얼굴에 지후는 차마 거절을 못하고 심드렁하게 묻고 말았다.

"무슨 일인데?"

"오빠, 나 이번에 화보집을 내기로 했거든. 꼭 찍어주었음 하는 사진작가가 있는데, 싫다고 우기네. 오빠 직업이 뭐야? 말로 먹고 사는 변호사잖아. 나 지금 그 사람 만나러 갈 건데 오빠가 가서 거들어주면 안 될까? 나…… 꼭 그 사람이랑 작업하고 싶거든."

"네가 사진작가까지 섭외해야 하니? 네 소속사는 뭐 하고?"

한심하다는 표정으로 매니저도 없이 혼자 작가를 섭외하러 가겠다는 미수를 나무랐다.

"내가 조건을 그 작가 아니면 안 한다고 했거든. 근데 쇠고집인지 끝내 고사한다고 하잖아. 결국 아쉬운 내가 나선 거지."

미수는 어쩔 수 없다는 듯이 어깨를 들썩이며 긴 한숨을 내쉬었다.

"왜 너 같은 스타랑 작업하기 싫다는데? 그 사람한테도 도움이 될 텐데……."

"글쎄, 좀 특이한 사람이야. 여자 사진은 안 찍고 싶다네. 그래서 더 욕심이 생기는 건지도 모르지만. 오빠도 알잖아, 내가 그래도 사진에 문외한은 아니라는 것. 도와주라. 부탁이야, 지후 오빠."

정말 자신이 도움이 될 거라고는 생각지 않았다. 다만 자신을 찾아올 만큼 이 일에 대해 미수가 중요하게 생각하고 있다는 것이 느껴졌을 뿐이다. 오늘처럼 미수는 예고도 없이 가끔 찾아와 엉뚱한 부탁을 해대곤 했지만 지후는 매번 거절하지 못했다.

지후는 한숨을 내쉬었다. 그리고 푹신한 등받이 의자에 몸을 기대며 오후에 남은 일정을 한 번 훑어보았다. 정신없이 바빴던 날들이었다. 결혼을 위해 특별히 준비하는 것은 없었지만 소소한 시간들을 많이 필요로 했다. 며칠 전에도 현수의 친구 선주를 만나야 했고, 공인 중개소를 통해 집을 알아봐야 했다.

옆에 두었던 가방을 들고 일어서는 지후의 팔에 미수가 매달렸다. 지후는 어린아이처럼 좋아하는 미수의 모습에 피식 웃고 말았다. 다정하게 연인처럼 사무실을 나가는 그들의 모습을 보는 직원들의 눈초리가 따가웠지만 지후는 개의치 않았다. 남의 시선 같은 것은 무시하고 산 지 오래였다.

사실 처음 찾아온 미수가 그가 아는 미수일 거라고는 생각지도 못했다. 가끔 텔레비전 CF에서 나오는 미수의 얼굴을 보며 내가 아는 누군가를 닮았다고만 생각했지, 그와 절친했던 친구의 동생 진미수와 같은 인물일 거라고는 생각지 못했다.

그러나 그와 만난 미수는 단번에 지후를 알아보고 반가워했다. 불의의 사고로 이미 이 세상 사람이 아닌 친구의 동생 미수에게 지후는 연민과 더불어 책임감을 느꼈다. 아마도 여자 친구를 구하고 세상을 등진 친구의 마지막 모습을 지켜본 사람이 자신이었기 때문일 것이다. 홀로 된 미수가 안타까웠지만 그 당시에 그는 아무런 도움이 되어주지 못했다. 어린 나이였고, 자신의 삶조차 버겁게 느끼던 때였다. 미수가 먼 친척네로 가게 됐다고 인사를 하러 왔을 때, 말없이 손을 잡아준 것 외에는 해줄 수 있는 게 없었다.

미수는 스튜디오에 도착하기까지 내내 지후에게 여러 사진작가에 대해서 떠들었다. 그 사람들의 경력과 사진이 어떻다느니……. 누가 사진작가 지망생의 동생이 아니랄까 봐 미수는 그가 알지 못하는 사진에 관한 광범위한 지식들을 가지고 있었다. 지후는 대견스러운 눈으로 미수를 쳐다보며 웃었다. 사실 건성으로 흘려들었지만 충분히 미수의 사진에 대한 호기심과 열정은 이해할 수 있었다. 미수의 모습에서 꿈을 못 다 이루고 떠난 친구의 모습을 엿보았기 때문이다.

미수는 일과 연관된 사람이라기보다는 보이고 싶지 않은 것들을 이미 공유한 가족 같은 존재였다. 가난한 달동네에서 함께 자랐다는 동질감도 다분히 있었고, 힘든 시절을 거쳐 성공이라는 걸 거머쥔 공통점도 있었다. 그런 탓인지 지후는 미수에게만은 너그러운 편이었다. 누구보다도 미수의 성공이 기뻤고, 그녀를 돕는 일이라면 기꺼이 할 생각이었다. 미수는 충분히 행복할 자격이 있었다.

"유명 작가야?"

"아니."

지후는 유명 작가도 아닌 사람에게 집착을 보이는 미수를 이해하지 못하겠다는 듯 바라봤다.

"박서경이라고 꽤 유명한 사진작가 전시회에 갔다가 알게 된 사람이야. 초대작으로 몇 작품 전시했는데 내가 한눈에 뿅 갔지. 귀국한 지 채 일주일도 안 됐어. 전 세계를 카메라 하나 메고 삼 년 동안이나 돌아다녔다고 그러는데, 내 생각엔 이 바닥에서 곧 유명세를 치를 거 같아. 나도 그 사람 사진에 반해서 찍어달라고 찾아가는 판이잖아."

미수의 말에 의하면 왠지 예술가적 냄새가 물씬 풍기는 인물이었다. 그가 가지지 못했던 자유로운 영혼을 소유했을 것 같은 남자에 대한 호기심이 일었다.

미수와 찾은 스튜디오는 강남의 한 고급 주택가에 위치하고 있었다. 주인 없는 스튜디오가 미수와 지후를 기다리고 있었다. 이름 모를 카메라들이 잘 진열되어 있고 입구에는 그의 작품인 듯한 풍경 사진들과 몇몇의 유명 남자 연예인들의 사진들이 걸려 있었다. 스산한 거리의 풍경 속에 구부정한 뒷모습의 노인네, 그리고 어디에 저런 하늘이 있을까 싶은 너무나 청명한 하늘 등등…… 또한 너무나 느낌은 다르지만 흑백 사진 속에 피사체가 되어 있는 인물들의 모습은 사진이라 보기에는 지나치게 아름다움을 담고 있었다. 사진에 미개한 지후의 눈에도 그 사진들은 보통 사진이 아님을 알 수 있었다. 작가의 눈과 영혼이 담긴 걸작 같았다.

실내를 둘러보며 투덜거리던 미수와 지후는 작은 쪽문이 열리는 소리에 깜짝 놀라 돌아보았다. 그와 미수가 미처 발견하지 못했지만 아마도 암실인 듯했다. 며칠 밤을 새운 듯 까칠까칠해 보이는 얼굴에 건장한 남자가 좁은 문을 열고 나왔다.

그는 사진작가라기보다는 모델로 착각하리만큼 독특한 매력의 소유자였다. 지후와 나란히 선다 해도 기죽지 않을 만큼 큰 키에 물기를 머금은 듯 우수에 잠긴 눈은 그를 한층 더 신비에 쌓인 예술가로 느껴지게 했다. 그러나 자신들을 향한 남자의 눈빛은 차갑기만 했다. 왜 찾아왔는지 이미 알고 있다는 것을 숨기지 않으며 귀찮다는 듯 나른한 목소리로 물었다.

"무슨 일로 오셨습니까?"

"저 미수예요. 어제 통화했죠?"

"아, 어제 분명히 제 의사는 전한 것 같은데요."

"석현 씨, 부탁이에요. 꼭 석현 씨랑 작업하고 싶어요."

석현의 차가운 대꾸에도 불구하고 미수는 자신의 뜻을 굽히지 않았다. 요즘 하늘 높은 줄 모르고 치솟고 있는 최고 인기 여배우인 미수가 그녀답지 않게 저자세로 조심스럽게 석현에게 사정하고 있었다. 늘 당당하고, 도도한 모습만을 타인에게 보이던 미수가 그런 모습을 보이자 지후는 낯설었다.

그러나 목적을 향해 자존심마저 팽개치는 모습을 보며 자신도 모르게 웃음이 나왔다. 그녀는 자신의 일에 있어 프로였다. 그런 미수를 자신은 어린애로밖에 보지 않았으니, 그저 유명 여배우 미수가 하루아침에 신데렐라가 된 것이 아님을 지후는 눈으로 확인하고 있었다. 어린 녀석이 기특했다.

마지막 한 수를 위해 자신까지 끌고 온 미수를 위해 좀 더 지켜본 후 나설 생각이었다. 도움이 될지 모르지만 여기까지 따라온 이상 괴짜 작가와 한 번 이야기를 나눠볼까 했다. 우선은 한 발자국 물러나 두 사람의 대화를 지켜보았다.

"제게 호의를 보여주신 데는 감사하지만, 분명히 말하겠는데 전 안 합니다."

아름다운 미수의 사정에도 불구하고 석현은 단호했다. 전혀 감정의 흔들림이 보이지 않았다.

"왜요? 왜 안 하는데요?"

"그것까지 댁들한테 말해야 할 이유라도 있습니까? 바쁘니까 귀찮게 하지 말고 그만 가십시오."

어떻게든 석현과의 작업을 위해 몸을 낮추었던 미수의 눈은 매몰찬 그의 대답으로 날카로워졌다.

"정말 여자 사진은 찍지 않는다는 게 사실인가요?"

귀찮은 기색이 역력한 얼굴로 암실 쪽으로 발걸음을 옮기던 석현이 돌아섰다.

"다른 작가 알아보십시오. 서경 선배한테 부탁해 보던지요?"

 석현은 이렇다 저렇다 대답도 없이 정중하게 자신의 말만을 남긴 채 다시 돌아서려 했다. 그러나 미수가 커튼으로 살짝 가려진 벽 쪽으로 다가가자, 무표정하던 석현의 얼굴이 차갑게 변했다. 더 이상 다가가지 말라는 듯 경고의 눈초리를 했지만 이미 미수는 커튼을 들춘 후였다.

"그럼 이건 여자 사진이 아니고 뭔가요?"

 스튜디오 입구에 걸려 있는 사진들을 감상하며 두 사람의 대화를 듣고 있던 지후는 미수가 가리키는 벽 쪽으로 가까이 다가갔다. 고급스럽게 표구된 사진의 액자들이 벽을 가득 채우고 있었다. 생각없이 무심코 바라보던 지후는 그 사진 속의 인물을 본 순간 그의 심장 박동이 멈추는 것을 느꼈다.

 지금까지 가지고 있던 느긋한 여유로움이나 석현과 미수의 날카로운 신경전 같은 것은 더 이상 그의 머리 속에 남아 있지 않았다.

 말괄량이처럼 솟구치는 분수에 물을 맞은 채 서서 환하게 웃고 있는 여인, 하늘하늘한 원피스에 너무나 청초한 모습으로 자연의 일부처럼 앉아 있는 여인, 그리고 보는 사람으로 야릇한 상상을 하게 만드는 요염한 자세를 한 여인 등 누가 보아도 얼굴에서 사랑의 향기를 느낄 수 있는 모습의 여자였다. 액자 가득 메우고 있는 주인공은 단 한 사람, 동일 인물이지만 각각 다른 느낌을 갖게 하는 모습으로 사랑을 속삭이는 듯했다.

미수를 향해서 차갑기만 하던 석현의 눈이 액자 속의 여인을 바라보면서 확연하게 달라졌다. 우수에 찬 눈이 더 애잔한 빛을 발했다. 석현은 넋을 잃고 바라보고 있는 지후가 못마땅한 듯 벽 쪽으로 걸어가더니 커튼을 쳐버렸다. 지후는 사진 속 여인을 바라보던 석현의 눈빛, 말하지 않아도 그 눈빛만으로 그 여인에 대한 연모의 감정을 볼 수 있었다.

갑작스럽게 등장한 여인의 사진으로 인해 잠시 조용하던 스튜디오에 무거운 한숨과 더불어 석현의 탁한 목소리가 들렸다.

"저 사진은 내가 사진작가로서 찍은 사진이 아닙니다."

미수는 석현이 더 이상 얼굴을 맞대고 싶지 않다는 듯 돌아서자, 구원을 요청하는 눈초리로 지후를 바라봤다. 그러나 지후는 어떤 말도 할 수가 없었다. 갑작스런 충격으로 말을 잃은 사람처럼 한마디도 밖으로 꺼낼 수가 없었다. 머리 속은 온통 방금 전에 본 여자의 사진들로 가득 차 미수의 눈이 자신을 향했다는 것조차 인식하지 못했다. 석현은 더 볼 것도 없다는 듯 다시 암실로 사라지고 없었다. 황당한 눈으로 석현을 쫓던 미수는 지후를 뒤돌아보며 소리를 질렀다.

"오빠!!"

지후는 어떻게 스튜디오 밖으로 나왔는지 기억하지 못했다. 그저 무의식이 이끄는 대로 밖으로 나와 차를 움직이고 있다는 사실밖에…….

"잘난 척하기는, 세상에 사진작가가 자기밖에 없는 줄 아나.

치사하게시리. 그만큼 사정하는데 좀 들어주면 안 되는 거야? 오빠도 참, 오빠는 뭐 하러 나 따라왔어? 그렇게 꿀 먹은 벙어리 마냥 입 꾹 다물고 있을 거면서. 그 사진 속의 여자 분명 애인이 겠지? 확 이번 참에 그 사람 내가 꼬셔볼까? 그럼 군말없이 내 사진도 찍어주겠지? 오빠!!"

미수는 돌아오는 내내 아무런 도움이 되어주지 못한 지후에게 투덜거리고 또 건방지다며 석현을 욕했지만 지후는 사진 속의 여자만이 떠오를 뿐이었다. 옆에서 조잘대는 미수의 목소리는 아득하기만 했다. 사진 속의 여자는 분명 자신의 약혼녀, 현수였다.

눈에 익은 건물이 보이기 시작했다. 지하 주차창에 차를 세웠지만 여전히 입이 나온 미수는 그에게 항의라도 하는 듯 내릴 생각을 하지 않았다.

"그만 내려. 나 바빠."

"지금 오빠가 나한테 할 소리야?"

"내가 말한다고 해서 흔들릴 사람은 아니었어."

딱딱하게 대꾸하는 지후를 한 번 흘겨본 후 미수는 보란 듯이 차 문을 거칠게 열고 닫았다.

"잘 가라, 다음에 보자."

"오빠, 나 계획했던 대로 안 되는 바람에 시간 조금 있는데 차 한 잔 얻어 마시고 갈게."

바로 돌아갈 줄 알았던 미수가 그의 팔에 팔짱을 끼며 따라붙자 지후는 걸음을 멈췄다. 그리고 팔에 끼여 있던 미수의 손을 털어냈다.

"진미수, 나 너랑 한가하게 차 마실 시간 없다. 시간나면 다른 사진작가나 알아봐라."

지후의 말에 미수의 눈은 다시 투지로 불타올랐다.

"오빠, 내가 그렇게 호락호락한 줄 알아? 두고 봐, 꼭 그 사람이랑 작업할 테니까. 정말 안 돼?"

"그래."

"하여튼 오빠, 야박한 것은 알아줘야 해."

미수는 투덜거리며 주차되어 있는 자신의 차로 갔다. 미수의 BMW가 부드러운 엔진 소리를 내며 꼬리를 감추자 지후는 엘리베이터로 발걸음을 옮겼다.

띵!

엘리베이터 문이 열렸다. 그리고 무의식적으로 손을 올려 오층을 눌렀다. 여전히 머리 속에는 스튜디오에 걸려 있던 현수의 사진들만이 가득했다. 사무실에 들어서자 은희가 자리에서 일어났다.

"저, 변호사님."

그러나 지후의 귀에는 은희의 목소리가 들리지 않았다. 다시 한 번 은희가 부르자 멈칫하며 돌아봤다.

"변호사님, 몇 군데서 전화가 왔는데요."

은희가 내미는 전화 메모를 받아 들었지만 초점없는 그의 시선은 다른 생각을 하고 있음을 여실히 보여주었다. 미수와 나갈 때와는 달리 표정도, 분위기도 심상치 않다는 걸 느꼈는지 은희는 조심스럽게 상사를 살폈다. 은희가 전해준 메모지는 이미 지후의 손에 구겨지고 있었다. 그 모습에 당황하는 은희를 전혀 의식하지 못한 듯 지후는 돌아서며 저음의, 결코 거역하기 힘든 명령조의 말을 남겼다.

"아무도 연결시키지 마."

자신의 방으로 들어온 지후는 의자에 앉지 못하고 창가에 섰다. 마음 한구석을 여지없이 뒤흔들었던 선주의 말이 선명하게 떠올랐다. 예견이라도 한 듯 주의를 주던 선주는 이미 알고 있었던 게 분명했다. 현수의 말처럼 다시 돌아온 그녀의 연인, 이미 그 사람에게 자신의 사랑을 다 줘버렸다고 당당히 말하던 현수의 얼굴이 오버랩되었다. 굳게 말아 쥔 주먹이 흔들렸.

이미 이긴 게임이라 생각하면서도 자신의 내부에서 심한 갈등이 이는 건 어쩔 수 없었다. 아무 말 없는 걸 보면 현수는 석현의 귀국을 모르는 게 분명했다. 만약 안다면 지금처럼 조용히 결혼 준비를 할 현수가 아니었다. 삼 년을 기다리고, 자신만 아니었다면 얼마든지 더 기다릴 녀석이 현수였다. 결혼식장에 손잡고 들어갈 때까지는 장담하지 못하는 거라고 악담 아닌 경고를 하던 선주를 떠올리며 뛰는 가슴을 진정했다. 선주가 현수에게 알리고자 했다면 진작 알렸을 거라는 생각이 들었다. 자신만 입을 다물면 된다. 굳이 스스로 석현의 귀국을 알려 평지풍파를 만들 필요는 없었다.

지후는 담배 맛이 간절했다. 그래서 서랍 속을 뒤적여 봤지만 담배는 보이지 않았다. 아주 가끔 피우던 담배도 끊은 지 일 년이 다 되어갔다.

 이미 가질 수 있는 것이라 생각했고 목표까지 얼마 남지 않았다. 그는 충분히 양심의 가책 따위 없이 현수를 소유할 수 있으리라 생각했다. 그러나 불안하게 날뛰는 심장은 좀처럼 잠재우지 못했다. 그 어느 때보다 현수가 더 갖고 싶었다. 조급함이 하늘을 찌를 듯했다. 지금 그가 현수에게 갖는 감정이 어떤 감정인지 실체는 알 수 없으나 다만 놓칠 수 없다는 건 분명했다. 이미 자신의 여자라고 인정해 버린 후였다. 더 이상 다른 사람의 사정을 돌아봐 줄 여유도 마음도 없었다. 놓치고 후회하는 것보다는 가지고 난 다음에 생각해 보는 게 더 현명했다.

 현수는 결혼 준비로 바쁜 하루를 보냈다. 사실 미정의 손에 끌려 다니느라 지쳐 있었다. 결혼식 날짜는 하루가 멀게 다가오는데 여전히 확신이 서지 않는 그녀였다. 그러니 즐거울 리 없었다. 다만 미정의 성화에 못 이겨 끌려 다니며 성의없이 고개만 끄덕이곤 했다.
 지후가 싫은 것은 분명 아니었다. 그와 함께 있으면 즐거웠지만, 사랑은 아니었다. 사랑없는 결혼에 대한 의문은 좀처럼 현수를 자유롭게 놓아주지 않았다. 그런 자신에 비하면 지후는 확신에 찬 듯했다.
 그녀보다 체력이 더 좋은 듯 기운이 넘치는 미정은 이층으로 올라가려는 현수를 붙잡고 내일 둘러볼 곳들에 대해 미리 언급을 했다. 현수는 귀찮은 듯 알아서 하라며 손을 저었다. 입술을 삐죽이는 미정을 뒤로하고 올라와 침대에 누웠다. 피곤했지만 잠이 오지 않았다. 뒤척이는데 핸드폰이 울렸다. 지후였다.

"왜?"

—집 앞이야. 잠깐 나와라.

전화기에서 느껴지는 지후의 음성에 피곤이 묻어났다. 일과 결혼식 준비로 바빠진 탓에 매일은 힘들었지만 자주 만나 데이트라는 걸 하곤 했다. 그렇지만 밤늦게 찾아온 적은 없던 지후였다.

현수는 급하게 일어나 카디건을 걸치고 대문 밖으로 나왔다. 지후가 차체에 기댄 채 서 있었다.

"웬일이야?"

"전혀 반갑지 않은 표정이다. 그냥 오면 안 되는 거냐?"

놀라서 특별한 의미 없이 묻는 현수의 질문을 지후는 삐딱하게 받아들인 듯했다.

"그냥 올 사람이 아니니까 그렇지."

"너, 나에 대해서 얼마나 아는데? 내가 너에 대해 아는 것에 비하면 새 발의 피일걸."

지후의 상태가 별로 좋아 보이지 않았다. 음울한 얼굴로 비아냥거리는 말투는 그의 기분이 엉망이라는 걸 보여줬다.

"뭐가 불만이야?"

지후는 현수의 눈동자를 빨아들일 듯 바라볼 뿐 말이 없었다. 훈훈한 봄 기운이 담긴 바람이 스쳤다. 더불어 흐릿한 알코올 냄새가 현수의 후각을 자극했다. 현수는 놀란 입을 다물지 못한

보이지 않는 라이벌

채 지후에게 바짝 다가서서 코를 벌름거렸다.

"뭐야? 너 술 마셨니? 얘 좀 봐, 미쳤어. 지금 술 마시고 차 끌고 온 거야?"

"딱 한 잔 했어."

"한 잔은 술 아냐? 너 흡……."

지후의 입술이 부딪혀 왔다. 그녀가 하려던 말은 막혀 더 이상 이어지지 못했다. 그 언젠가처럼 살짝 스치는 입맞춤이 아니라 거침없이 그녀 안을 침입해 들어왔다. 놀라 무방비 상태인 현수의 입술과 혀는 어떤 반항도 못한 채 고스란히 지후에게 내주었다. 현수의 입술을 농락하던 지후는 입 안을 탐색하기 시작했다. 정신을 차릴 수가 없었다. 널뛰듯 심장 박동이 제멋대로 움직였고, 숨조차 제대로 쉬기 힘들었다. 거칠지만 흥분되는 느낌에 사로잡혀 있던 현수는 희미한 알코올 맛을 느꼈다. 대책없이 지후의 진한 키스에 호응하던 현수는 자신이 무슨 말을 하려했었는지를 기억해 내고 지후를 밀어냈다.

"아, 지후야, 그만……."

그러나 지후는 집요했다. 현수의 입술을 놓지 않으며 미지의 세계로 유혹다. 혀와 혀가 얽히고, 서로의 타액을 나누며 현수가 이성의 끈을 놓아갈 때쯤 지후가 입술을 떼었다. 카디건 위로 움켜쥐고 있던 가슴에서도 손을 내려놓았다. 현수는 지후를 올려다봤다. 여전히 그녀의 입술을 바라보며 열에 들뜬 얼굴이었지만 눈동자는 몹시 어두웠다. 문득문득 스치는 음울한 그림자가 엿보였다. 그래서 현수는 갑작스런 그의 행동에 화보다 걱정이 앞섰다.

"너 정말 무슨 일 있어?"

"아니, 아무 일 없어. 그만 들어가 자라."

"지후야."

"차는 내일 아침에 와서 가져갈게."

그는 말할 생각이 없는 것 같았다. 의문에 찬 현수의 얼굴을 남겨둔 채 지후는 돌아섰다. 현수는 멀어지는 지후의 뒷모습을 멍하니 바라봤다. 뭔가 있었다. 술을 마시고 찾아온 것뿐만 아니라, 아무 일이 없다고 했지만 왠지 그의 얼굴과 행동은 석연치 않았다.

집으로 돌아온 지후는 진서의 오피스텔을 두드렸다. 자다 일어난 듯 부스스한 얼굴의 진서가 얼굴을 내밀었다.

"몇 신데 잠 안 자고 난리야?"

"술 한잔하자."

"뭐? 인마, 밤엔 잠을 자야지."

진서는 투덜거리면서도 지후를 안으로 들였다.

"자기야, 누구 왔어?"

방 안에서 여자의 목소리가 들려왔다. 지후는 소파에 털썩 주저앉으며 진서를 향해 중얼거렸다.

"내가 방해했냐?"

"알면 됐다. 신경 쓰지 마. 뭘로 줄까?"

"독한 거."

"보아하니 벌써 한잔한 것 같은데, 결혼 앞둔 새신랑이 웬 술 타령이야? 술도 별로 안 좋아하는 녀석이······."

내키지 않는 표정을 한 진서는 냉장고에서 캔 맥주와 마른안주를 꺼내왔다. 지후가 노려봤지만 진서는 모른 척했다. 그리고 지후 옆에 자리를 잡고 앉았다.

"시원하게 목만 축여. 술이 고픈 게 아니고 친구가 필요하잖아."

지후가 피식 웃었다.

"자식, 말 하나는 기막히다."

"뭔데 이 시간에 날 찾은 거야?"

지후는 맥주를 한입에 털어 넣은 후 고개를 뒤로 한껏 젖혀 소파에 기댔다. 그리고 피곤한 듯 눈을 감은 채 말했다.

"넌 사랑을 믿니?"

지후를 향해 여유로운 미소를 짓던 진서의 얼굴색이 순간 굳어졌다.

"아니."

단호하고 명쾌한 대답이었다.

"그러는 넌?"

"알잖아."

"그런 사람이 서둘러서 결혼하는 이유가 뭐냐?"

진서는 이해가 안 된다는 듯 물으며 손에 들고 있던 캔 맥주를 들이켰다.

"글쎄······."

지후는 쉽게 그 이유를 말하지 못했다. 현수에 대한 집착이 단지 그와 잘 맞는 여자이기 때문이라고 하기엔 부족했다. 현수의 옛 연인을 만난 것만으로 그는 이성을 잃고 있었다. 현수를 만나 확인하고 싶은 욕구가 치밀어 오르자 참을 수가 없어 술을 마시다 말고 정신없이 차를 몰아 그녀의 집 앞으로 갔었다. 그러나 막상 그녀를 보자 어떤 말도 물을 수 없었다.

"그냥 나와 잘 맞는 여자라서……."

"그냥 잘 맞는 여자라서 결혼을 한다?"

"그래."

 도저히 믿기지 않는다는 듯 눈꼬리를 올리는 진서였지만 더 이상 묻지 않았다. 캔 맥주를 몇 개 더 비운 지후는 소파 한쪽 구석에 머리를 박고 잠이 들어버렸다. 진서는 지후를 내려다보며 무거운 한숨을 내쉬었다. 지후가 술에 약하다는 걸 누구보다도 잘 아는 진서였다.

"자기야?"

 방문이 열리며 뽀얀 어깨를 드러낸 여자가 얼굴을 내밀었다.

"그만 가라."

 눈꼬리가 길어지며 날카로워진 여자를 차갑게 외면한 진서는 얇은 담요 하나를 꺼내 지후를 덮어줬다.

5... 무인도에서…

**매**일처럼 전화를 해 짧게나마 안부를 묻던 지후의 전화가 끊긴 지 일주일째였다. 밤에 술을 마시고 찾아왔던 날 이후부터였다. 하루 이틀은 바쁘려니 이해했다. 그러나 결혼식을 일주일 남겨둔 지금 현수는 짜증이 일기 시작했다.

혹시나 마음이 변한 것은 아닌가 걱정하는 자신을 보며 어이가 없고 황당하기마저 했다. 뭔가 바뀌어도 크게 바뀐 게 분명했다. 결혼을 원했던 것도 그녀가 아닌 지후였고, 열심히 그녀를 설득하고 빠른 시일 안에 결혼을 추진한 것도 그였다.

그런데 왜 혼자만 안절부절못하는 것 같은 기분인지 신경들이 곤두서 있었다. 누가 살짝 건드리기라도 한다면 폭발할 것처럼 불안 증세를 보였다. 현수의 모습에 가족들은 조심하는 듯했다. 그녀의 날카로움이 결혼에 대한 거부감이라고 착각하는 것 같았다. 사실 무심한 지후에 대한 짜증과 원망이라고는 상상조차 못하리라. 그날, 어두워 보이던 지후의 얼굴과 석연치 않았던 행동이 마음에 걸렸다.

그녀의 신경을 건드리는 건 지후 외에도 또 있었다. 바로 선주였다. 가만히만 있어도 중간은 간다고 하는데 선주는 요즘 들어 전화를 부쩍 자주 했다. 정작 기다리는 지후의 전화는 함흥차사고, 그녀의 조바심을 더 일으키는 선주의 전화는 계속되었다. 이제는 짜증이 날 정도였다.

오늘도 어김없이 선주로부터 전화가 왔다.

―현수야, 정말 후회 안 해?

"그래."

―결혼 너무 급하게 하는 거 아냐?

"어차피 할 결혼인데."

현수는 힘없이 대꾸했다.

―그래도 신중해야지. 네 인생을 결정하는 건데.

"야, 이선주. 나 다음 주에 결혼식이야. 그런 말을 꼭 해야겠니?"

―네 생각이 중요하지 그게 중요해?

"이미 난 결정했어, 김지후랑 결혼하기로. 너 정말 왜 그래?"

현수의 음성은 치밀어 오르는 짜증을 참아내느라 퉁명스러웠다.

―뭘?

"뭐긴 뭐야? 요 며칠 전화해서 계속 똑같은 말이잖아. 정말 하고 싶은 말이 뭐야? 나 결혼하지 말고 연락도 없는 석현 오빠를 계속 기다려야겠니? 난 지쳤고 가족들과 싸울 기력도 없어. 이제 나한테 더 이상 석현 오빠 얘기는 하지 마. 나 다른 남자랑 결혼할 사람이야. 알았어?"

꾹꾹 참던 현수는 선주의 딴청에 폭발하고 말았다. 현수의 신경질적인 반응에 놀란 듯 선주는 말이 없었다. 수초 동안의 침묵이 흐른 후, 선주의 음성이 들렸다.

―행복할 자신 있지?

"그래, 잘살 거야. 충분히 행복할 거야. 지후도 한때는 내가 좋아했던 사람이야. 같이 있으면 즐거운 것도 사실이야. 이선주, 제발 부탁이니까 내 걱정은 여기까지만 해라."

―알았어. 너의 확신에 찬 목소리를 들으니까 안심이 된다. 네가 결혼한다니까 조금 불안했나 봐. 혼자 남겨진 자의 발악이라고 생각해.

"고마워. 걱정하는 네 맘 다 알지."

선주와의 통화를 마친 현수는 기분이 영 편치 않았다. 더 이상 비빌 언덕이 사라진 기분이라고 해야 할까? 정작 초조해하고 불안해야 할 사람은 그녀였다. 그러나 자신보다 더 불안하고 초조해하는 선주에게 당당하게 걱정하지 말라고 말했다. 자신의 선택에 대해 확신을 가진 것처럼 말이다.

결국 실패한다고 해도 핑곗거리가 사라진 것이다. 오로지 혼자만이 짊어져야 하는 삶의 몫처럼 느껴졌다. 오늘도 지후에게서는 전화가 없었다. 현수는 울리지 않는 전화기를 한참 노려보다 긴 숨을 몰아쉬며 수화기를 들고 버튼을 눌렀다.

"나야."

―응.

"요즘 바빠?"

―응.

"전화할 새도 없이?"

―응? 뭐 나랑 의논해야 할 일이라도 있니?

"아니."

돌아오는 건 지후의 침묵뿐이었다.

"결혼식장에서나 보는 거야?"

―글쎄, 그전에 한번 봐야지. 내가 연락할게.

"그래."

전화는 끊겼다. 전화기 너머에서 들려오는 지후는 음성은 몹시 낯설게 느껴졌다. 다정다감하게 그녀를 챙기던 지후는 존재하지 않았다. 그녀의 질문에 겨우 '응'만을 되풀이했다. 그걸 못마땅하게 생각하는 자신을 보며 현수는 스스로에게 화가 났다. 다섯 살 먹은 어린아이로 되돌아간 듯 관심을 보여달라고 투정 부리는 모습이었다. 머리가 어떻게 된 게 분명했다. 친구라는 감정 이상은 없다고 생각하던 지후에게서 느끼는 이 감정을 어떻게 해석해야 하는지 알 수 없었다. 애꿎은 전화기만 노려보다 신경질적으로 내려놓았다. 속이 탔다. 차가운 냉수라도 마셔야 할 듯했다.

쿵쾅거리며 내려오는 현수를 걱정스러운 눈길로 미정이 바라봤다.

"현수야."

"네."

"좀 앉아라."

"잠깐만요."

현수는 부엌에 가 차가운 냉수를 들이킨 후, 미정의 옆에 가 앉았다. 미정은 잠시 뜸을 들이더니 조심스럽게 말을 꺼냈다.

"현수야, 정말 싫으면 안 해도 돼."

"네?"

현수는 미정의 말을 이해하지 못하고 눈을 깜박거렸다.

"결혼 말이야. 네가 행복하길 바라. 김 변호사라면 충분히 널 위하고 아껴줄 것 같아 결혼하라고 재촉했지만, 정말 중요한 건 너잖아. 네가 불행한 걸 원하지 않아. 그건 엄마도, 아빠도, 윤수와 현경이도 마찬가지야."

미정은 현수의 손을 감싸며 그녀의 눈을 지그시 바라봤다. 현수는 아찔한 느낌이었다. 모두들 하나같이 그녀를 결혼시키기 위해 안달하던 사람들이 막상 결혼을 앞둔 그녀에게 너의 판단을 존중한다는 듯이 말하고 있었다. 가족들의 마음에 감사해야 했다. 누구보다도 미정이나 가족들이 자신을 사랑한다는 걸 알지만 지금 그녀에게 필요한 것은 확신과 격려였다. 날카로운 신경을 잠재우고 안정을 찾을 수 있는 말은 이 결혼에 대한 의심이 아니었다. 그만두고 싶으면 그만두라는 말이 아니라 잘하고 있다, 이것만이 최선이다라는 채찍의 말이 절실히 필요했다.

숨이 꽉꽉 막히는 것 같았다. 이 결혼은 다른 사람도 아닌 오로지 너만의 결정이고, 선택이라고 말하는 것 같았다. 물론 자신이 원해서 결혼을 하기로 했지만 가족들의 회유가 없었다면 감히 생각조차 못했을 일이다. 그런데 상황은 그녀만의 결정으로 남겨진 셈이 되어버렸다. 자신의 불안함과 초조함의 근원은 다름 아닌 지후라는 걸 현수도 알고 있었다. 그러나 주위의 모든 사람들이 그녀를 도와준다기보다는 더 날카롭게 만들었다.

"알아. 그렇지만 결혼 며칠 안 남았는데, 정말 내 마음대로 해도 돼?"

"그래. 다른 사람의 시선보다는 네 행복이 중요하니까."

미정은 잠시 머뭇거렸지만 현수의 어깃장을 놓는 듯한 말을 순순히 인정했다. 현수는 어이가 없어 되물었다.

"정말 괜찮아?"

"그래."

이미 마음을 굳힌 듯 고개를 끄덕이는 미정을 보며 현수는 애써 불안한 자신의 마음을 감췄다.

"아냐, 결혼할 거야. 하기로 한 것 할 거야. 걱정 마, 잘살 테니까."

현수는 일어섰다. 미정의 얼굴에 잠깐 스치는 안도와 염려의 표정을 현수는 놓치지 않았다. 문득 미정도 자신과 마찬가지로 불안하고, 초조한지도 모르겠다는 생각이 들었다. 가보지 않는 길에 대한 확신을 어떻게 가질 수 있단 말인가. 그걸 강요하는 자신이 더 문제인지도 모른다.

"나 잠깐 나갔다 올게."

"어디 가려고?"

"응. 마사지도 받고 바람도 쐬고……."

"그러렴."

현수는 밖으로 나왔다. 따뜻한 햇살이 내리쬐고 있었다. 담벼락을 따라 넝쿨장미가 붉은 꽃망울을 터뜨렸고, 개나리는 이미 지고 초록빛 잎만이 무성하게 자라고 있었다. 왠지 햇살에 빛나는 초록 잎은 사랑일 것 같고, 꽃은 결혼일 것 같았다. 보통은 잎이 나고, 꽃이 피는 게 정상일 텐데 이른 봄 피는 꽃들은 개나리처럼 꽃이 먼저 피고, 잎이 나중에 나는 것들이 몇 있다. 자신의 모습과 비슷한 것 같았다. 사랑의 결과가 결혼이리라. 그런데 결혼부터 하는 그녀였다. 사랑 같은 건 기대조차 하지 않는다. 그건 비단 그녀만의 생각은 아니다.

현수는 고개를 흔들었다. 더 이상 생각하고 싶지 않았다. 생각한다고 달라지는 것은 없었다. 마사지는 그저 핑계에 지나지 않았다. 현수는 혼자 걷고 또 걸었다. 거리를 배회하다 보니 커피숍 앞에 서 있었다.

석현을 마지막으로 만났던 커피숍. 발길이 왜 이곳으로 옮겨졌는지 현수는 모른다. 삼 년 전보다 지금이 더 마지막처럼 느껴졌다. 석현에게 이별을 통보받던 그 자리에 앉았다. 그리고 그때와 마찬가지로 커피를 마셨다. 무슨 의식을 치르듯이 현수는 경건했다. 커피 맛을 즐기지 못하는 건 그때나 지금이나 여전하다. 입 안을 맴도는 커피가 쓴 약처럼 느껴졌다. 무의식이 이끄는 대로 이곳을 찾아왔다. 더 기다려 주지 못하는 미안함과 자신이 처한 현실을 직시하고 싶었는지 모른다. 현수는 씁쓸한 표정을 감추지 못했다.

지후와 만난 이후로 석현을 생각하지 않는 날이 많음을 스스로 인정했다. 그리고 최근 연락이 없는 동안, 모든 생각들이 지후에게 집중되어 석현을 전혀 떠올리지 않았다는 걸 비로소 깨달았다. 조금씩 조금씩 석현은 그녀 안에서 비워져 가고 있었다.

'오빠, 여기까지야. 내 마음에 더 이상 오빠의 빈자리를 남겨 두지 않을 거야. 오빠를 사랑하는 내 맘은 가슴속에 묻을 거야. 그저 현실에 충실할 거야. 한 남자의 아내로 최선을 다하면서 아이 낳고 평범하게 살 거야. 더 기다려 주지 못해서 미안해.'

현수는 마음속으로 석현과 작별 인사를 했다. 더 이상 뒤돌아보지 않으리라.

내일이면 결혼식이었다. 모든 게 어수선하고 시끄러웠다. 하지만 지후로부터 연락은 없었다. 현수는 입술을 지근지근 깨물며 초조하게 방 안을 서성였다. 불안한 예감이 전신을 휘감고 있었다. 혹시 후회하는 것은 아닐까 하는 의문이 머리 속을 스쳤다. 막상 닥치니까 그도 결혼에 대해 거부감이 일었을지도 모른다. 현수는 불쾌감이 송골송골 맺히는 걸 느꼈다. 더 이상 생각할 것도 없이 핸드폰 번호를 누르려는데 벨이 우렁차게 울렸다. 지후의 번호가 선명하게 떴다.

현수는 심호흡을 하고 통화 버튼을 눌렀다.

"여보세요."

―나야.

"응."

―퇴근 후에 보자.

"그래."

―사무실 근처로 올래?

"알았어."

현수의 음성이 딱딱한 것을 느꼈는지 전화기 너머로 지후의 한숨 소리가 들렸다.

"무슨 일 있어?"

―아니.

"좀 있다 보자."

―그래.

전화는 끊어졌다. 아주 짧은 전화 통화였다. 전화기 너머로 들려오는 지후의 목소리는 무척 차갑게 느껴졌다. 현수는 외출 준비를 하면서 결혼에 대한 핑크 빛 기대를 버렸다. 지후가 석현을 대신할 수 있다는 착각은 접었다. 은연중에 현수는 그럴듯한 결혼 생활을 꿈꿨던 게 사실이었다. 비록 사랑없이 결혼을 하더라도 언젠가는 서로에 대해 사랑의 마음이 생기지 않을까, 서로에 대한 절박한 마음이 생기지 않을까 하는 생각을 했다.

적극적이고 능청스럽게 자신의 감정을 표현하는 지후를 보며 어쩌면 가능하리라 생각했다. 그의 표현들이 싫지 않았으니까. 모든 말들이 진심으로 들렸으니까. 그러나 혼자만의 착각이라는 걸 비로소 깨달았다.

레스토랑에서 와인을 곁들인 저녁을 했다. 오늘따라 지후도 말이 없었다. 왠지 긴장감이 감도는 저녁 식사였다. 현수는 묵묵히 스테이크를 썰어 입으로 넣으며 자신의 예상이 맞을지도 모르겠다고 생각했다. 그렇다면 웃으며 안녕하리라 마음먹었다. 지후에게 놀아난 자신의 모습이 한심스럽기는 하겠지만 분명히 좋은 경험이었다. 지후가 아니어도 더 이상 과거에 연연하지 않을 만큼 그녀는 강해졌다. 현수는 지후의 침묵을 건드리지 않았다.

"잘 지냈어?"

"응."

"선주 씨는?"

현수는 선주를 묻는 지후의 말에 포크를 내려놓으며 고개를 들었다. 선주의 안부를 묻는 그의 심중을 도대체 헤아릴 수 없었다. 눈꼬리가 저절로 올라갔다.

"선주는 왜?"

"아니, 너랑 제일 친한 친구잖아."

그녀의 날카로운 대꾸에 지후의 대답은 어딘지 모르게 개운치가 않았다.

"잘 있어. 전화 한 통화 못할 만큼 바빴던 거야?"

"응. 개업한 지 얼마 안 됐잖아. 대충 해서는 살아남기 힘들어."

"그렇구나."

"응."

그의 말을 곧이곧대로 믿는 건 아니었지만 수긍하는 듯 대꾸했다.

"내일 우리 결혼식이야."

"알아."

지후는 손을 와인 잔으로 가져갔다. 감정을 헤아릴 수 없는 눈동자는 그녀를 정면으로 바라보지 않고 있었다. 분명 다른 날과는 달랐다. 자신의 눈을 뚫어질 듯 바라보며 짓궂은 농담을 서슴없이 하던 지후가 아니었다. 현수 역시 마른 입술을 와인으로 적신 후 천천히 목으로 넘겼다.

"말해."

"응? 뭘?"

"너, 지금 나한테 하고 싶은 말 있잖아."

놀란 듯 되묻는 지후에게 현수는 눈에 보이는 그대로 말했다. 지후는 고집스러운 현수의 눈을 보며 긴 한숨을 내쉬었다. 지후 역시 더 이상 현수의 시선을 피하지 않고 정면으로 바라봤다. 눈가엔 웃음기라고는 찾아볼 수 없었다.

"마지막 기회야. 그만두고 싶다면 여기서 끝내자."

"흠……."

현수의 입에서는 의미를 알 수 없는 신음이 새어 나왔다. 결국 그녀의 예상은 빗나가지 않았다.

"네가 다시 생각하고 싶다거나 여전히 결혼에 대한 거부감이 남아 있다면 지금 말해. 멈출 수 있는 기회는 지금뿐이야."

"그러는 넌 어떤데?"

"난 네 결정에 따를 거야."

"그래? 그렇다면 내가 여기서 관두자고 하면 결혼 같은 건 없었던 일로 되는 거네."

현수는 분노가 솟구치는 걸 속으로 감추며 감정이 담기지 않는 목소리로 태연스럽게 말했다. 모두가 그녀의 결정에 따른다고 말했다. 그 말이 그녀에게는 관두라는 말처럼 들리는 건 무슨 이유에서일까? 어김없이 지후도 주고받던 공을 그녀에게 넘겨 버렸다. 그녀가 싫다고 하면 아무런 미련 없이 손을 털겠다고 말하는 지후를 말없이 한동안 바라봤다. 정확한 그녀의 대답을 기다리는 듯 지후의 시선은 그녀에게 고정되어 있었다.

긴장된 침묵이 흐른 후, 현수는 단호하게 말했다. 흔들리는 자신에게 하는 말이기도 했다.

"내게 원하는 게 사랑만 아니라면 상관없어."

지후의 턱 근육이 실룩거렸다.

"후회하지 않겠어?"

"겁먹은 건 내가 아니고 너 같다. 후회해도 내가 해. 뭘 다짐 받고 싶은 거야?"

"결혼에 대한 네 결심. 다시 물리자는 소리 같은 건 안 통한다는 걸 확실히 하고 싶을 뿐이야."

"혼자 하는 결혼 봤니? 이미 너와 나의 합의 하에 결정한 거야. 그걸 왜 새삼, 그것도 하루 전에 확인하려는 이유를 모르겠다. 너야말로 관두고 싶으면 지금 말해."

지후는 더 이상 말이 없었다. 빈 와인 잔에 다시 와인을 따라 입으로 가져갈 뿐이었다.

테이블 아래서 현수는 빳빳하게 굳어버린 것 같은 손을 연신 주물렀다. 피가 통하지 않는 것만 같았다.

내일이면 그녀의 남편이 될 지후가 굉장히 낯설고, 차가운 사람으로 느껴졌다. 사람 좋은 얼굴로 능청스러울 정도로 그녀를 회유하고 설득하던 모습이 아니라, 협상 테이블에 앉은 사람처럼 선을 확실히 긋는 그는 분명 그녀가 결혼을 하고자 한 지후가 아니었다.

그러나 이미 그녀는 선택을 했다. 가보기로 결심했고, 더 이상 물러날 자리도 없었다. 적어도 그가 거짓말을 할 사람은 아니었다. 그녀의 헛된 희망사항 같은 건 접고, 현실에 충실하면 되는 것이다.

자리에서 일어날 때까지 더 이상 두 사람은 말이 없었다. 차 안에서도 냉랭한 기운이 감돌았다. 현수의 집 앞에 도착하자 지후는 한마디만을 남기고 사라졌다.

"내일 식장에서 보자."

왠지 그는 화가 난 사람처럼 보였다. 그녀가 들어가는 것조차 보지도 않고 휑하니 돌아서서 가버리는 모습을 보며 현수는 거친 숨을 몰아쉬었다. 명확하게 말할 수는 없지만 시작도 전에 어긋나고 있었다.

무인도에 홀로 떨어진 기분이었다. 여행에서 얻을 수 있는 것들에 대해 떠들며 여행을 떠나라고 부추기던 사람들은 모두 어디 갔는지, 정작 여행을 떠난 사람은 그녀 혼자였다. 지금은 홀로 무인도에서 살아남기 위해 발버둥 치고 있었다.

현수를 바래다주고 돌아온 지후는 불도 켜지 않은 채 침대에 길게 누웠다. 모든 게 엉망이었다. 내일이면 다 끝이 난다. 현수는 드디어 그의 신부가 되는 것이다. 그럼에도 불구하고 그는 전혀 기쁘지 않았다. 이미 곤두박질칠 대로 친 자신의 기분은 전혀 회복되지 않았다. 현수에게 연락하지 않은 건 그가 할 수 있는 그녀에 대한 최대한의 배려였다. 현수의 과거 연인과 상관없이 그녀를 설득했고, 결혼하기까지 이끌었다. 그러나 막상 석현을 만난 이후로는 자신이 속임수를 쓰고 있는 것만 같아 현수 앞에 나설 수가 없었다.

양심에 가책이나 중압감을 느낄 하등의 이유가 없었지만, 그녀가 사랑하는 사람에 대한 소식을 자신만이 알고 있다는 것은 왠지 꺼림칙했다. 마음 같아서는 둘 중의 하나를 선택하라고 말하고 싶었다. 그러나 그럴 수는 없다. 그렇다면 보나마나 결과는 뻔하다. 오늘 확인하지 않았는가.

"내게 원하는 게 사랑만 아니라면 상관없어."

그녀의 마음에 전혀 흔들림이 없다는 걸 알았을 때 기뻐야 했다. 그러나 지후는 전혀 기쁘지 않았다. 지옥에 떨어진 기분이라고 해야 할까? 그 이유는 알 수 없었다. 다만 지독히도 기분이 나빴다는 것밖에. 아마도 그녀가 말한 사랑이라는 말을 통해 여전히 현수를 잊지 못하는 석현이 떠올랐기 때문일 것이다. 사랑이라는 말은 막연한 단어가 아니라 이젠 석현으로 구체화되어 버렸다.

삼 년이 지난 지금도 서로를 잊지 못하는 대단한 커플, 그들을 가로막는 악당은 분명 그였다. 원하든 원하지 않든 그에게 주어진 역할은 악역이었다. 그렇다 할지라도 지후는 포기할 생각이 전혀 없었다. 나중에 원망을 듣더라도 상관없었다. 그만큼 지후는 현수를 원했다.

단 한 번도 현수가 아닌 다른 여자를 자신의 여자로 생각해 보지 않은 집요함이 그에겐 있었다. 만나지 못했다면 모를까 만난 이상 놓치는 일은 없을 것이다. 현수는 자신의 여자였다.

모두가 잠이 든 밤, 현수는 침대 밑에서 상자 하나를 꺼냈다. 지후와의 결혼을 결심하면서 없애려던 상자였다. 상자를 열자 안에는 석현과 함께한 오 년의 시간이 고스란히 담겨 있었다. 두 권의 앨범과 그와 나누었던 작은 엽서들, 그리고 영화표, 입장권, 일기장까지…… 그녀의 손때가 묻은 물건들이었다.

아무리 특별한 감정 없이 하는 결혼일지라도 이제 한 남자의 아내가 되는 것이다. 그렇다면 옛 연인과의 추억이 담긴 이 물건들을 정리하는 게 당연한 것이고, 최소한의 예의라는 것을 알면서도 현수는 그 물건들을 없애지 못했다. 적어도 지후가 그토록 낯설게만 느껴지지 않았다면, 결혼을 앞두고 안절부절못하던 자신의 마음만 추슬렀다면 이미 태워 버렸을 물건들이었다.

빛이 바랜 앨범을 열었다. 앨범 안에는 그녀를 향해 환한 미소를 짓던 석현이 있었다. 찍을 줄만 알았던 그답게 두 권의 앨범을 통해 그의 사진은 몇 장 되지 않았다. 그러나 몇 장 안 되는 사진은 그녀를 향해 웃고 있었다. 가슴을 쿡쿡 찌르는 듯한 아픔이 느껴졌다. 석현의 사진을 손으로 쓸어보는 현수의 눈에는 눈물이 가득했다. 한동안 잊고 지냈던 사진이다.

현수의 흐린 눈에 환하게 웃고 있는 자신의 모습이 들어왔다. 함께 떠난 사진 여행에서 아름다운 자연 앞에 넋을 잃고 있는 현수에게 마구 카메라의 셔터를 눌러대던 석현의 모습이 겹쳤다.

"오빠는 작품전 준비한다며 왜 자꾸 내 사진만 찍어대는 거야?"
"어떡하면 좋으니? 내 카메라가 자꾸 너만 쫓아다니는 걸. 이 녀석 눈에는 네가 제일 예쁘대."

어이없어하는 현수를 보며 환하게 웃던 석현의 모습이 뇌리를 스쳤다. 현수는 입술을 지그시 물었다. 그리고 더 이상 생각하지 않으려는 듯 고개를 내저으며 앨범을 덮었다. 처음처럼 다시 상자에 집어넣고 아무도 손이 닿지 않을 공간으로 밀어 넣었다.

침대에 누웠지만 잠이 오지 않았다. 지후에 대한 섭섭함 때문이었을까, 미래에 대한 두려움 때문이었을까. 매몰차게 잊고자 했던 석현의 모습이 너무도 선명하게 떠올랐다. 그녀가 꿈꾸던 사랑은 석현이 그녀의 손을 놓는 순간 끝이 난 건지도 모른다. 내일이면 석현이 아닌 지후의 아내가 된다.

*6... 결혼*

**호**텔에 들어선 순간 무표정했던 현수의 얼굴이 잠시 흔들렸다. 긴장을 하는 것도 같았고, 초조해하는 것도 같았다. 지후는 현수의 그런 변화를 유심히 살폈다. 누가 뭐라고 하든 오늘은 아무도 건드릴 수 없는 그들의 첫날밤이었다. 경험이 많은 여자라도 긴장하는 것은 당연하다.

지후는 그녀가 경험이 없을 거라고는 기대조차 하지 않았다. 사랑없이도 하룻밤 함께 뒹구는 것은 이야깃거리도 아닌데, 하물며 사랑한다는 사람과 관계를 갖지 않았을 거라고는 생각되지 않았다. 그 역시 동정이 아니었으므로 거기에 의미를 두지는 않았다. 지금 당장 그녀를 안고 싶다는 것, 언제든지 그녀의 육체를 탐할 수 있는 사람은 자신뿐이라는 사실 하나만으로 더 이상 문제될 것은 없었다.

두 사람 사이에는 긴장된 침묵이 흘렀다. 거의 밤을 새다시피 한 현수는 결혼식 내내 비몽사몽이었다. 분명히 눈을 뜨고 있었지만 머리 속은 멍해 어떻게 식이 끝났는지조차 기억하지 못했다.

그러나 막상 한공간 안에 두 사람만이 남게 되자 흐려 있던 머리 속은 갑자기 맑아졌다. 널찍한 스위트룸이 답답하게 느껴졌다. 그 역시 답답한지 넥타이를 손으로 잡아 느슨하게 한 후 소파에 털썩 앉았다. 현수는 이러지도 저러지도 못한 채 어정쩡한 자세로 벽에 걸린 액자를 만지작거렸다.

"계속 거기 그렇게 서 있을 거야?"

"어? 아니."

현수는 잔뜩 굳은 얼굴로 지후의 맞은편에 가 앉았다. 무표정한 얼굴은 이해할 수 있으나, 바짝 긴장해 초조한 모습을 보이는 현수가 지후에게는 생소했다. 결혼식 내내 그에게 눈길 한 번 제대로 주지 않던 현수였다. 신부의 표정이라 하기엔 너무 어두웠다.

지후는 결혼식이 끝날 때까지 표정없는 신부와 하객들을 둘러보는 데 여념이 없었다. 혹시 석현이 나타나 현수의 손을 붙잡고 달아나지는 않을까 염려하는 마음이 없었다면 거짓말일 것이다. 자연히 그의 표정도 편할 리가 없었다. 잔뜩 굳어 경계의 눈초리를 게을리 하지 않았다.

지금 호텔에 들어선 순간 쉬고 싶은 마음뿐이었다. 이젠 더 이상 가슴 조려야 할 이유가 없다. 그러나 그의 신부, 현수가 자신과 눈조차 제대로 맞추지 못하고 몸을 사리고 있었다. 사랑하지 않는 남자와 관계를 갖는다는 게 두려워서인가 하는 의문이 스멀스멀 올라왔지만 애써 밀어냈다. 그녀의 두려움은 자신과는 상관없는 일이었다. 그는 그녀를 아내로 맞았고 취할 생각에는 변함이 없으므로 의문 같은 것은 가질 필요가 없었다.

하얀 웨딩드레스를 입고 그에게 걸어오는 현수는 너무 예뻤다. 드레스의 깊이 패인 가슴 선을 따라 풍만한 가슴 계곡이 들여다보이자 그는 거친 숨을 몰아쉬며 시선을 돌려야 했다. 현수에 대한 욕구는 오래전부터였다. 그가 맛보았던 현수의 입술은 세상의 그 어떤 것보다 달콤했다. 그러나 갈증이 해소되지 않는 탄산 음료처럼 현수의 입술은 그녀에 대한 갈증만 더 불러일으켰다. 결국 시작하면 멈출 수 없다는 걸 알기에 참고 또 참았다.

"안 씻을 거야? 난 같이 씻어도 좋은데……."

"먼저 씻을게."

지후의 말에 깜짝 놀란 현수는 정신없이 옷가지를 챙겨 도망치듯 욕실로 들어가 버렸다.

굳게 닫힌 욕실 문을 바라보는 지후의 눈이 꿈틀거렸다. 더 이상 미룰 필요가 없었다. 이제 그녀와 그는 부부라는 이름을 얻었다. 지후는 조금씩 달구어지는 자신의 육체를 느끼며 샤워기의 물소리가 들려오는 욕실을 향해 성큼성큼 걸어갔다. 그리고 손잡이를 잡아당겼다. 열린 문 사이로 아무것도 걸치지 않은 채 샤워기의 물줄기를 맞고 있는 현수와 지후의 눈이 마주쳤다. 놀라 입을 다물지 못하는 현수를 무시하고 지후는 욕실 문을 닫고 자신이 걸친 옷도 벗어 던져 버렸다.

아무것도 걸치지 않은 두 나신이 물줄기 아래 마주 서 있었다. 욕실에 가득한 수증기들이 물방울이 되어 흐르는 동안 현수는 얼굴에 화상이라도 입은 듯 화끈거렸다. 샤워기 물줄기에 자극받은 그녀의 가슴이 보기 좋게 고개를 들고 있는 것조차 알지 못한 채 지후를 멍하니 바라봤다. 지후의 눈은 맹수처럼 번뜩였다. 현수의 등에는 땀이 흘렀다. 훈훈한 열기가 가득한 욕실 때문이 아니라 불꽃이 일고 있는 그의 눈동자 때문이었다. 현수는 초조했다. 남자 앞에 자신의 알몸을 보이기는 처음이었다.

눈싸움이라도 하듯 서로를 말없이 주시했다. 아주 짧은 순간, 그의 얼굴에 미소인지 비웃음인지 구분되지 않는 흔들림이 스쳤다. 그 짧은 스침에 정신이 팔려 있는 사이 그는 거칠게 현수를 잡아당겨 팔 안에 가둬 버렸다. 축축하게 젖은 맨살이 부딪혔다. 그녀의 부드럽고 풍만한 가슴이 지후의 단단한 가슴과 배에 눌려 옴짝달싹 못했다.

"이러지 마. 내가 먼저 샤워한다고 했잖아."

현수는 지후를 밀어내며 빠져나오려고 몸부림을 쳤다. 그러나 헛된 몸짓에 지나지 않았다. 반항하며 빠져나오려는 현수를 지후는 결코 놓아주지 않았다. 빠져나오려고 발버둥 치면 칠수록 지후의 눈은 더 강렬해질 뿐이었다.

맨살끼리 부딪치는 자극적인 몸짓은 지후를 더욱더 흥분시켰다. 지후는 현수를 벽으로 밀어붙이며 양 손목을 잡아 어깨 위로 고정시킨 채 먹잇감을 포획한 맹수처럼 오만함이 가득한 엷은 미소를 지었다. 그의 입술이 부딪혀 왔다. 입술에 닿는 부드러운 느낌, 그녀가 기억하던 그 느낌이었다. 그녀의 입술을 건드리던 혀가 그녀 입 안으로 밀려들어 왔다. 뜨겁고 부드러운 혀는 그녀의 입 안을 헤집기 시작했다.

그의 손은 풍만한 그녀의 가슴을 어루만지고 있었다. 가슴을 한 손에 쥐고 주물럭거리더니 고개를 바짝 든 봉우리를 손끝으로 비틀었다. 현수의 입에서는 자신조차 알 수 없는 엷은 신음 소리가 새어 나왔다. 한 번도 경험하지 못했던 세계에 발을 내디딘 기분이었다.

제왕처럼 자신의 입 안을 장악한 그의 입술과 혀는 조심스럽게 귓불을 지나 목덜미로 내려갔다. 주체하기 힘든 짜릿한 전율이 그녀의 등줄기를 스쳤다. 자신에게 무슨 일이 일어나고 있는 게 분명한데 현수는 정신을 차릴 수가 없었다. 그의 입술이 점점 아래로 내려가더니 가슴에 진한 키스를 하기 시작했다. 어린 아이처럼 그녀의 가슴을 게걸스럽게 빨아대는 지후였다. 낯선 감각이 현수를 뒤흔들었다. 깊이를 헤아릴 수 없는 늪으로 빨려드는 것만 같았다.

"아, 하……."

자신의 음성이라 믿기지 않는 허스키한 신음이 흘러나왔다. 현수는 자연스럽게 두 손을 지후의 머리카락에 찔러 넣고 가슴으로 더 바짝 당겼다. 전신을 감싸는 아련한 감각에 흐물흐물

녹아내릴 것만 같아 그의 머리를 감싼 두 손에 더 힘이 갔다. 자신의 가슴에 닿는 지후의 입술과 혀, 조금 따끔거리기까지 하는 턱수염까지……. 모든 사고가 마비된 채 지후가 주는 쾌락의 세계에 젖어들었다.

"좋아?"

"지후야……."

지후가 묻고 있었으나 그녀는 흐느끼듯 그의 이름만을 힘겹게 토해냈다. 숨 쉬기조차 버거운 듯 거친 숨을 들썩이며 파르르 떨었다.

"그래, 나 김지후야. 네 남편!"

지후의 한 손이 흥분에 들뜬 현수의 둔부를 감쌌다. 그리고 둔부를 바짝 자신 쪽으로 당기며 허벅지까지 손으로 쓸어 내리던 지후가 가슴에서 잠깐 얼굴을 떼며 말했다. 그러나 현수의 귀에는 웅얼거림으로밖에 들리지 않았다. 그저 끝을 알 수 없는 곳으로 무작정 달려가는 것만 같았다. 유두를 아프게 깨물며 지후는 다시 물었다.

"내가 누구라고?"

"아……."

그러나 현수는 신음 소리만을 토해낼 뿐이다. 머리 속이 텅 비어버린 것 같았다. 지후는 고문하듯 그녀를 안타깝게 했다. 뜨거운 것이 솟구쳐 금방 분출할 것 같은 욕구에 흐느끼는 현수를 즐기는 것 같았다. 지후는 집요하게 다시 물었다.

"내가 누구야?"

"지, 후……."

현수는 숨을 헐떡이며 겨우 대답했다.

"지후가 누군데?"

"어?"

그의 입술이 귓불에서 느껴졌다. 지근지근 깨물고 핥으며 다시 물었다. 그러나 현수는 지후의 말을 이해하지 못한 채 되물었다. 현수는 지후가 안기는 감각만으로 벅찼다. 지후는 끊임없이 입술과 손으로 그녀의 몸을 샅샅이 어루만지며 질문을 멈추지 않았다.

"누구냐고?"

"내 남편!!"

그의 얼굴에 만족스러운 미소가 흘렀다. 현수의 어깨에 자잘한 키스를 퍼부으며 한 손은 그녀의 은밀한 곳을 건드렸다. 놀란 듯 움츠리는 현수를 밀어붙이는 지후의 얼굴은 짓궂은 미소가 가득했다. 이미 정신이 혼미한 그녀와 달리 지후는 여유가 있어 보였다. 낯선 접촉에 긴장한 나머지 힘이 들어가자 지후가 씩 웃었다.

"이상해. 싫어."

현수는 그의 손목을 붙잡으며 밀어냈다. 현수도 사랑의 행위가 어떤 건지는 모르지 않았다. 석현과도 어느 정도 스킨십은 나누곤 했다. 그러나 아무도 건드리지 않은 그곳을 거침없이 들어오는 느낌이 당황스럽고, 그녀를 망설이게 했다. 그래서 솔직하게 표현했다. 그러나 되돌아오는 지후의 대답은 상상조차 못한 것이었다.

"왜 그래, 처음인 사람처럼?"

"뭐?"

"오 년이나 사귀었다던 네 애인이랑은 더한 것도 했을 거잖아."

무심하게 내뱉는 지후의 말이 현수의 가슴에 팍 박혔다. 얼굴은 새하얗게 질렸고, 뜨겁던 가슴이 순식간에 식어갔다. 등줄기에는 싸늘한 기운이 스쳤다. 현수는 가차없이 그의 가슴을 밀어냈다. 그러나 꿈쩍도 하지 않았다. 더 깊이 그녀 안으로 파고드려 할 뿐이었다. 현수의 손이 지후의 뺨으로 날아간 것은 순간이었다.

철썩!

그의 얼굴이 한쪽으로 돌아갔다. 그의 뺨을 때린 손은 제자리를 잃고 머뭇거리며 허공에 멈춰 서 있었다. 고개를 돌려 현수를 내려다보는 지후의 눈빛은 차가웠다. 현수는 온몸에 소름이 돋는 것만 같았다. 갑자기 두려움이 물밀듯이 몰려왔다. 그러나 잡아먹을 듯이 노려보는 지후의 눈을 피하지 않았다. 부들부들 지후의 주먹이 떨리고 있었다. 설마, 현수는 움찔하고 말았다. 그녀의 얼굴에 스친 표정을 본 것일까? 지후는 거친 숨을 내쉬며 부서질 듯 욕실 문을 거칠게 닫고 나가 버렸다.

현수는 지후가 찬바람을 일으키며 나가 버리자 욕실 바닥에 쭈그려 앉았다. 다리가 풀려 도저히 서 있을 수가 없었다. 넋이 나간 사람처럼 멍하니 샤워기의 물줄기를 맞으며 앉아 있었다.

모든 게 환영처럼 느껴졌다. 현실일 리 없다. 한동안 정신을 차리지 못하고 앉아 있던 현수는 일어나 샤워기를 잠갔다. 그리고 수증기로 가득 차 보이지 않는 거울을 손으로 문질렀다.

목덜미에서부터 가슴으로 군데군데 키스 자국이 선명한 여자는 분명 자신이었다. 환영은 아니었다. 서로의 몸을 탐하는 걸 사랑의 행위라 생각했다. 부끄러움없이 자신을 내보이며 하나가 되는 것. 그러나 그것은 혼자만의 착각이었다. 지후에게는 단지 유희에 지나지 않을 뿐이었다. 좀 전의 일만 생각하면 위장이 요동 치는 것처럼 역겨웠다. 금방이라도 식도를 통해 입으로 올라올 것만 같았다. 현수는 손으로 지그시 가슴을 눌렀다. 그녀를 닮고닮은 여자처럼 말하다니! 지후에 대한 실망과 분노가 좀처럼 사라지지 않았다.

더 이상 욕실 안에 있기는 무리였다. 현수는 목욕 가운을 여미며 전투 태세를 갖추고 밖으로 나왔다. 그러나 지후의 모습은 어디에도 보이지 않았다. 평생의 기억에 남는다는 첫날밤은 그녀 혼자만의 밤이 될 듯했다.

지후는 호텔 바에 홀로 앉아 위스키 잔을 연거푸 비웠다. 현수에게 맞은 뺨이 아직도 얼얼했다. 질투에 눈이 먼 남자의 어리석음이 그를 밖으로 몰아내는 꼴이 되고 말았다. 그러나 그 아래서 떨고 있는 여자에게 자신의 존재를 확인하고 싶은 욕구를 말리지 못했다. 온몸 곳곳에 자신의 흔적을 남기며, 사랑을 나누고 있는 사람이 누구인지 낙인을 찍듯 선명하게 새기고 싶었다. 자신을 거부하는 것처럼 느껴지는 조금의 반항도 싫었다. 결국 잔인한 말을 하고 말았다.

 그가 돌아왔을 때 현수는 이미 자고 있었다. 널찍한 침대의 한쪽 구석에 금방이라도 떨어질 듯 위태한 자세로 웅크린 채 잠이 든 현수였다. 그와 멀리 떨어져 자려는 그녀의 속내가 엿보였다. 지후는 한숨을 내쉬며 얇은 이불을 잡아당겨 덮어주었다. 그리고 소파에 몸을 묻었다.

 어디서부턴가 꼬이고 있었다. 당연히 현수의 입장과 상관없이 그녀를 품어야 하는 게 정상이었다. 현수의 감정 따위는 신경 쓰지 말아야 했다. 기꺼이 몸을 내주는 현수에게 의문을 가질 필요조차 없었다. 그러나 끊임없이 묻고, 확인하고 싶은 이 마음이 뭔지 지후는 잠을 이룰 수가 없었다.


 돌아오는 차 안에 냉랭한 기운이 감돌았다. 호텔에서 하룻밤을 보낸 지후와 현수는 그들의 신혼집으로 향하고 있었다. 엄마 미정이 잡은 길일은 지후의 일정과 전혀 상관없이 잡혔다. 촉박하게 잡은 날이라 더 그랬다. 그래서 신혼여행은 여름 휴가로 미뤄야 했다. 그는 현수를 데려다 주고 곧장 사무실로 향할 참이었다.

 "사과해!"

 아침에 눈을 뜬 순간부터, 침묵으로 일관하던 현수가 먼저 말문을 열었다. 지후의 눈썹이 꿈틀거렸다.

 "내가 틀린 말을 한 거야?"

시선을 도로에만 둔 채 전혀 미안한 기색 없이 되물었다. 원래 그렇게 생겨먹은 사람인지, 아니면 일부러 그러는지 알 수 없었다. 현수는 기가 막혔다. 또 조금이나마 가라앉았던 분노가 다시 끓어오르기 시작했다. 그를 죽일 듯이 노려봤지만 지후는 무표정했다.

"아니, 맞아."

현수는 핸들을 잡은 지후의 손에 힘이 들어가는 걸 확인했다. 그나마 미약한 반응이 돌아왔다. 그가 그녀를 고작 그 정도로 생각했다면 그가 원하는 만큼의 사람이 되어주면 되는 것이다.

"적어도 그 사람은 섹스 중에 김새는 말은 하지 않았지. 우린 말이 아니라 몸으로 표현했거든."

차가 끽 소리를 내며 급정거를 했다.

"내려!"

"뭐?"

"내리라고. 택시 타고 가."

지후는 차를 인도 쪽으로 세우더니 트렁크에서 여행용 가방을 꺼내 내던지다시피 했다. 현수는 믿기지 않는 상황에 눈을 동그랗게 뜬 채 지켜보고 있었다. 마지못해 내려 가방을 추스르는 현수를 남겨두고 차는 무서운 속도로 사라져 버렸다.

현수는 혼자 택시를 타고 집으로 돌아왔다. 돌아오는 내내 지후를 향해 구시렁거렸지만 당혹스러움은 여전했다. 어떻게 길거리에 내버려 두고 사라질 수 있는 건지 기가 막힐 뿐이었다.

현관문을 열고 들어서자 예쁘게 꾸며진 실내가 그녀를 맞았다. 신혼 살림을 준비하기 위해 쇼핑을 다니는 동안 현수는 대충대충 건성으로 둘러보며 전적으로 미정의 의견에 따랐다. 신혼 살림을 장만하기 전 딱 한 번 들렀던 집이다. 너무 넓고 삭막하기만 하던 공간은 어느새 채워져 신혼집 분위기가 느껴졌다. 가려진 커튼을 젖히자 환한 햇살이 거실에 스며들었다.

단독 주택이 아니라는 것만 제외하면 그녀가 살던 집의 크기와 별로 다르지 않을 것 같았다. 고급 빌라 단지 안에 자리 잡은 현수의 신혼집은 채광도 좋았고, 도로에서 많이 떨어져 조용한 삶을 살고자 하는 부유층의 노인들에게도 꽤 인기가 있을 것 같았다.

그러나 젊은 부부가 살기에는 너무 크고 고적했다. 무심한 그녀와 달리 미정은 나름대로 신혼집답게 꾸미기 위해 애쓰신 것 같았다. 그녀가 좋아하는 모양과 빛깔의 커튼이며 장식장 가득 현수가 모아왔던 예쁜 컵과 그릇들이 고스란히 옮겨져 와 있는 것을 보면 방관자처럼 굴었어도 엄마는 그녀의 취향과 성격까지도 자신보다 더 잘 파악하고 있었는지도 모른다.

넓은 집을 주인이라기보다는 남의 집을 처음 방문한 손님처럼 조심스럽게 살펴봤다. 결혼을 했다는 게 실감이 났다. 모두 그녀의 손길을 기다리고 있는 것들이었다. 집 안을 둘러보던 현수는 핸드백에서 진통제를 찾아 부엌으로 향했다. 머리가 지끈지끈 아팠다. 두통의 원인이 지후라는 건 말할 필요도 없었다. 현수는 진통제를 먹고 침대에 누웠다. 며칠 동안 긴장 상태로 잠을 설친 탓인지 현수는 곧장 잠이 들었다.

눈을 떴을 때는 저녁이었다. 냉장고를 열자 미정의 손길이 느껴지는 여러 가지 밑반찬들과 장거리가 가득했다. 현수는 엄마를 닮아 음식 솜씨가 꽤 좋은 편이었다. 누군가를 위해 음식을 준비해 본 것이 언제였는지 까마득했지만 원래 그녀는 요리하는 것을 즐기는 편이었다. 석현을 위해 도시락을 준비하고 엄마 몰래 밑반찬을 만들어 나르며 사소한 즐거움에 행복해하던 때가 있었다. 하지만 석현과 헤어진 후 더 이상 음식을 만들지 않게 되었다. 흥미를 잃은 탓이다.

현수는 한숨을 내쉬며 저녁을 준비하기 시작했다. 해물을 넣은 된장찌개, 그리고 몇 가지 나물과 생선구이. 아무도 존재하지 않는 것 같은 집 안에 음식 냄새가 흐르자 사람의 온기가 느껴졌다. 노릇노릇 익어가는 생선, 지글지글 끓어오르는 된장찌개, 맛깔나 보이는 빛깔과 참기름 냄새가 구수한 나물을 맛보면서 현수는 가라앉았던 기분이 다소 풀리는 걸 느꼈다.

그렇게 가버린 지후에게서는 연락이 없었다. 저녁 준비가 다 되어지는 동안 현수는 몇 번이나 현관을 힐끔거렸지만 감감무소식이었다. 현수는 눈을 부릅뜨고 혼자 저녁을 먹기 시작했다. 그가 기다리는 아내를 위해 늦는다는 전화를 할 만큼 배려있는 사람이 아니란 건 경험을 통해 너무도 잘 알게 되었다. 어린 지후에게 느꼈던 연민이나 호감은 과거일 뿐이다. 사람 좋은 얼굴의 지후도, 이질감이 느껴질 정도로 냉소적인 지후도 낯설기는 마찬가지다.

저녁을 다 먹어갈 때쯤 지후가 돌아왔다. 지후는 여전히 심기가 불편한지 얼굴을 잔뜩 찡그리고 있었다.

"저녁은?"

"먹었어."

"전화 정도는 해줄 수 있는 거 아냐?"

집 안을 둘러보던 지후는 현수에게로 시선을 옮겼다.

"기다리기라도 했다는 소리로 들리는데, 그럴 필요 없어."

차가운 대답만 돌아올 뿐이었다. 오후 내내 참았던 분노가 한꺼번에 쏟아졌다.

"김지후, 이 결혼을 제의했던 건 너였어. 근데 왜 그래? 왜 자꾸 비딱하게 구는 거야?"

"선택은 네가 했어."

"알아. 너무도 잘 알아, 내가 했다는 것. 난 내 선택을 후회하고 싶지 않아. 그런데 넌 아닌 것 같아."

"저녁 먹고 들어온다고 연락을 안 해서? 아니면 네가 원하는 섹스를 중간에 김새게 해서?"

"야, 김지후!!"

현수는 얼굴이 사색이 되어 소리를 질렀다.

"피곤하다. 네가 원하는 사람이 아니라서 미안한데, 저녁은 신경 쓸 필요 없어."

지후는 지친다는 표정을 감추지 않은 채 차갑게 돌아섰다. 그리고 안방이 아닌 서재로 들어가 버렸다.

현수는 눈물이 핑 돌았다. 지후의 한 마디 한 마디가 날카롭게 가슴을 찔렀다. 자신에 대한 선입견과 편견을 가진 지후였다는 걸 왜 진작 알지 못했을까. 왜 이렇게 안타까운지 모르겠다. 그의 차가운 말들이 왜 이리 섭섭한지 모르겠다. 그녀도 그와 마찬가지로 차갑게 대하면 되는데 현수는 쉽지 않았다. 나름대로 결혼 생활에 대한 환상이 있었기 때문일까. 고심을 해도 답은 찾을 수 없었다. 돌아서는 지후의 뒷모습을 보는 게 힘들었고, 그녀를 오해하는 지후가 원망스러웠다.

서재에 들어선 지후는 들고 있던 서류 가방을 집어 던졌다. 사무실에 출근하자 진서며 다른 직원들이 새신랑이라고 놀려댔지만 웃어줄 마음의 여유가 없었다. 설마 현수의 입에서 가차없이 그런 말이 나올 거라고는 상상조차 못했다. 자신이 현수의 심기를 건드린 건 사실이었다. 강력한 부인의 대답을 듣고 싶었던 욕심이 원인이었다. 그러나 부인은커녕 현수는 석현과의 관계를 노골적으로 표현했다. 머리 속이 하얘지는데 아무 생각도 할 수 없었다. 머리 꼭대기까지 치솟는 분노만이 존재할 뿐이었다.

지후는 방 안을 서성였다. 현수의 새파랗게 질리는 표정을 그도 놓치지 않았다. 왜 주어진 것에 만족하지 못하고 욕심을 부리는지 자신도 이해할 수 없다. 다만 그녀의 몸뚱어리뿐만 아니라 마음까지 온전히 독차지하고 싶은 욕심이 가슴 밑바닥으로부터 스멀스멀 올라오고 있다는 것이다.

그 음흉스러운 욕심은 날이 갈수록 더해만 갔다. 현수와의 재회 이후로 자꾸만 커져 이제는 감당조차 하기 힘들 만큼 그를 가득 채웠다. 그래서 마음과 다른 말을 하게 된다. 꼬마들이 괜히 좋아하는 여자애들에게 짓궂은 장난을 하는 심리와 비슷한지도 모른다. 아직 덜 자란 것일까. 현수 앞에서는 어린 시절 우울했던 소년으로 돌아가게 된다. 그때처럼 자신만을 바라봐 주길 바라는 마음이 큰 탓이다. 잊고 싶은 불우한 시절로 다시 되돌아가고 싶은 만큼 현수를 원하는 것일까.
긴 밤의 시작이었다.

멀리 보이는 논밭들이 초록빛을 발하기 시작했다. 지후와 현수는 결혼 후 일주일 만에 그의 어머니가 계시는 시골을 향해 고속도로를 달렸다. 열린 창문 너머로 따뜻한 봄바람이 현수의 긴 생머리를 흩날렸고 차 안에는 조용한 음악이 흘렀다.
그와 함께한 일주일, 애정 어린 말투나 살가운 감정의 표현은 커녕 냉랭한 기류가 흐르고 있었다. 서로에게 상처 주는 말들은 하지 않는 대신 마주하는 시간이 거의 없었다. 의도적으로 피한다고 해야 할 것이다. 지후도 밤늦게 퇴근했고, 현수는 그가 돌아오면 자신의 방으로 들어가 버렸다.
그녀에 대한 그의 선입견을 바꿔보려는 노력 같은 건 생각조차 하지 못했다. 그만큼 그에 대해 섭섭함이 컸다. 하물며 진실이 그가 생각하는 것과 같다 할지라도 지후의 행동이 정당화되지는 않을 것이다. 그럼에도 결혼하기를 원했던 건 분명 그였다.
세 시간 남짓 달렸을까? 푸르다 못해 시리게 보이는 동해의 바다가 넘실대고 있었다. 표정없이 창가에 머리를 기대고 있던 현수의 기분이 다소 누그러졌다. 바빠 자주는 못 오지만 그도 이곳에 올 때면 도시의 답답함 속에서 꽉 막혀 있던 숨통이 트이는 것 같아 긴장이 풀리는 것을 느끼곤 했다. 현수의 기분을 알 것 같았다.

서울의 변두리 달동네에서 고생고생 하시다 결국 그가 자리 잡자 어머니 순자는 서울을 떠나고 싶어했다. 지후는 어머니의 먼 친척 언니가 산다는 강원도의 작은 바닷가 마을에 내려가고 싶어하는 어머니를 외면할 수가 없었다. 함께 편안한 삶을 누리길 바랐으나 한사코 시골에서 살고 싶어하시는 어머니였다.

지후는 속초를 미처 못 가 바닷가를 따라 옹기종기 들어선 마을에 집을 한 채 마련해 드렸다. 그럼에도 마음에 걸렸지만 내려올 때마다 그가 지금까지 보지 못했던 어머니의 환한 표정을 보며 지후는 위안을 삼았다. 말년이나마 어머니 자신의 삶을 영위하시는 것 같아 안도하면서도 멀리 홀로 계시는 것을 생각하면 자식된 도리로서 여전히 마음이 불편한 것도 사실이었다.

결혼하고 처음 어머니를 찾아뵈러 가는 길이었다. 아침부터 학수고대하던 며느리를 위해 이것저것 많은 음식들을 준비하고 계실 분이었다. 바다에 정신이 팔려 있는 현수를 살짝 돌아보며 어머니의 음식들을 생각했다. 듣는다면 분명히 섭섭해하시겠지만 어머니의 음식 솜씨는 정말 아니었다. 음식은 오랜 경력이나 연륜과는 상관없이 타고난 손맛이 아닌가 하는 생각이 들 정도로 그의 어머니는 음식을 잘 못했다. 하긴 그 긴 세월 동안 먹고 사는 데 바빴던 어머니가 맛있는 것을 먹어봤어야지 만들 수도 있었겠다 싶으니 마음 한 켠이 쓰렸다.

문득 지후는 현수가 자신의 어머니를 어떻게 생각할까 싶었다. 좋은 집안에 남 부러울 것 없이 곱게만 자라온 현수가 세월의 모진 바람 앞에서 힘겹고 거칠게 버텨온, 보는 것만으로도 나이보다 훨씬 더 먹어 보이는 초라한 노인네를 어떤 눈으로 바라볼까? 적어도 그녀는 그의 어머니 앞에서 드러내 놓고 무시하지 않을 만큼 교양과 인격을 갖춘 여자였다. 지후가 그녀를 붙잡은 가장 큰 이유였다.

멀리 작은 시골 동네가 보이기 시작했다. 동네 어귀에 들어섰을 때 시골에서 흔히 볼 수 있는 허름한 옷차림에 깊게 얼굴에 주름이 패인 할머니 한 분이 누군가를 기다리는 듯 연신 도시에서 들어오는 길을 살피고 계셨다. 지후가 그 할머니 앞에서 차를 세우자 현수는 놀라 지후를 쳐다보았다. 현수의 시선을 느끼면서도 아무런 대꾸도 하지 않은 채 문을 열고 밖으로 나갔다.

"어머니, 뭐 하러 나와 계세요? 우리가 들어갈 텐데."

지후의 말을 듣고서야 현수는 부리나케 차에서 내려 지후 옆으로 다가가 고개 숙여 인사를 했다. 분명히 상견례와 폐백을 드리면서 그의 어머니를 봤다고 생각했는데 도저히 지금 모습과 매치가 안 되었다. 중년의 부인이라고 기억했는데 시골 아낙네의 모습을 한 시어머니는 현수의 생각을 완전히 뒤엎었다. 당황함을 추스르며 뒷좌석으로 어머니를 모시고 그의 시골집으로 다시 차를 몰았다.

여느 시골집처럼 깨끗하게 지어진 집이었다. 생활하기 편하게 잘 갖추어진 집과 넓은 마당, 그리고 딸린 텃밭에는 그의 어머니가 기르는 싱싱한 야채들이 자라고 있었다. 거실에 놓인 밥상에는 지후와 그녀를 위해 준비한 음식들이 상다리가 부러질 정도로 가득 했다. 현수는 시어머니도 못 알아봤다는 죄책감에 찔려 고개도 못 들고 있었다. 그런 현수의 마음을 아는지 모르는지 지후는 서울에서 가져온 선물들을 차에서 내렸다. 현수는 머뭇거리며 동구 밖까지 나와 기다리던 모습과 달리 왠지 서먹해하는 시어머니께 먼저 말을 붙였다.

"어머니, 절 받으셔야죠?"

현수의 싹싹한 말에 순자는 긴장을 풀며 고운 자신의 며느리를 다시 한 번 살펴보았다. 자신이 낳았다고는 하나 좋은 것, 맛있는 것 한 번 제대로 못해주고 키운 자식. 결코 달갑지 않은 사생아라는 딱지를 안겨주어 세상 사는 게 고달프기만 했을 지후를 생각하면 잘난 내 자식이라고 남 앞에서 호기를 부릴 만큼 순자는 뻔뻔하지 못했다.

자라면서 순자에게 단 한 번의 불평도 하지 않았고 열심히 공부하고, 또 남들이 부러워하는 시험에도 척 합격하고 그저 고마울 뿐이었다. 그리고 참한 여자를 얻어 인사까지 온 아들을 보며 자식이라고 낳기만 했지 해준 게 하나도 없는 것 같아 미안할 뿐이었다.

"절은 무슨, 멀리 오느라 힘들었을 텐데······. 어서 앉아라. 아직 점심 전이지?"

"네. 뭘 이렇게 많이 준비하셨어요? 힘드셨을 텐데."

"입에 맞으려나 모르겠다. 내가 음식을 잘 못하거든. 한다고는 했는데, 어서 와 앉아라."

멀끔히 서서 어머니와 현수의 대화를 듣고 있는 지후를 순자가 불렀다.

예상했던 대로 어머니가 준비한 음식은 맛이 없었다. 어떤 것은 정체가 불명한 이상야릇한 것이어서 젓가락을 움직이기 겁이 났고, 어떤 반찬은 조금 간이 세고, 어떤 반찬은 좀 달다 싶었다. 지후는 그 황당함에 속으로 웃으면서 어디 맛으로 먹는 건가, 정성으로 먹는 거지 하며 인내심을 발휘해 음식을 먹었다. 물론 현수도 곤혹스러우리라 생각하면서 바라봤지만 그녀는 아무런 표정 없이 음식을 잘 먹고 있었다.

"어머니, 정말 맛있는데요. 이것 산나물이죠?"

밥을 먹던 지후는 현수의 말에 그만 밥이 목에 걸려 캑캑거리고 말았다. 거기다 발작을 일으키듯 웃음까지 삐져 나오려고 해 애써 이를 악물고 괜한 물만 마셔댔다. 놀라서 쳐다보는 어머니와 현수의 시선을 슬쩍 피하며 지후는 바람이나 잠깐 쐬겠다며 일어서서 나왔다.

마당 한가운데 서 있어도 짭짤한 바다 내음이 느껴졌다. 집 안에서는 어머니와 현수의 도란도란 이야기 소리가 들려왔다. 정말 기분이 묘했다. 현수가 그의 어머니를 무시하지 않는 것만으로도 다행이라 생각했다. 그 정도면 봐줄 수 있을 거라 어줍잖은 생각을 했다. 그러나 그녀는 자신의 생각보다 훨씬 괜찮은 여자였다.

오래전부터 알아왔던 사람들처럼 다정하게 이야기를 나누고 있는 그들을 보며 왜 코끝이 찡해져 오는지, 자식인 자신을 대할 때보다 더 행복한 표정을 짓고 있는 어머니 때문이었다. 어머니가 원하는 것은 돈보다 저런 따뜻한 대화가 아니지 않을까 하는 생각이 들었다. 사람 사는 듯 정겹게 오가는 대화들. 무뚝뚝하기만 아들은 변변찮게 말 한마디 제대로 건네지 못했는데 새로 들어온 며느리는 아주 살갑게 그녀의 이야기를 들어주고 있었다.

 점심을 먹고 밖으로 나온 현수는 마당 현관에 앉아 있는 지후와 마주쳤다. 음식이 입에 맞지는 않았지만 신행길을 온 아들 내외를 생각해 만든 정성이 담긴 음식을 앞에 두고 맛있게 먹지 않을 수 없었다. 그의 어머니는 그와 참 많이 달랐다. 무뚝뚝하지도, 날카롭지도 않은 시골 아낙네처럼 푸근하고 따뜻했다. 전혀 가식이 없이 거칠게 살아온 삶을 숨기지 않는 모습에서 현수는 인간적인 애정을 느꼈다. 그가 어머니를 닮았더라면 조금 더 사람 냄새가 났을 텐데…….

 그에게서 따뜻한 배려나 인간미를 기대한다는 건 불가능했다. 오랜만에 찾은 어머니에게도 딸랑 인사 한마디 하고는 밥도 먹다 말고 중간에 나가 버렸다. 그 음식이 어떤 음식인데, 잔소리가 하고 싶어 입이 간질거리는 걸 현수는 참았다. 그녀의 잔소리가 먹힐 사람도 아니었으므로 자신의 꼴만 우스워질 것 같았다.

 지후는 현수의 냉랭한 시선을 느꼈다. 그럼에도 기분이 나쁘지 않았다. 십대에 그가 품었던 감정들이 아련히 떠올랐다. 너무 엉뚱하고 솔직했던 그녀, 자신의 감정을 숨길 줄 몰랐던 그녀는 그와 너무 달랐다. 항상 감정을 억누르며 따가웠던 타인들의 시선에 고슴도치처럼 털을 곤두세우며 자신을 보호하고자 하던 그에게 다가온 그녀는 무더운 여름날에 만난 소나기 같은 존재였다. 대꾸 한 번 하지 않는 그에게 온갖 수다를 다 떨었고 혼자 토라졌다가 풀어지기를 반복하며 영원히 그 곁에 머무를 것 같았다.

좋아한다, 사랑한다. 물론 그런 감정은 아니었다. 아버지와 사람들에 대한 불신으로 가득했던 십대, 그의 주변을 맴돌던 그녀는 세상 물정 모르는 철없는 공주였다. 그럼에도 특별했던 이유는 그와 너무 다른 그녀, 그가 가지지 못한 장점들을 가진 그녀와 함께 있으면 고단한 일상을 잊을 수 있었기 때문이다. 그의 무관심에도 불구하고 마치 자신의 여자 친구인 양 구는 그녀가 싫지 않았다.

"바닷가 가보지 않을래?"

"정말?"

사과를 해도 시원치 않을 판에 침묵으로서 그녀를 힘들게 하던 지후가 먼저 말을 걸었다. 현수는 의심스럽다는 듯 눈꼬리를 올리면서도 눈을 반짝였다. 머뭇거리던 현수는 집 안을 향하여 소리쳤다.

"어머니, 저희 바닷가 좀 다녀올게요!"

"그러렴."

순자의 승낙이 떨어지자, 현수는 지후를 따라 집을 나섰다. 지름길인 듯한 잡초가 무성한 시골길을 따라 걸었다. 앞서 걸어가는 지후를 따라 약간의 거리를 두고 현수는 걷고 있었다. 그런데 지후가 더 이상 가지 않고 그녀를 기다렸다. 왜 그러냐는 듯 눈썹을 치켜뜨는 현수를 향해 그는 살짝 미소를 지었다. 결혼 후, 처음 보는 미소였다.

"뱀 나올지도 몰라. 조심해서 걸어."

 지후의 말에 현수의 눈은 왕방울만해졌다. 그리고 혹시나 하면서 놀란 발을 동동 구르며 주위를 두리번거렸다. 지후가 그런 그녀를 보며 웃고 있다는 것도 모른 채 현수는 어디선가 불쑥 튀어나올지 모를 뱀 때문에 제정신이 아니었다.

"가자."

 지후가 그녀의 손을 잡은 것은 그때였다. 뱀 때문에 놀라 두리번거리던 현수는 자신의 손을 잡은 지후의 손을 느끼며 놀라 콩닥거리던 심장이 제자리로 돌아오는 걸 느꼈다. 이상했다. 지후가 그녀의 손을 잡는 순간 뱀이 무섭지 않았다. 자신을 지켜줄 든든한 보호자처럼 생각되었다.

 그와 손을 맞잡고 나란히 바닷가를 향해 걸으며 현수는 마음이 들떴다. 지후에게 느끼는 이 편안함과 든든함의 정체가 무엇인지 알 수는 없었지만 눈앞에 펼쳐진 파란 바다와 자신의 손을 꼭 잡은 그의 체온을 느끼며 묘한 설렘에 빠져들었다. 그에 대한 섭섭함은 잠시 잊고 말이다.

 사람의 손이 닿지 않은 간이 해수욕장이었다. 여름이면 이곳도 사람들의 물결로 넘치겠지만 아직 때 이른 바닷가에는 고운 모래와 하얀 물보라를 일으키며 밀려오는 파도뿐이었다. 현수는 크게 숨을 들이마셨다. 서울에서는 도저히 느낄 수 없는 상큼하고 시원한 공기가 폐 속까지 스며드는 것을 느꼈다. 여전히 지후는 현수의 손을 잡고 있었다. 그런 그가 싫지 않았다.

"물 차가울까?"

"글쎄, 괜찮을 것 같은데……."

현수는 지후의 말이 떨어지기가 바쁘게 바지를 무릎까지 걷어 올리더니 바닷물로 뛰어가 발을 적셨다. 어린아이처럼 좋아하는 현수를 지후는 말없이 지켜볼 뿐이었다.

한동안 바닷물에 발을 담그고 놀던 현수가 지후에게 다가왔다. 바닷바람에 날려 헝클어진 머리와 젖은 신발을 들고 다가오는 현수에게서는 그녀만의 체취와 바다 내음이 섞여 있었다. 자연스럽게 붉게 달아오른 볼과 맑게 빛나는 눈동자, 바다에서 걸어나오는 작은 요정 같았다.

지후는 그의 옆에 다가와 나란히 선 현수의 어깨에 손을 올려 자신 쪽으로 끌어안았다. 현수는 그의 손길에 아무런 반항도 하지 않고 살며시 기대왔다. 지후는 현수를 안지 않고는 견딜 수 없었다. 한순간에 그를 사로잡은 현수에게 벗어나지 못한 채 생각 같은 건 모두 바다에 던져 버렸다. 강한 생명력과 에너지를 발산하는 현수에게서 시선을 뗄 수가 없었다. 다급하게 입술과 입술이 만났다. 서로의 입술은 그 어느 때보다 부드럽고 달콤했다. 열린 입술 안으로 거침없이 밀고 들어오는 지후의 혀를 현수는 거부감없이 받아들였다.

투툭.

블라우스의 단추 떨어지는 소리와 함께 딱딱한 브래지어를 다급하게 밀어 올린 그의 손이 현수의 젖가슴을 움켜쥐며 입맞춤을 계속했다. 그의 입술이 가슴을 찾았다. 이미 딱딱하게 굳어진 유두는 지후를 유혹하고 있었고, 거칠게 입 안 가득 담고 빨아대는 지후로 인해 현수는 격한 신음 소리를 냈다.

지후의 손길에 몸을 맡긴 현수는 떨고 있었다. 하늘로 치솟았다가 땅으로 떨어지기를 반복하며 지후가 주는 쾌감에 반응했다. 단단한 그의 남성이 느껴졌다. 바지를 뚫고 나올 것처럼 단단히 일어선 남성이 그녀를 자극했다.

모래밭에 앉은 지후는 현수를 그의 무릎 위에 앉혔다. 그리고 벌어진 블라우스 사이로 두 손을 집어 넣고 마음껏 유린했다. 한 손은 연신 가슴을 주무르고 있었고, 다른 한 손은 그녀의 바지 속으로 향했다. 엉덩이가 들썩였다. 둔부에 느껴지지 딱딱한 그의 남성과 이미 축축이 젖은 그녀의 여성을 건드리는 그의 손길에 현수는 날카로운 신음 소리를 연신 흘려댔다. 그의 손가락이 그녀 안으로 들어서는 느낌이 너무 생소했지만 이번에는 밀어내지 않았다. 생소한 느낌을 초월한 또 다른 느낌이 그녀를 흔들었기 때문이다. 무엇이 서로를 흥분에 들뜨게 했는지 알지 못한다. 다만 다급하고 거칠게 다가오는 지후를 거부할 수 없었다. 먼바다를 바라보던 그의 우울한 눈동자 때문이었는지, 아니면 코끝을 간질이는 바람 때문이었는지 알 수 없지만 현수는 거

결혼 147

리낌없이 그를 받아들였다.

"하."

지후 역시 탁한 신음 소리를 흘렸다. 모래밭에서 첫 관계를 가질 상황이었다. 지후는 안간힘을 다해 멈췄다. 그녀 안에서 손을 빼 그녀의 가슴으로 가져갔다. 그리고 블라우스를 여몄다. 아무리 원해도 여기서 그녀를 가질 수는 없었다. 지후는 자신의 셔츠를 벗어 현수의 블라우스 위로 덧입혔다.

"그만 가자."

일어선 지후는 말없이 앞장서서 걷기 시작했다. 현수는 그의 넓은 등을 바라보며 입술을 깨물었다. 폭풍처럼 몰아치던 열정을 단숨에 잠재우고 돌아서는 지후였다. 조금의 아쉬움도 없다는 듯 털고 일어서 버리는 그를 볼 때면 홀로 버려지는 느낌이었다. 어둑어둑 해가 지고 있었다.

어머니와 저녁을 먹고 설거지를 하는 동안 지후는 텔레비전 앞에 앉아 있었다. 서울에서와는 달리 지후는 여유로워 보였다. 어머니가 마련해 준 잠자리에 지후와 현수는 나란히 누웠다. 처음으로 두 사람은 한이불을 덮고 누웠다. 잠이 올 리가 만무했다. 미닫이 문 하나를 사이에 둔 순자의 방에서는 옅은 숨소리가 들렸다. 잠을 이루지 못하는 그들에게 멀리서 들려오는 개구리 울음소리와 파도 소리만이 긴 밤의 벗이 되어주었다.

아침 일찍 서울로 올라가기 위해 서둘렀다. 어머니는 된장이며 고추장, 텃밭의 야채까지 챙겨 차에 실어주셨다. 지후는 연신 시계를 쳐다보며 출발을 재촉했지만 현수는 쉽게 발걸음이 떨어지지 않았다. 나이보다 훨씬 더 먹어 보이는 어머니가 눈에 아쉬움을 한가득 담고 쳐다보고 있는데 매정하게 돌아서기가 힘들었다.

"어머니, 지후는 바쁘니까 제가 자주 올게요."

도저히 고부처럼 보여지지 않는 광경을 그의 어머니와 현수는 연출하고 있었다. 어머니의 손을 꼭 잡았다가 돌아서는 현수의 눈가에 살짝 이슬이 맺혔다. 어머니 역시 눈물을 훔치고 계셨다. 지후는 어머니께 인사를 하고 차를 몰기 시작했다. 차가 동네 어귀를 빠져나올 때까지 연신 돌아보던 현수의 눈에 고인 눈물을 보며 애써 고개를 돌렸다. 당장이라도 차를 세우고 그녀를 껴안고 싶은 충동을 느꼈기 때문이다.

한참을 달렸다. 지후는 곤히 잠들어 있는 현수를 봤다. 숱이 많은 긴 속눈썹과 적당한 크기의 코, 그리고 선명한 붉은빛의 입술, 긴 생머리는 헝클어져 그녀의 뺨을 덮고 있었다. 지후는 얼굴을 가린 그녀의 머리카락을 손으로 쓸어 넘겼다.

그녀가 자신을 남편으로 인정하고, 순자를 가족으로 받아들인 이상 조급한 욕심은 접기로 했다. 더 이상 그녀를 바라보는 것만으로는 만족할 수 없었다. 비록 마음이 그가 아닌 다른 사람을 향해 있다 할지라도 품에 안고 느끼고 싶은 욕구가 더 컸다. 어제는 그녀를 옆에 두고도 끌어안을 수 없는 길고도 긴 고행의 밤이었다.

구속된 의뢰인과의 접견만 아니라면 못다 한 것을 마무리 짓기 위해 만사 제쳐 두고 집으로 직행했을 것이다. 그러나 지후는 아쉬움을 뒤로한 채 현수를 집 앞에 내려주고 사무실로 향했다.

1... 뒤늦은 소식

**막** 집으로 들어온 현수는 순자가 챙겨준 야채며 양념들을 냉장고에 정리하는데 전화벨이 울렸다. 선주였다. 결혼 후 처음 하는 통화였다. 늘 바쁜 선주 때문이었다.

―어디 갔었어?

"응."

―그랬구나. 핸드폰도, 전화도 안 받아서 무슨 일 있나 했어.

"아, 지금 시골에서 왔어."

―괜찮아?

"그럼."

전혀 괜찮지 않았지만 결혼 일주일 만에 아니라고 대답할 수는 없었다. 선주가 아무리 절친한 친구라 할지라도 지금의 상황을 알리고 싶지는 않았다.

―너 지금 바빠?

"아니."

―그럼 좀 나올래?

"그럴까?"

―그래, 나와라. 나 너한테 할 얘기도 있고…….

현수는 바로 핸드백을 들고 선주와의 약속 장소로 향했다. 선주와 수다라도 떨고 나면 기분이 좀 나아질 것 같았다. 아마 오늘도 지후는 밤늦게나 돌아올 것이다.

선주는 커피숍 창가에 앉아 책에 머리를 파묻고 있었다. 주위에 신경 쓰지 않는 자유로운 선주의 모습은 어느 장소에서나 눈에 띄었다. 나이 서른이 되어서도 자신의 삶에 불안해하지 않는 여자는 선주뿐일 것이다. 언제부터인지 모르나 선주는 인생관이 확실했다. 독신주의자였으며, 프리랜서 사진기자이자 여행가였다. 유럽을 다녀온 지 얼마 되지 않아서 벌써 다음 여행 계획을 준비하리만큼 바쁘고 열성적인 친구였다. 조만간 여행기를 출간할 예정이기도 했다.

현수가 테이블을 노크하듯 두드리자 선주는 책 속에 파묻고 있던 얼굴을 들었다.

"어서 와. 날씨가 많이 더워졌지?"

"응."

"어때, 신혼 생활은?"

"궁금하면 너도 결혼해."

선주가 가볍게 묻자, 현수는 은근슬쩍 대답을 피했다. 종업원에게 시원한 아이스커피를 시키고 나자 자신의 얼굴을 꼼꼼히 뜯어보는 선주의 시선이 느껴졌다.

"아무래도 얼굴이 좀 상한 것 같다. 괜찮아?"

"애는, 괜찮다니까 왜 자꾸 물어?"

"어, 이거 쑥스러워하는 게 수상하네. 뭐야, 지후 씨가 밤낮으로 괴롭히는 거야? 새신랑, 새신부가 몸 상할 일이 그거 말고 어딨겠어?"

"이선주, 그만 좀 해. 너 시집도 안 간 처녀야."

현수는 핀잔을 주듯 선주에게 눈을 흘겼다. 얼굴은 웃고 있었지만 편한 대화는 아니었다. 지후가 자신을 어떻게 오해하고 있는지 안다면 거품 물고 쓰러질 선주였다. 여전히 짓궂은 표정을 짓고 있는 선주가 보였지만, 현수는 짐짓 모르는 체 종업원이 가져온 아이스커피를 마시며 화제를 돌렸다.

"할 말 있다며, 고작 그게 궁금했던 거야?"

순간 선주의 표정이 굳어졌다. 얼버무리려는 듯 어색한 미소가 스쳤다.

"하, 안 잊어버렸네. 네가 잊어먹었으면 얘기 안 하고 넘어가려고 했는데……."

"무슨 얘긴데 너답지 않게 꼬리를 내려?"

한동안 갈등하는 듯 말이 없던 선주는 결심한 듯 물 컵에 남아 있던 얼음을 한입에 넣고 씹었다. 현수는 그 모습을 지켜보며 눈을 크게 떴다.

"그럼 나 편하게 얘기할게. 보아하니 지후 씨랑 잘 지내는 것 같으니까."

"어, 갑자기 긴장된다. 내가 꼭 들어야 할 얘기야?"

망설이던 선주의 표정이 진지해지자 현수 역시 기분이 묘해졌다. 그냥 웃고 넘길 얘기가 아니라는 예감이 들었다. 심각한 선주의 표정을 접하는 건 흔한 일이 아니다.

"듣지 말래? 그럼 관두고."

넌지시 다시 꼬리를 내렸다. 그 순간 현수는 느꼈다, 꼭 들어야 하는 얘기구나라고.

"아냐, 얘기해. 그냥 이대로 가면 며칠 동안 궁금해서 잠 못 잔다."

"그래, 어차피 알게 될 테니까 먼저 아는 게 나을 거야. 음……. 사실은 석현 선배 서울에 있어."

"뭐? 언제 돌아왔어?"

무슨 일이기에 호탕한 성격의 선주가 뜸을 들이나 했다. 그러나 석현의 소식일 거라고는 상상조차 못했다. 현수는 놀라 입을 다물지 못했다. 믿을 수가 없었다. 다시 확인하고자 선주를 바라봤지만 돌아오는 눈빛은 사실임을 말했다.

"정말이구나. 언제 돌아왔어?"

"한 달 정도. 며칠 전에 서경 선배 만났거든. 선배가 놀러오라기에 어제 스튜디오에 갔었는데, 거기에 석현 선배도 있더라."

"그래?"

"근데 너 결혼한 줄 몰랐나 봐. 나한테 소식 듣고는 거의 실성한 사람처럼 넋이 나가 하염없이 네 사진만 보는 거 있지? 그래서 내가 그랬지, 왜 귀국하자마자 널 찾아가지 않았냐고. 잊지 못했으면 바로 달려갔어야 하는 거 아니냐고?"

"……."

"돌아온 지 얼마 안 돼 자리 잡으면 연락할 참이었대. 서경 선배 촬영 돕느라 바빠 시간적 여유도 없었고……."

"……."

"너한테 얘기 안 하려고 했는데, 혹시라도 석현 선배가 전화하거나 직접 찾아가기라도 하면 너 놀랄 것 같아서 얘기하는 거야."

말을 마친 선주는 묵묵히 자신의 이야기를 듣고만 있는 현수를 바라봤다. 충격이 큰 듯 현수는 커다란 눈망울만 굴린 채 말이 없었다. 사랑하는 연인들을 자기 마음대로 갈라놓은 건 아닌지 마음이 무겁기만 했다. 현수의 행복이 최우선이었다. 결혼 전까지 현수를 찾아오지 않는 석현을 보며 선주는 나름대로 과거의 사람들로 정리되었나 보다 생각했었다. 그러나 변함없이 현수를 향해 있는 석현의 눈빛을 봤다. 그렇다면 현수는…….

"너, 아직도 석현 선배 잊지 못한 거야?"

"……."

현수는 선주의 조심스러운 질문에 아무런 대꾸도 하지 않았다. 한참을 테이블만 바라보던 현수는 입술을 지그시 깨물며 선주를 바라봤다. 그리고 물었다. 묻는다기보다는 확인에 가까웠다.

"너 전부터 석현 오빠 돌아온 거 알고 있었지?"

"응."

"그래서 자꾸 물었던 거야?"

"그래. 내가 잘못한 거니? 너한테 얘기했어야 하는 거야?"

선주의 자신없는 목소리가 들려왔다. 현수는 결혼 전 선주의 행동을 이제야 이해할 수 있었다. 죄지은 사람마냥 죄책감이 가득한 얼굴의 선주가 그녀의 대답을 기다리고 있었다. 그러나 예상치 못한 상황에 봉착한 현수로서는 어떤 말도 쉽게 나오지 않았다.

"아냐, 그게 네 잘못이겠니? 석현 오빠와 나의 인연이 고작 그 정도인 거지."

깊은 생각에 빠진 듯 말이 없던 현수의 목소리는 의외로 담담했다. 씁쓸한 표정이 언뜻 얼굴을 스쳤다. 선주를 탓할 일이 아니었다. 기다리지 못한 것은 그녀 자신이었다. 커피 맛이 유난히 쓰게 느껴졌다.

선주가 다시 한 번 물었다.

"괜찮지?"

"응. 좀 놀라고 당황스럽긴 한데, 괜찮아."

선주는 더 이상 묻지 않았다. 괜찮다고 말하고 있었지만 현수의 표정은 혼란스러워 보였다. 아무렇지도 않다는 게 더 이상할 것이다. 석현과 사귈 때부터 헤어지고 기다리던 시간 동안, 석현의 이름을 내내 입에 달고 살던 현수였다. 지후와의 만남 이후로 석현의 이야기가 꼬리를 감췄지만 갑작스런 석현의 소식은 충격이었을 것이다.

"선주야."

"응."

"나 그만 일어나 봐야겠다."

"그래?"

"응. 아침부터 서울 올라온다고 잠을 설쳤더니 좀 피곤하다."

"그럼 일어나야지. 태워다 줄게."

혼자만의 시간이 필요한 듯한 현수였기에 선주는 더 이상 붙잡지 않았다.

"아냐, 너 바쁜 사람이라는 거 다 아는데. 요 앞에서 택시 탈게."

현수는 선주의 권유를 물리치고 택시를 탔다. 그러나 백 미터도 못 가서 현수는 택시에서 내리고 말았다. 가슴이 답답했다. 현수는 전혀 괜찮지 못했다. 석현이 같은 서울 하늘에 있다니! 이미 마음을 정리하고 한 결혼이었지만, 석현이 같은 하늘에 있다는 걸 알았다면 지금과는 다른 모습이었을 것이다. 좀 더 결혼에 대해 진중했으리라.

삼 년을 기다렸다. 그러다 기다림에 지쳐 결혼을 했는데, 결혼한 지 일주일 만에 그가 돌아왔다는 소식을 접하다니, 이게 무슨 해괴한 운명인가. 어느 것 하나 순리대로 풀리는 것 같지가 않았다. 울화가 치밀었다. 이 모든 게 지후 때문인 것처럼 느껴졌다. 갑자기 나타나 결혼을 하자고 졸라대지만 않았더라면 석현과 기쁘게 재회했을 텐데 하는 원망이 생겼다. 그녀의 억지라는 걸 잘 알고 있음에도 지후가 너무 미웠다. 분명히 지후는 물었다. 그만두고 싶으면 그만두라고. 이미 이런 일이 있을 것을 예견하듯이 그녀에게 기회를 주었다. 그러나 정작 기회를 차버린 건 다름 아닌 그녀였다. 가슴이 뻥 뚫린 것처럼 공허했다.

시간을 되돌릴 수 있다면, 시간을 되돌릴 수 있다면 난 지후와 결혼하지 않았을까 하는 의문이 끊임없이 그녀 안에서 맴돌았다. 그러나 그녀는 자신있게 결혼하지 않았을 거라고 대답할 수 없었다. 이미 석현이 아닌 지후와의 삶을 설계하기 시작한 이후였기 때문이다.

이미 해가 기운 거리를 터벅터벅 걷고 또 걸었다. 다리가 아파 지칠 때까지 걸었다. 자신의 인생이 어디로 흘러가고 있는지 전혀 알지 못하듯 무작정 걸었다. 갈 곳을 잃고 방황하는 나약한 영혼처럼 느껴졌다.

지후는 영등포 구치소에서 의뢰인을 만나고 바로 퇴근을 했다. 동네 입구를 지나치는데 봄꽃들을 즐비하게 내놓고 팔고 있는 꽃가게가 눈에 들어왔다. 지후는 자신도 모르게 차를 멈췄다. 그리고 장미 한 다발을 샀다. 누군가에게 주려고 꽃을 사는 일, 태어나서 머리털나고 처음 해보는 짓이었다. 보조석에 꽃다발을 내려놓으며 지후는 피식 웃었다. 몹시 쑥스러우면서도 기분 좋은 설렘이 공존했다. 꽃을 받아들고 눈이 동그래질 현수의 얼굴이 떠올랐기 때문이다.

 차를 천천히 움직여 빌라 단지 내 주차장에 주차시켰다. 꽃다발을 손에 쥐고 엘리베이터에 오르는 그의 입에서는 절로 휘파람이 흘러나왔다. 자신의 모습에 스스로도 적응이 안 되었지만 현수의 얼굴을 볼 생각에 다른 건 다 잊었다. 생각 많고 머리 복잡한 그가 단순해지는 순간이었다.

 현관 벨을 눌렀다. 그러나 대답없는 벨만 울려댈 뿐이었다. 입가에 웃음이 만연하던 지후의 표정이 다소 굳어졌다. 지후는 스스로 문을 열고 들어왔다. 집 안은 적막감이 감돌았다. 어디에도 현수의 모습은 보이지 않았다.

 아직 이른 시간이었다. 지후는 거실 테이블 위에 꽃다발을 내려놓았다. 그리고 소파에 앉아 몸을 기댔다. 어린아이처럼 들떠 왔던 자신의 모습이 한심스럽기만 했다. 당연히 집에 있을 거라 생각하던 현수가 집에 없다는 게 왜 이리 섭섭한지, 결혼한 지 일주일밖에 안 되었는데 벌써 그녀와 한공간에 사는 게 길들여진 듯했다.

 깜박 잠이 들었다. 어젯밤 잠을 설친 데다 운전까지 하고 왔으니 몸이 많이 피곤했던 것 같다. 메아리처럼 울려대는 전화 벨소리에 지후는 겨우 눈꺼풀을 깜박이며 손을 뻗어 전화기를 들었다.

 ─현수니? 핸드폰은 왜 꺼놨어? 나 지금 공항이거든. 길게 통화 못하니까 간단하게 말할게. 내가 오늘 너한테 괜한 얘기 한 것 같아. 못 들은 걸로 해. 내가 석현 선배랑 통화할게. 갔다 와

서 봐.

현수의 친구, 선주의 전화였다. 얼마나 다급했는지 누군지 확인조차 않고 속사포처럼 말을 쏟아내고 끊어버렸다. 그러나 지후의 귀에는 조사 하나까지 선명하게 들렸다.

이미 해가 지고 있었다. 지후는 천천히 몸을 일으켰다. 테이블에 올려놓았던 장미다발을 손에 움켜쥐었다. 그리고 가차없이 쓰레기통에 던져 버렸다. 꽃잎과 잎이 처참하게 뭉그러졌.

지후는 전화기 버튼을 눌렀다. 그러나 선주의 말대로 현수의 핸드폰은 꺼져 있었다. 말아 쥔 주먹이 부들부들 떨렸다. 그의 계획은 여지없이 처참하게 무너져 버렸다. 시간이 지날수록 그의 분노와 초조함은 정비례했다. 화가 나는 만큼 불안하고 초조했다. 지후는 서성이기 시작했다. 기다림의 시간이 천년만년처럼 느껴졌다.

컴컴한 실내를 밝히는 거라고는 무선 전화기의 버튼과 스며드는 가로등 불빛뿐이었다. 창가에 서서 빌라 단지 입구를 내려다봤다. 얼마나 그 자리에 서 있었는지 기억하기조차 힘들었다.

집으로 들어서는 현수는 물 먹은 솜처럼 몸이 무거웠다. 그저 눕고 싶다는 생각뿐이었다. 그녀의 예상대로 지후는 돌아오지 않았는지 불 꺼진 집이 그녀를 기다렸다. 현관의 자동 센서 등이 꺼지기 직전 현수는 거실 등을 켰다. 자신의 방으로 들어가려던 현수는 창가에 등을 보이고 서 있는 지후를 발견했다. 그녀가 들어오는 것을 전혀 눈치 채지 못한 듯 그는 창밖만 주시하고 있었다.
"일찍 왔네."
"어디 갔었어?"
지후가 돌아서며 물었다.
"선주 만났어."
"또?"
낮게 깔린 지후의 음성이 어딘지 모르게 위험스러워 보였다.
"없어. 나 피곤해. 그만 쉴게."
현수는 피곤한 얼굴로 만사가 귀찮다는 듯이 돌아섰다.
"거기 서!"
거역할 수 없을 정도로 위압감이 느껴졌다. 돌아서 방으로 향하던 현수는 흠칫 놀라며 고개를 돌렸다.
"왜 그러는데?"
"누구 만났냐고?"
"선주 만났다고 했잖아. 지금 너랑 말 따먹기 할 기분 아냐. 난 좀 자야겠어."
잘못이라도 저지른 사람을 취조하듯 하는 지후에게 현수는 짜증 섞인 목소리로 대꾸했다. 그리고 화가 난 듯 노려보는 지후의 시선을 외면한 채 방으로 들어와 버렸다. 지후가 도와주지 않아도 현수는 머리 속이 뒤죽박죽이 되어 엉망이었다. 그녀 마음대로 되는 게 하나도 없는 현실로 인해 우울하기만 했다. 건드리면 당장 터져 버릴 것처럼 위험 수위에 다다른 현수였다.

옷을 갈아입고 있는데 예고도 없이 문이 열렸다. 깜짝 놀란 현수는 하던 동작을 멈췄다. 블라우스의 단추를 끄르던 참이었다.

"왜?"

"내 방에 들어오는데 허락이 필요하니?"

"너 여기서 안 자잖아. 옷 필요하면 가져가."

무심하게 말하는 현수였다. 그러나 지후는 그녀만을 바라본 채 움직일 생각을 하지 않았다. 보다 못한 현수가 옷을 챙겨 욕실로 들어가려는데 그의 큰 손이 현수의 손목을 낚아챘다.

"헉!"

갑작스런 그의 행동에 놀란 현수는 외마디 비명을 질렀다. 지후는 그의 손에서 빠져나오려는 현수를 단번에 제압하더니 벽에 밀어붙인 후, 현수가 하던 일을 마저 하기 시작했다. 블라우스의 단추가 지후의 손에 의해 하나하나 끌러졌다. 거대한 그림자에 갇힌 기분이 들었다.

현수는 그녀의 여린 피부에 느껴지는 지후의 손길에 반응하지 않으려고 노력했다. 그녀만이 간절하게 원하는 듯 내팽개쳐지는 것도 싫었고, 특히나 오늘은 그의 손길이 전혀 반갑지 못했다. 혼란스러운 그녀는 오로지 자고 싶었다. 모든 걸 잊고 잠들고 싶은 마음뿐이었다.

"그만 해."

"뭐?"

"싫다고."

"왜?"

"이유는 없어. 그럴 기분 아니야."

현수의 단호한 거부에 멈칫한 지후였다. 끝내 억누르던 분노가 폭발했다. 그녀를 기다리며 지후는 지옥을 수없이 드나들었다. 석현을 만나고 있는 것은 아닐까 하는 의구심은 그를 벼랑 끝으로 내몰았다. 참을 수가 없었다. 가져야 했다. 마음이 안 된다면 몸이라도 소유해야만 했다. 철저하게 자신의 것으로 만들어야겠다는 소유욕이 그의 눈과 귀를 멀게 했다.

"그래? 그럼 그럴 기분이 되게 해줄게."

"뭐 하는 거야? 이러지 마."

지후는 가차없이 현수의 손목을 잡아끌더니 침대 위로 넘어뜨렸다. 그 어느 때보다 지후의 눈은 깊고 어두웠다. 먹이를 향해 달려드는 맹수처럼 일어나려고 허우적거리는 현수를 양손으로 포박한 채 거만한 얼굴로 그녀를 내려다봤다.

"넌 내 아내야. 아내로서의 의무를 다해야지."

섬뜩하리만큼 차가운 음성이었다. 낯선 사람처럼 느껴져 불안했다. 어떤 반응도 보이기 전, 그의 손이 가차없이 그녀의 스커트 속으로 밀고 들어왔다. 놀란 현수가 풀린 한 손으로 그의 가슴을 때리며 빠져나오려 했지만 그는 꼼짝도 하지 않았다.

팬티가 그의 손에 의해 내려갔다. 그리고 몸부림치는 그녀의 둔부를 움켜쥐었다. 그녀가 밀어내면 밀어낼수록 더 집요하게 지후는 그녀의 몸을 파고들었다. 전혀 부드러움이나 배려가 느껴지지 않는 거친 손길이었다. 젖 먹던 힘까지 다해 현수는 그를

뒤늦은 소식

밀어냈다. 거친 발놀림이 그의 중요 부분을 과격하고 말았다.

"윽!!"

현수의 몸을 거칠게 휘젓던 손이 떨어져 나가며 웅크렸다. 기회였다. 현수는 있는 힘을 다해 침대를 빠져나오려 했지만 이미 한 팔이 그에게 다시 붙들렸다. 침대가 휘청일 정도로 현수는 머리를 침대에 박아야 했다.

머리가 띵한 게 정신을 차릴 수가 없었다. 그러는 사이 그녀의 옷은 하나씩 벗겨져 보기 좋은 그의 눈요깃감이 되어 있었다. 비참했다. 여전히 싸구려 취급을 당하는 듯한 기분에 몸을 움츠렸다. 더 이상의 반항을 포기했다. 오후 내내 거리를 배회한 그녀로서는 움직일 힘조차 남아 있지 않았다.

"넌 내 여자야."

현수는 눈을 감아버렸다. 지후의 손아귀에 잔뜩 힘이 갔다. 눈을 감아버리는 그녀를 용서할 수 없었다. 그의 거친 애무에 현수는 저절로 얼굴이 찡그려졌다. 어떤 반응도 보이지 않으려 했으나 그가 가슴을 아프도록 물자, 현수는 두 손으로 그의 머리를 밀어냈다.

"앗, 아파!"

그가 얼마나 괴롭혔는지 빨갛게 부어오른 유두였다. 그의 얼굴이 가슴에서 잠깐 떨어져 나갔다. 그러나 안도의 한숨을 내쉬기도 전, 지후는 부드럽고 조심스럽게 현수의 가슴을 위로하듯이 혀로 핥기 시작했다. 바짝 긴장해 그를 거부하던 가슴이 보기 좋게 다시 그의 입술을 향해 고개를 들고 있었다.

그의 입술이 감은 눈과 예민한 귓불을 건드렸다. 차갑게 그를 무시하려는 그녀의 의지와 상관없이 몸이 그의 유혹에 흔들리고 있었다. 나무에 매달려 떨어지지 않으려고 기를 쓰는 것처럼 두 손을 꼭 쥐었다. 끊임없이 그녀를 자극하던 입술이 목덜미로 내려가자 온몸이 나른해지면서 표현할 수 없는 감각에 빠져들기 시작했다. 거칠게 그녀의 몸을 만지던 그의 손이 부드럽게 그녀의 여린 피부를 어루만졌다. 잊고 있던 감각들이 다시 살아나기 시작했다. 보기 좋게 그를 밀어내야 하는데 불행히도 그녀의 몸은 지후가 주는 열락의 세계에 기꺼이 뛰어들고 있었다. 앙다문 입을 통해 신음 소리가 삐져 나왔다.

"하······."

"눈 떠."

굳게 닫고 있던 눈을 현수는 슬며시 떴다. 깊이를 가늠할 수 없는 눈동자가 그녀를 기다리고 있었다.

눈을 감은 채 그를 거부하는 현수를 지후는 두고 볼 수 없었다. 자신의 손길 아래서 몸이 뜨겁게 달구어지며 반응하기를 바랐다. 허기진 아이처럼 그를 갈구하기를 원했다. 앙다문 입에서는 거침없는 신음 소리가 흘러나오길 바랐고, 꼭 쥔 손으로는 자신의 몸을 감싸길 원했다. 이 밤 그렇게 만들고 말리라. 온몸에 그의 흔적을 남기고, 영원히 잊지 못할 밤을 만드리라. 그녀의 주인이 누구인지 확실하게 깨닫게 하리라. 지후는 몸서리쳐질 정도의 소유욕을 현수에게서 느꼈다.

허공에서 만난 네 개의 눈동자는 불꽃을 일으켰다. 그의 입술

뒤늦은 소식

이 가슴과 배로, 그리고 더 깊은 숲으로 흘러가자 현수는 참아내던 신음 소리를 거칠게 토해내고 말았다.

"아, 지후야."

상상조차 해보지 못한 느낌이 그녀를 마비시켰다. 정신이 혼미해져 갔다. 몸을 제대로 가누지 못한 채 물에 빠진 듯 허우적댔다. 머리에서부터 발끝까지 모두 제 것처럼 느껴지지 않았다. 손끝 하나, 발끝 하나 마음대로 움직여지지 않았다. 다만 지후의 입술과 손에 의해서만 반응할 뿐이었다. 그녀를 짓누르던 고민들은 아득하게 멀어져 갔다. 모든 신경 조직들이 지후에게 집중되었다. 지금 이 순간 말고는 모두 하찮게 느껴졌다.

그녀의 다리 사이에 얼굴을 묻은 지후로 인해 현수는 이를 악물었지만 흐느낌은 새어 나왔다. 이미 축축이 젖은 여성은 만개한 꽃처럼 그를 기다리고 있었다. 그의 입술이 떠난 그곳을 그의 손길이 찾아와 깊이 파고들었다. 엉덩이가 저절로 들렸다.

지후는 자신 아래서 달아오른 얼굴로 흥분을 감추지 못한 채 떨고 있는 현수를 보며 만족스러운 미소를 지었다. 물론 그 역시 거세게 일어나고 있었다. 그러나 참았다. 그녀에게 자신을 완벽하게 새기기 위해서 자신의 욕구를 밀어냈다.

그녀를 돌려 눕혔다. 매끄러운 등이 그의 손길을 기다리고 있었다. 지후는 빠르게 자신의 옷도 벗어 던진 후 현수의 등에 입술을 갖다 대었다. 현수가 꿈틀거리기 시작했다. 고양이처럼 갸르랑거리며 연거푸 신음을 토해냈다. 자신의 손길에 몸을 바르르 떠는 현수는 너무나 자극적이었다. 거부의 흔적이라고는 찾아볼 수 없었다. 그의 손길 하나하나에 응답이라도 하듯 현수는 적나라하게 그녀의 상태를 그에게 보여주었다. 지후는 더 이상 참을 수가 없었다. 그녀의 몸을 바로 하고 그를 기다리고 있는 곳으로 깊숙이 들어갔다.

현수의 거친 비명 소리가 들렸다. 전혀 예상치 못한 문에 닿았을 때는 이미 늦은 후였다. 지후는 처녀지인 현수의 그곳을 무참히 지나 버렸기 때문이다. 아픔을 참지 못하고 몸을 웅크리며 비명을 질러대는 현수를 보자 당혹스러웠다. 이런……. 입에서 욕이 절로 나왔다.

불행스럽게도 현수의 그 모습에 발정난 짐승처럼 그의 것은 자꾸만 더 팽창하고 있었다. 앞으로도, 뒤로도 가지 못하는 상황이었다. 지후는 현수 안에 갇혀 진땀을 흘리며 쏟아지는 욕지기를 안으로 삼켰다.

그녀는 처녀였다. 그곳은 아무도 가보지 못한 처녀지였다. 그가 첫 방문자였다. 아무도 걸음을 남기지 않은, 오직 자신만을 위한 신성한 곳이었다. 그리고 앞으로도 자신밖에 찾을 수 없는 그곳이 거기에 있었다. 참을 수가 없었다. 미칠 것 같은 흥분이 지후의 온몸을 휘감았다. 상상도 할 수 없는 짜릿함과 흥분이었다. 또한 그녀가 자신에게 처음 그곳을 내주고 있다는 사실은 수컷으로서 이기적인 만족감을 선사했다. 현수의 아픔만큼 그의 것은 자신의 영역으로 발을 내딛고 싶은 욕구에 미쳐 가고 있었다. 현수의 비명과 흐느낌이 잦아지자 지후는 더 이상 기다릴 수가 없었다.

깊이를 알 수 없는 그곳으로 더 들어가려 하는 그를 느끼며 현수의 입에서는 신음 소리가 끊이지 않았다. 그 역시 포효하는 짐승처럼 으르렁거렸다. 그의 전부를 그녀 안에 맘껏 분출했다.

폭풍 같은 시간이 지나고 땀으로 흠뻑 젖은 현수와 지후는 천장을 보고 누워 있었다. 둘 다 아무 말도 하지 않았다. 지후는 벌떡 일어나더니 욕실로 사라져 버렸다.

현수는 아무것도 생각할 수 없었다. 눈가에 눈물이 흐르고 있다는 것도 알지 못했다. 현수는 첫날밤을 치렀다. 자신의 몸을 뜨겁게 달구었던 지후의 뒷모습이 낯설고 차갑게만 느껴졌다. 아무런 위로나 배려의 말 한마디 없이 욕실로 사라져 버린 지후. 현수는 등을 돌려 누웠다. 다시 그를 마주하고 잘 용기가 없었다.

욕실에 들어온 지후는 차가운 물에 몸을 식혔다. 현수가 처녀였다는 충격이 아직까지 사라지지 않았다. 그 뜨거운 만족감과 더불어 죄책감이 그를 엄습했다. 그녀가 그에게 화를 낸 이유를 충분히 이해하고도 남았다.

아직 태양이 떠오르지 않은 어슴푸레한 새벽 기운이 감도는 가운데 눈을 뜬 현수는 지후의 품에 안겨 있는 자신을 발견했다. 그녀를 감싸 안는 듯한 따뜻한 느낌에 한숨까지 내쉬며 몸을 바짝 붙였는데 그 느낌의 주인이 그였나 보다. 현수가 전혀 알지 못했던 새로운 세계를, 그녀 안에 잠재해 있던 욕구를 일

깨워 준 남자, 지후. 그의 품에 안겨서 평화로운 아침을 맞아도 되는 건지 의심스러웠다.

어젯밤 차가운 등을 보이며 돌아서는 그에게 느꼈던 섭섭함은 어떤 감정인지 자신조차 이해할 수 없었다. 그리고 자신의 의지를 배신한 채 뜨겁게 반응하던 육체를 생각하면 얼굴이 화끈거렸다. 고른 숨소리가 머리 위에서 느껴졌다. 그의 팔에 머리를 베고 너무나 자연스럽게 자신의 가슴을 감싸고 있는 또 다른 손과 까칠까칠한 털의 느낌까지 선명하게 전해져 오는 맞닿아 있는 서로의 다리…….

서로 으르렁거리던 두 사람이 연출할 수 있는 모습일까 싶을 만큼 자연스러운 모습에 현수는 당황스러웠다. 현수는 몸을 살짝 일으키려 했다. 이렇게 마주하고 아침을 맞이할 용기가 없었다. 그의 손을 가슴에서 떼어내려고 살짝 잡아 밀어냈지만 몸을 일으킬 새도 없이 그의 팔이 그녀를 다시 감쌌다. 놀라 눈을 들어 그를 쳐다봤다.

언제부터 일어나 있었던 것일까? 지후가 내려다보고 있었다. 멈칫했지만 현수는 시선을 피하지 않았다. 더 이상 지후 앞에서 움츠려 들고 싶지 않았다. 무던히도 무덤덤해지려고 애쓰는 그녀의 마음과 달리 뜨겁게 내리꽂는 지후의 시선 앞에서 자꾸만 심장 박동은 빨라졌다. 달아오르기 시작한 얼굴은 체면에 걸린 것처럼 그녀의 마음과 다른 일련의 반응들을 일으켰다.

그의 입술이 내려왔다. 피해야 한다는 생각과 달리 태어나는 순간부터 땅에 박힌 장승처럼 그의 입술을 피하지 못한 채 받아들였다. 그녀의 입술을 뚫고 들어온 달짝지근한 혀 맛을 느끼며 자신도 알 수 없는 묘한 한숨이 흘러나왔다. 아무것도 입지 않는 그녀의 몸을 헤매는 그의 손은 거침없이 그녀의 부드러운 살결을 확인했다.

그녀의 중심은 이미 축축이 젖어갔다. 지후의 뜨거운 시선과 그녀의 배에서 느껴지는 그의 단단한 남성은 그녀로서는 감당하기 어려운 묘한 감각을 불러일으켰다. 그녀의 몸을 찌르는 것처럼 계속해서 자극하는 그를 느끼며 현수는 허물어졌다. 언제라도 환영하는 듯 그녀의 몸은 그를 기다리고 있었다.

지후는 자신의 욕망을 주체할 수 없었다. 아침에 눈을 떠 자신의 품에 안겨 있는 부드러운 현수의 몸을 느끼며 그의 몸은 거칠게 일어났다. 너무나 편안한 아침이었다. 이렇게 따뜻한 느낌의 아침을 맞아본 적이 있기나 했을까.

그녀의 입술은 너무 달콤하고, 그녀의 몸은 실크보다 더 부드러웠다. 그로 인해 그녀가 내뿜는 만족의 신음 소리는 수컷의 자존심을 지독하리만큼 만족시키고 흥분케 만들었다. 단지 육체적인 것만이라도 상관없었다. 격렬하게 서로를 탐하고 끝내 그녀 안에 자신의 잔재를 내뿜은 그가 현수에게서 내려갔다.

격한 숨소리가 고요한 아침의 적막을 깨고 있었다. 격렬한 정사 이후 돌아서는 지후의 차가운 등을 또다시 보고 싶지 않았다. 차라리 그녀가 먼저 일어나는 게 나을 것 같았다. 등을 돌려 일어나려는 현수의 어깨를 그가 붙잡았다. 놀란 눈으로 돌아보는 현수를 아는지 모르는지 지후는 눈을 감고 있었다.

"좀 더 자자."

전혀 예상치 못했던 그의 행동에 당황하면서도 기분이 나쁘지 않았다. 결국 그녀는 지후의 품에 안겨 잠이 들었다.

8... 사랑이 위한 시간

**햇**살에 눈이 부셔 눈을 떴다. 침대에는 혼자만이 누워 있었다. 지후는 이미 출근을 한 듯했다. 온몸이 뻐근했다. 피로가 누적된 것처럼 꼼짝도 못할 것 같았다. 자포자기의 심정으로 일어나는 것을 포기하고 침대에 누워버렸다. 그러나 어제저녁부터 아무것도 먹지 않은 위장은 전쟁을 일으키고 있었다. 현수는 조심스럽게 침대 밖으로 다리를 내밀었다. 그녀가 지금 아무것도 걸치지 않고 있음은 보지 않아도 훤했다.

힘들게 일어나 다리를 질질 끌며 욕실로 갔다. 거울 앞엔 얻어맞기라도 한 듯 온몸에 울긋불긋 키스 자국을 한 여자의 얼굴이 보였다. 그녀의 몸을 샅샅이 빼놓지 않고 애무하던 지후의 모습이 떠오르자 현수는 화끈거렸다.

따뜻한 물에 몸을 담그고 나니 좀 풀리는 것 같았다. 늦은 점심을 챙겨 먹고 집 안을 정리하기 시작했다. 둘이 사는 집이라 특별히 어지럽혀질 이유가 없었지만 시골에서 돌아온 터라 현수는 안방 침대 시트 커버를 갈고 창문을 열어 환기도 시켰다.

휴지통을 비우려던 현수는 까맣게 변해 버려진 장미를 발견하고 고개를 갸웃거렸다. 그녀의 집에 어떻게 장미가 버려질 수 있는지 아무리 생각해 봐도 모를 일이었다. 그러나 전화벨이 울리자 잊어버렸다.

엄마 미정이 시골에 잘 다녀왔는지 확인할 겸 안부 전화를 했다. 현수는 자신이 다른 어느 때보다 여유롭게 통화를 하고 있음을 느꼈다. 석현의 귀국 소식으로 인한 혼란스러움은 어느 정도 진정이 되어가고 있었다. 정말 그녀를 원했다면 석현은 누구보다도 먼저 자신을 찾아왔으리라 하는 생각이 들자 그에 대한 미안함도 조금은 가벼워지는 것 같았다.


사무실에 출근한 지후는 좀처럼 일이 손에 잡히지 않았다. 아기처럼 잠들어 있는 현수를 두고 출근해야만 했다. 하루쯤 사무실을 쉰다고 누가 뭐라 할 사람도 없는데 그는 꾸역꾸역 다른 날과 변함없이 출근을 했다.

아침, 현수의 눈을 마주하기가 겁이 났다. 공연한 오해로 그녀를 괴롭혔다. 그리고 어젯밤은 무서운 소유욕을 보이며 그녀의 의사와 상관없이 그녀를 가졌다. 현수의 나신이 눈에 아른거렸다. 주책맞은 아랫도리는 책상 앞에 앉아서도 꿈틀거렸다. 현수가 자신을 어떻게 생각할지 두려웠다. 파렴치한으로 여기고, 질타의 눈으로 노려본다면 지후는 견딜 수 없을 것 같았다.

그럼에도 지후는 더 뜨겁게 현수를 원하게 된 자신을 발견했다. 현수에 대한 집착은 단순히 소유욕 수준이 아니었다. 오전 내내 현수의 모습을 상상하고 있는 자신이 변태처럼 느껴졌지만, 넋이 나간 듯 몽롱한 기분은 어쩔 수 없었다. 현수가 자신의 여자라는 사실에 행복함이 치밀어 올랐다. 세상 모든 이들에게 외치고 싶었다. 어쩌면 그와 그녀를 닮은 아이가 생길지도 모른다는 생각까지 들자 지후는 끓어오르는 기쁨을 참을 수가 없었다.

그의 입가에서 자연스럽게 흘러간 유행가의 흥얼거림이 들려왔다. 노크를 하고 들어서던 진서는 지후의 모습을 보자 기함을 했다.

"김지후, 너 지금 새신랑 티 내냐?"

"뭐?"

전혀 모르겠다는 듯한 얼굴을 한 지후를 보며 진서는 웃기 시작했다.

"갑자기 결혼한다고 할 때부터 수상하더라. 뭐 그냥 잘 맞는 여자라고? 쳇, 웃기네. 얼이 빠진 얼굴을 하고는……"

"무슨 말이야?"

"시치미 떼어봤자야. 네 얼굴에 나 사랑에 빠졌소라고 써 있으니까."

지후는 못 들을 말을 들은 사람처럼 굳어졌다.

"자식, 쑥스러워하기는. 멋진 녀석 망가진 게 서운하긴 하지만 그래도 보기 좋다. 네가 노래를 다 흥얼거리고. 오래 살고 볼 일이야. 내일 술 한잔 어때?"

"어? 그래."

진서가 나가고 나서도 지후는 멍하니 앉아 있었다. 사랑이라니!

현수에 대한 자신의 감정이 사랑이란 말인가. 태어나서 한 번도 느껴보지 못했던 감정들을 현수에게서 느끼고 있는 건 사실이었다. 사법고시에 젊은 날을 다 쏟아 부었지만, 현수만큼 간절하지는 못했다. 현수에게서 느끼는 불안과 초조는 처음 경험하는 것이었다. 또한 치졸하다 싶을 만큼 혼자만이 차지하고 싶은 욕심도 낯선 감정이었다. 전혀 자신답지 않는 행동을 하게 하는 것도 현수였다. 대답없는 질문을 끊임없이 자신에 묻고 또 물었다.

진서와 사무실 지하 식당에서 점심을 먹고 들어온 지후는 현수가 일어났을지 궁금했다. 전화기로 몇 번이나 손이 갔지만 막상 전화를 걸 수 없었다. 다시 용기를 내어 전화를 걸려는데 노크 소리가 들렸다.

"네."

"오빠?"

미수였다. 챙이 긴 모자를 멋들어지게 쓴 미수는 그의 사무실과는 전혀 어울리지 않는 차림이었다. 벌써 한여름 날씨에나 어울릴 듯한 민소매의 하늘하늘한 원피스는 몹시 시원해 보였다.

"왔어?"

"응. 근데 오빠, 정말 너무했다. 어쩜 나한테 연락도 없이 감쪽같이 결혼을 다 하냐? 내가 오늘 얼마나 놀랐는 줄 알아?"

미수는 토라진 듯 입술을 내밀며 투덜거렸다. 서운한 기색이 역력했다.

"그럼 해외 촬영 가 있는 너한테 연락을 뭐 하러 하냐? 내 결혼식보다 일이 더 중요하지."

"그전에 얘기해 줄 수도 있었잖아. 그럼 내가 스케줄 조정할 수도 있었고. 이건 성의 문제야."

"허, 미안하다. 그 생각은 못했네."

결혼식에 참석하지 못한 게 못내 아쉬운 듯 눈을 흘기는 미수에게 지후는 사과를 했다. 그러자 미수의 얼굴이 다소 풀어지며 호기심 가득한 눈을 했다.

"도대체 오빠랑 결혼한 여자 어떤 사람인지 정말 궁금하다. 오빠 무뚝뚝하고 재미없는 사람인 거 모르고 결혼한 거 아냐?"

지후는 피식 웃기만 했다.

"언제 소개시켜 줄 거야? 나도 인사시켜 줘."

"알았어."

흔쾌히 대답했지만 지후는 현수를 소개시켜 줄 마음이 없었다. 석현과 얽혀 있는 어떤 사람과도 현수를 만나게 하고 싶지 않았다.

"얼굴 보아하니 깨가 쏟아지는 것 같아. 에휴, 동생은 지금 열이 받아 죽을 지경인데……."

"왜?"

"이유는 단 하나, 바로 윤석현 그 인간 때문이지."

"윤석현?"

"응. 오빠도 봤잖아. 내가 열심히 찍고 있는데, 어제는 귀국하고 들렀더니 스튜디오를 난장판으로 만들어놓은 거 있지?"

윤석현, 평온하기만 했던 그의 가슴에 찬물을 끼얹는 이름이었다. 사람의 마음이란 참 알 수 없다. 그 이름 석 자만으로 이가 갈리면서도 지후는 묻지 않을 수 없었다. 윤석현이라는 사람에 대한 관심을 단호하게 끊어버리지 못했다.

"무슨 일로?"

"박서경 씨가 슬쩍 흘리는 말로는 사랑하는 여자가 결혼을 했다는 것 같아. 사진 속의 그 여자 말야. 멀쩡한 남자를 돌게 할 정도의 여자라면 어떤 여자일까? 오늘은 암실에 처박혀 있어서 얼굴도 못 보고 왔어. 암튼 질긴 사람이야, 헤어진 지 꽤 오래된 것 같던데 아직까지 잊지 못하는 걸 보면. 우리 오빠를 보는 것 같아 안쓰럽기도 하고, 정신 차리라고 막 패주고 싶기도 하고, 차가운 내 감성을 흔드는 묘한 남자야. 여자 사진 찍기 싫다는 것도 다 그 여자 때문인 것 같은데 정말 어떤 여자인지 궁금해. 오빠도 사진 봤잖아. 궁금하지?"

"너 안 바쁘냐?"

지후는 미수의 말에 결코 동조할 수 없었다. 자신도 모르게 퉁명스러운 말이 튀어나왔다. 이미 무뚝뚝한 지후를 잘 아는 미수는 눈을 가늘게 뜨고 선수를 쳤다.

"잉? 오빠, 또 나 쫓아내려고 그러지?"

"나 나가봐야 돼."

"아무리 그래도 그렇지, 내가 이런 얘길 누구한테 하나? 할 사람은 오빠밖에 없지."

입을 뾰로통하게 내미는 미수를 보며 지후는 미안한 마음도 없지 않았다. 속내를 털어놓을 수 있는 가족이 없는 미수였다. 그래서 지후를 종종 찾아와 남에게 하지 못하는 이야기들을 늘 어놓곤 한다는 걸 잘 알지만, 미수의 입을 통해서 나오는 석현의 이야기는 더 이상 듣고 싶지 않았다.

미수의 궁금증을 해결해 줄 생각도 없었다. 다만 그의 인생에 석현이라는 존재가 없어졌으면 좋겠다는 바람만이 간절할 뿐이었다. 듣지 않아도 현수와 연관된 사람이라는 것만으로도 불편한 존재의 이야기를 시시콜콜 미수를 통해 알게 되는 것 또한 반갑지 않았다. 처음부터 알지 못했던 관계로 돌아가고 싶었다. 미수의 이야기를 현수와 연결시키지 않고 들을 수 있으면 좋겠지만 그건 불가능한 일이었다.

"왜, 그 사람한테 관심이라도 있다는 소리로 들린다."

"우와, 오빠도 예민한 구석이 다 있네. 그 남자 매력있잖아."

미수의 대꾸가 마음에 들지 않았다.

"너 그만 가주라."

"아, 정말 심하다. 그래, 간다, 가!"

미수는 토라진 얼굴을 하고 지후를 노려보더니 피식 웃고 만다.

"오빠, 나한테 빚진 거야. 꼭 갚아."

"알았어. 언제 밥이나 한번 먹자."

지후는 미수가 나가자 일어나 창가에 섰다. 멀리 법원과 검찰청의 건물이 나란히 보였다. 지후는 무거운 한숨을 내쉬었다. 현수의 결혼 소식을 듣고 스튜디오를 난장판으로 만들었다는 석현의 소식은 그의 예민한 신경을 곤두서게 했다.

문을 열고 나온 미수는 은희와 눈이 마주쳤다. 지후의 직원인 은희가 자신을 바라보는 눈이 곱지 않다는 걸 오래전부터 눈치채고 있었다. 결혼 전부터 그랬는데, 지후가 결혼을 했으니 그녀를 바라보는 눈이 어떨는지는 보지 않고도 짐작이 갔다. 사람들은 겉모습만으로 색안경을 끼고 보는 경우가 종종 있다. 그런 눈길에 충분히 익숙해진 미수였지만, 달가운 건 아니었다.

"은희 씨, 반가워요."

"네. 가시게요?"

"네. 근데 지후 오빠 집 주소랑 연락처 좀 알려줘요."

"그건 왜요?"

도끼눈을 한 은희가 날카롭게 물었다.

"참 은희 씨도. 오빠 결혼식에 참석도 못했잖아요. 언니한테도 미안하고. 꽃바구니라도 하나 보내려구요. 은희 씨는 봤어요? 도대체 성질 고약한 오빠한테 넘어간 여자가 어떤 사람인지 궁금해요."

미수의 격의없는 질문에 은희의 얼굴이 풀렸다.

"잠깐만요. 찾아볼게요."

메모지에 집 주소와 연락처를 적어주며 은희는 중요한 정보를 알려준다는 듯 목소리 톤을 낮췄다.

"장현로펌 대표 딸이에요."

"그래요?"

"네. 김 변호사님이랑 동갑인데, 어렸을 때부터 알았던 사이라는 것 같아요."

"정말요? 오빠 여자 만날 시간 없었을 텐데……."

"그래서 현 변호사님도 놀란 눈치였어요. 아무튼 처음 딱 만난 날, 김 변호사님이 결혼하자고 했대요."

"정말요?"

미수는 믿기지 않는다는 얼굴로 입을 다물지 못했다. 연신 정말요, 라고 되묻는 미수로 인해 신이 났는지 은희는 그녀가 알고 있는 이야기들을 전혀 경계하지 않고, 공범자의 미소를 지으며 털어놓았다.

"미수 씨도 의외죠? 사실 현 변호사님과 김 변호사님이 대화 나누는 걸 우연히 들었거든요."

"네."

"아무래도 제가 보기엔 콩깍지가 씌인 거 같아요."

"풋."

지후와 전혀 어울리지 않는 모습이라 웃음이 나왔다. 다행이다 싶었다. 그러나 한편으로는 씁쓸하기도 했다. 이성으로서 지후를 좋아했던 것은 아니었지만 허전한 것도 사실이었다. 혈육처럼 생각했던 지후의 결혼식조차 참석하지 못한 미수는 조금

서운한 척하고 말았지만 소외감은 꽤 컸다. 그렇지만 섭섭함을 밀어냈다. 그녀가 아는 지후는 충분히 행복해질 만한 자격이 있는 사람이었다.

 현수는 지후의 퇴근 시간이 다가오자 안절부절못했다. 계속 야근을 하던 지후였기 때문에 오늘 역시도 늦게 돌아올 거라 생각하면서도 퇴근 시간이 다가오자 불안해지는 마음은 어쩔 수 없었다.
 저녁을 준비했다. 호텔에서 돌아온 첫날, 다툰 이후로 현수는 더 이상 지후의 저녁에 신경 쓰지 않았다. 그의 말처럼 일 인분만의 저녁을 준비해 혼자 먹곤 했다. 그런데 오늘은 왠지 지후의 몫까지 해야 할 것만 같았다.
 시간이 지날수록 고장난 시계처럼 심장 박동이 마구 날뛰기 시작했다. 좀처럼 안정을 찾을 수가 없었다. 전화 한 통화 해주지 않을까 하는 기대감도 없지 않았다. 그러나 보기 좋게 기대감은 기대로 끝나고 말았다. 하루 종일 지후에게서는 연락이 없었다. 어쩌면 또 실망감만을 안게 될지도 모른다. 그럼에도 진정이 안 되는 걸 보면 이미 그녀의 심장은 고장나 버렸는지도 모른다.
 현관 벨이 울렸다. 심장이 덜컥 맞는 것 같은 착각에 사로잡혔다. 현수는 급하게 뛰어가 문을 열었다. 그러나 그녀의 기대는 여지없이 빗나가고 말았다. 꽃바구니를 든 남자가 그녀를 기다리고 있었다.

"무슨 일이죠?"

"여기가 김지후 씨 댁이죠?"

"네, 그런데요?"

"꽃배달 왔습니다."

남자는 현수에게 꽃바구니를 넘겨주더니 총총히 사라졌다. 현수는 화려한 꽃바구니를 현관 위에 올려놓으며 꽃 사이에 낀 카드를 발견했다. 잠시 망설였지만 카드를 꺼내 읽기 시작했다. 아주 간단한 메모였다.

〈결혼 축하해. 미수가.〉

현수는 다시 카드를 제자리에 꽂아놓았다. 지금 뭘 하고 있는지 자신의 모습이 한심스럽게 느껴졌다. 언제부터 지후를 기다렸다고, 저녁은 신경 쓰지 말라고 하던 말은 어디다 던져 버리고 괜한 기대에 부풀어 엉뚱한 짓을 하고 있는지 씁쓸하기마저 했다. 기다리는 걸 포기하고 혼자 저녁을 먹기 위해 돌아서는데 현관문이 열렸다. 지후가 들어오고 있었다. 현관 앞에 서 있는 현수를 보자 놀랐는지 지후가 멈칫했다. 현수는 반가움이 앞섰으나, 내색하지 않은 채 저녁을 차리기 위해 부엌으로 와버렸다. 방으로 들어갈 줄 알았던 지후가 그녀를 따라왔다.

"괜찮아?"

매일 그녀의 신경을 건드리던 그가 오늘은 조심스럽게 묻고 있었다. 현수는 눈을 치켜뜨며 그를 올려다봤다. 그러나 그의 시선은 그녀가 아닌 식탁을 향해 있었다. 그녀의 시선을 피하는 기색이 역력했다. 세상에, 그가 쑥스러워하다니! 놀라운 발견이었다. 괜히 입가에 미소가 번지려 했다.

"응."

"내 밥은 없겠지?"

"앉아."

정말 어이없었지만, 현수는 지후를 용서했다. 그동안 그에 대한 섭섭함을 잊었다.

같이 저녁을 먹고 한침대에 누웠다.

"미수가 누구야?"

"미수?"

"응."

"네가 미수를 어떻게 알아?"

지후가 실눈을 하고 현수에게 물었다. 현수는 지후의 반응에 의구심이 생기려 했다.

"네 앞으로 결혼 축하한다는 꽃바구니가 왔던데?"

"아."

"누구냐니까?"

"아는 동생 있어."

지후는 더 이상 얘기를 하지 않았다. 궁금해하는 현수의 시선을 느꼈을 텐데도 더 이상 말할 생각이 없는 것 같았다. 그러면 그럴수록 현수는 더 궁금했다.

"아는 동생? 흡······."

지후는 현수의 질문을 더 이상 용납하지 않았다. 지후의 입술이 현수의 입을 가로막았다. 한 번 풀리기 시작한 코는 살짝 잡아당겨도 쉽게 풀리는 법이었다. 그들은 뜨거운 밤을 보냈다.

여름이 다가오는지 거실에 길게 내리쬐는 햇볕이 유난히 따뜻했다. 베란다 창문을 열고 슬리퍼를 신고 밖으로 나왔다. 세상은 이미 초록빛으로 물들어 있었다. 너무 평화롭고 만족스러워 불안하기마저 했다. 사랑이 아니라도 좋다. 결혼을 통해 얻은 안정감과 여유로움은 진정 그녀가 원하는 것들이다. 석현을 기다리는 동안 지치고 힘들었던 몸과 마음에 새로운 활력이 깃드는 것 같았다. 살아 있다는 게 행복해지기 시작했고, 지후와 함께하는 시간들이 즐거웠다.

처음과 달리 지후도 그녀에게 많은 신경을 쓰는 것 같았다. 일찍 퇴근해 저녁을 같이 먹고, 산책도 하고, 밤늦게까지 영화도 보고, 사랑도 나누고, 여느 다른 신혼부부들처럼 서로에게 밀착된 시간이 계속되고 있었다.

전화벨이 울렸다. 지후일 것이다. 요즘 지후는 시도 때도 없이 전화를 하곤 했다.

"여보세요."

―…….

"여보세요?"

―…….

전화기 너머에서는 침묵만이 전해져 올 뿐이었다. 지후가 장난을 하는 건가 싶어 막 지후의 이름을 부르려는 순간 작게 떨리는 숨소리가 전해져 왔다. 전화기를 쥐고 있던 손에 힘이 들어갔다. 등줄기가 서늘해지는 걸 느꼈다. 분명 석현이었다. 현수는 조심스럽게 물었다.

"석현 오빠?"

―현수야.

갈라져 쉰 목소리가 들려왔다.

"오빠!"

―현수야.

현수는 목이 메었다. 수없이 혼자 되뇌던 석현이 그녀에게 전화를 해온 것이다. 그는 그녀의 이름만 나지막하게 부를 뿐이었다. 어느 누구도 선뜻 말을 꺼내지 못한 채 수초 동안의 침묵이 그들을 감쌌다.

"오빠, 나…… 결혼했어.

오래도록 기다렸던 사람과의 통화인데, 결국 그녀가 내뱉은 말을 되돌릴 수 없는 현실이었다.

―알아.

"오빠는?"

―아직.

"언제 돌아왔어?"

―조금 됐다.

"그동안 잘 지냈어?"

―응.

현수가 묻고 석현이 대답했다. 사랑했던 사람들의 대화라 생각되지 않을 만큼 평범했다. 어색함을 감추기 위해 현수는 끊임없이 물었다. 다시 석현을 만나게 된다면 그녀를 두고 떠난 것에 대한 섭섭함, 원망들을 쉼없이 털어놓을 거라 생각하곤 했었다. 그러나 현수는 한마디도 할 수 없었다. 기다려 주지 못한 그녀로서는 석현에게 그런 말을 할 자격이 없는 사람이었다. 그가 떠났기 때문이라는 핑계란 있을 수 없다. 기다리다 지쳐 손을 들어버린 것은 다름 아닌 그녀였다.

―현수야.

"응."

―오빠 사진 보고 싶지 않아?

"보고 싶지."

―그럼 한 번 나올래?

"……그래."

현수는 내키지 않았지만 승낙했다. 석현을 만나는 게 두려웠다. 이미 정리했다고 생각했던 감정들이 들끓고 일어날까 겁이 났다. 이제는 함께할 수 없는 사람이기에 그로 인한 혼란스러움을 스스로 감당할 수 있을지 의문이었다. 하지만 영원히 피할 수만은 없는 사람이었고, 한 번은 만나보고 싶은 사람이었다. 얼마나 많이 변했을지도 궁금했고, 사진에 대한 그의 열정을 익히 알기에 석현의 작품도 보고 싶었다.

석현의 스튜디오는 쉽게 찾을 수 있었다. 현수가 잘 아는 동네였다. 무심코 지나칠 수도 있었던 그곳에 석현의 스튜디오가 자리 잡고 있었다. 현수는 투명 유리 문을 밀고 안으로 들어갔다. 탁자 위에는 카메라 매뉴얼이 펼쳐져 있고 석현은 카메라를 들여다보고 있었다. 인기척에 석현이 일어나 돌아보았다.

현수를 본 석현은 할 말을 잃은 듯 바라보기만 했다. 현수 역시 긴 시간을 훌쩍 뛰어넘어 마주한 석현을 보자 멈춰 섰다. 참 오랜 시간을 함께했던 사람이었고, 오래도록 그리워했던 사람인데 쉽게 다가설 수 없었다. 헤어져 있던 시간만큼의 거리감이 생겼다고 해야 할까.

석현이 현수에게 다가왔다.

"어서 와. 덥지?"

"응. 여름이 벌써 온 것 같아."

"뭐 마실 거라도 줄까?"

"아냐, 됐어."

긴장한 듯 경직된 어깨와 아무렇지도 않은 척하는 석현의 모습은 어딘지 모르게 어색했다. 그러나 자연스럽지 못한 석현과 달리 현수는 그 어느 때보다 차분했다. 현수는 삼 년 전과 전혀 변함없는 모습 그대로 심플한 원피스에 화장기 없는 얼굴을 하고 서 있었다. 그런데 그토록 만나고 싶었던 현수에게 고작한다는 말이 날씨 얘기였다.

"서 있지 말고 앉아."

"응."

어지럽혀진 탁자 위를 석현의 손이 분주하게 움직이며 치웠다.

"좀 말랐네."

"응."

자신이 마른 걸 한눈에 알아보는 현수를 보며 가슴이 뭉클했다.

"내 전화에 놀랐지?"

"조금. 선주한테 오빠 소식 들었거든."

"그랬구나. 내가 너무 늦었지?"

석현의 눈은 현수의 손가락에서 반짝이고 있는 반지에 고정되어 있었다. 영롱한 빛을 내며 그녀의 하얀 손가락을 차지하고 있는 반지는 서로의 경계를 분명하게 가로지는 듯했다. 대답이 없는 현수를 향해 다시 물었다.

"나, 기다렸니?"

현수는 대답 대신 씁쓸한 미소를 지었다.

"난 너 많이 보고 싶었다."

"······."

현수는 입술을 지그시 깨물며 탁자에 시선을 고정시켰다. 석현의 눈을 바라볼 수 없었다.

"왜 연락 한 번도 주지 않았어?"

"후······. 네 목소리를 듣는다면, 당장이라도 달려오고 말 것 같았거든."

석현은 차분히 가라앉은 현수의 눈동자를 지그시 바라보며 말했다. 잊고자 몸부림치면 칠수록 더 선명하게 떠오르던 현수가 지금 눈앞에 앉아 있다. 그러나 손을 내밀 수가 없다. 시간의 흐름에도 전혀 변함없는 모습 그대로였지만 현수는 한 남자의 아내가 되어 있었다.

현수의 눈동자가 흐려졌다. 맑은 눈물방울이 볼을 타고 흐르자, 당황한 듯 재빠르게 손등으로 훔쳐 내며 어색한 웃음을 흘렸다. 그에 대한 연민 때문이었다.

"너무 오랜만에 오빠를 보니 반가워서 눈물이 흐르네."

"나, 정말 너무 늦은 거야?"

석현은 힘겹게 다시 한 번 물었다. 현수는 석현의 시선을 피하며 말없이 고개를 주억거렸다.

"현수야, 나 지금이라면 자신있는데……."

"응?"

석현의 말에 놀란 현수가 고개를 들었다. 석현의 애절한 눈동자가 그녀를 기다리고 있었다.

"오빠, 나 결혼했어."

현수는 불가능할 수밖에 없는 이유를 단정 짓듯 말했다.

"그런 건 아무래도 상관없어. 네 마음만 변하지 않았다면……."

현수는 할 말을 잃고 석현을 바라봤다. 부모님의 반대에 결국 헤어진 그들이었다. 그런 그들이 더 험난한 길을 극복할 수 있을 것이라고 장담하는 걸까? 현수는 석현의 눈동자를 바라보며 안타까웠다. 석현으로 인해 흔들릴까 두려웠던 만남이다. 그러나 현수가 그에게서 느낀 감정은 두근거리는 떨림이나 애타는 연정은 아니었다. 단지 무사히 건강한 모습으로 돌아와 준 것에 대한 감사함과 기다려 주지 못한 미안함이었다.

"오빠, 우린 돌아갈 수 없는 길을 너무 많이 와버렸어."

"그 사람 사랑하니?"

"……."

갑작스런 석현의 질문에 현수는 할 말을 잃고 잠시 머뭇거렸다. 지후에 대한 자신의 감정? 단지 친구 아니면 결혼에 같은 뜻을 부여한 동지 정도? 사실 현수는 지후에 대한 감정을 정의 내리지 못했다. 그녀 안에서 꿈틀대는 감정의 정체를 파헤치기 두렵다는 게 옳을 것이다. 현수는 조심스럽게 말을 골랐다.

"잘 모르겠어. 그렇지만 헤어질 생각은 없어."

그녀의 머뭇거림과 잘 모르겠다는 대답을 나름대로 해석한 석현은 자신의 감정을 여과없이 토해냈다.

"공항에 발을 내딛자마자 네 집으로 달려갔어. 그런데 차마 벨을 누르지 못하겠더라. 삼 년이 흘렀지만 변한 건 아무것도 없었으니까. 나름대로 명성을 쌓아가고 있었지만, 아직 널 보기엔 부족하다고 생각했다. 더 솔직히 말하자면 두려웠어. 내가 한결같은 마음으로 널 바라본 것처럼 너 역시 날 아직도 바라보는지 자신이 없었거든."

"……."

"현수야, 우리 다시 시작하자."

강렬한 석현의 눈동자에 현수는 난감하기만 했다. 영원히 함께할 줄 알았던 두 사람이었지만 이젠 다른 곳을 바라보고 있는 그들이었다. 지금이 아닌 과거에, 떠나기보다는 함께했다면 우린 같은 곳을 바라보고 있었을지도 모른다. 그러나 시간은 그들을 기다려 주지 않았다.

"오빠!"

석현이 음울한 미소를 지었다. 스산한 겨울 들녘처럼 황폐한 기운이 감도는 미소였다. 당혹스러워하는 현수의 표정이 눈에 들어왔다. 그녀의 마음이 자신과 같지 않다는 걸 너무나 평온한 그녀의 눈동자를 보는 순간 깨달았다. 그럼에도 가슴에서는 부인하고 있었다. 그녀의 머뭇거림이 그에게 희망을 주는 것 같았다. 다시 한 번 기회가 주어진다면, 헛된 자존심 같은 건 시궁창에 버리리라. 석현은 애써 자신의 감정을 얼굴에서 지웠다.

"미안해, 감정이 격해져 괜한 소리를 했다. 잊어버려."

"후."

석현이 가볍게 말을 돌리자 현수는 안도의 한숨을 내쉬었다.

"나, 정말 좋다. 오빠 건강하게 돌아와서 좋고, 또 서경 선배 사진전 소식 들었는데, 오빠 사진도 호평받았다며? 오빤 꼭 성공할 거야."

"넌 항상 그렇게 말했지."

"하하, 사람이 어디 쉽게 변하는 건가?"

'그렇다면 네 마음도 조금은 내게 남아 있는 거니?'

석현은 마음속으로 현수에게 물었다.

"오빠도 이제 좋은 사람만 만나면 되겠다."

"너 같은 여자를 만날 수 있을까?"

"오빠는, 내가 뭐 대단한 사람이라고. 오빠는 충분히 좋은 여자 만날 거야. 그래야 하고."

씩씩하게 말하는 현수를 한동안 바라보던 석현은 자리에서 일어났다.

"사진 봐야지."

"어? 응."

현수를 바라보며 석현은 마음이 아렸다. 자신의 여자였다. 세상 무엇과도 바꿀 수 없는 자신만을 바라보던 여자였다. 누구도 그녀처럼 그를 사랑해 준 적은 없었다. 그 사랑으로 인해 지금 자신이 있었다. 그녀를 생각하며 사진을 찍었고, 힘든 시기도 무사히 보낼 수 있었다.

등록금 때문에 힘들게 아르바이트하느라 제대로 데이트다운 데이트, 좋은 것, 맛있는 것 제대로 사주지 못했던 연애 기간 내내 한 번도 흔들림없이 그의 곁을 지켜주던 현수에게서 먼저 돌아선 것이 자신이었다. 현수와 헤어지던 날이 아직도 생생했다.

현수의 집에 초대되어 그녀의 부모님들을 만났을 때부터 그는 이별을 예감하고 있었는지도 모른다. 몹시도 춥던 날, 며칠 밤을 고심한 끝에 마음을 정하고 현수를 만났다. 그러나 현수는 그의 이별 통보를 받아들이지 않았다. 조금의 흔들림도 없이 붙잡는 현수를 남겨둔 채 쫓기듯 커피를 마시고 카페를 나왔다.

태어나 처음으로 받았던 따뜻한 사랑이었다. 술주정뱅이 아버지를 먼저 보내고 집을 나간 어머니, 그리고 초등학교도 졸업하기 전에 고모네 집에서 얹혀 살며 천덕꾸러기로 살아온 세월, 그에게 사랑은 사치였다. 누군가를 사랑할 시간도, 마음도 없었다. 산다는 게 버거웠던 어린 시절을 보내온 그에게 손을 내민 것은 대학 후배 현수였다.

사랑이라는 감정은커녕 인간의 정조차 모르던 그에게 현수는 특별했다. 처음 인간에게 느끼는 따뜻한 배려와 더불어 한없는 사랑, 그가 결코 가져 보지 못했던 것들을 베풀어준 사람이었다. 그래서 너무 소중해 감히 떨쳐 내지 못하고 지금까지 붙잡고 있었던 그녀였다. 그와는 너무 다른 환경을 가진 그녀, 국내에서 세 손가락 안에 드는 로펌의 사주이자 유명 변호사인 그녀의 아버지가 그를 환영하지 않는다는 걸 알면서도 오래도록 놓지 못하고 있었다.

그가 거친 세상을 버틸 수 있었던 단 하나. 자존심마저 버려가며 그녀의 아버지 앞에 무릎을 꿇었지만 돌아오는 것은 단호한 거부였다. 이 싸움이 언제 끝날지 모르는 가운데 그와 아버지 사이에서 힘들어하는 현수의 모습을 더 이상 볼 수 없었다. 그녀의 아버지로부터 치명적인 상처를 입은 자존심은 피가 낭자하게 흐르고 있었다. 그가 가진 거라고는 누구 앞에서도 부끄럽지 않은 자존심 하나뿐이었는데, 그 자존심이 처참하게 부서졌다.

그녀 앞에서 한없이 초라하기만 한 모습을 보이고 있다는 사실이 죽기보다 싫었다. 더 이상 방치했다가는 무너진 자존심을 영원히 추스르지 못할 것만 같았다. 어떻게든 결론을 내야만 했다. 그에게는 꿈이 있었고, 앞으로 살아갈 시간들이 더 길었다. 결국 오랜 고심 끝에 헤어짐을 선택했다.

카페를 나온 석현은 차마 발걸음을 옮기지 못하고 몸을 숨긴 채 그녀를 지켜봤다. 이별을 받아들이지 않는 현수를 석현은 한없이 슬픈 눈동자로 바라봤다.

'너를 어떻게 해야 하니? 미치도록 너를 사랑하는 나는 어쩌면 좋니? 네게 아무것도 해줄 수 없는, 널 힘들게만 하는 내가 할 수 있는 일이 이것밖에 없다. 내가 떠나준다면 넌 부모님이 원하는 좋은 남자 만나서 충분히 행복하고도 남을 여자야.'

석현은 스스로의 선택을 그녀를 위해서라 자신에게 타일렀다. 그렇지 않으면 지금 카페에서 울고 있는 게 분명한 현수에게 달려가고 말 것 같았기 때문이다. 애써 이를 악물며 두 주먹을 굳게 쥐었다.

돌아오리라, 네 앞에서 부끄럽지 않은 모습이 되어 다시 돌아올 거라 다짐하면서 현수를 외면했다. 망연자실한 채 아직도 카페에 남아 얼굴을 두 손으로 가리고 있는 그녀의 모습을 몰래 지켜보며 석현은 가슴으로 울었.

붙잡고 싶다. 붙잡을 수만 있다면 어떻게 해서든지 그녀를 붙잡고 싶다. 여전히 현수를 향해 타오르고 있는 그의 마음을 주체할 수 없었다. 좋은 사람 만나라니! 석현은 힘겹게 화제를 바꿨다.

현수도 일어나 석현을 따라 발걸음을 옮겼다. 그 언젠가 사진여행에서 찍었던 그녀의 사진들이 한쪽 벽을 다 채우고 있었다. 현수는 그 사진들을 보며 자신도 모르게 입가에 웃음이 묻어났다. 세상의 고민 같은 건 존재하지 않는, 자신처럼 느껴지지 않는 여자가 환하게 웃고 있었다. 그녀에게도 저런 때가 있었다는 걸 사진은 말하고 있었다.

"사진으로 보니까 나 참 예뻤네. 역시 오빠가 사진은 잘 찍나 봐, 저렇게 멋진 여자로 만들어놓고."

"아니, 넌 사진보다 실물이 더 예뻐."

"후……. 고마워, 오빠. 여전하구나."

"그래, 난 변함이 없지."

석현은 현수를 지그시 바라보며 씁쓸하게 혼잣말처럼 조용히 중얼거렸다.

현수는 사진에서 눈을 뗄 수가 없었다. 정말 자신 같지 않은 여자가 눈이 부시게 웃고 있었다. 석현을 향해서 웃고 있었을 것이다. 그러나 지금 현수는 석현을 향해 사진처럼 웃을 수 없었다. 오래전 그런 웃음은 잃어버렸다. 그 웃음을 잃어버린 순간 그녀의 사랑도 끝이 난 걸까?

"기억나?"

"응?"

"우리 함께 떠났던 여행."

"어? 응."

과거 행복했던 기억들을 떠올린다고 변하는 건 없었다. 더 이상 그곳에 머무를 수가 없었다. 애써 아닌 척하지만 자신을 향해 있는 석현의 눈빛이 부담스러웠다.

"오빠, 그만 가봐야겠다."

"벌써?"

아쉬운 듯 석현이 반문했다.

"어, 선주 만나기로 했거든."

"그래? 저 사진 줄까?"

"어? 글쎄……. 너무 예뻐서 나 같지 않네."

현수는 말끝을 흐렸다. 그리고 초조한 듯 시계를 한 번 힐끔 쳐다보더니 급하게 돌아섰다.

"나 늦은 것 같아. 가봐야겠어."

선주와의 약속 같은 것은 없었다. 그런데 석현과의 대화가 길어질수록 자꾸만 돌덩이를 가슴에 얹어놓은 듯 답답했다. 현수는 선주를 핑계 삼아 일어났다. 자신 같지 않은 사진 속의 여자, 석현을 향해 웃고 있는 사진 속의 여자는 지금 존재하지 않았다. 그래서 선뜻 고맙다고 대답할 수 없었다. 왜 석현이 이토록 부담스럽고 멀게 느껴지는지……. 현수는 그 자리에서 벗어나고 싶었다.

문을 급하게 열던 현수는 들어오는 여자와 마주쳤다. 상큼한 향수 향이 코끝을 간질였다. 여자는 분명 영화배우 미수였다. 지후의 아는 동생, 미수로 인해 더 영화배우 미수를 눈여겨보던 현수였다. 물론 같은 인물이라고 생각지는 않았다. 그저 동명이인이라 생각하면서도 텔레비전에 미수가 나올 때면 눈여겨보게 되는 건 어쩔 수 없었다.

갑자기 맞닥뜨린 미수로 인해 현수는 당황해 나가지 못하고 머뭇거렸다. 미수도 놀라기는 마찬가지였는지 눈을 크게 뜨고 현수를 쳐다보았다. 현수는 얼른 비켜섰다. 그리고 미수가 들어오자 재빨리 문을 열고 밖으로 나왔다.

"현수야, 현수야, 잠깐만······."

뒤에서 석현이 부르는 소리가 들렸다. 현수는 듣지 못한 척 돌아보지 않고 걸음을 재촉했다. 그러나 어느새 다가와 현수의 어깨를 잡는 석현이었다.

"태워다 줄게."

"아냐, 택시 타면 돼."

"오빠가 바래다주고 싶어서 그래. 가자."

결국 현수는 울며 겨자 먹기로 석현의 차에 올랐다. 석현이 약속 장소를 물었을 때는 정말 난감했다.

선주의 오피스텔 앞에 그가 내려주고 떠나자 현수는 털썩 주저앉고 싶은 심정이었다. 차라리 만나지 말 걸. 선주를 통해 들은 소식으로 만족할 걸. 우습지만 그토록 기다렸던 사람을 만나고 돌아오는 길, 현수는 후회했다.

## 9... 남편과 연인

선주가 집에 있을 거라고는 생각지 않았다. 스물네 시간이 모자르게 바쁘게 생활하는 선주가 오후에 집에 있을 리가 만무했다. 그러나 그냥 돌아서기는 아쉬웠다. 밑져야 본전이라 생각하며 벨을 눌렀는데, 이제 막 잠에서 깬 몰골을 한 선주가 고개를 내밀었다.

연락도 없이 찾아온 현수를 보자 놀랐는지 눈이 휘둥그레지며 문을 열었다.

"웬일이야, 연락도 없이?"

"그러는 넌? 이 시간에 집에 다 있고. 지금까지 잔 거야?"

"응. 밤 꼴딱 새고 아침에 들어왔거든."

"허, 뭐 하느라고?"

"어. 잡지사 사람들과 한잔했지. 한잔했는데 아침이더라."

헝클어진 머리를 인정사정없이 더 헝클어뜨리는 것도 모자라 냉장고에서 물을 꺼내 병째 입으로 들이키는 선주였다.

"너, 정말 심하다."

"내 이러는 모습이 어디 하루 이틀이니? 집 안에서만이라도 자유로워야지. 안 그래?"

"됐네요. 누가 너랑 살지 걱정이다."

"걱정 마라. 난 나홀로족이니까. 근데 정말 무슨 일이야, 연락도 없이?"

선주는 소파에 몸을 길게 늘어뜨리며 현수에게 물었다. 현수는 쉽게 말을 꺼내지 못하고 망설였다.

"왜?"

성질 급한 선주가 참지 못하고 재촉하듯 다시 한 번 물었다.

"나, 지금 석현 오빠 만나고 왔어."

"아……."

선주는 조심스럽게 현수의 얼굴을 주시했다. 그러나 현수의 말이 쉽게 나오지 않자 벌떡 일어났다.

"우리 커피라도 한 잔 마시자."

선주가 진한 인스턴트 커피를 내밀 때까지 현수는 굳게 입을 다물고 있었다. 달짝지근한 커피가 입 안을 타고 흘러내려 가자, 현수는 짧은 한숨을 내쉬었다.

"너, 솔직하게 얘기해 봐. 왜 석현 선배 귀국한 거 나한테 애기하지 않았어?"

선주는 죄지은 사람 얼굴을 하고 커피 잔을 만지작거렸다. 좀처럼 보기 힘든 선주의 모습이었다. 다혈질인 선주라면 가차없이 자신의 속내를 털어놓을 타입이었다. 선주가 석현 선배의 소식을 숨겼다는 건 분명 이유가 있었다. 선주는 심각한 얼굴로 말문을 열었다.

"음……. 네가 행복하길 바랐어. 물론 나한테는 누구를 선택할 권리 같은 건 없어. 다만 지후 씨와 함께 있는 네 모습이 보기 좋았어. 거의 웃음을 잃고 지내던 네가 편안하게 대화하고, 웃는 걸 보니까 쉽게 석현 선배 이야기를 할 수 없었어. 다시 힘들어하게 될 네 모습은 보고 싶지 않았으니까. 월권인지는 모르지만 네가 다시 석현 선배랑 시작한다고 해도 너희 가족들이 흔쾌히 받아들일 거라고 생각되지도 않았고, 또 정말 석현 선배의 마음도 변하지 않았다면 귀국하자마자 너한테 연락할 거라 생각했어. 그렇다면 굳이 내가 말하지 않아도 충분히 네가 판단하리라 생각했거든."

"후후."

현수의 짧은 웃음에 선주가 눈꼬리를 올리며 바라봤다. 전혀 예상치 못한 현수의 반응에 당황한 것 같았다.

"너, 나한테 화내려고 온 거 아니었어?"

"아니."

"그럼 왜 왔는데?"

"너랑 약속있다고 둘러대고 나왔는데, 오빠가 바래다준다잖

아. 어쩔 수 없이 왔지."

"뭐어? 이 기집애!"

"하하하. 미안, 너 바짝 긴장하는 거 보니까 너무 재밌다."

어처구니없다는 듯 너털웃음을 날리는 선주와 현수는 함께 웃었다. 한참을 웃고 난 선주가 정색을 하며 물었다.

"어땠어?"

"좋았어."

"말 돌리지 말고. 후회해?"

"아니, 후회하는 건 아닌데 기분이 묘해. 석현 오빠를 만나면 마음이 많이 아플 거라 생각했어. 보고 싶었던 만큼 원망도 많이 했으니까 할 말도 많을 줄 알았는데……. 별로 할 얘기가 없더라. 난 조금도 변하지 않았다고 생각했는데 그게 아니었나 봐. 변하지 않은 사람은 석현 오빠였어. 그토록 편했던 석현 오빠가 같이 있기 힘들 정도로 부담스럽다니. 내가 부르던 사랑은 어디에다 던져 버린 걸까? 지후를 만나면서도 뛰는 심장이, 왜 석현 오빠에게선 뛰지 않는 거지?"

"바보!"

"응?"

넋두리하듯 중얼거리는 현수를 향해 선주는 빙긋이 웃으며 놀리듯이 바보라고 했다.

현수는 그 순간, 선주가 말하고자 하는 의미를 깨달으며 화들짝 놀랐다. 아, 내가 정말 지후를 사랑하는 거야? 아니라고 마구마구 우겨대는 이성의 소리는 쿵쿵거리는 마음의 소리에 밀려

났다.

"너, 돗자리 깔고 앉아야겠다."

"하하, 내가 관찰력이 좀 뛰어나잖아. 사랑하는 사람들의 습성들을 좀 잘 알지. 무지 피곤한 걸 줄기차게 하는 내 친구, 장현수도 대단하고."

"놀리지 마."

"참, 집들이 안 해? 결혼을 했으면 친구들을 모셔야지."

"모시기는 뭘 모셔? 시간날 때 한번 놀러와."

얼마 이야기를 나누지 않은 것 같은데 선주의 핸드폰이 울리기 시작했다. 아무래도 통화하는 조짐이 나가봐야 할 것 같았다. 결국 두 사람은 함께 집을 나왔다.

"가자. 태워다 줄게."

"약속 장소랑 우리 집이랑 정반대 방향이잖아."

"얘는? 오늘 같은 날은 지후 씨를 만나야지. 맛있는 저녁 먹고 새로운 사랑의 밀어를 속삭여 봐."

선주는 짓궂게 웃으며 현수를 지후의 사무실 근처에 내려주고 사라졌다.

현수는 지후의 사무실 빌딩을 올려다보며 쉽게 걸음을 옮기지 못했다. 선주에게 내색은 하지 않았지만 현수는 충격이 컸다. 분명 자신의 입으로 단호하게 말했었다. 원하는 게 사랑만 아니라면 상관없다고. 그런데 이게 무슨 운명이란 말인가. 그를 사랑한다니! 되돌려 받지 못하는 사랑을 원하는 사람이 세상천지에 있을까. 석현만을 향해 있을 거라던 사랑은 어느 순간 지후를 향해 있었다. 모질게 부인했지만 이미 그녀 안에 움트고 있었다. 이제 와서 지후에게 사랑을 원한다면 모순일까? 사랑을 믿지 않는다고 말하던 지후의 얼굴이 머리 속을 스쳤다. 차마 들어서지 못하고 발걸음을 돌리려던 현수는 어깨를 살짝 두드리는 손길에 놀라며 돌아봤다.

"어, 맞네. 현수 씨죠?"

"네. 안녕하셨어요?"

"김 변호사 만나러 왔죠? 올라가요."

"네? 아뇨. 지나가는 길에 들렀는데, 그냥 집에서 보죠."

"무슨, 여기까지 왔는데요. 퇴근 시간 다 됐잖아요. 제수씨 보면 지후도 입이 귀에 걸릴걸요. 올라가요."

진서를 만나는 바람에 현수는 결국 지후의 사무실까지 올라오게 됐다. 지후의 얼굴을 보기가 껄끄러울 것 같아 난감하기만 했다.

사무실로 들어선 진서는 지후의 방문에 대고 외쳤다.

"김 변호사, 김 변호사!"

"어, 김 변호사님 지금 안 계시는데요."

구석 복사기에서 서류를 카피하던 은희가 진서를 향해 대답했다.

"어디 갔어? 오후 스케줄 비었잖아."

"네. 방금 전에 미수 씨 전화 받고 나갔어요. 오늘 바로 퇴근한다고 하셨는데요."

사무실에 반도 채 들어오지 못하고 엉거주춤 서 있는 현수를 보지 못한 은희는 정직하게 진서에게 말했다. 진서의 얼굴이 바로 난처하게 바뀌는 걸 현수는 지켜봤다.

"이거 어떡하죠? 모처럼 사무실까지 오셨는데, 잠깐만 기다리세요. 제가 핸드폰으로 연락해 볼게요."

"아뇨, 됐어요. 집에서 보면 되는데요. 수고하세요!"

현수는 진서를 말리며 도망치듯 인사를 하고 나와 버렸다.

미수, 지후가 만나는 미수라는 여자는 어떤 여자일까? 기운이 빠져 집으로 돌아온 현수는 마음이 편하지 못했다. 미수에 대한 궁금증이 더해만 갔다. 왠지 미수에 대해 알려주고 싶어하지 않는 것 같은 지후의 태도가 다분히 의심스러웠다.

연락도 없이 지후는 늦어지고 있었다. 최근 들어 보이지 않던 행동이었다. 지후가 누구와 함께 있다는 것을 알게 된 탓일까. 현수는 좀처럼 안정을 찾을 수가 없었다.

미수의 전화를 받고 지후는 잠깐 차나 한 잔 마실 생각이었다. 저번 날 그냥 보낸 것도 마음에 걸렸고, 미수답지 않게 가라앉은 톤의 우울한 목소리가 그의 신경을 건드렸다. 그러나 차 한 잔은 밥이 되고, 술이 되었다. 사실 밥은커녕 지후를 보자마자 술부터 사달라고 떼를 쓰는 미수였다. 술을 좋아하지 않는 녀석이라는 걸 알기에 당혹스럽기도 했고, 걱정도 되었다. 밥부터 먹자고 달랬지만 결국 미수의 고집에 끌려온 곳은 강남의 고급 술집, VIP 룸이었다.

"천천히 마셔."

거침없이 양주를 따르는 미수를 뜯어말렸다. 그러나 미수는 지후의 손을 밀어내며 술잔을 입으로 가져갔다. 아무래도 일찍 들어간다는 건 불가능해 보였다. 현수에게 늦어질 것 같다는 전화를 하려고 핸드폰을 드는 순간 미수의 말이 들렸다.

"나, 오늘 그 여자 봤다."

"그 여자라니, 누구?"

지후는 무심히 대꾸하며 핸드폰 폴더를 열었다.

"참, 오빤 관심없지? 윤석현의 여자 말야. 사진 속에서 환하게 웃고 있던 그 여자, 바로 그 여자를 봤다구."

"뭐?"

지후는 놀라며 하던 동작을 멈췄다. 그리고 힘없이 테이블에 핸드폰을 내려놓았다.

"오늘 스튜디오에 갔다가 그 여자랑 마주쳤잖아. 막 돌아가려던 참이었나 본데 나참, 기가 막혀서······."

지후의 얼굴이 차갑게 굳어지는 걸 전혀 눈치 채지 못한 미수는 계속해서 주절거렸다.

"나랑 오늘 약속했었거든, 만나서 진지하게 이 화보 작업에 대해 얘기해 보기로. 철석같이 약속을 한 사람이 그 여자를 따라가서 돌아오질 않는 거야. 내가, 이 진미수가 자그마치 오후 내내 장작 네 시간을 빈 스튜디오에서 기다린 거 알아? 그런데 결국 바람이라니!!"

미수는 여전히 분이 삭히지 않는다는 듯 씩씩거렸다. 술을 잘 못 마신다는 걸 알고 있었지만 지후는 더 이상 말릴 수 없었다.

그의 손 역시 자연스럽게 술로 향했다. 술이 필요한 사람은 미수만이 아니었다. 목구멍을 타고 들어오는 쓰고 뜨거운 알코올의 맛이 전신으로 퍼져 갔다.

"이 인간을 어떻게 해야 하지? 그리고 그 여자, 결혼했으면 지 남편이랑 잘살 것이지, 그 사람 앞에 나타나는 심보는 뭐냐? 그 여자 따라서 급하게 쫓아가는 꼴이라니! 내가 미쳤지, 미쳤어."

"정말 그 여자였어?"

지후는 다시 한 번 묻지 않을 수 없었다.

"그래. 한눈에 알겠던데……. 사진이랑 별로 차이도 없었고. 그 여자 이름이 현수인가 봐."

"응?"

"현수야 현수야 하며 그 자식이 뛰어가던걸. 쳇."

의심의 여지없이 현수임에 분명했다. 지후는 자신이 폭주하고 있다는 걸 느꼈지만 멈출 수 없었다. 미수랑 주거니 받거니 하며 꽤 많은 양의 술이 비워지고 있었다. 뒤늦게 알고 찾아온 미수의 매니저는 두 사람 모습에 당황한 듯했다. 그도 그럴 것이 미수도, 지후도 쉽게 흐트러진 모습을 보이는 사람들이 아니었다. 꽤 늦은 시간이 돼서야 2차를 외치는 미수를 매니저에게 딸려 보내고 지후는 집으로 발걸음을 옮겼다.

현수와 석현의 만남. 올 것이 오고야 만 기분이었다. 언젠가는 이런 날이 오리라 충분히 예상했음에도 지후는 분노와 질투로 거의 제정신이 아니었다. 견우와 직녀라도 된 듯 끌어안고

회한의 눈물을 흘리는 모습이 머리 속을 스쳤다. 아니면 만난 감격에 사로잡혀 뜨거운 키스를 나누었을까. 그것도 아니라면, 여전히 사랑하는 서로의 마음을 확인하고 내일을 기약했을까. 별의별 생각들이 지후의 이성을 좀 먹고 있었다. 조금 과하게 마신 알코올도 그의 이성을 마비시키는 데 한몫했다.

 사랑 같은 건 관심없다고? 현수가 아직까지 석현을 사랑한다는 생각만으로도 온몸이 끓어오르는 걸 보면 지독한 열병에 걸린 게 분명했다. 어머니 순자의 모습이 스쳤다. 아버지를 사랑해서 널 낳을 수밖에 없었다고. 세상의 눈과 이성을 모두 마비시키는 게 사랑의 감정이라면 그는 결코 원하지 않는 감정에 걸려든 게 확실했다. 가장 어리석은 자의 변명이 사랑이라고 생각했는데, 그 역시도 어리석은 변명을 하고 있었다.

 스스로도 억제하지 못하는 감정의 늪에 빠뜨린 현수가 너무 원망스러웠다. 자신의 사랑은 석현에게 다 줘버렸다고 하던 현수를 똑똑히 기억한다. 오랜만에 만난 석현과 사랑의 밀어를 속삭이지는 않았을까 하는 의심들이 대책없이 지후를 흔들었다. 몹시 기분이 나빴다. 아니, 나쁘다는 표현으로는 부족했다. 더러웠다. 결코 두고 볼 수 없는 일이었다.


 집 안에 들어서자 거실 소파에 앉아 있는 현수의 모습이 보였다. 지후는 엉망으로 뒤섞인 감정을 애써 숨기며 아무런 내색을 하지 않았다. 그러나 들어오는 자신을 보는 현수의 눈이 심상치 않았다. 연락을 하지 않고 늦은 것 때문만은 아니라는 걸 충분히 느끼고도 남을 만큼 현수의 심기는 불편해 보였다.

그녀가 원하는 석현이 아니라서 짜증이 난 걸까 하는 생각이 스치자 참았던 분노의 감정들이 들쑥날쑥 순서도 없이 거칠게 일어났다. 현수의 입에서 불편한 말 한마디라도 나온다면 폭발할 것 같았다.

"늦었네."

"응."

"누구 만났어?"

"응."

"누구?"

"그건 왜?"

현수는 모른 척할 생각이었다. 알코올 냄새만 맡았더라면, 마음은 불편했지만 묻을 생각이었다. 그가 굳이 얘기하지 않는데 꼬치꼬치 캐묻는다는 게 의처증에 걸린 여자처럼 느껴졌기 때문이다. 그러나 알코올 냄새와 더불어 코끝에서 느껴지는 여자 향수의 향은 그녀의 신경을 날카롭게 자극했다. 또한 그녀가 묻는 질문에 대답해 줄 의향이 없는 듯 엇나가는 말투는 더 더욱 마음에 들지 않았다.

"너, 여자 만나니?"

지후의 눈꼬리가 올라갔다. 극도로 감정을 절제한 듯 차가운 눈이 그녀를 응시했다.

"그래."

현수는 기가 막히다는 듯 지후를 올려다봤다. 어떻게 한 치의 망설임도 없이 당연하다는 듯이 말할 수 있는지, 그의 정신 상태가 의심스러웠다. 술을 마시긴 했지만 결코 취한 눈빛이 아니었다. 오후 내내 발을 동동거리며 불안하고, 초조하던 마음이 기우가 아니었음을 여실히 보여주었다.

"그럼 그 여자랑 결혼하지 왜 나랑 했어?"

"그래서 지금 후회해."

"뭐?"

결혼한 지 석 달도 안 돼서 나온 말이 후회라니, 현수는 할 말을 잃고 지후를 노려봤다. 그러나 지후의 얼굴에서는 어떤 흔들림도 발견할 수 없었다. 칼날처럼 날이 선 눈빛과 표정없는 얼굴을 한 그였다. 언뜻 보면 될 대로 돼라는 식의 무책임한 태도를 취하는 것도 같았고, 그녀에게 화가 난 것도 같았다.

현수는 온몸에 소름이 돋는 걸 느꼈다. 예상치 못한 그의 대답에 오돌토돌 살갗들이 일어나고 있었다. 미수와 무슨 일이 있었던 것일까. 뒤늦게 사랑이라도 깨달은 건가? 아침에 출근할 때까지만 해도 지후는 다분히 그녀에게 호의적이었다.

그 내면에 어떤 변화가 일었는지 알 수는 없지만 그가 내뱉은 말은 현수의 가슴을 정곡으로 찔렀다. 아이러니하게도 그녀가 그를 사랑하고 있음을 깨달은 날, 지후는 결혼을 후회하고 있음을 밝혔다. 어긋나도 이처럼 어긋나는 커플이 또 있을까 싶었다.

그녀가 조금이나마 욕심이나 미련을 가질까 봐 미리 선수치는 것 같았다. 허탈하다 못해 씁쓸함이 그녀의 전신을 휘감았다. 다가오지 마, 확실하게 선을 긋는 듯한 지후를 보며 현수는 입술을 깨물었다.

'걱정하지 마. 그럴 일은 없을 테니까. 네게 더 이상 원하지 않을 테니까, 그런 식으로 사람 비참하게 만들지 마.'

현수는 처절하게 마음속으로 외쳤다. 분명 지후를 향한 외침이기도 했지만, 이미 고삐 풀린 망아지마냥 앞서가려는 자신의 마음을 다독이고 진정시키고자 함이 더 컸다.

"헤어져 주길 바라?"

"원한다면 헤어져 줄 거니?"

그를 찌를 듯이 노려본 현수는 차갑게 말했다.

"얘기만 해!"

현수는 부르르 떨리는 손을 꼭 말아 쥔 후, 거칠게 문을 닫고 방으로 들어와 버렸다. 잠시 동안 그들이 누렸던 평화는 한순간에 산산조각나고 말았다.

현수가 들어가 버린 방문을 말없이 노려보던 지후는 불끈 쥔 주먹을 애꿎은 벽을 향해 날렸다. 손등이 터져 피가 맺혔지만 아픔조차 느낄 수 없었다. 마음에도 없는 엉뚱한 말을 서슴없이 내뱉었다. 정말 묻고 싶고, 따지고 싶은 말은 하지 못한 채 괜한 말로 그녀에게 화풀이를 했다. 석현에 대해 묻고 싶었다. 석현과 만나서 무슨 이야기를 했는지, 뭘 했는지 샅샅이 캐묻고 싶은 걸 겨우 참았다. 묻기 시작한다면 뿌리를 뽑아야 직성이 풀릴 것 같았기 때문이다.

더군다나 자신의 입에 석현의 이름을 올리고 싶지 않았다. 두 사람 사이에 그 이름 석 자가 끼어드는 것조차 용서할 수 없었다. 그녀를 한 번 떠본 것도 사실이었다. 그녀의 마음을 확인하고 싶은 어리석은 욕심은 자꾸만 서로를 벼랑 끝으로 몰 뿐이라는 걸 그도 알고 있었다. 그럼에도 멈추지 못하는 자신이 한심스러웠다. 언제든 떠날 준비가 되어 있다는 말처럼 들리는 현수의 말은 다분히 위험스럽게 느껴졌다. 석현을 만나고 확신이 생긴 걸까.

지후는 서재로 와 몸을 눕혔다. 알코올 기운이 올라오고 있었지만 잠이 올 리가 없었다. 더욱더 선명해지는 정신은 끊임없이 스스로를 괴롭혔다.

현수도 잠이 들지 못하는 건 마찬가지였다. 자신이 아닌 다른 여자를 만난다는 걸 당당하게 밝히는 지후. 거침없이 결혼을 후회한다고 말하는 그를 어떻게 해야만 할까. 현수로서는 감당이 안 되었다. 차라리 그에게서 사랑을 느끼지 못했을 때 그런 이야기를 들었더라면, 콧방귀를 끼며 굿바이 할 수도 있었을 텐데 못난 자신의 처지가 답답하기만 했다. 또 새로운 짝사랑의 시작인가. 다시는 혼자 하는 사랑 같은 건 하지 않겠다고 맹세한 게 엊그제 같은데, 매번 그녀를 찾아오는 사랑은 혼자 바라보는 사랑인지 신이 원망스럽기까지 했다.

태양이 벌써 하늘 가운데 걸려 있었다. 밤새 잠을 못 이루고 뒤척이다 늦잠을 자고 만 것이다. 집 안은 고요했다. 이미 출근을 했는지 지후의 모습은 보이지 않았다. 살얼음판을 걷듯 불안하고 조마조마한 하루가 시작되었음이 틀림없다. 조만간 어떤 결론이든 내야 했다. 무작정 서로의 속내를 감추며 숨죽이고 살 수는 없을 것이다. 그러나 지금으로서 현수는 아무것도 할 수 없었다.

결혼과 함께 뜸했던 현수는 오랜만에 복지관을 찾았다. 현수의 마음을 알기라도 하듯 무의탁 노인들의 이불 빨래를 하는 날이었다. 현수는 원없이 단순 노동을 했다. 복잡한 잡념들을 다 떨궈내려고 작정한 듯 이불을 발로 밟고 또 밟았다. 나중에는 할머니 발처럼 물에 부른 발가락들이 흐물거렸지만 현수는 멈추지 않았다. 뭔가라도 하지 않으면 숨이 막혀 죽을 것만 같았다.

사무실에 출근한 지후는 오전 내내 어떤 일도 할 수 없었다. 끊임없이 책상 위를 다섯 손가락으로 두드리던 지후는 끝내 일어섰다. 날카로운 눈매가 심상치 않아 보였다.

"어디 가? 점심 먹어야지."

진서가 물었지만 지후는 대꾸없이 사무실을 나왔다. 그리고 차를 석현의 스튜디오로 몰았다. 그의 계획에는 없었던 일이었다. 석현을 두 번 다시 만나고 싶지 않았지만 이대로 마냥 방관하고만 있을 수 없었다.

스튜디오 문을 밀고 들어서자, 한 남자의 뒤통수가 보였다. 문이 열리는 소리에 돌아본 남자는 석현이 아니었다. 별로 크지 않은 키에 서글서글한 인상이 무척 사람이 좋아 보였다.

"어떻게 오셨죠?"

"저, 윤석현 씨 좀 만나러 왔는데요."

"아, 석현이요? 석현이는 왜……."

남자는 지후를 유심히 살피며 고개를 갸웃거렸다. 그러나 지후는 굳이 자신에 대해 설명할 필요를 느끼지 못했다.

"윤석현 씨 지금 안 계신가요?"

"아뇨. 있긴 한데, 지금 상태가 별로 안 좋아서요."

"잠깐 뵈었으면 합니다."

남자는 내키지 않는다는 듯 위아래로 훑어봤다. 그리고 한 발 물러섰다.

"기다리세요."

암실인 듯한 쪽문을 열고 남자가 소리쳤다.

"석현아, 윤석현! 그만 일어나 나와봐."

그러나 아무런 반응도 느껴지지 않았다. 남자는 미안하다는 듯 지후에게 고개를 돌려 계면쩍은 표정을 지었다.

"녀석이 어제 밤새 술을 폈거든요. 잠깐만 기다리세요. 제가 깨워서 데리고 나올 테니까요."

"작업실에서 자는 건가요?"

"아, 아뇨. 출입문이 작아서 그렇지 안쪽으로 작업실과 안채가 있어요. 잠깐 기다려요."

남자가 작은 문을 통해 사라지고, 지후는 홀로 스튜디오에 남았다. 그의 눈은 자연스럽게 가려진 커튼으로 향했다. 망설임없이 다가가 커튼을 젖혔다. 결코 잊을 수 없는 현수의 사진이 그 자리에 자리 잡고 있었다. 너무나 환하게 웃고 있는 여자, 자신의 아내 현수의 모습을 지후는 한동안 넋이 나간 듯 바라봤다.

그도 한때 사진 속의 여자를 본 적이 있었다. 어리고 풋풋했지만 그를 졸졸 따라다니던 그때, 현수는 자신을 향해 사진 속의 여자처럼 웃곤 했다. 그러나 저 미소는 자신이 아닌 석현을 향한 미소였다. 말아 쥔 두 주먹에 힘이 들어갔다.

얼마나 시간이 흐른 것일까. 현수의 사진을 들여다보며 지후는 시간의 흐름조차 잊고 있었다. 문이 열리는 소리가 들리고 인상 좋은 남자와 아직 숙취가 가시지 않은 듯한 석현의 모습이 보였다. 분명히 석현을 만나고 싶다고 찾아온 지후도, 겨우 자리를 털고 일어나 따라 나온 석현도 서로를 바라만 볼 뿐 말이 없자 남자는 묘한 기운을 느꼈는지 두 사람을 번갈아 봤다.

"흐흠…… 얘기들 나누세요. 전 잠깐 나갔다 오죠."

남자가 자리를 비켜줬다. 석현은 숙취로 인해 갈증이 나는지 정수기에서 물을 받아 벌컥벌컥 마셨다. 그러고 나서야 지후를 힐끔 쳐다봤다.

"어제 약속을 지키지 못한 것 때문에 찾아온 거요?"

석현은 그를 기억하고 있었다. 미수와 함께 방문했던 사람으로.

"아뇨."

"그럼 무슨 일로 날 찾은 거요?"

석현은 귀찮다는 듯한 얼굴로 소파에 몸을 묻으며 물었다. 지후의 눈이 현수의 사진으로 향하자, 석현은 정신이 번쩍 드는 듯 허리를 바로 세웠다. 그리고 험악해진 얼굴로 사진을 향해 걸어왔다. 커튼을 치려고 손을 내밀었다가 지후의 말에 멈칫했다. 지후의 말은 간단명료했다.

"저 사진들 나한테 넘기시오."

무슨 헛소리를 하냐는 듯 석현이 눈을 치켜 떴다.

"뭔가 잘못 아신 것 같습니다."

"값은 후하게 해주겠습니다."

영민함이 가득 담긴 눈동자는 소기의 목적을 이룰 때까지는 결코 물러서지 않을 것처럼 보였다. 석현은 어이없다는 표정을 감추지 않으며 다시 한 번 강조했다.

"미안하지만 이 사진들은 내가 개인적으로 소장하는 작품이요. 아무리 많은 값을 준다고 해도 파는 일은 없을 겁니다."

"그럼 초상권 침해로 소송을 걸어야겠군요."

석현의 눈꼬리가 가차없이 올라갔다. 그리고 의심이 가득한 말투로 물었다.

"당신 누구요?"

"나? 장현수의 남편입니다."

놀란 듯 석현의 귓불이 붉어졌다. 지후는 석현의 표정을 놓치지 않고 지켜봤다. 그가 승리하기 위해서는 적에 대한 경계를 늦추면 안 되는 것이다. 잠깐 당황하던 석현의 얼굴에 비웃음이 스며들었다. 그나마 감정을 절제하고 있던 지후의 신경을 날카롭게 건드리는 비웃음이었다.

"당신이 현수 남편이었군. 후후, 미안하지만 난 저 사진을 줄 수 없소. 분명히 현수한테 허락받고 찍은 사진이오. 사진을 상업적으로 이용하는 것도 아닌데, 초상권 침해라니! 어불성설 아니오?"

해볼 테면 해보라는 식의 대꾸에 지후의 눈은 날카로워졌다.

"당신의 의도가 뭐요? 이미 결혼한 여자의 사진을 굳이 소장하고자 하는 이유가 뭐요?"

"그걸 몰라서 묻는 거요? 나, 현수 사랑합니다. 내 안에 현수가 남아 있는 한, 저 사진들은 내 소유입니다."

"현수는 내 여자입니다."

여전히 현수를 사랑한다고 말하는 석현을 지후는 죽일 듯이 노려보며 자신의 한계를 느껴갔다. 어금니를 꽉 문 채 깊고 낮은 목소리로 주의를 줬다. 그러나 석현은 물러서기는커녕 한층 더 집요하게 그를 자극했다.

"하, 그런가요? 현수의 마음까지 온전히 당신 것이라고 자신할 수 있소? 현수가 당신을 사랑한다고 하던가요?"

"그러는 당신은 현수를 사랑해서 헤어졌소? 허울 좋은 사랑 타령을 여전히 하고 있는 걸 보면 당신은 아직 멀었소. 사랑은 말뿐만 아니라 행동과 책임이 따르는 겁니다. 남의 여자가 되어 있으니까 더 커 보이고 안타까운 거요?"

"뭐? 그 딴 식으로 말하지 마. 현수를 한 번도 잊어본 적이 없어. 지금 당장 당신의 아내라고 호언장담하지 마. 난 포기하지 않았어. 행동과 책임이 필요하다면 기꺼이 할 거야."

두 사람은 거친 숨소리를 내뿜으며 살기를 가득 담은 눈으로 서로를 주시했다. 주먹이 오가지 않았을 뿐 두 사람을 감싼 공기는 금방이라도 폭발할 것처럼 탁하고 위태로웠다. 지후의 꼭 쥔 주먹은 파란 실핏줄이 선명하게 드러날 만큼 힘이 들어가 있었다. 석현의 어깨에도 잔뜩 힘이 들어가기는 마찬가지였다. 날카롭게 발톱을 세우고, 한 치의 양보도 없이 으르렁거리는 모습은 정글의 사나운 맹수와 흡사했다. 양보라는 건 있을 수 없는 일이었다. 한 사람이 피를 보고 쓰러질 때까지 계속될 싸움처럼 보였다.

긴장된 침묵이 계속되었다. 서로를 향한 노골적인 경계심과 모욕적인 눈길을 거침없이 발산했다. 물러서는 사람은 자존심에 치명적인 상처를 입게 될 게 뻔했다. 지후는 주먹이 나가려는 걸 입술에 피가 날 정도로 이를 악물며 참았다. 현수의 사랑에 확신하는 듯한 석현의 눈빛이 그를 미치게 했지만, 참고 참았다. 우습지만 주먹질이나 하는 건 나약한 자만의 몸부림이었다.

석현은 보란 듯이 지후에게 거만하게 굴었지만, 지후가 던진 말들은 그를 무던히도 비참하게 했다. 어제 현수를 만난 후, 밤새 술을 마신 그였다. 마음속으로 느끼던 현실과 눈에 보이는 현실은 엄연히 달랐다. 현수의 마음이 자신과 같지 않다는 사실을 눈으로 확인하자 견딜 수가 없었다.

이미 떠나 버린 버스였음에도 달려가면 붙잡을 수 있을 것만 같았다. 아니, 죽을힘을 다해서라도 붙잡고 싶었다. 그러나 지금 현수의 남편과 마주하고 있는 순간 석현은 자신의 초라함을 느꼈다. 사랑은 말뿐만 아니라 책임과 행동이 따른다고 말하는 지후의 모습은 인생에 대해서 아는 자만이 할 수 있는 말이었다. 결코 호락호락하거나 만만한 상대가 아니었다.

"오빠!"

그들의 침묵을 순식간에 깬 건 그들의 뒤에 서 있던 미수였다. 믿기지 않는다는 표정과 날카롭게 석현을 향하는 시선, 미수는 그들의 대화를 모두 들었음을 숨기지 않았다.

"이게 무슨 일이야?"

그러나 어느 누구도 미수의 물음에 대답하지 않았다.

"오빠, 오빠의 와이프가 저 여자야?"

사진 속의 현수를 가리키며 미수가 물었다. 그러나 지후는 침묵할 뿐이었다.

"다시는 내 아내 이야기를 당신과 나누는 일은 없을 거요."

석현을 향해 경고하듯이 차갑게 말했다. 그리고 미수를 돌아보며 짧게 인사를 했다.

"먼저 간다."

지후가 스튜디오를 빠져나가는 걸 미수는 망연자실한 채 서서 바라봤다. 지후의 모습이 보이지 않게 되자 멍하니 서 있는 석현을 노려봤다.

"정말 당신이란 사람, 웃긴다."

"뭐?"

석현은 미수의 비웃음에 눈을 치켜떴다.

"뭐라고요? 포기하지 않았다고, 행동으로 옮길 거라던 말 진심이에요? 그게 진심이라면 당신 정말 나쁜 사람이에요. 당신이 부르짖는 사랑은 결코 진정한 사랑이 아닐 거예요. 지후 오빠 저 여자의 남편이에요. 근데 남편한테 할 소리예요? 법적으로든 도덕적으로든 두 사람이 합의해서 결혼한 부부라고요. 당신이 끼어들어 두 사람을 갈라놓을 자격 같은 건 없어요. 아예 가정을 파탄 낼 작정을 하지 않았다면 모를까. 혹시 저 여자가 당신 찾아와 사랑한다고, 다시 시작하고 싶다던가요?"

미수의 날카로운 지적 앞에 석현은 벙어리마냥 아무 말도 하지 못했다. 혀를 차는 미수의 모습이 눈에 들어왔다.

"당신, 정말 사람 실망시킨다. 사랑이면 모든 게 다 용납되는 줄 아나 보죠? 내가 보기엔 당신은 사랑이 뭔지도 모르는 사람이에요."

"사랑을 잘 아는 것처럼 말하는군. 그렇다면 당신이 생각하는 진정한 사랑은 뭐야? 하루도 잊어본 적이 없던 여자야. 처음으로 내게 사랑받는다는 게 뭔지 느끼게 해준 사람이야. 내 생에 최고로 행복했던 시간들이었고……. 아무것도 모르면서 다 아는 척 얘기하지 마!"

"내가 아는 척한다고 생각해요? 난 사랑 때문에 목숨까지 잃은 사람도 봤어요. 당신은 사랑을 위해 뭘 포기했어요? 그토록 사랑했다면 그 순간을 놓치지 말았어야죠. 사랑할 때 왜 보냈어요? 다른 남자가 채가지 못하게 꼭꼭 지켰어야죠. 당신의 사랑 말고 다른 사람의 사랑은 우습게 보여요? 난 지후 오빠를 알아요. 지후 오빠가 당신을 찾아왔다는 건 당신이 죽고 못 잊는 저 여자가 오빠에게도 굉장히 중요한 사람이라는 거예요. 사랑을 혼자만 하는 척하지 마요."

미수는 자신의 감정을 절제하지 못하고 미친 여자마냥 마구 쏟아냈다. 그들을 비웃기라도 한 듯 사진 속의 현수는 너무나 환하게 웃고 있었다. 욕이 나왔다. 어떤 여자인지 한 번 만나 꼭 따져 보고 싶었다.

멀쩡한 두 남자의 정신을 완벽하게 앗아간 여자, 그녀가 좋아하는 두 남자를 울리는 현수라는 여자에 대한 미움이 솟구쳤다. 결혼했다면 적어도 가정에 충실해야지, 왜 석현을 찾아와 그를 뒤흔드는지 묻고 싶었다. 그것은 지후에 대한 기만이기도 했다.

10... 그대 빈자리

"김지후, 정신 차려! 웬 술을 이렇게 많이 먹었어?"

진서는 늦은 시간, 지후의 연락을 받고 그들이 자주 가는 바로 달려왔다. 오피스텔과 멀지 않은 거리였지만 당연히 집에 가 있어야 할 지후를 데려가라는 바텐더의 전화에 놀란 건 사실이었다.

"어떻게 된 거야?"

진서를 발견하고 다가오는 젊은 바텐더에게 물었다. 단골이라 익히 얼굴을 잘 아는 사이였다.

"오늘 김 변호사님 무슨 일이 있으신지 제가 말리는데도 과음을 하셔서 연락드렸습니다. 저번에 받아둔 명함이 한 장 있었거든요."

지후는 거의 정신을 놓은 상태였다.

"언제부터 마신 거야?"

"오후 늦게 오셔서 내내요."

"뭐? 그럼 진작 연락을 줬어야지."

"죄송합니다. 그래도 두 시간 전까지는 멀쩡하셨는데……."

바텐더가 머리를 긁적이며 대꾸했다. 진서는 길게 한숨을 내쉬었다. 지후와 십 년 남짓 친구로 함께했지만 이토록 흐트러진 모습은 처음이었다. 술을 좋아하지 않는 친구기도 했지만, 혼자 와 이 시간까지 줄창 술을 마시다니 상상조차 할 수 없는 일이었다. 지후는 자신의 삶 자체를 계획하고 철저하게 실행하는 타입이었다. 충동적으로 무슨 일을 저지른다거나 자신의 일을 미룬다거나 하는 행동을 극히 싫어하는 지후가 오늘은 연락도 없이 사무실을 비운 탓에 진서도 염려가 되던 참이었다.

"지후야, 그만 일어나! 집에 데려다 줄게."

"어? 진서구나. 내 친구, 이리 와. 한 잔 더 하자."

"인마, 너 많이 취했어. 일어나. 제수씨가 너 기다리겠다."

순간 취해 풀려 있던 지후의 눈가에 경련이 일었다.

"기다리기는 할까? 그러지 말고 나랑 딱 한 잔만 더 하자."

진서는 지후가 현수와 문제가 있음을 눈치 채고 할 말을 잃었다. 여자 때문에 정신을 놓을 만큼 취한 지후라, 살다 보니 이런 일도 생기는가 보다. 진서는 믿을 수가 없었다. 괴로움을 술로 달랜 지후를 보자니 안타까웠다.

결국 진서도 지후의 옆에 앉고 말았다. 바텐더가 놀란 듯 눈을 치켜뜨는 걸 봤지만 진서도 같이 취해주고 싶었다. 사랑에 대한 부정적인 생각을 가진 그들이었다. 그 공통점이 결속력을 과시하며 둘도 없는 친구로 만든 게 사실이었다.

 친구가 조금씩 허물을 벗어내고 있었다. 고슴도치처럼 온몸을 가시로 둘러싸고 있던 친구가 아픔을 감수하면서까지 가시를 뽑아내고 있는 것이다. 아파하고 있는 친구에게 해줄 수 있는 건 술친구가 되어주는 것밖에 없었다.

 복지관에서 돌아온 현수는 온몸이 쑤셨다. 그만큼 열심히 몸을 움직였다. 혼자 늦은 저녁을 먹고 거실 소파에 앉아 텔레비전을 켰다. 그러나 눈에 들어올 리가 만무했다. 그래도 열심히 봤다. 누가 본다면 드라마에 푹 빠져 있는 사람처럼 보일지 모르지만, 드라마의 내용과 상관없이 현수의 눈가에 물기가 스며들고 있었다. 꽤 늦은 시간이었지만 지후에게서는 연락이 없었다.

 느낌이 좋지 않았다. 너무 완벽한 듯해 불안하던 짧은 행복은 너무 쉽게 사라져 버렸다. 황량한 사막을 가로지르는 사람들의 눈을 현혹하는 신기루처럼 그녀와 지후의 짧은 한때도 사라진 것이다.

 이미 이런 날이 오리라 예견했는지도 모른다. 바탕에 사랑이 깔리지 않는 결혼이 완벽하게 유지되리라 생각했던 것 자체가 이미 불씨를 안고 시작한 거였다. 아무리 부인하려 해도 엄연한 사실이었고, 결국 실체를 드러냈다. 현수는 유난히 피곤을 느꼈다. 더 이상 지후를 기다리지 못하고 방 안으로 들어와 쓰러지듯 잠이 들었다.

아침에 눈을 떴을 때는 현수는 직감으로 지후가 어제 들어오지 않음을 느꼈다. 이미 무더위가 밀려오면서 집 안은 후텁지근했지만 어디에서도 지후의 흔적은 찾을 수 없었다. 결혼 후 처음 있는 외박이었다. 왜 조금도 잘해보려는 노력을 보이지 않는지, 화가 나고 답답했다. 어제보다 몸이 더 아팠다. 다니지 않던 등산을 한 것처럼 관절 마디마디가 아팠다.

현수는 힘겹게 일어나 창문을 열었다. 아침부터 에어컨 바람을 맞기는 싫었다. 어디론가 떠나고 싶다는 생각이 문득 들었다. 잠시나마 현실을 잊을 수 있다면 좋을 것 같았다. 선주에게 전화라도 해볼 생각이었다. 그러나 이심전심인지 집에 놀러오겠다며 선주가 전화를 해왔다.

현관에 들어서자마자 선주는 눈살을 찌푸렸다.

"너, 얼굴이 왜 그래?"

"어? 내 얼굴이 어떤데?"

현수는 시치미를 뗐지만 선주는 눈을 가늘게 뜨고 어림없다는 듯 콧방귀를 꼈다.

"뭐야? 무슨 일 있어? 파삭 삭았구만."

"안 속네."

"그럼, 내가 너를 한두 해 알아오니? 사람이 놀러왔는데 거의 다 죽어가는 얼굴로, 무슨 일이야?"

눈을 동그랗게 뜨고 선주가 물었다.
"그냥 넘어가라. 남의 부부 일에 관심 갖지 말고."
"오호, 그러니까 지후 씨랑 싸웠다는 얘기군."
"후."
풍선의 바람 빠지는 듯한 현수의 한숨에 선주는 놀란 듯 눈을 치켜떴다.
"심각해?"
"왜, 이번에는 부부 관계도 상담해 주려고?"
현수가 이죽거리자 선주는 한쪽 눈을 찡긋했다. 그리고 배시시 가볍게 웃으며 말했다.
"내가 거기까진 모르지. 암튼 네 얼굴 보니까 심각한 것 같은데, 나랑 바람이나 쐬러 갈래?"
"바람?"
"응. 나 오늘 오후에 떠날 생각인데 관심있어? 이번에 새로 창간하는 여성 월간지 원고 청탁을 받았거든. 칩거 생활 좀 할까 하고. 솔직히 말하면 제사보다 젯밥에 더 관심이 많지만."
"응?"
선주는 벌써 여행지에 가 있는 듯 만족스런 표정을 지으며 고개까지 끄덕였다. 바로 이해하지 못하고 되묻는 현수를 향해 선주는 시원스럽게 웃었다. 선주의 방랑벽이 다시 발동한 것 같았다. 한곳에 오랫동안 머무르지 못하는 선주였다.
"하하. 사실 일은 핑계고 한동안 이리저리 정신없이 지냈더니 쉬고 싶어서. 아무래도 난 시골 체질인가 봐."

"어디 갈 건데?"

"가보면 알아. 조용히 생각하고 싶을 때 찾아가는 곳이 있지. 어때?"

호기심 가득한 얼굴로 묻는 현수에게 선주는 애매하게 대답했다. 현수의 얼굴에 망설임이 스치는 걸 보며 선주는 느긋하게 기다렸다. 현수의 성격을 너무도 잘 알고 있는 선주였다. 현수가 자신을 따라나선다면 꽤 심각한 상태임에 분명했다. 그러나 현수가 떠나지 않는 쪽으로 마음을 굳힌다면 염려하지 않아도 될 상황이었다.

"언제 간다고?"

"오후 두 시쯤 출발할 거야. 내가 밤 운전에는 좀 약하거든."

"알았어."

"뭘? 간다는 거야, 안 간다는 거야?"

"아직 시간있잖아. 두 시 전에만 너한테 알려주면 되지?"

"후, 그래."

선주는 현수가 극도로 망설이는 걸 보며 속으로 웃었다. 그녀가 걱정하지 않아도 될 것 같았다. 현수가 차려주는 아침 겸 점심을 먹었다. 현수의 음식 솜씨는 여전했다.

"넌 천상 여자다."

"그럼 요리 못하는 사람은 여자 아니니? 여성 운동가의 입에서 그런 말이 나오면 안 되지."

"하하하, 맞다. 여자는 여자 자체로 여자지."

유쾌하게 선주와 대화를 나누면서도 현수는 속으로 내내 고민했다. 정말 그녀에게 필요한 것은 혼자 생각할 수 있는 시간이었다. 여행을 떠나고 싶다는 생각을 방금 전까지만 해도 하지 않았는가. 그런데 선주의 말에 쉽게 동의하지 못하는지 모르겠다. 여행을 떠난다면 어떤 결론이든 내고 와야 하는 것에 대한 두려움과 거부감 때문인지도 모르겠다. 여전히 지후에 대한 그녀의 미련은 어쩔 수 없었다.

차까지 마신 선주는 들러야 할 곳이 있다며 연락을 달라고 했다. 현수는 고개를 끄덕이며 선주를 배웅했다. 선주가 떠난 집은 다시 고요했다. 거실을 한동안 서성이던 현수는 입술을 깨물며 전화기로 다가갔다. 힘들게 버튼을 눌렀지만 지후의 핸드폰은 꺼져 있었다. 긴장감으로 입 안이 바짝 타는 것 같았다. 혀로 마른 입술을 적시며 다시 한 번 전화기를 노려봤다. 그리고 다시 전화기 버튼을 눌렀다.

―네, 변호사 사무실입니다.

"여기 집인데요. 김 변호사님 좀 부탁해요."

―안녕하세요, 사모님? 잠시만요. 지금 상담 중이시거든요.

경쾌한 여직원의 목소리가 들려왔다.

―여보세요.

굵고 낮은 음성이 현수의 귓전을 때렸다. 현수는 어떤 말이든 꺼내야 하는데, 쉽게 입이 떨어지지 않았다.

"저…… 나야."

―알아.

"……"

현수는 미로에서 길을 것처럼 할 말을 잃어버렸다. 무작정 전화를 해야겠다고 생각했지, 어떤 말을 해야 할지 전혀 준비가 안 된 상태였다. 머리 속이 하얘지면서 아무것도 떠오르지 않았다. 전화기를 잡은 손에 진땀이 나고 수초 동안의 침묵은 몇 분, 몇 시간처럼 길게 느껴졌다. 그저 고르지 못한 숨소리만이 전해질 뿐이었다.

―왜?

전화기 너머로 퉁명스러우면서도 귀찮은 듯한 지후의 차가운 목소리가 들려왔다. 가파르게 뛰던 심장 박동이 멎어버리는 것 같았다.

―바쁜 일 아니면 나중에 통화해. 나 지금 바빠.

더 이상의 기다림도 없이 전화는 끊겼다. 뚜뚜거리는 전화기를 내려놓지 못한 채 현수는 멍해 있었다.

뭘 기대했던 것일까? 바보스러운 자신이 너무 싫었다. 지후의 사과를 바라기라도 했던 것일까. 현수는 선주에게 바로 전화를 했다.

"갑자기 왜 마음이 바뀐 거야?"

"응?"

"너 분명히 조금 전까지만 해도 망설였잖아."

"생각할 게 좀 있어서……."

선주의 레저용 차를 타고 남쪽으로 향하는 차 안이었다. 평일이라 고속도로는 시원하게 뚫려 있었다. 선주의 표정이 사뭇 걱정스럽다는 듯이 변하자 현수는 눈을 감았다. 아무 일도 아니라고 말하기에는 그녀 안에 들끓은 생각과 고민들이 버거웠다. 어떤 결정을 내리게 될지는 그녀 자신도 모른다. 그러기에 섣불리 내뱉을 수도 없었다.

눈을 감았지만 잘 의도는 없었다. 그런데 눈을 감자마자 기다렸다는 듯이 잠이 들어버린 현수였다. 온몸이 나른한 게 쏟아지는 잠을 참을 수 없었다. 운전하는 선주에게 미안해 눈을 떠보려 했지만 무겁게 내려앉는 눈꺼풀은 현수의 의지 밖이었다.

현수가 눈을 떴을 때는 해가 지고 있었다. 하늘과 산이 맞닿은 곳은 붉은빛을 띤 여러 가지 색들로 물들어 있었다. 물감이 자연스럽게 뒤섞인 아름다운 한 점의 그림을 보는 듯했다. 바다가 가까운지 짭짜름한 바다 냄새도 코끝에 느껴졌다.

"미안해. 내가 너무 많이 잤지?"
"그래, 코까지 골더라."
"무슨? 거짓말!"
"하하하."

선주는 가볍게 웃었다. 내내 운전하느라 힘들었을 텐데 전혀 지친 모습을 보이지 않았다.

"아직 멀었어? 피곤하지?"
"괜찮아. 매번 혼자서도 잘 다녔는데 뭘. 거의 다 왔어."
"어디야?"
"음, 녹동항."
"녹동항?"

"응."

현수는 처음 들어보는 곳이었다. 궁금해하는 현수의 눈빛을 확인한 선주는 간단하게 설명했다. 고흥반도에 위치한 작은 항구로서 녹동항 앞바다에는 많은 섬들이 푸른 바다를 벗삼아 펼쳐져 있다고 했다. 한센병 환자들이 모여 사는 곳으로 유명한 소록도도 그 섬들 중의 하나라는 설명에 현수는 고개를 끄덕였다. 그녀도 소록도에 대해서는 많이 들어왔던 터였다.

"섬에 들어가도 좋은데, 그건 다음으로 미루자."

"섬? 소록도?"

눈을 크게 뜨고 묻는 현수에게 선주는 어이없다는 웃음을 날렸다.

"아니. 소록도 말고도 유인도들 많아. 배가 자주 없어서 들어가기도, 나오기도 쉽지가 않아서 탈이지."

현수는 고개를 주억거리며 선주를 존경스럽다는 눈으로 바라봤다. 선주는 그런 현수의 모습에 당혹스러워하며 고개를 설레설레 흔들었다.

현수에게 있어 혼자 여행을 떠난다는 건 감히 상상조차 못해본 일이었다. 완고한 아버지 민호 때문이었다. 학교에서 단체로 가는 MT나 졸업 여행 같은 경우도 아주 어렵게 승낙을 받아내곤 했다. 그래서 그녀가 가본 것이라고는 유명한 관광지뿐이었다. 그녀만의 여행지가 있을 턱이 없었다.

"조용한 걸로 따지면 섬만한 곳이 없지만, 이번 여행의 주 목적지는 섬이 아니라서 말야."

녹동항을 빠져나와 시골길을 한참 달린 선주는 허름한 민박집 앞에 차를 세웠다. 구수한 전라도 사투리의 넉넉한 인심의 주인 아줌마와 털털하기만 한 아저씨가 그들을 반갑게 맞아주었다. 선주와 오랜 친분이 있는 듯 살갑게 대하는 걸 보며 현수는 낯선 여행지에서의 긴장감을 풀어놓았다.

바다에서 잡은 싱싱한 해산물과 생선으로 차려진 거한 저녁 밥상을 받고 난 후, 선주와 현수는 방파제 둑을 걸었다. 검은 바다가 잔잔하게 일렁이고 있었고, 멀리서 등대의 불빛이 바다를 밝혔다. 지겨운 무더위도 이곳은 빗겨가는 듯했다. 선선한 바람이 볼을 스치고 밤하늘 가득한 별들이 바다에 떨어질 것만 같았다. 그 어둠의 적막함이 오히려 편안함을 선사했다.

"여기 좋지?"

"응, 너무 좋다. 조용하고……."

"아무래도 읍내에서 많이 떨어진 외진 곳이라서 그럴 거야."

"근데 이런 곳을 혼자만 알고 있었어?"

현수의 힐난하는 말투에 선주가 빈정거렸다.

"흥, 기집애. 넌 지금까지 남자한테만 정신 팔려서 어디 나랑 여행이나 한 번 같이 간 적 있니? 그저 연애하느라 바빴지."

"어머, 얘 좀 봐. 내가 언제?"

"내가 언제? 너랑 나랑 몇 년 지기니? 그럼 처음부터 불어볼까? 중고등학교 내내 지후 씨 따라다니느라 바빴고, 대학 와서는 석현 오빠한테 목매고 있었지. 또 결혼하더니 이제는 지후 씨 때문에 난리잖아. 안 그래? 사실이 아니면 뭐라고 얘기해 봐!"

그대 빈자리 231

현수는 할 말이 없었다. 우습지만 그녀는 늘 사랑을 하고 있었던 것 같다. 매번 상처받으면서도, 상처받을까 두려워했으면서도 그녀는 누군가를 사랑하고 있었다.

"듣고 보니 그러네. 그런데 어떻게 된 게 한 번도 제대로 이루어진 사랑이 없는지 모르겠다. 꼭 나만 발을 동동 구르며 쫓아다니는 것 같으니, 네가 봐도 한심하지?"

선주는 먼바다를 바라보던 시선을 돌려 현수를 바라보며 말했다.

"그래, 한심하다. 내 생각 같아서는 상처받지 않을 만큼 적당히 사랑하라고 말하고 싶지만, 정도를 조절할 수 있으면 그게 어디 사랑이겠니? 우리 엄마만 봐도 할머니한테 심하게 시달리면서도 꿋꿋이 버티는 세월을 생각하면 징그러운 게 사랑인 것 같다."

현수는 선주의 말에 수긍하지 않을 수 없었다. 아름답다고만 하기엔 사랑이라는 감정은 때론 힘들고, 지치게 한다. 사람을 저 밑바닥까지 처절하게 끌어내리기도 한다. 그럼에도 포기하지 못하는 걸 보면 선주의 말처럼 징그럽게도 생명력이 길다.

"넌 모르지, 내가 그래서 널 좋아한다는 걸? 넌 가끔 보면 우리 엄마랑 참 많이 닮은꼴이야. 항상 네 손해는 생각 안 하지? 누군가를 사랑하는 널 보면 참 바보스럽게도 상대방에게 열심이고, 그러면서 행복해하지. 네가 사랑하는 사람들에게는 네가 더 많이 사랑한다고 해서 속상해하지도, 그렇다고 후회하지도 않는 널 보면 따뜻한 사람 냄새가 나."

"고맙다. 역시 친구란 참 좋은 것 같아. 가라앉았던 기분이 다시 확 살아나는데."

현수는 선주가 바라보던 먼바다로 시선을 돌렸다.

"현수야, 그러니까 너답지 않게 가슴에 꼭 안고 힘들어하지 마. 딴 건 몰라도 너, 사랑만은 저돌적이잖아. 내가 석현 선배는 안 된다고 그렇게 눈치를 줬는데도 막무가내였잖아."

"사람이란 게 말야, 경험을 통해서 강해지기도 하지만 더 움츠러 들기도 해. 네 말처럼 석현 오빠와 사귀면서 단 한 번도 의심치 않았어. 그와 가정을 꾸리고, 아이를 낳고 그 모든 게 아주 당연하다고 생각했어. 하지만 봐, 우린 전혀 다른 길을 걷고 있어. 너도 알 거야, 내가 석현 오빠와의 사랑에 얼마나 확신을 가졌었는지. 단연코 의문조차 가지지 않을 줄 알았어. 그런데 난 지금 다른 사람을 사랑해."

"현수야."

"석현 오빠에게 다가갈 때처럼 난 무모할 수 없어. 자신도 없고. 정말 네 말처럼 감정을 조절할 수 있으면 좋겠다. 그렇다면 상처받지 않을 만큼만 적당히 사랑할 텐데……."

"내가 사람 좀 볼 줄 아는데, 지후 씨도 너 사랑해. 그러니까 괜히 겁먹을 필요 없어."

현수는 검은 바다에서 눈을 떼지 않았다. 지후가 날 사랑하다니, 과연 있을 수 있는 일일까? 결혼을 후회한다고 서슴없이 말하는 그에게서 사랑을 기대한다는 건 우물가에서 숭늉을 찾는 격이다.

"사람 잘 보는 넌 왜 결혼 안 하는데?"

"난 사랑 같은 건 하고 싶지 않아. 사랑이 어떤 거라는 걸 누구보다도 잘 아니까. 난 너처럼 누군가를 위해 희생하면서, 자신을 버리면서 살고 싶지 않거든. 난 지금의 나로서 충분히 행복해."

현수는 선주에게 뜨아한 눈길을 보냈다. 남자를 좀 멀리한다는 걸 알았지만 사랑을 하고 싶지 않다는 선주의 말은 의외였다. 늘 밝기만 하던 선주의 얼굴에 언뜻 스치는 우울함을 보며 현수는 미안했다. 항상 자신의 투정만을 늘어놓을 줄 알았지 선주 역시 나름대로의 어두운 이면이 있으리라고는 미처 생각지 못했다.

"선주야, 난 누군가를 위해 희생한다는 생각은 한 번도 안 해봤어. 그저 내가 좋아서 하는 거지. 내가 사랑하는 사람이 나로 인해 행복한 미소를 짓는 게 너무 좋아서."

"알아. 그게 나와 너의 다른 점이지."

태연스럽게 인정하는 선주를 보며 현수는 망설이던 말을 꺼내놓았다.

"선주야, 지후가 결혼을 후회하는 것 같아."

"뭐? 뚱딴지같이 이게 무슨 소리야?"

고요한 밤 바다에 선주의 카랑카랑한 목소리가 울려 퍼졌다.

"사실이야. 어떻게 해야 할지 모르겠어."

선주는 기가 찬다는 듯이 말을 잇지 못했다.

"그럼 뭘 망설여? 헤어져 버려. 뭐 그런 자식이 다 있냐? 결혼하자고 우길 때는 언제고. 집어치우고 석현 오빠한테 가. 너 아직까지 잊지 못하는 거 보니까 나도 맘이 짠하던데."

선주는 좀 전에 자신이 했던 말들을 다 뒤엎으며 흥분을 가라앉히지 못했다. 현수는 그런 선주의 모습에 가슴이 따뜻해지는 걸 느꼈다. 언제나 그녀 편이 되어주는 친구가 있다는 건 충분히 위로가 되고도 남았다.

주차를 하는 지후의 얼굴은 몹시 어두웠다. 하루 종일 숙취로 인해 머리가 무겁기도 했고, 걸려온 현수의 전화를 차갑게 끊어버린 것도 마음에 걸렸다. 상담을 마치고 집과 핸드폰으로 전화를 했지만 불통이었다. 외박에, 전화까지 현수가 단단히 화가 났음이 분명했다.

지후는 까칠까칠한 턱을 손으로 쓸며 무거운 발걸음을 집으로 옮겼다. 집 안에 들어서자 자동 센서 등만이 그를 반겼다. 바깥보다 더 후텁지근한 공기가 느껴졌다. 비어 있는 집처럼 텁텁한 공기와 냄새가 전신으로 스며들자 지후는 그 자리에 서고 말았다. 사람의 온기라고는 전혀 느껴지지 않는 집이었다.

지후는 정신없이 현수의 방문을 열어젖혔다. 깨끗하게 정리된 빈 침대만이 보일 뿐이었다. 심장이 쿵 소리를 내며 가라앉는 것만 같았다. 온 집 안을 쥐 잡듯이 샅샅이 뒤졌다. 그러나 어디에도 현수의 모습은 보이지 않았다. 설마, 설마……. 상상조차 하기 싫은 일들이 머리 속을 맴돌았다. 말도 안 돼! 지후는 미친 듯이 거실을 서성였다. 그리고 현수의 핸드폰으로 전화를 하기 시작했다. 그러나 변함없이 전원이 꺼져 있다는 안내 방송만이 흘러나올 뿐이었다.

바보같이 그가 홧김에 내뱉었던 말들을 믿은 것일까. 지후는 등줄기가 서늘해짐을 느꼈다. 현수는 충분히 믿고도 남을 여자였다. 조금은 상처를 주고 싶었다. 그가 아프고 힘든 만큼 그녀에게도 생채기를 주고 싶었다. 그러나 아무런 말도 없이 종적을 감추리라고는 생각지 못했다.

기다렸다는 듯이 석현에게 가버린 것은 아닐까 하는 생각이 들자, 주먹이 파르르 떨렸다. 당당하게 여전히 현수를 사랑한다고 말하던 석현의 모습이 뇌리를 스쳤다. 만약 석현과 함께 있는 거라면 가만두지 않으리라. 분노에 찬 지후는 이를 뿌드득 갈았다. 그러나 분노는 잠시였다. 혹시 다른 일이 생긴 것은 아닐까 하는 생각과 더불어 불안해지기 시작했다. 사고라든지 납치 등등의 생각이 스치자 지후는 가만히 있을 수가 없었다.

차라리 석현에게 간 게 나을 것 같았다. 윤수에게 전화를 넣으려다 지후는 멈칫했다. 시계를 봤다. 열두 시, 윤수에게 전화하기는 너무 늦은 시간이었다. 그리고 갑자기 전화로 현수를 찾는다면, 집안이 발칵 뒤집어지고도 남을 것이다. 두 사람의 불화가 가족에게 알려지는 건 원치 않았다.

어떤 방법도 구하지 못한 채 발만 동동 구르던 지후는 핸드폰의 전화번호를 찾기 시작했다. 그리고 언젠가 한 번 통화했던 선주의 전화번호를 찾아냈다. 그러나 선주의 전화도 전원이 꺼져 있었다. 피가 마르는 것 같았다. 우리 갇힌 맹수마냥 어슬렁

대던 지후는 바짝바짝 타 들어가는 입을 느끼며 냉장고로 발걸음을 옮겼다. 그리고 냉장고에 붙여진 포스트 잇을 발견했다.

〈나 선주랑 여행 가.〉

 아주 짧은 메모였다. 그러나 그가 느낀 안도감은 이루 말할 수 없었다. 석현에게 달려갔을 거라는 그의 생각은 기우에 지나지 않았다. 그에게 연락도 없이 여행을 가버릴 만큼 화가 난 것은 분명했지만 최악의 상황을 생각지 않은 것 같아 다행이었다.

 그러나 시간이 지날수록 지후의 마음에 불안감이 깃들기 시작했다. 현수의 귀가가 늦어지고 있었기 때문이다. 적어도 이삼 일이면 돌아올 줄 알았다. 그런데 전화 한 통화 없이 일주일이 다 되도록 돌아오지 않고 있었다. 왠지 현수의 이번 여행이 가볍지만은 않게 느껴진 것도 그의 마음에 그늘을 더했다.
 현수가 없는 집은 그야말로 냉랭했다. 혼자 지내는 것에 이골이 난 그였음에도 불구하고 혼자 눈뜨는 아침과 불 꺼진 집은 사막 한가운데 홀로 떨어진 기분을 맛보게 했다. 전화기가 울릴 때마다 혹시 현수이지 않을까 조바심이 그를 긴장하게 했고, 아니라는 사실을 알았을 때의 허탈감은 매일 반복이었다. 무정한 현수의 전화는 여전히 통화가 되지 않았다.

 잠자리가 바뀌었어도 편안한 잠을 잔 현수는 상쾌한 아침 공기에 눈을 뜨고 밖으로 나왔다. 햇살이 눈이 부시고 밤새 물이 빠진 바닷가는 갯벌로 뒤덮여 있었다. 이름 모를 바다 생물들이 갯벌 위를 기어다니고 있었고, 덩그러니 그 몰골을 드러낸 채 방치된 작은 배들 또한 이른 새벽 바닷가 운치를 더해주었다.

현수는 선주의 말대로 도시와의 단절을 꿈꾸며 이곳에 도착하자마자 핸드폰 전원을 꺼버렸다. 걸려올 전화도 없으므로 망설임조차 없었다. 지후가 그녀를 걱정하리라고는 생각조차 못했다.

현수는 선주와 함께 꼬박 일주일을 하릴없이 빈둥거리며 자연 속에 묻혀 있었다. 갯벌에 조개도 잡으러 가고, 저녁이면 해 지는 노을을 바라보며 맛있는 식사를 하고, 때론 일하는 선주를 방해하며……

정말 잊지 못할 여행이 될 것 같았다. 지후와의 일로 인해 받았던 스트레스나 고민은 다 잊었다. 그곳에서 벗어나 생각해 보니 그렇게 절망적으로 느껴지지 않았다. 언제부터 대가를 바라보고 사랑을 했던가. 상처가 두려워 미리 겁부터 낸다는 건 그녀에게 어울리지 않았다.

괜히 마음을 숨기지 말고 한 번 부딪쳐 보리라. 지후가 선뜻 자신의 마음을 받아줄 것 같지는 않지만, 시도도 하지 않고 포기하기엔 그녀의 사랑은 소중했다.

"공기 좋지?"

뒤에서 들려오는 선주의 목소리에 깜짝 놀라며 대답했다.

"응. 어제 늦게까지 안 자더니 벌써 일어났어?"

"일할 때와 놀 때랑 사람이 같으면 되겠니? 근데 무슨 생각을 그렇게 골똘히 해? 사람이 다가오는 줄도 모르고."

"아, 그만 올라가려고."

"그래? 난 며칠 더 있으면 했는데, 할 수 없지. 그럼 챙겨서 올라가자."

현수는 자신의 일정을 포기하려는 선주를 말렸다.

"아냐, 그럴 필요 없어. 내가 어린애도 아닌데. 나 혼자 올라갈게. 넌 하던 일 마저 하고 올라와. 이곳이 집중이 잘된다며."

"그렇지만……."

"됐어. 오랜만에 기차 한번 타보는 것도 재밌을 거 같아."

결국 선주는 현수의 고집을 꺾지 못했다. 점심을 먹고 순천역까지 태워다 주는 걸로 합의를 봤다.

해가 길어졌음에도 불구하고 서울역에 들어섰을 때, 이미 어둠이 짙게 내려앉고 있었다. 말이 기차 여행이지 지루하고 긴 시간이었다. 똑같이 반복되는 시골 풍경도 질렸고, 옆에 앉은 사람은 배려하지 않고 다리를 마음껏 벌리고 앉아 말을 시켜대는 중년의 남자로 인해 머리가 아플 지경이었다.

서울역에 도착했다는 안내 방송이 나오자 현수는 자신도 모르게 안도의 한숨을 내쉬고 있었다. 더 이상 말 붙일 시간도 주지 않고 차갑게 돌아서서 나와 버렸다. 기차에선 많은 사람들이 뿜어져 나오고 있었다. 현수 역시 사람들의 무리 속에 섞여 개찰구를 향했다.

개찰구 앞에는 마중 나온 사람들이 고개를 내민 채 승객들을 연신 살피고 있었다. 현수는 역무원에게 검표를 하며 무심코 주위를 둘러보다 개찰구 앞에서 서성이고 있는 지후를 봤다. 설마, 현수는 연신 눈을 깜박였다. 믿을 수가 없었다. 그러나 지후임에 틀림없었다. 너무 말쑥한 차림에 조금 긴장한 듯 날이 선 날카로운 얼굴의 그는 주위의 많은 사람들을 배경으로 만들고 있었다. 어울리지 않는 그림에 툭 튀어나온 사람처럼 바지 주머니에 양손을 찔러 넣고 사람들이 밀려 나오는 출구를 주시하고 있었다.

현수는 주춤거리며 출구를 나섰다. 우연일까, 아니면 자신을 마중 나온 것일까? 현수는 그를 아는 척해야 할지 말아야 할지 난감했다. 지후의 얼굴을 보는 순간, 놀라움과 더불어 빠르게 뛰기 시작한 심장 박동이었다. 그러나 좀처럼 그의 앞에 다가가 자신을 기다린 거냐고 물을 용기가 생기지 않았다.

"저녁은?"

남자의 굵은 음성이 머리 위에서 느껴졌다. 지후였다.

"아니, 어떻게 된 거야?"

현수는 놀란 가슴을 진정시키며 차분하게 물었다.

"선주 씨가 전화했더라."

"아."

그러면 그렇지. 그가 데리러 온 것이 기쁘기도 했지만, 섭섭하기도 했다. 선주가 전화로 데리러 나가라고 한 게 분명했다. 혼자 보낸 게 영 마음에 걸렸나 보다.

"밥 먹어야지."

"아냐, 점심을 늦게 먹어서 그런지 별로야."

지후는 선주의 전화를 받고 기쁘게 달려왔다. 그러나 막상 만난 현수는 당혹스러워하는 것도 같고, 말을 아끼는 것도 같았다. 그가 힘든 일주일을 보내는 동안 현수는 즐거운 시간을 보낸 듯했다. 약간 그을린 듯한 피부가 더욱 건강해 보였다.

집으로 돌아오는 동안 내내 침묵이었다. 싸우던 날처럼 험악한 분위기는 아니었지만, 그렇다고 화기애애하지도 못했다. 오래 떨어져 있던 연인들처럼 조금의 어색함이 그들을 감싸고 있었다.

다음날, 겨우 눈을 뜬 현수에게 미정의 불호령이 떨어졌다. 어제 집에 돌아오자마자 지쳐 쓰러져 잠이 들었던 현수였다. 미정의 전화만 아니었더라면 여지없이 늘어져 잠에 빠져 있었을 테지만 전화기 너머로 들려오는 미정의 목소리는 심상치 않았다.

옷을 추슬러 입고 외출 준비를 했다. 당장 건너오라는 말이 아직도 귀에 생생했다. 결혼한 지 얼마 되지도 않는 새댁이 남편 홀로 두고 여행이라니! 미정의 사전에는 있을 수 없는 일이었다. 하물며 자식 교육에 남다른 자부심을 가지고 있는 미정이었기에 한바탕의 훈계가 쏟아질 것은 안 봐도 훤했다. 현수는 울며 겨자 먹기로 내키지 않는 친정집을 방문해야 했다.

예상대로였다. 소파에 마주 앉은 미정은 한 시간째 똑같은 말을 반복하고 있었다.

"도대체 네가 정신이 있는 거야, 없는 거야?

"죄송해요."

현수는 내내 죄송하다는 말만 되풀이했다.

"핸드폰은 왜 꺼놓고?"

"조용히 생각할 게 있어서……."

"너희 문제있냐?"

"네? 아뇨."

미정의 의심 가득한 시선에 당황하며 급하게 고개를 좌우로 흔들었다. 그러나 미정의 눈은 의심을 거두지 않았다.

"엄마……."

현수를 한참 동안 말없이 바라보던 미정은 한숨을 내쉬었다. 오후 내내 길어질 것 같던 미정의 취조가 잠잠해졌다.

"김 서방 집에 와 저녁 먹으라고 불렀다."

"네. 저 올라가도 되죠?"

여전히 얼굴에는 걱정과 못마땅함이 뒤섞여 있었지만, 더 이상 채근하지 않고 고개를 끄덕였다.

현수는 결혼 전 자신이 쓰던 이층 방에 들어와 침대에 누웠다. 슬슬 눈꺼풀이 감겼다. 최근 들어 춘곤증도 아닌데 잠이 많이 늘었다. 머리만 닿으면 자연스럽게 눈이 감기는 것 같았다.

얼마나 잔 걸까? 해가 길어진 탓에 한참을 잔 것 같은데도 해 그림자가 남아 있어 환했다. 지후가 퇴근하려면 아직 시간적 여유가 있었다. 현수는 잠에서 깨어 방 안을 둘러보았다. 결혼 전과 전혀 변함이 없는 방 안 풍경이었다. 물론 그녀가 챙겨간 몇 권의 책들과 옷가지, 액세서리들이 비어 있지만 적어도 겉보기에는 별로 달라 보이지 않았다.

현수는 문득 침대 아래 넣어두었던 석현과의 추억이 가득 담겨 있는 상자가 떠올랐다. 이제는 그것을 없애야 할 때가 온 것이다. 이미 마음에서 빗겨 가버린 석현과의 추억을 고스란히 보관한다는 것은 의미없는 일이었다. 더군다나 지후를 사랑하게 된 지금으로서는 더 더욱.

결혼할 당시 없애야 했다. 미련을 버리지 못하고 아직까지 보관하고 있었다는 것만으로도 현수는 지후에게 죄를 지은 것 같아 갑자기 초조해졌다. 오늘 당장 지후가 오기 전에 없애야겠다고 생각하자 마음이 급해졌다. 그렇다고 쓰레기통에 던져 버릴 수 있는 물건들은 아니었다. 태워 버려야겠다고 생각하며 태우는데 필요한 물건들을 챙기기 시작했다.

우선 침대 밑 깊숙이 넣어두었던 상자를 꺼냈다. 먼지가 수북이 쌓여 더 이상 애타는 마음이나 애잔한 마음으로 들여다봐지지 않는 상자를 열고, 사진들과 엽서들을 들추어보며 현수는 씁쓸했다. 자신의 마음이 간사한 것일까? 영원할 것 같은 사랑도 이렇게 한 줌의 추억으로밖에 기억되지 않으니.

지금은 지후와 함께하고 싶은 마음이 절박하다. 먼지를 대충 쓸어내고 밖으로 들고 나가려던 현수는 태우려면 성냥이나 라이터가 필요할 것 같아 상자를 다시 침대 옆 바닥에 내려놓았다. 하지만 현수의 방에는 성냥이나 라이터가 있을 리 만무했다. 현수는 종종 담배를 피우던 윤수를 생각하며 라이터를 찾아 윤수 방으로 건너갔다. 미정에게 말하면 뭐 하려고 그러는지 꼬치꼬치 캐물을 게 뻔했다.

*11... 이별은 소리없이…*

지후는 미정의 전화를 받고 법원에서의 일이 끝나자 바로 처갓집으로 향했다. 처음 받아보는 미정의 전화였기에 놀라지 않을 수 없었다. 특별한 말 없이 현수가 집에 와 있으니 그쪽으로 퇴근해 저녁 먹으라는 얘기였지만, 지후는 단순하게 말 그대로 받아들여지지 않았다. 현수에게 전화를 했지만 핸드폰 전원은 꺼져 있었다.

가족이라는 울타리, 누구보다도 그를 인정하고 받아들여 주는 현수의 가족들이 지후는 좋았다. 자라오면서 사회의 많은 편견과 부딪치며 커야 했던 그에게 아무런 편견 없이 자신들의 딸, 동생, 언니의 남편이라는 이유만으로 따뜻하게 대하는 그들을 볼 때마다 가족이라는 의미를 다시 한 번 되새겨 보게 했다.

미정이 긴장한 그와 달리 반갑게 맞았다. 지후는 인사를 한 후, 보이지 않는 현수를 찾아 두리번거렸다. 미정이 지후의 모습을 보고 눈꼬리를 살짝 올리며 웃었다.

"아무래도 자는 모양일세. 현수 방에 가보게나. 깊이 잠들었는지 초인종 소리도 못 듣고 자는가 봐."

"네."

지후는 이층으로 올라왔다. 현수의 방이 어딘지는 이미 알고 있었으나 한 번도 그에게 허락되지 않았던 그녀만의 공간이었다. 호기심과 기대감이 들고일어났다. 현수가 결혼 전 생활했던 방의 모습이 어떨지 몹시 궁금했지만, 현수는 한 번도 그를 초대한 적이 없었다.

어제는 여행에서 돌아와 피곤해 보이는 현수에게 어떤 말도 하지 못했다. 그러나 오늘은 얘기를 해야만 했다. 분명히 짚고 넘어가야 했다. 이젠 혼자 묻어만 둘 수 없었다. 행동으로 옮길 거라 말하던 석현의 눈빛을 어떻게 잊을 수 있겠는가. 되돌릴 수 없다는 걸 단단히 못을 박아야 했다.

노크를 하려고 올렸던 손을 내려놓았다. 깊이 잠든 것 같다던 미정의 말이 떠올랐기 때문이다. 조심스럽게 문을 열었다. 현수의 침대가 눈에 들어왔다. 그러나 자고 있을 걸 예상했던 현수는 없었다. 덩그러니 비어 있는 침대와 침대 옆 바닥에 널려져 있는 상자만이 보일 뿐이었다. 한 줌 먼지를 쓸어낸 듯했으나 여전히 수북이 먼지에 덮인 상자를 지후는 머뭇거리며 발로 살짝 밀었다.

 헐거워진 상자 뚜껑이 한쪽으로 기울며 빼꼼히 삐져 나오는 엽서 한 장이 눈에 띄었다. 현수는 어디에 갔는지 보이지 않고 객처럼 방 안을 두리번거리던 지후는 엽서에 눈이 갔다. 왠지 그의 호기심을 자극하는 엽서였다. 지후는 그 엽서 한 장을 집어 들었다. 오래되었는지 빛이 바랜 엽서를 훅 불어 먼지를 털어내자 엽서 위에 글들이 선명하게 드러났다.

 '사랑하는 현수에게'로 시작한 엽서는 어딘가의 여행에서 석현이 보내온 엽서였다. 지후는 한 줄 한 줄 읽어내려 가면서 아득해져만 갔다. 석현의 마음이라기보다는 자신의 마음을 대변하는 듯한 엽서였다. 그가 현수에게 느끼는 감정을 또 다른 남자는 이미 오래전부터 느낀 것이다.

 지후는 끝내 상자를 열고 말았다. 그리고 상자 가득 현수와 석현의 사랑의 증거들이 담겨 있는 것을 보고 거친 숨을 몰아쉬었다. 석현과 함께한 시간들을 간직한 앨범과 엽서, 쪽지들. 그리고 함께 보았던 영화표들과 입장권들…….

 열지 말았어야 할 판도라의 상자를 열어버린 것이다. 더 이상 어떤 것도 생각할 수 없었다. 들끓기 시작했던 불안이라는 감정과 분노는 지후가 지금 느끼는 절망감에 비교하면 아무것도 아니었다. 늘 불안이 잠재한 완전한 관계는 아니었지만, 지후는 현수가 자신에게 마음을 열어가고 있다고 믿었다. 그런데 혼자만의 착각이었다는 사실이 눈앞에서 적나라하게 모습을 드러내고 그를 비웃는 것만 같았다.

숨이 막혔다. 지독한 배신감이 전신을 휘감았다. 뭘 기대했단 말인가. 이미 그녀의 마음을 알고 있었음에도 여전히 석현과의 기억들을 고스란히 간직하고 있는 현수를 용서할 수 없었다. 마음을 주지는 못할지언정 적어도 들키지 않게 흔적들은 남기지 말아야 하는 게 남편에 대한 최소한의 예의가 아닌가.

현수에 대한 자신의 사랑은 현수와 석현의 사랑 앞에서 아무 것도 아닌 가벼운 티끌처럼 초라하게 느껴졌다. 현수의 가슴에는 여전히 석현이 존재했다. 그녀의 방에는 석현과의 기억들이 묻혀 있으리라. 도저히 끼어들 수 없는 철옹성 같은 그들의 사랑 앞에 여전히 이방인으로 남아 있는 자신의 모습이 보였다. 이 방에 들어와서는 안 되는 것이었다. 차라리 몰랐더라면 지후는 그저 그에게 허락된 작은 행복만으로 만족하고 살았을 것이다.

그러나 보지 말았어야 할 것들을 너무 많이 봐버렸다. 처참하게 부서진 자존심과 비참했던 자신의 어린 시절이 겹쳐졌다. 주름으로 얼룩진 순자의 얼굴도 스쳤다. 지독하게 씁쓸한 사랑의 결과물을 눈앞에 두고도 잠시 잊었다. 눈을 감아버렸다. 자신은 예외일 거라는 착각에 빠져 버린 것이다.

지후는 더 이상 그곳에서 석현과 현수의 추억들이 담긴 물건들을 마주하고 있을 수가 없었다. 거칠게 문을 열고 밖으로 나왔다. 그때 맞은편 방에서 나오던 현수와 눈이 마주쳤다. 현수의 얼굴이 하얗게 질려 지후를 불렀다.

"지후야."

그러나 지후는 차갑게 굳은 얼굴로 현수를 잠깐 노려보더니 고개를 돌려 아래층으로 발걸음을 옮겼다. 현수는 급하게 지후의 팔을 잡으려 손을 내밀었지만 매섭게 그녀의 손을 뿌리쳤다. 그리고 뒤도 돌아보지 않고 내려갔다.

 놀란 현수는 지후를 그냥 보낼 수가 없어 뛰다시피 그를 따라 내려왔다. 그러나 지후는 벌써 현관을 나가고 있었다. 주방에 있던 미정이 놀라 뛰쳐나왔지만 현수는 돌아볼 여유가 없었다. 지후가 무엇을 보고, 무슨 생각을 하는지 짐작할 수 있었기 때문에 마음이 다급하기만 했다. 지후는 대문을 향해 성큼성큼 걸어가고 있었다. 대문을 열고 나가는 그의 등 뒤에 대고 외쳤다.

 "지후야, 지후야. 잠깐만! 네가 오해한 거야. 지금 그냥 가면 어떡해? 잠깐이면 되니까 얘기 좀 해. 응? 지후야!"

 거친 숨을 쌕쌕거리며 애원하는 듯한 현수의 말을 지후는 듣지 않았다. 벗어나고 싶다는 생각뿐이었다. 지후는 쫓아오는 현수를 무시하고 세게 대문을 밀어 닫고 거칠게 차를 움직였다.

 현수는 거칠게 차를 몰고 떠나 버리는 지후의 모습을 멍하니 바라봤다. 그에 대한 미안함과 불안, 초조가 뒤엉켜 숨을 쉬는 것조차 버거웠다. 시작은커녕 끝을 향해 달려가는 것만 같았다. 힘겹게 발을 옮겼다. 현관 앞에 미정이 허리에 양손을 올린 채 서 있었다. 눈은 날카로웠다.

 "무슨 일이냐?"
 "아무 일도 아냐."
 "아무 일도 아닌데 김 서방이 인사도 안 하고 횡 하니 가버려?"

"엄마, 좀 모른 척해주면 안 돼?"

"뭐?"

"이 결혼이 잘못되어도 엄마 탓 안 할 테니까, 나 좀 제발 내버려 둬."

현수의 대꾸에 미정의 얼굴이 하얗게 변했다. 외마디 신음 소리와 함께 한 손으로 입을 가렸다. 도저히 믿기지 않는다는 얼굴이었다. 사실 현수도 자신이 미정에게 그런 말을 했다는 게 믿어지지 않았다. 하지만 이미 날카로울 대로 날카로워진 신경을 미정이 더 이상 자극하지 않아줬으면 싶었다. 한 번 엉클어진 실타래는 좀처럼 풀릴 기미를 보이지 않았다. 더 단단하고 굵게 매듭만 생겨갈 뿐이었다. 더 이상 원상회복이 어려워 버리지 않으면 안 될 만큼.

"죄송해요."

"너희들……."

미정은 쉽게 말을 잇지 못하고 있었다. 우려하던 게 현실이 될까 봐 두려운 탓이었다.

"아직은 뭐라 말씀드릴 수 없어요. 하지만 엄마, 난 최선을 다할 거예요."

"현수야."

"엄마, 그만 하자. 나 지금 기분이 엉망이거든. 이만 가봐야겠다."

내색하지 않으려 하지만 어깨가 잔뜩 굽어 있는 미정의 모습은 충격이 큰 듯했다. 얼마 전까지만 해도 다정스런 부부의 모습을 보여주었던 그들이었기에 더욱 그럴 것이다.

"엄마, 성냥 없어?"

"성냥은 왜?"

"어, 좀 사용할 데가 있어서요."

미정이 서랍장에서 성냥을 꺼내줬다. 그리고 더 할 말이 남아 있는 듯 현수 옆에서 미적거렸다.

"엄마, 노력한다고!"

현수의 단호한 태도에 미정은 무거운 한숨을 내쉬었다.

"쉬세요. 문 잠그고 알아서 갈게요."

현수는 넋이 나간 듯 멍해 한숨만을 내쉬고 있는 미정을 두고 이층으로 올라왔다.

자신의 방문을 열자, 문제의 상자가 눈에 들어왔다. 방바닥에 떨어진 엽서를 주워 상자에 다시 담았다. 그리고 상자와 성냥을 챙겨 뒷마당으로 나왔다. 성냥을 켰다. 불이 붙은 사진들과 종이들이 까맣게 타 들어갔다. 매스꺼운 냄새가 코를 자극했지만 현수는 물건들이 다 태워져 까만 재가 될 때까지 그 자리를 지켰다. 코끝이 시렸다. 사라지는 추억에 대한 아쉬움은 아니었다. 다만, 결국 한낱 재가 되고 말 것들을 왜 지금까지 보관하고 있었는지 자신의 어리석음에 대한 비탄의 눈물이었다. 그녀가 진정 원하는 사람은 지후였다.

그러나 그녀가 다가서려고 하는 것보다 지후는 더 멀리 달아나 버렸다. 불기가 다 가실 때까지 쪼그려 앉아 있던 현수는 일어났다. 이대로 끝을 향해 달리는 지후와 자신을 방관할 수만은 없었다. 그녀의 인생이었다. 현수는 마음을 굳게 다지며 집 안으로 들어왔다. 집 안은 고요했다. 현수는 괜히 미정에게 심통을 부린 게 마음에 걸렸다. 안방 문을 살짝 열었다. 침대에 누워 있는 미정의 모습이 보였다. 현수는 조용히 문을 닫았다.

현수가 문을 닫자 미정은 눈을 떴다. 창문으로 현수가 하는 짓을 내내 지켜보던 미정이었다. 현수와 지후의 불화가 다름 아닌 석현임을 눈치 챈 미정의 눈가에 깊은 주름이 잡혔다. 현관문이 닫히는 소리가 들렸다. 미정은 침대에서 일어났다. 그리고 화장대 서랍을 열어 두통약을 찾았다. 머리가 지끈지끈 아팠다.

어찌해야 한단 말인가. 단지 석현이 비전없고, 가난한 사진작가라서 반대했던 것만은 아니었다. 환경 탓인지 어두운 그늘이 가득한 얼굴과 삶에 있어 자신감이 결여된 듯한 태도가 미정은 마음에 들지 않았다.

지후 역시 좋은 환경에서 자라지 않았다는 걸 민호와 윤수를 통해 듣고 다소 망설였다. 그러나 그를 만났을 때, 지후는 자신감과 확신에 찬 모습을 보여줬다. 세상 거친 풍파 속에서도 단단한 방패가 되어줄 만큼 강해 보였다. 그래서 망설임없이 결혼을 추진했는데, 잘못된 판단이었을까. 미정의 녹록치 않는 고민은 시작되었다.

미정의 집을 뛰쳐나온 지후는 갈 곳을 잃었다. 사무실로 돌아갈 수도 없는 일이었다. 이미 자신의 감정을 감출 수 없는 극한 상태에 이른 것이다. 잘못하면 말보다 주먹이 먼저 나갈 만큼 그의 감정은 뒤틀려 있었다. 다른 이들의 입에 오르내리는 가십거리가 되고 싶은 생각은 추호도 없었다.

한강에 차를 멈췄다. 그나마 시원한 강바람은 그를 진정시켜 줬다. 현수와의 결혼을 통해 자신이 계획하던 삶을 살 수 있게 될 줄 알았다. 그러나 그것은 오산이었다. 충분히 준비되었다고 자신했다. 그러나 사랑이 존재하진 않더라도 따뜻한 가정을 이루고, 만족한 삶을 살 수 있을 거란 생각은 가보지 않은 길에 대한 그의 자만이었다. 어쩌면 현수가 잘못한 것은 없었다. 그녀는 충분히 그에게 힘들 거라는 걸 일깨워 주고자 노력했다. 그러나 그는 욕심을 부렸다. 그리고 자신의 꾀에 속아 넘어간 꼴이 되고 말았다.

지후는 지금 그 어떤 것보다도 현수의 사랑을 갈망했다. 그가 이토록 괴로운 이유도 현수의 사랑이 자신이 아닌 석현에게 있음을 눈으로 확인한 탓이다. 더 이상은 힘들 것 같다. 자신이 아닌 다른 사람을 사랑한다는 걸 알면서도 현수를 안을 자신이 없었다. 단순히 막연하게 날 사랑하지 않아라고 느끼는 것과 여자의 마음속에 다른 남자가 자리 잡고 있음을 눈으로 본 것은 또 달랐다. 자신이 무서워지도록 현수에 대한 소유욕은 나날이 늘어가고 있었다. 그만큼 두려움도 컸다.

어느 순간, 정신을 잃고 자신을 봐달라고 현수의 목을 조르고 있을지도 모르겠다는 생각에 지후는 섬뜩했다. 그는 분명히 안다고 자부했다. 가질 수 있는 것과 가질 수 없는 것을 구분할 줄 안다고.

그러나 그는 지금 가질 수 없는 것을 가지고 연연해하고 있었다. 지후는 회색 빛 하늘을 올려다봤다. 머리가 크고 몸집이 크면서, 다시는 이런 절망적인 상황에 접하지 않을 것이라 생각했다. 자신이 자초한 이 상황을 스스로 끊을 수밖에 없음을 느끼면서도 지후는 쉽게 결정을 내리지 못했다.

아버지란 사람이 죽고 나서야, 그 사람에 가졌던 원망과 회한의 감정에서 자유로워진 그였다. 더 이상 망가지기 전에 결단을 내려야 했다. 곁에 둔 채 의심하고, 절망하는 시간들이 길어지면 길어질수록 서로에게 상처만 주고 말 것이다. 지후는 자신의 마음을 정리했다. 미련이 남고 아플 것이다. 그러나 전부를 가질 수 없다면 깨끗이 포기하리라 생각하며 집으로 향했다.

불이 꺼진 아무도 없는 집을 생각했던 지후는 스스로 문을 열고 들어오며 좀 당황했다. 미정의 집에 있어야 할 현수가 주방에서 저녁을 준비하고 있었다. 아무 일도 없었다는 듯이 저녁을 차리는 현수를 보며 지후는 눈살을 찌푸렸다. 지후가 들어온 것을 알고 주방에서 나온 현수는 조금 전의 일은 잊은 척 태연스럽게 지후에게 물었다.

"저녁 먹어야지?"

지후는 눈을 치켜뜨며 현수를 노려봤다. 당혹스러운 표정을 감추지 않으며 현수의 의도에 전혀 휘말리지 않았다. 폭풍 전야 같은 고요한 눈빛은 유난히도 깊고 차갑게 보였다. 현수는 두려움에 몸이 떨려왔지만 애써 모르는 척 외면했다. 그가 어떤 눈으로 자신을 바라보든 현수는 물러설 생각이 없었다. 현수는 어떻게 해서든 이 가정을 지키고 싶었다.

"생각없어."

팔에 소름이 돋을 만큼 냉기가 흐르는 목소리였다. 더 이상 마주하고 있을 필요조차 없다는 듯 그는 현수를 문 앞에 세워둔 채 자신의 방으로 들어가 버렸다. 현수는 굳게 닫혀진 문을 노려보다 손잡이를 잡아 열었다. 어떤 계획 같은 것은 없었다. 다만 돌아서는 그의 등을 보고 싶지도 않았고, 오해를 풀어야만 했다.

지후는 씻으려는 듯 셔츠를 벗고 있었다. 벌어진 단추 사이로 탄력있는 그의 단단한 가슴이 현수의 시선을 잡았다. 입에 침이 고이기 시작했다. 무슨 말이든 해야 하는데, 입이 떨어지지 않았다. 현수의 따가운 시선을 느꼈을 텐데도 지후는 표정이 없었다. 셔츠를 벗어 던진 그는 바지 주머니에 손을 찔러 넣었다.

"뭘 원하는 거야?"

"어?"

"널 안아주길 원하는 거라면 사람 잘못 찾았어."

현수는 거친 숨을 몰아쉬었다. 말없이 그의 가슴만을 뜨겁게 바라보던 자신의 모습이 그에게 어떻게 보여줬을지 뻔했다. 현수는 얼굴이 후끈후끈 달아오르는 걸 느꼈다. 시선을 그의 발끝으로 옮겼다.

"지후야, 네가 지금 단단히 오해한 거야."

"내가 뭘 오해했다는 거지?"

"내가 아직도 석현 오빠를 사랑하고 있다고 생각하잖아."

"그럼 아니란 말야?"

지후의 눈빛은 전혀 변함이 없었다. 그저 싸늘함만이 맴돌 뿐 현수의 적극적인 해명에도 특별한 반응을 보이지 않은 채 남의 일을 이야기하듯 제삼자처럼 무심하다 못해 태평스럽기까지 했다. 현수는 자꾸 조바심이 생기려 했다. 현수는 자신의 사랑이 지후임을 전하고 싶었고, 그것을 지키고 싶었다.

"그래, 아냐."

"후, 그럼 내가 본 것은 뭐지? 결혼하고 나서도 여전히 그 남자와 함께했던 것들을 하나도 버리지 않고 모조리 간직하고 있었던 것은 무슨 이유지? 나로서는 감히 엄두도 못 낼 두 사람의 사랑이 느껴지던걸."

비웃는 듯 반문하는 그에게 현수는 변명만을 늘어놓아야 했다.

"그건, 아직까지 석현 오빠를 사랑하거나 못 잊어서 보관하고 있었던 게 아냐. 너한테 정말 미안하게 생각해. 결혼하면서 버리지 못했을 뿐이야."

"넌 나와 결혼했어. 다른 사람의 아내가 되었는데도 간직했던 물건들이야. 오해라구? 오해일 수 없다는 걸 누구보다도 잘 알아. 네가 결코 원해서 한 결혼이 아니었잖아. 보내줄게."

"보내주다니? 뭘? 나를 석현 오빠한테 보내주겠다는 거야? 내가 사랑하는 사람은 석현 오빠가 아니고 너야. 내 남편, 김지후 바로 너!! 그 물건들은 없애려고 꺼내놨던 거란 말야."

보내준다는 지후의 말에 놀란 현수는 다급하게 자신의 감정을 털어놨다. 격앙된 목소리가 작은 방에 울려 퍼졌다. 순간 두 사람 사이에 정적이 흘렀다.

지후는 현수의 입에서 쏟아져 나온 자신을 사랑한다는 말에 한동안 멍했다. 상상조차 못했던 현수의 사랑한다는 고백 앞에 심장이 팔딱거렸다. 이미 차갑게 식어버린 가슴에 뜨거운 불기가 다시 일어나는 것 같았다. 그러나 지후는 애써 자신의 감정을 외면했다. 그는 결코 순수한 사람이 아니었다. 사랑한다는 말 한마디에 흔들리는 지후는 지금 그 자리에 없었다. 사랑의 쓴맛을 알아버린 그였다.

"장현수, 네 사랑은 참 편리하구나. 언제나 이렇게 쉽게 바뀌나 보지? 너 어렸을 때 나 좋아한다, 사랑한다고 따라다녔지? 그리고 다시 만났을 때 뭐랬어? 사랑하는 사람이 있다고, 네 사랑은 그 녀석한테 다 줘버려서 나한테 줄 게 없다고 네 입으로 말하지 않았어? 너무 절절해서 보기가 민망할 정도였어. 그런데 지금 나를 사랑한다고? 방 안 가득 그 녀석과 보낸 추억의 사진들을 늘어놓고 나서 뒤돌아서서 내게 사랑한다고? 지금 그 말을 믿으라고 나한테 하는 거야? 미안하지만 난 전혀 못 믿겠어. 난 적어도 결혼해 살면서 네가 말하는 사랑은 없을지라도 서로 신뢰하고 있다고 생각했어. 그런데 지금은 전혀 널 믿을 수 없어. 빈말이라도 날 사랑해 줘서 고맙다."

현수의 힘든 고백을 지후는 믿을 수 없다는 말로 잘라 버렸다.

"지후야, 너 왜 이래? 나, 정말 너 사랑해. 다만 그걸 표현하지 못했을 뿐이야. 얼마나 힘들게 한 고백인데……. 부정할 거니?"

"후, 네 말을 믿을 수 있다면 좋겠다. 결혼 전에는 네가 누굴 사랑하든, 누구를 마음에 품든 상관없다고 생각했는데 그게 내 자만이라는 걸 알았거든. 다른 남자를 가슴에 안고 사는 여자와 산다는 게 별로 유쾌하지 않아. 너도 힘들겠지만 나도 힘들어. 빠른 시일 안에 서류 정리하자."

"뭐? 너, 지금 진심이야?"

헤어지자는 말이 이토록 빨리 나올 줄은 몰랐다. 현수는 당혹스럽고 놀란 감정을 얼굴에 적나라하게 드러냈다. 어떻게 그럴 수 있느냐는 원망 섞인 표정마저 스쳤다. 현수는 뚫어지게 지후를 노려봤다. 지후의 얼굴은 어떤 변화도 보이지 않았다. 그가 무슨 생각을 하는지 전혀 알 수 없었다. 그녀 혼자만이 감정을 절제하지 못하고 질질 흘리고 있을 뿐이었다.

"정말…… 진심이야? 네가 원하는 게 나와 헤어지는 거야?"

발음이 제대로 되지 않았다. 현수는 자신의 목소리가 자신의 것처럼 느껴지지 않았다. 지후가 화가 많이 났을 거라는 걸 예상했지만 결별까지 말할 줄은 몰랐다. 청천벽력과도 같은 소리였다. 사랑한다고 고백하는 그녀 앞에 헤어지자고 말하는 사람, 어떻게 받아들여야 하는가. 물을 필요도 없는 질문이었다.

"그래."

선명하고 또렷하게 그의 대답이 귓가에 울려 퍼졌다. 현수는 그 자리에 서 있을 수가 없었다. 금방이라도 휘청이며 쓰러질 것 같았다. 현수는 돌아섰다.

"현수야."

위태로워 보이는 현수 모습에 놀란 지후가 그녀의 이름을 불렀지만, 현수의 귀에는 들리지 않았다. 머리 속이 윙윙거렸다. 지후가 내뱉은 헤어짐에 관한 말들이 재생되고 있었다.

그의 말은 결코 홧김에 한 말이 아니었다. 말하는 동안 그는 무서울 정도로 감정을 드러내지 않고 차분했다. 견고하고 단단한 탈을 뒤집어쓴 것 같았다. 현수는 끝임을 느꼈다. 그녀의 고백은 시작이 아니라 끝이었다. 절망이 엄습했다. 또한 화도 났다. 나가려고 잡았던 문 손잡이를 내려놓으며 다시 돌아섰다. 지후는 못 박힌 듯 그 자리에 서서 그녀를 찌를 듯한 시선으로 바라보고 있었다.

"쉽게 말하는 사람은 내가 아니고 너야. 다신 물릴 수 없다고 말한 사람이 누구였지? 그게 내게만 해당되는 말이었니? 난 분명히 너와 나, 둘 다에게 해당되는 걸로 들었는데. 미안하지만, 난 헤어질 생각 없어. 네가 나한테 실망을 했더라도 어쩔 수 없어. 네 입으로 말했잖아, 내가 누구를 사랑하든 상관없다고! 네 마음이 지금에서야 바뀌었다고 해도 그건 네 몫이야. 나도 내 몫을 감수하고 있으니까."

지후는 뭔가 말하려는 듯 입을 들썩이다 말았다. 그리고 대답 대신 긴 한숨만을 내쉴 뿐이었다.

입술을 앙다문 현수는 문을 열고 거실로 나왔다. 집 안 가득

매캐한 냄새가 가득했다. 가스레인지에 올려놓았던 찌개가 그녀의 속마음처럼 새까맣게 탄 바닥을 드러내고 있었다. 현수는 까맣게 탄 냄비를 싱크대에 내려놓고 수도꼭지를 틀어 물을 채웠다.

'내 가슴도 물에 불려 쇠 수세미로 팍팍 문지르면 닦아지는 냄비처럼 시간과 노력이 더해진다면 원상 복귀가 될까? 냄비에 수세미 자국이 남듯이 내 가슴에도 생채기는 남겠지.'

눈물이 후두두 떨어졌다. 현수는 입술을 깨물며 손등으로 눈물을 훔쳤다. 현수는 수도꼭지를 잠그고 까맣게 타버린 냄비에서 돌아섰다. 그리고 방에 들어와 침대에 털썩 주저앉았다. 자신이 억지를 부리고 있다는 걸 현수는 알고 있었다. 그의 말과 약속이라는 핑계로 고집을 부렸지만, 지후와 헤어지고 싶지 않은 마음 때문이었다.

큰 침대가 덩그러니 그녀의 외로움을 더해주었다. 잠이 오지 않을 것 같았다. 그러나 침대에 머리가 닿자마자 잠이 들어버린 현수였다. 그러나 막상 이혼을 이야기한 지후는 한숨도 못 자고 뒤척이고 있었다. 자꾸만 현수의 사랑한다는 말이 메아리가 되어 그의 수면을 방해했다. 미궁 속에 빠진 기분이었다.

본격적인 휴가철이 시작되고 있었다. 무더위의 기승으로 연신 매스컴에서는 올 들어 최고 기온이라 떠들었지만 그들의 관계는 한겨울이었다. 지후는 자정이 넘어서야 들어오곤 했다. 현수는 침대에 누워 그가 귀가하는 소리를 들었지만 나와보지 않았다. 같은 공간에 살고 있긴 하되 얼굴을 좀처럼 마주할 수 없었다.

지후가 술을 마시지 않는 날보다 취해서 들어오는 날이 많다는 걸 알고 있었다. 아침이면 세탁감에서 진하게 풍겨지는 알코올 냄새는 코를 찔렀다. 차가운 침묵과 냉기류가 그들을 감싸고 있었다. 선뜻 누구도 다가가 문제를 해결해 볼 엄두조차 내지 못했다. 이미 그들에겐 타협이란 불가능해 보였다.

지후는 전혀 예상치 못한 미정의 방문을 받았다.

"어머님, 갑자기 연락도 없이 웬일이세요? 집에 무슨 일이라도……."

"아냐, 내가 김 서방 좀 따로 보고 싶어서. 바쁜데 내가 방해한 건가?"

"아뇨, 괜찮습니다. 앉으세요."

은희가 커피를 갖다 주고 나간 다음에도 미정은 좀처럼 입을 열지 못했다. 정말 하고 싶은 이야기는 빼놓은 채 주변의 이야기들만 빙빙 돌리는 미정을 눈치 챘지만 지후는 재촉하지 않았다.

"저, 김 서방."

"네."

"우리 현수가 많이 부족하지?"

"네? 아뇨."

"노력한다고 하니까, 최선을 다한다고 하니까 김 서방이 좀 너그러이 봐줘. 젊은 사람들은 어떻게 생각할지 모르지만 시간이 다 해결해 줄 거야. 지금은 철이 없어서 옛 남자한테 연연해하지만, 아이 하나 낳고 살다 보면 다 잊혀져."

지후는 아무런 대꾸조차 할 수 없었다. 현수의 헤어지지 않을 거라던, 사랑한다던 모든 말들이 마음이 아닌 그녀의 노력과 의지에서 나왔던 말로밖에 해석되지 않았다. 수심이 가득한 미정의 얼굴이 들어왔다. 커피 잔을 연신 매만지고 있는 미정이 얼마나 어렵게 자신을 찾아왔을지 예상되었다. 이토록 말을 찾기가 힘든 적이 없었다.

"염려를 끼쳐 드려 죄송합니다."

"아닐세. 내가 미안하지. 성급하게 결혼시키는 게 아니었는데……."

미정이 돌아가고 나서 지후는 아무 일도 하지 못했다.

냉전이 계속되는 동안, 조금씩 마음이 진정되고 있었다. 어쩌면 현수의 마음이 진심일지도 모른다는 생각도 들었다. 다시 없는 기회일 수도 있다는 생각마저 했다. 헛웃음이 나왔다.

전화기를 들었다.

"진서야, 오늘 술 한잔하자."

—또?

"싫어? 싫으면 말고."

—아냐. 마시자, 마셔!

커피숍이 보이자, 현수는 매무새를 위에서부터 아래로 쭉 한 번 훑어보았다. 먼지 하나라도 묻었나 연신 살피는 현수의 모습은 무척 불안해 보였다.

　미수의 전화를 받고 현수는 까무라칠 뻔했다. 전혀 예상치 못했던 전화였기에 놀랍고 당혹스러웠다. 약속 시간이 다 될 때까지 몇 벌의 옷을 갈아입고 공들여 화장을 했는지 모른다. 착착 감기는 듯한 매끄러운 목소리를 가진 미수의 전화를 받는 순간부터 현수의 머리 속은 복잡한 상념들로 가득했다.

　그러나 어느 것 하나 추려 물어보지 못한 채 미수와 약속을 하고 말았다. 어떻게 생겼는지, 왜 만나자고 하는지 모두 미지의 상태로 남겨둔 현수로서는 여간해서 신경이 쓰였다. 다만 분명한 것은 지후와 관련된 만남이라는 것이다. 그저 아는 동생 정도로 자신에 알려준 지후의 생각과 달리 전화기 너머로 들려오는 미수는 지후와의 친분 관계를 다분히 과시했다. 어떤 여자인지 궁금했다.

　커피숍 문을 열자 세련되고 모던한 느낌을 주는 흰색과 검정의 배열이 돋보이는 실내가 눈에 들어왔다. 또한 냉방 시설이 잘되어 차가운 공기가 시원하게 피부를 감쌌다. 현수는 실내를 둘러보았다. 미수라는 여자가 어떤 사람인지 호기심이 가득한 얼굴로 혼자 앉아 있는 여자들을 주의 깊게 살폈다. 그러나 그녀와 눈이 마주치기를 기다리기라도 한 듯 한 여자가 손을 들어 보였다.

　분명 낯이 익은 얼굴, 그녀는 영화배우 미수였다. 설마 지후의 아는 동생 미수가 영화배우 미수란 말인가. 현수는 혼란스러운 표정을 감추지 않은 채 미수에게 다가갔다.

"현수 씨죠? 전 진미수예요."

"네, 안녕하세요? 장현수예요."

"놀란 얼굴이시네요."

"네? 네. 영화배우 미수 씨 맞죠?"

미수의 얼굴이 묘하게 변했다.

"오빠가 제 얘기 안 하던가요?"

"아뇨, 했는데 영화배우라는 소리는 못 들었어요."

현수는 머뭇거리며 미수와 마주 보고 앉았다.

"아, 오빠한테는 제가 미수이지, 영화배우인 건 별로 중요하지 않을 테니까요."

"네."

직접 만난 미수는 스크린과 텔레비전을 통해서 보아왔던 자신감과 당당함으로 여전히 빛을 발했다.

"어떤 분인지 궁금했어요."

"그래요?"

자신만큼 궁금했을까? 두 눈을 크게 뜨고 똑바로 자신을 주시하는 미수의 눈빛에 주눅이 드는 느낌이었다. 지후의 아내인 그녀보다 그에 대해 더 많이 알고 무한한 친밀감과 애정을 가진 듯한 태도 때문이었다. 현수는 미수에 대한 어떤 입장 정리도 하지 못한 채 난감한 표정으로 대꾸했다. 그러나 미수의 입가에 서린 미소는 결코 호의적으로 느껴지지 않았다. 비웃음이 옅게 깔린 듯했다.

"네. 어떤 사람이기에 두 남자를 손에 쥐고 휘두르나 궁금했어요."

"네?"

"재밌어요?"

"지금 무슨 말씀 하시는 거죠?"

눈을 동그랗게 뜨며 현수는 되물었다. 자신에 대해 좋은 감정을 가졌다고 보지는 않았지만 대놓고 비아냥거릴 거라고는 미처 생각지 못해 당황함은 그만큼 컸다.

"전혀 모른다는 얼굴이네요. 아니면 알고도 모르는 척하는 건가요?"

"이봐요, 미수 씨! 뭘 잘못 알고 찾아온 것 같은데, 초면에 말투가 기분 나쁘네요. 내가 미수 씨한테 이상한 소리나 듣고 앉아 있어야 할 이유라도 있나요?"

현수도 무례한 미수의 말투에 그만 발끈하고 말았다. 두 남자라 하면 지후와 석현인 듯했으나 현수는 추호도 다른 사람에게 이상한 소리를 들을 만한 행동을 한 적이 없었다.

"이상한 소리요? 지후 오빠와 석현 씨, 멀쩡한 두 남자가 당신을 두고 으르렁거리는 걸 눈으로 확인한 사람이에요."

"네?"

"전혀 모른다는 식의 얼굴은 좀 가증스럽다고 생각지 않아요? 당신이 확실한 태도를 취했더라면 그런 일 같은 건 없겠죠. 당신 솔직한 속내가 뭐예요? 양손에 쥐고 저울질하는 거예요?"

"지후랑 석현 오빠가 만났다는 말인가요?"

"그래요. 웃기지도 않더군요. 당신 사진을 보던 지후 오빠의 표정을 봤어야 하는데."

"……."

자신도 모르게 신음 소리가 배어 나왔다. 지후와 석현의 만남은 상상조차 못했다. 두 사람 사이에 어떤 대화들이 오갔을지 짐작조차 할 수 없었다. 아득하게 멀어져 가는 지후의 모습이 뇌리를 스쳤다.

"미수 씨가 오해한 거예요. 어떻게 두 사람을 놓고 저울질한다는 생각을 할 수 있는지 모르겠네요."

"오해라, 결혼한 여자가 과거의 남자를 만나는 게 오해인가 보죠. 뻔히 당신을 잊지 못하고 있다는 걸 알면서도요. 왜 지후 오빠랑 결혼했어요? 오빠가 그렇게 우스워 보였어요?"

단단히 벼르고 나온 듯 그녀를 죄인 취급하는 미수를 보며 현수 역시 화가 치밀었다. 누구보다 지후를 아끼고, 사랑하는 사람은 그녀였다. 그런데 자신보다 지후를 더 생각하는 듯한 미수의 태도는 상당히 거슬렸다.

"제가 미수 씨한테 해명해야 할 이유라도 있나요? 그건 지후와 나만의 문제예요."

"아주 간단하네요. 미안하지만 난 할 말은 해야겠어요. 지후 오빠, 내가 아끼고 사랑하는 사람이에요. 오빠가 원한다면 애인도 되어줄 수 있어요."

"네?"

현수는 미수의 말을 한동안 이해하지 못해 눈만 깜박거렸다. 애인도 되어줄 수 있다?! 결국 사랑한다는 말인가.

"그만큼 소중한 사람이라는 뜻이에요. 당신의 손에 놀아날 만큼 하찮은 사람 아니에요. 원하는 사람이 누구예요? 지후 오빠예요, 석현 씨예요? 누구든 상관없지만 이런 식으로 사람 우롱하지 마요."

현수는 할 말을 잃고 미수를 주시했다.

지후에게 미수는 어떤 존재일까. 그녀에게 밝히고 싶어하지 않던 미수와의 관계를 어떻게 받아들여만 하는 걸까. 미수를 만나고 들어오던 날 밤, 그는 결혼을 후회한다고 말했다. 벼랑 끝으로 내몰린 기분이었다. 그녀의 얼토당토아니한 고집으로 붙잡고 있던 지후와의 끈이 뚝 끊어지는 기분이었다. 포기해야만 하는 걸까. 격앙되었던 현수의 음성은 착 가라앉아 있었다.

"지후가 나 만나는 거 알아요?"

"아뇨. 말할 필요를 느끼지 못했어요. 오빠는 자신의 일에 누가 간섭하는 거 용납할 사람도 아니고요."

"지후를 잘 아나 봐요."

"그래요. 어려서부터 같이 자랐으니까, 저만큼 오빠를 이해하는 사람도 없을 거예요."

"그렇군요."

얼굴 가득 도도함이 느껴지는 미수를 보며 자조하듯 현수는 중얼거렸다.

"난 오빠가 행복해지길 바라는 사람이에요."

"나 때문에 행복하지 않다는 소리로 들리네요."

"그럼 당신 눈엔 오빠가 행복해 보이던가요?"

현수는 궁지에 몰린 고양이 앞의 쥐처럼 더 이상 어떤 대꾸도 할 수 없었다. 그녀를 바라보는 지후의 표정은 결코 행복한 얼굴이 아니었다. 석현과 만났다니, 지후로서는 감당하기 힘든 일인지도 모른다. 그녀의 수만 마디의 사랑한다는 말조차 받아들이지 못하는 게 당연한 건지도 모른다. 욕심을 부리는 건 그녀였다. 소유욕 강하고 자존심 강한 지후는 그녀를 인정하기 힘들 것이다. 왜 그걸 미수라는 여자를 마주하고 있는 지금 깨닫게 되는 것일까.

"나도 지후가 행복하길 바라요."

미수의 눈꼬리가 올라갔다. 현수는 미수와 더 마주 앉아 있기가 거북했다. 자신의 한계를 여실히 드러낸 채 추궁을 받는 것은 더 못할 일이었다.

"이만 일어날게요. 당신이 무슨 말 하는지 잘 알았어요."

현수가 일어나자 미수는 당혹스러운 얼굴로 따라 일어났다. 잘 알았다는 말의 의미를 어떤 식으로 해석해야 할지 난감했다. 지후와 잘살겠다는 건지, 아니면 깨끗이 정리하고 석현과 시작하겠다는 건지 종잡을 수 없었기 때문이다.

"이봐요!"

현수를 불렀지만 이미 커피숍을 나간 후였다. 미수는 망연자실한 채 다시 의자에 앉았다. 문득 벌집을 건드린 게 아닌가 하는 생각이 들었다. 그녀가 원하는 건 가정을 소중히 지키라는 거였다. 그런데 언뜻 스친 현수의 표정은 전혀 다른 의미가 내포된 듯해 불안해지기 시작했다. 설마……. 미수는 입술을 깨물며 다급하게 핸드폰을 찾았다. 그러나 지후는 이미 퇴근했고, 핸드폰도 연락이 되지 않았다.

도망치듯 집으로 돌아온 현수는 자신의 마음을 종잡을 수 없어 서성였다. 우린 지금 행복하지 않다. 그녀로 인해 지후가 행복하지 않다는 듯한 미수의 말이 현수를 괴롭혔다. 누구보다도 그가 행복하길 바라는 사람은 그녀였다.

지후는 들어오지 않을는지 밤이 깊어가는데도 소식이 없었다. 이런 날을 대책없이 계속할 수는 없는 일이었다. 이미 다른 곳을 바라보기 시작한 그들이었다. 서로가 함께 공유하고, 누리고 싶었던 개념들은 깨어진 지 오래였다. 그 잘못이 누구인지 잘잘못을 떠나 더 이상 서로를 바라보지 않는다는 것이다. 조만간 어떤 결론이든 내려야 했다.

자신의 방으로 들어가려는데 초인종이 울렸다. 현수는 놀라며 현관으로 향했다. 지후는 벨을 누르지 않는다. 스스로 문을 열고 들어온다는 걸 알기에 늦은 시간, 그녀의 집을 찾은 방문자에 대한 경계를 하지 않을 수 없었다.

"현수 씨!"

진서의 목소리에 놀라 문을 열자, 술에 만취에 진서의 등에 업혀 있는 지후를 봤다. 진서가 지후를 어디에 눕혀야 할지 주위를 두리번거리는 기색이 역력하자 현수는 다급하게 방문을 열었다.

"이쪽이요."

침대에 지후를 눕히고 나오는 진서에게 현수는 미안한 표정을 지으며 말했다.

"시원한 것 한 잔 드시고 가세요."

"네."

현수가 주스 한 잔을 가지고 나올 때까지 진서는 엉거주춤 서서 집 안을 둘러보고 있었다.

"앉으세요."

"네."

소파에 앉은 진서는 주스 잔을 단숨에 비웠다. 지후를 사이에 두고 낯이 익기는 했지만, 개인적으로 친한 관계는 아니었다. 결혼식과 사무실에서 두세 번 본 게 전부인 현수는 딱히 할 말을 찾지 못했다.

"저, 현수 씨."

"네."

"지후를 안 지 꽤 오래됐는데, 요즘처럼 힘들어하는 모습 처음 봐요. 원래 자기 얘기 잘 안 하는 녀석이라 무슨 일이 있는지 잘 모르겠지만 현수 씨가 좀 봐주세요. 그렇지 않아도 힘들게 살아온 친구예요. 이제는 좀 웃고 사는 걸 봤으면 좋겠습니다."

"네."

현수는 입가 근육이 마비된 듯 잘 움직여지지 않았지만 웃으려 애썼다.

진서를 배웅하고 거실로 돌아온 현수는 소파에 털썩 주저앉았다. 모든 불행의 원인은 자신인 것처럼 느껴졌다. 술에 취하지 않으면 안 될 만큼 힘들어하는 지후의 모습을 언제까지 지켜 봐야 할까. 무거운 돌덩이가 가슴을 짓누르는 것 같았다.

현수는 방으로 들어와 잠들어 있는 지후를 내려다봤다. 고른 숨소리와 알코올 냄새가 방 안을 가득 메웠다. 현수는 조심스럽게 침대 구석에 걸터앉아 지후의 양말을 벗겨냈다. 불편해 보이는 양복 바지와 와이셔츠마저 벗겨주고 싶었지만 깊이 잠들어 있는 그를 깰 것 같아 그만두었다.

머리가 좀 긴 듯했다. 지저분한 것을 견디지 못하고 미용실로 달려가는 그가 잊은 듯하다. 짙은 눈썹과 감긴 눈을 따라 오뚝한 코와 두툼한 입술까지, 윤곽이 굵은 지후의 얼굴은 잠이 들어서까지 남자다웠다. 어려서는 자존심 강한 소년 지후에게 반했던 것 같다. 그리고 지금은 왜 지후를 다시 사랑하게 되었는지 현수는 알지 못한다. 다만 영원히 함께이고 싶다. 고작 그녀만의 바람에 지나지 않을지라도.

그러나 현수는 자신의 마음을 접었다. 더 이상 그녀로 힘들어하는 지후의 모습을 보고 싶지 않았다. 지후의 행복을 바라는 사람들, 자신뿐일 거라는 착각은 벗어던져야 했다. 결코 지후는 혼자가 아니었다. 늘 외로운 독불장군처럼 혼자이던 소년 지후는 더 이상 존재하지 않았다. 그녀의 존재가 아주 하찮게 느껴졌다. 마지막이라 생각하며 그의 옆에 몸을 눕혔다. 그러나 잠들 수 없었다.

눈을 뜬 지후는 한동안 정신을 차리지 못하고 천장만을 바라봤다. 눈에 익은 벽지와 커튼, 가구들. 지후는 벌떡 일어나 앉았다. 이불을 걷어내자 어제 입었던 옷 그대로인 자신의 모습이 눈에 들어왔다.

술에 취해 이 방에 들어와 쓰러져 잔 게 분명했다. 그렇다면 현수는? 현수의 모습은 보이지 않았다. 침대에서 내려와 바닥에 발을 딛고 섰지만 숙취 탓인지 제대로 서 있을 수가 없었다. 다시 침대에 걸터앉아 양손으로 머리를 감쌌다.

노크 소리와 함께 문이 열렸다. 상큼한 향이 방 안으로 밀려 들어 왔다.

"마셔."

현수가 꿀물을 내밀었다. 지후는 눈을 치켜뜰 뿐 현수가 내민 꿀물을 받아 들지 못했다.

"씻고 나와."

현수는 꿀물이 담긴 컵을 테이블 위에 내려놓고 나갔다. 문이 닫히고 나서도 지후는 멍한 머리를 움켜쥔 채 한동안 머리를 숙이고 있었다. 어제, 얼마나 마셨는지 기억조차 나지 않았다. 나중에는 진서에게 횡설수설 떠들기까지 했던 것 같은데 벌써부터 후회가 물밀듯이 밀려왔다.

지후는 긴 한숨을 내쉬며 일어서 욕실로 향했다. 몇 걸음 옮기던 그는 돌아섰다. 그리고 현수가 놓고 나간 꿀물을 단숨에 비웠다. 시원한 꿀물이 목구멍을 타고 위로 내려가는 게 느껴졌다. 요동을 치던 속이 조금 진정이 되는 것 같았다.

차가운 물에 샤워를 한 지후는 출근할 준비를 하고 거실로 나왔다. 아침을 준비하는지 현수는 부엌에서 분주하게 움직이고 있었다. 하지만 아침 생각이 전혀 없는 지후였다.

"아침 준비할 필요 없어. 갈게."

"지후야."

돌아서려던 지후는 현수의 부름에 멈칫했다.

"왜?"

"잠깐 얘기 좀 하자. 앉아."

지후는 마지못해 식탁 의자에 앉았다.

"해장국 끓였어. 입맛 없어도 몇 숟가락만 떠. 그리고 나서 얘기하자."

지후는 선뜻 거절할 수가 없었다. 현수의 차분하게 가라앉은 눈빛이 예사롭게 느껴지지 않았다.

콩나물국은 시원했다. 밥을 먹지 않겠다던 지후는 밥그릇을 깨끗이 비웠다. 그러나 현수는 밥그릇에 밥알만 세고 있었다.

"나 출근해야 해."

"알아. 오래 붙잡지 않을 거야."

그러나 현수는 쉽게 말을 꺼내지 못하고 망설이는 듯했다.

"음…… 너 원하는 대로 할게."

"뭐?"

놀란 눈으로 되묻는 지후에게 현수는 씁쓸한 미소를 지으며 대답했다.

"헤어져 준다고."

지후는 할 말을 잃고 그저 현수만을 바라봤다.

이별은 소리없이… 273

"부모님한테는 서류 정리될 때까지 비밀로 하자. 당분간 선주한테 가 있을게."

지후의 시선을 피한 채 식탁만을 내려다보며 현수는 할 말을 끝까지 했다. 지후의 대답을 기다리는 일밖에 남지 않았다. 그러나 지후는 침묵할 뿐이었다. 침묵이 길어질수록 현수는 지후가 그녀의 의사를 받아들인 것으로밖에 해석되지 않았다. 더 이상 참지 못한 현수는 일어섰다.

"늦었다며, 출근해야지."

아침부터 내내 같은 얼굴을 하던 지후는 묵묵히 일어났다. 끝내 한마디도 하지 않은 채 현관을 나가 버렸다. 이미 예상했음에도 그의 뒷모습을 바라보는 현수는 씁쓸함을 감추지 못했다.

눈이 시큰거렸다. 현수는 억지로 돌아섰다. 그리고 입술을 꾹 다물었다. 울음을 터뜨리고 싶지 않았다. 너무나 쉬운 이별이었다. 아쉬워하는 사람도, 붙잡는 사람도, 그 흔한 행복하라는 말 한마디 없이 서로에게 안녕을 고한 아침이었다.

"오빠!"

여행용 가방을 들고 나오던 현수는 차체에 기댄 채 서 있는 석현을 보고 놀랐다. 놀라기는 석현도 마찬가지인지 당황해하는 기색이 역력했다.

현수는 지후가 출근한 후, 뒷정리를 하고 간단하게 짐을 싸서 나오는 길이었다. 다행히 선주가 여분으로 줬던 오피스텔 키가 있었다.

"어디 가니?"

가방을 본 석현이 물었다.

"어? 어."

현수는 어색한 미소를 지으며 얼버무렸다.

"근데 오빠 여긴 웬일이야?"

"아, 지나가는 길에 잠깐 들렀어. 너 이 근방에 산다는 얘기 들었거든."

"전화라도 하지. 마냥 여기 서 있을 참이었어?"

석현은 쉽게 대답을 하지 못했다. 현수를 만난 이후로 자주 이곳을 서성였던 그였다.

"운이 좋을 줄 알았나 보지. 연락하지 않아도 널 척 만나잖아."

"오빠는……."

석현의 지나가는 길이라는 말을 현수는 믿지 않았다. 그러나 겉으로 내색하지 않았다. 모른 척하고 싶었다. 아니, 그녀에 대한 석현의 감정을 외면하고 싶었는지도 모른다. 그러나 뭔가를 기대하는 듯 자신의 여행용 가방을 내려다보고 있는 석현을 보자 현수는 입술을 지그시 물었다. 외면하는 것만으로 정리되리라 생각하는 건 그녀만의 바람이었다. 정확하게 전해야만 했다. 무엇보다 미련을 버리지 못하는 석현을 위해 필요한 일이었다. 그를 아프게 할지언정 그녀의 마음을 전하지 않으면 안 되었다.

"현수야."

"응."

"행복하니?"

"응? 어. 그럼, 행복하지."

갑작스런 질문에 당황한 현수였지만, 어색하게 웃으며 행복하다고 말했다. 그러나 그녀의 의도와는 달리 어딘지 모르게 어설프게 들리는 대답이었다. 그것을 석현이 놓칠 리가 없었다.

"저기 오빠."

"그런데 왜……. 난 자꾸 내게 기회가 있는 것처럼 느껴질까? 왜 네가 행복해 보이지 않을까?"

그녀보다 석현이 더 빨랐다. 이런 우연한 만남조차 부담스럽다는 말을 먼저 하려던 현수는 끝을 맺지 못하고 입을 다물었다. 현수는 발끝으로 바닥을 톡톡 치며 힘겹게 속삭였다.

"이젠 오빠를 사랑하지 않아."

"뭐?"

믿을 수 없는 건지, 너무 작은 소리라 듣지 못했는지 모르겠지만 석현은 되물었다. 현수는 잠시 머뭇거렸지만 하던 동작을 멈추고 석현을 바라봤다.

"오래전엔 오빠를 참 많이 사랑했어. 그래서 많이 기다렸고. 대답없는 메아리를 기다리며 뜨거운 뙤약볕과 거친 바람, 비 앞에서도 버텨보려고 안간힘을 썼어. 하지만 메아리는 돌아오지 않았어."

"현수야, 난 돌아왔어. 그리고 네게 시간이 필요하다면 얼마든지 기다릴 수 있어. 네가 날 기다린 시간만큼, 아니, 더한 시간이라도 널 기다릴 수 있어."

석현의 간절함이 묻어나는 음성에 현수는 안타까웠다. 아련한 눈빛으로 자신을 바라보고 있는 석현을 보며 마음을 굳게 먹었다. 그리고 고해성사를 하듯 과거와 현재의 감정들을 털어놓았다.

"지쳐 서 있을 수가 없는데 그 사람이 날 업고 산을 내려왔어. 난 편안하게 그의 등에 기댔지. 너무 힘들었으니까, 지쳤으니까. 그런데 지금 오빠의 메아리가 들려와. 이미 내가 산을 내려가 버린 후에 말야. 난 이제 오빠의 외침에 답해줄 수 없어. 왜냐하면 난 그 사람을 사랑하거든. 오빠, 미안해요."

남편을 사랑한다고 말하는 현수의 눈은 물기로 젖어 있었다. 석현은 씁쓸한 미소를 지을 수밖에 없었다. 이미 결과를 알고 있었다. 그래서 더 선뜻 다가서지 못하고 주변을 맴돌았던 것 같다. 조금의 빈틈이라도, 자신에 대한 조금의 미련이라도 남아 있다면 결코 놓치지 않으려고 했는데 현수의 모습은 너무 의연했다.

"그런데 왜 잘 웃지 않니? 행복하면 마구 웃어야지. 너 예전에 얼굴 가득 미소를 담고 다녔잖아."

"오빠, 정말 몰라서 묻는 거야?"

현수의 대꾸에 석현은 이마를 찡그렸다.

"그렇구나, 그렇구나."

뒤늦은 깨달음을 얻기라도 한 듯 같은 말을 반복하던 석현은 허탈한 표정을 지었다.

"나, 바보 같지?"

"아냐. 그저 오빠한테 미안할 뿐이지."

"네가 미안해할 필요 없어. 너무 늦게 돌아온 내가 미안하지. 많이 부담스러웠겠다."

"오빠."

"타. 어디까지 가는지 모르겠지만 태워다 줄게."

석현은 현수의 손에 들렸던 가방을 빼앗아 들며 말했다. 현수는 당황한 나머지 어쩔 줄 몰라 난처한 표정을 지을 수밖에 없었다.

검은 승용차 한 대가 빌라 단지에 들어서다 요란한 굉음을 내며 방향을 꺾어 나가고 있었다. 그러나 현수는 전혀 의식하지 못했다. 그저 석현에게 무슨 말을 해야 할지 고민하느라 머리에 쥐가 날 정도였으므로 브레이크 밟는 소리 같은 건 들리지도 않았다. 현수의 망설임이 길어지자 석현의 눈꼬리가 올라갔다.

"왜?"

"저기, 저기…… 데리러 오기로 했거든."

"아……."

석현은 가방을 내려놓았다. 현수는 힘겹게 머리를 짜냈다.

"어머님이 아프셔서 며칠 가 있으려고. 곧 올 텐데……."

현수는 괜히 텅 빈 빌라 단지 입구 쪽을 바라봤다.

"이만 사라지는 게 널 돕는 거겠구나."

"오빠."

"갈게. 만약에, 만약에 말야. 그런 일이 없겠지만 혹시라도 내가 필요하면 연락 줘. 나한테는 시간이 더 필요할 거 같다. 행복하라는 말은 조금 더, 조금만 더 시간이 지난 다음에 할게."

현수는 말없이 고개를 끄덕였다. 석현이 차에 몸을 싣고 사라질 때까지 그 자리에 발끝으로 바닥을 톡톡 치며 서 있었다.

빌라를 빠져나온 석현은 방향도 알지 못한 채 무작정 차를 몰았다. 일자로 다문 입술과 굳은 얼굴 위로 한줄기 눈물이 흘러내렸다. 그의 사랑이 다 했다. 이미 오래전, 그가 그녀의 손을 놓았을 때 이미 사랑은 끝이 난 건지도 모른다. 다만 그것을 몰랐을 뿐.

떠나는 자는 알지 못한다, 남아 있는 자의 아픔을. 석현은 비로소 그것을 느끼고 있었다.

지후는 거의 제정신이 아니었다. 술기운이 가시지 않은 그에게는 모든 게 꿈속에서 일어난 일만 같았다. 도저히 현실로 받아들여지지 않았다. 넋을 잃고 무작정 집을 빠져나왔다. 어떻게 사무실까지 출근했는지조차 모를 정도였다. 이미 각오한 일임에도 충격은 그 이상이었다. 그를 비난하며 거부하던 현수가 어떤 이유로 마음을 돌렸는지 궁금했다.

후련함이나 안도감이 아니라 그의 살점이 떨어져 나가는 듯 아팠다. 그녀의 부인에 안도하고 있었나 보다. 현수의 마음이 자신이 아닌 다른 사람을 향해 있다는 것에 대해 괴로웠다. 그럼에도 자신의 곁에 머무르고 있다는 것에 기대를 가졌다. 그러나 모든 게 끝이 난 것 같다.

지후는 일을 할 수가 없었다. 일은커녕 가만히 앉아 있을 수조차 없었다. 사무실 안을 정신없이 서성였다. 초조함으로 입술이 바짝 말랐다. 마지막이었다. 다시는 현수와 함께하는 삶을 꿈꿀 수 없다는 생각이 들자 지후는 생각이고 뭐고 할 겨를이 없었다. 무작정 사무실을 뛰쳐나왔다.

놀란 얼굴의 진서가 은희를 향해 무슨 일이 있느냐는 듯 눈꼬리를 올렸지만 은희 역시 어깨만 으쓱할 뿐이었다. 그도 그럴 것이 사무실에 출근하자마자 방에 꼭 박혀 머리만 싸매고 있던 지후였다. 운전하는 손놀림이 둔했다. 이미 떠나 버렸을지도 모른다는 불안감이 그의 전신을 휘감았다.

무서운 속도로 신호, 속도를 다 위반한 채 달려온 지후는 급하게 빌라 단지로 들어섰다. 마음이 급했다. 현수를 만나 얘기를 해봐야 했다. 그녀의 진심이 뭔지 물어야 했다. 아니, 그녀의 진심이 뭐든 상관없다. 미정의 말처럼 최선을 다하고자 한 말이었다 할지라도 현수가 떠날 의사가 없다면 그것만으로 족하다.

그러나 지후의 바람은 무위로 끝나고 말았다. 빌라 단지로 급하게 들어서던 지후는 빌라 입구에서 석현과 현수가 함께 있는 걸 보고 말았다. 의미를 알 수 없는 신음 소리가 절로 나왔다. 석현이 현수의 여행용 가방을 받아 드는 모습이 보였다. 쓴물이 넘어왔다. 핸들을 쥔 손이 바르르 떨렸다. 당장 달려나가 석현의 멱살을 잡고 주먹을 휘두르고 싶은 욕구가 해일처럼 밀려왔다.

그러나 손잡이로 향했던 손을 힘겹게 떼어냈다. 손톱이 손바닥을 찌르도록 말아 쥔 주먹으로 차 유리창만 내려쳤다. 이를 악물었다. 패배감이 그의 전신을 휘감았다. 초라한 자신의 모습 때문에 화가 나고 미칠 것만 같았다. 현수를 가지고 싶었던 만큼 미워하게 될 것 같다. 이런 기분을 맛보게 한 현수를 용서할 수 없을 것 같았다.

지후는 차 방향을 돌려 빌라를 빠져나왔다. 그리고 가차없이 현수라는 여자를 마음에서 지워 버렸다. 불가능한 일이라는 없다. 다소 힘이 들겠지만 충분히 가능하리라 생각했다.

12... 새로운 인연

**선**주의 오피스텔로 옮긴 지 일주일, 뒤늦게 여행에서 돌아온 선주는 현수를 보고 기함을 했다. 믿기지 않는다는 얼굴로 그녀를 닦달했다.

"도대체 무슨 일이야?"

"아무 일도 아냐."

"아무 일도 아닌데 네가 짐을 싸가지고 집을 나와? 부모님도 아는 일이야?"

"아니, 정리되면 말씀드려야지."

정리라는 말을 쉽게 내뱉는 현수를 보며 선주의 표정은 급속도로 굳어졌다. 그리고 여행 가방도 풀지 않은 채 바닥에 던져

놓고 소파에 털썩 주저앉았다.

"그 정도로 안 좋은 거야? 누가 문제야? 너 올라간다고 지후 씨랑 통화했을 때만 해도 네 걱정 많이 하는 것 같아 별로 걱정하지 않았는데, 이게 웬일이니?"

"내가 문제야."

"왜? 너 지후 씨 좋아하잖아."

선뜻 대답이 없는 현수를 선주는 재촉했다.

"왜?"

그러나 현수는 씁쓸한 표정만 지을 뿐이었다.

"장현수, 내가 너한테 어떤 감정 가지고 있는지 알지? 죄책감에 시달리게 만들 생각이라면 입 다물어. 그렇지만 아니라면 내 행동에 합리적인 타당성을 부여할 수 있는 말을 해줘. 적어도 친구라면 그 정도는 할 수 있지?"

"너 때문이 아니라는 건 분명하니까 괜히 죄책감이니, 후회니 그런 말 할 필요 없어. 다만, 나로 인해 행복하지 않는 지후 모습을 보고 싶지 않을 뿐이야. 헤어지고 싶다는 사람 붙잡으며, 괴롭힐 이유 없잖아."

"지후 씨가 헤어지자고 해?"

"응."

"말도 안 돼. 결혼하자고 할 때는 언제고, 이제 와서 헤어지자니 그게 말이나 되는 소리야? 얼마나 살았다고? 너희 결혼한 지 육 개월도 안 됐어. 그거 알아?"

"석현 오빠를 만난 거 같아."

"이런!"

소파에 앉아 있던 선주는 벌떡 일어나 풀리지 않는 수수께끼로 고민하는 사람처럼 서성였다.

"현수야, 지후 씨는 네가 잡아주길 바라고 그러는지도 몰라."

"선주야, 그만 하자. 나도 이제 더 이상 짝사랑은 안 할 거야. 누군가에게 매달리는 일, 이젠 지겹다."

강한 척 대꾸하는 현수의 얼굴엔 핏기가 전혀 없었다. 담담하게 받아들인 듯 행동했지만, 며칠 잠을 못 잔 사람처럼 휑한 눈과 푸석푸석한 피부는 그녀가 얼마나 마음 고생이 심한지를 여실히 보여주고 있었다. 선주는 더 이상 말꼬리를 붙잡고 늘어지지 않았다. 자신이 보태주지 않아도 충분히 힘들어 보였다.

"밥은?"

"별로 입맛이 없어."

"입맛이 없어도 먹어야지. 지금 네 얼굴이 사람 얼굴인 줄 아니?"

선주는 부엌으로 가 냉장고와 밥통을 뒤졌다. 그러나 마땅히 저녁을 대신할 찬거리가 보이지 않았다. 분명히 현수가 집에 와 있다면 반찬들이 넘쳐야 할 냉장고임에도 텅텅 비었다는 건 현수가 전혀 식사를 챙겨 먹지 않았다는 것이다.

석현과 헤어진 후, 며칠 동안 앓아 누웠던 현수가 떠올라 선주는 심장이 덜컥 내려앉는 것 같았다. 설마 이번에도 그런 불상사가 일어난다면 자신을 용서할 수 없을 것 같았다.

"잠깐만 기다려. 내가 밥하고 김치찌개 끓일게."

선주의 말이 떨어지자마자 현수는 부리나케 화장실로 뛰어갔다. 놀라 따라간 선주는 화장실 변기에 대고 헛구역질을 해대는 현수를 보고 얼굴이 새파랗게 질렸다.

"당장 일어나. 응급실 가자."

"뭐?"

"너, 지금 정상 아니야. 된통 앓아 눕기 전에 응급실 가서 링거라도 맞자."

"아냐, 점심에 햄버거 먹었던 게 안 좋았나 봐."

그러나 현수는 선주가 없는 솜씨, 있는 솜씨 다 부려가며 만든 저녁을 한 숟가락도 뜨지 못한 채 환자처럼 허옇게 뜬 얼굴을 하고 누워버렸다.

"안 되겠다. 오늘은 자고 내일은 나랑 병원 가자."

현수는 아무런 대꾸도 하지 않았다. 몸이 자신의 것처럼 느껴지지 않았다.

다음날, 아침부터 선주는 눈을 부릅뜨고 현수를 앞장세웠다. 근처의 내과에 들른 현수와 선주는 나이가 지긋한 내과 의사에게 상태를 설명했다. 몇 가지 질문을 더한 노의사는 현수의 손에 끼워진 반지를 바라보며 부드러운 미소를 지었다.

"병원을 잘못 찾아오신 것 같네요. 산부인과를 가셨어야죠."

"네?"

"보아하니 소화 불량이나 식중독은 아닌 것 같습니다. 내시경을 해볼 수도 있는데, 제가 보기엔 위에 문제가 있다기보다는

새로운 인연 285

임신이지 않을까 싶군요. 생리는 언제 하셨어요?"

현수는 당황한 나머지 언제 했었는지 떠오르지 않았다. 가물가물한 기억을 되새겨 봤지만 불규칙한 생리는 들쭉날쭉인 탓에 날짜를 기억하는 게 힘들었다.

"불규칙적이라서요."

"우선 그럼 산부인과에 가서 검진받아 보고, 이상없다고 하면 정밀 검사를 해보기로 합시다."

"네."

놀람과 당황함으로 일그러진 얼굴을 하고 나온 현수와 선주는 할 말을 잃고 한동안 멍해 있었다. 정신을 차린 건 선주가 먼저였다.

"가자. 나온 김에 들러서 확실히 알고 가자."

선주는 현수의 손을 잡아끌었다. 그리고 아는 선배가 운영한다는 산부인과까지 현수를 데리고 왔다.

현수는 접수를 하고 대기실에서 기다리는 시간이 무척 길게 느껴졌다. 긴장한 탓인지 가파르게 뛰는 자신의 심장 소리가 들리는 것만 같았다. 처음 와보는 산부인과도, 지금 자신이 처한 현실도 그녀로서는 무척 버거웠다. 그나마 옆에 있어준 선주가 고마웠다.

"신문 볼래?"

선주가 바짝 긴장한 듯한 현수에게 스포츠 신문을 건넸다. 무심코 받아 든 현수는 연예면 1면을 장식한 미수의 기사에 눈이 저절로 움직였다. '영화배우 미수, 공개적으로 짝사랑 시인' 이라는 타이틀과 함께 인터뷰 글이 실려 있었다.

〈미수는 최근 자신의 홈페이지에 사랑에 관한 글을 수차례 올려 연애를 하는 게 아니냐는 의문을 팬들과 관계자들로부터 받아왔다. 그러나 침묵으로 일관하던 미수는 영화 촬영장에서 만난 S신문 기자의 남자 친구에 대한 질문에 잠시 머뭇거렸지만 수줍은 듯 미소를 지으며 짝사랑하는 남자가 있다라고 말해 충격을 안겼다. 연예계에서 맺고 끊음이 확실하기로 소문난 미수의 의외의 고백에 놀라며 상대 남에 대해 물었지만 누군지를 밝히지 않으며 조만간 그 남자도 자신을 사랑하게 되리라 확신한다며 기다려 달라는 말만을 남겼다. 미수의 사랑을 차지한 사람이 누군인지 뜨거운 관심사가 되고 있으며 벌써부터 미수의 홈페이지는 팬들의 격려의 글이 쇄도하고 있다.〉

열심히 신문을 들여다보는 현수의 눈길에 선주도 호기심을 일으키며 신문을 들여다봤다.

"아, 미수? 난 얘 맘에 들더라. 내숭 떠는 애들 정말 싫거든. 고생 많이 했다고 하던데, 전혀 그래 보이지 않잖아. 자신감이 넘쳐 보이는 게 참 보기 좋더라. 넌 어때?"

"어?"

현수는 선주의 말이 귀에 들려오지 않았다. 그저 윙윙거리는 소리로 들릴 뿐이었다. 얼이 빠진 얼굴로 고개를 떨군 채 아무런 대꾸도 하지 못했다. 미수의 짝사랑! 자신을 찾아와 당당하게 지후의 행복을 말하던 미수를 어떻게 잊을 수 있겠는가. 현수는 더 이상 신문이 눈에 들어오지 않았다. 가슴이 막힌 듯 답답하기만 했다.

신문 속의 미수는 아름다움을 뽐내며 그녀를 비웃기라도 하는 듯 환하게 웃고 있었다. 현수는 손에 힘이 갔다. 손에 쥐고 있던 신문이 순간 구겨져 버렸다. 놀란 선주의 얼굴이 보였다. 그러나 현수의 이름이 불리어지자 선주의 얼굴은 현수만큼이나 초조한 표정으로 바뀌었다.

"장현수 씨!"

"네."

접수하자마자 소변 검사부터 한 그녀였다. 진찰실에 들어가 내진과 초음파 검사를 마친 의사가 축하한다는 말을 건넸을 때, 현수는 누군가가 머리를 세게 한 대 후려친 거 같았다. 정말 임신이었다. 결혼 후, 아이에 대한 생각은 미처 해보지도 못한 그녀였다. 언젠가는 엄마가 되리라 생각했지만 갑작스런 소식에 현수는 놀라지 않을 수 없었다.

"육 주네요. 축하합니다."

현수는 뭐라 대답할 수조차 없었다. 심장이 너무 뛰어 이러다 터져 버리는 것은 아닌가 염려스러울 만큼 벅찬 감동이 밀려왔다. 미수의 신문 기사로 인해 심란하고 답답하던 감정은 뒤로 밀려났다. 그리고 그 자리에 아이에 대한 생각으로 가득 찼다. 한동안 감정을 추스르지 못하던 현수는 고개 숙여 인사를 했다.

"감사합니다."

의사의 주의사항과 다음 진료일자를 통보받고 밖으로 나왔다. 그리고 자신의 배를 들여다보았다. 사랑하는 사람의 아이가 뱃속에서 자라고 있다는 사실만으로 가슴이 뭉클했다. 자신이 처한 상황이 마음껏 기뻐할 수만은 없지만 현수는 잠시나마 잊고 하나님이 그녀에게 허락한 선물에 대해 깊이 감사했다.

그 모습을 선주는 지그시 바라보고 있었다. 이혼을 말하던 현수는 아이 소식에 세상에서 가장 행복한 얼굴을 했다. 이 모습을 어떻게 받아들여야 하는 건지 선주는 난감했다.

"지후 씨한테 얘기 안 할 거야?"

환하게 웃던 현수의 얼굴이 다시 흐려졌다.

"아이 아빠잖아. 헤어질 땐 헤어지더라도 알아야 한다고 생각해."

선주는 다시 한 번 아이로 인해 친구의 결혼 생활이 좋은 쪽으로 반전되기를 바랐다.

현수는 말이 없었다. 망설이는 기색이 역력했다. 선주도 더 이상 자신의 생각을 주장하지 않았다.

"이제 병이 뭔지 알았으니까 맘이 좀 편하다. 근데 입덧이니 약도 없고, 어떡하지? 뭘 좀 먹어야 할 텐데……."

"저기, 선주야."

"응."

"너 먼저 들어가라."

"왜?"

"나, 지후 좀 만나고 들어갈게."

새로운 인연 289

"그럴래?"

눈에 띄게 밝은 표정을 짓는 선주를 보며 현수는 착잡한 마음을 숨겼다.

일주일하고 하루 만이었다. 지후의 사무실 근처 커피숍에 앉아 현수는 초조한 마음으로 지후를 기다렸다. 보고 싶지 않았다면 거짓말이다. 놓아주리라, 보내주리라 마음먹었음에도 불구하고 눈을 떠도, 감아도 떠오르는 사람이 지후였다.

그녀의 인생에 두 남자, 지후와 석현. 지후는 단호하게 십대에 그를 향한 그녀의 사랑을 사랑이 아니라고 부인했지만 그때도 분명 그녀에게는 풋풋한 사랑이었다. 지후를 향하던 눈길을 뗄 수 없었기 때문이다.

대학에서 만난 석현, 어딘지 모르게 지후를 닮은 듯한 눈동자. 그 모습에 현수는 한눈에 반했었다. 그리고 열렬히 사랑했다. 외사랑에 아파할 필요도 없었고, 분홍빛 내일만이 기다릴 거라 생각했다. 그러나 그녀가 결혼한 사람은 지후였다. 여전히 그녀의 사랑을 믿지 않는 지후를 기다리며 현수는 연신 마른 입술을 물로 적셨다.

아이를 가졌다는 말을 지후가 어떻게 받아들일지 몹시 걱정되고 긴장되었다. 모두 끝난 관계에 대한 자신의 미련이 눈앞에 아른거려 곤혹스러웠다. 결코 그런 일이 있어서는 안 된다는 걸 누구보다 잘 알면서도 지후 역시 그녀만큼 기뻐하고, 감동해 줬으면 하는 마음은 어쩔 수 없었다. 질근질근 씹어댄 입술에 선명한 이빨 자국이 날 만큼 불안했다. 시간은 더디게 갔다. 퉁명스럽게 기다리라는 말만 남긴 채 소식이 없는 지후를 기다리며 현수는 조바심으로 가슴을 조였다.

커피숍 유리 문이 열리고 훤칠한 키에 잘생긴 남자가 들어왔다. 감색 양복에 푸른빛이 감도는 와이셔츠와 잘 어울리는 넥타이까지, 흠이라고는 찾아볼 수 없는 자신감있는 지후의 모습이 눈을 떼지 못하게 했다.

그 짧은 시간, 망가진 그녀의 모습과 달리 전혀 변함없어 보이는 지후로 인해 현수는 한없이 작아졌다. 바보 같지만 눈물이 나오려 했다. 현수는 땀이 밴 손으로 무릎을 문지르며 냉정해지려 무던히 애썼다. 맞은편에 앉는 지후의 모습을 바라봤다. 어디서부터 어떻게 말을 시작해야 할지 현수는 알지 못했다.

차가운 아이스커피를 시킨 지후는 냉랭한 시선을 그녀에게 보냈다. 냉방이 잘된 커피숍에서도 긴장으로 땀이 흐르던 현수는 지후의 차가운 눈길에 차츰 식어가는 자신을 발견했다. 괜한 걸음을 했구나 하는 후회가 물밀듯이 밀려왔다.

"서류 때문에 온 거야?"

기다리게 해서 미안하다는 말 한마디 없이 대뜸 하는 말이 고작 이혼 서류 얘기였다. 현수의 눈에 쓸쓸함이 가득했다. 허탈한 웃음마저 비집고 나오려 했다. 아무런 대꾸가 없자 지후의 얼굴에 비릿한 비웃음이 스쳤다.

"왜, 그 자식이 빨리 서류 정리하라고 그러던?"

"뭐?"

"후, 기다렸다는 듯이 달려가는 꼴이라니! 내가 도대체 널 뭘 보고 결혼하자고 했는지 모르겠다. 넌 사람 헷갈리게 하는 데 선수야. 그걸 이제야 알다니……."

"무슨 말 하는 거야?"

노골적인 비아냥에 현수는 입을 다물지 못했다. 지후는 자신과 헤어지고 석현과 다시 시작하려 한다고 오해하는 듯했다. 현수는 바로 잡아야 했다.

"네가 지금 잘못 알고 있는데……."

"뭘? 그 자식이 아직도 널 사랑하는 걸? 아니면 네가 사랑한다는 말을 밥 먹듯이 한다는 걸? 그 자식 말고도 또 있는 거 아냐, 네게 사랑받는 사람이? 모르지, 남자라면 물불 안 가리고 덤비는지도. 그놈의 사랑, 눈물겹다. 그래, 존경해 주마. 헤어지고도, 다른 남자와 결혼을 했어도 영원불멸한 너희 사랑……."

현수는 할 말을 잃었다. 지후가 내뱉는 말은 언어가 아니었다. 현수의 가슴을 향해 날아오는 날카로운 창이었다. 그가 자신을 어떻게 생각하는지 적나라하게 하나의 숨김도 없이 보여 주고 있었다. 바로 잡다니 뭘 바로 잡는단 말인가. 지후가 생각하는 그녀는 고작 그런 정도의 사람이었다. 현수는 힘겹게 침을 삼켰다. 충격으로 인해 말을 잃은 사람처럼 그가 던지는 맹공격을 고스란히 받아낼 뿐이었다.

"걱정 마. 이번 주 내로 서류해서 보낼 테니까."

창백하게 질린 현수는 후들후들 떨리는 다리에 힘을 줘 일어났다.

"알았어. 바쁜데 시간 뺏어서 미안해."

뒤도 돌아보지 않고 커피숍을 나왔다. 더 이상 지후와 얼굴을 마주 대하고 있을 수 없었다. 비참했다. 뭔가를 기대한 듯 잔뜩 긴장해 그를 기다렸던 자신의 모습이 너무 보잘것없고 초라하게 느껴졌다.

지후에게 사랑을 기대하다니! 그것 자체가 스스로를 지옥으로 몰아놓는 시발점이었는지 모른다. 지후는 완벽하게 그녀의 미련을 없애줬다. 어쩌면 감사해야 할 일이었다. 상처에 소금을 뿌린 듯 가슴이 따끔거리고 아팠지만 이제는 잊을 수 있을 것 같았다.


현수의 전화를 받은 지후는 마지막으로 보았던 석현과 현수의 모습이 선명하게 뇌리를 스쳤다. 힘겹게 감정을 다스리고 있는데, 갑자기 걸려온 현수의 전화가 뭘 말하는지 묻지 않아도 알 수 있었다. 여전히 그녀를 향한 마음으로 괴로워하는 자신과 달리 빨리 정리하고 싶어하는 현수에게 몹시도 화가 나고, 배신감을 느꼈다. 그래서 기다리다 지칠 정도로 늦게 나갔고, 거침없이 비아냥거렸다.

그녀에 대한 섭섭함과 원망의 감정이 뒤섞여 그녀를 몰아세웠다. 미안하다는 말을 남기고 급하게 나가 버리는 현수의 뒷모습을 바라봤다. 기분은 더 엉망이었다. 한껏 욕을 해주고 나면 조금은 시원할지도 모른다 생각했다. 그러나 더 심한 패배감만이 남겨질 뿐이었다. 차라리 가랑이를 붙들고 사랑한다고 돌아와 달라고 말하는 게 더 현명했을지도 모른다. 사랑을 비웃는 게 아니고 나 역시 네게 사랑에 빠졌다고 고백했어야 했는지 모른다. 그녀가 진심이든 거짓이든 사랑한다고 고백했을 때 자신 역시 그렇다고 인정했어야 했는지도 모른다.

혼자 멍하니 현수가 앉았던 빈자리를 보고 있는데, 핸드폰 벨이 울렸다.

—오빠?

"왜?"

—나 오늘 술 좀 사주라.

"그러자."

—어, 정말이지? 너무 쉬우니까 이상하네.

정말 술이 필요한 사람은 지후였다. 이번에는 미수가 어떤 소식을 전할지 벌써부터 신물이 올라왔지만 지후는 흔쾌히 승낙했다.

오피스텔 문을 열자 컴퓨터 앞에 앉아 있던 선주가 벌떡 일어났다. 눈은 기대로 부풀어 올라 있었다. 현수는 어떤 말도 하지 않았다. 그러나 선주는 물러날 기색이 없었다.

"지후 씨가 뭐래?"

"얘기 안 했어."

"왜?"

눈을 동그랗게 뜨고 선주가 물었다.

"이미 마음이 멀어진 사람들인데, 아이 때문에 얽힌다는 것

웃기지 않니? 그러고 싶지 않아."

"현수야."

"나, 오늘 너무 무리했는지 피곤하다. 좀 자야겠어."

"어? 응."

다분히 의심 가득한 눈을 치켜뜨는 선주가 보였지만 현수는 대화를 계속할 기운이 없었다. 피곤한 기색이 역력한 현수를 더 붙들지 못하고 선주는 애매모호한 표정을 지었다.

"그래도 저녁은 먹어야지. 너 오늘 아무것도 안 먹었잖아."

"좀 자고 일어나서 먹을게. 나 신경 쓰지 말고 하던 일 계속해."

"그래."

그러나 선주는 일을 계속하지 못했다. 선주를 찾는 전화들이 계속 울려댔기 때문이다. 몸이 좋아 보이지 않는 현수로 인해 나오라는 걸 거절하는데도 전화는 멈추지 않았다.

"갔다 와. 내가 한두 살 먹은 어린애니? 챙겨 먹을 테니까 놀다 와."

"그래도 되겠어?"

"응."

미안한 표정을 지으며 선주는 외출을 했다. 염려스러운 시선을 받으며 먹히지 않는 밥을 억지로 먹는 것보다는 훨씬 나을 거라 생각했다.

프라자호텔 지하 바에서 미수와 지후는 나란히 앉아 술잔을 들이켰다. 미수의 손에 들린 붉은 빛깔의 칵테일 잔이 붉은 입술에 잠시 머무르는 모습이 어두운 조명과 어울려 무척 유혹적으로 보였다.

지후는 위스키 잔을 연거푸 비웠다. 미수는 우울해 보이는 지후의 얼굴을 조심스럽게 살피며 손가락으로 괜한 칵테일 잔만 만지작거렸다. 미수는 얼마 전 현수와 만났던 일을 실토하고자 바쁜 시간을 내 지후와 술자리를 계획했다. 그러나 그녀의 예상보다 더 힘들어 보이는 지후로 인해 망설임은 길어졌다. 설마 자신 때문에 무슨 일이 생긴 거라면 지후를 볼 낯이 없을 것 같았다.

"저기, 지후 오빠."

"화보 촬영은 어떻게 됐어?"

미수가 말을 꺼내기도 전 지후가 일에 대해 물어왔다.

"아직……. 그 사람 지금 실종 상태야."

"뭐?"

"여행 간다더니 일주일째 소식 없어. 서경 씨 말로는 마음 정리할 게 있어 떠난 여행이니까 돌아오면 작업 가능할 거라고 하는데, 사람 속을 알 수 있어야지."

석현에 대한 불만 섞인 미수의 말에 지후는 입 안으로 술을 털어 넣으려다 멈췄다. 그리고 술잔을 내려놓았다. 미수가 전하는 석현의 소식, 전혀 그의 예상과 빗나가고 있었다. 지후는 오늘 찾아온 현수가 석현과 함께일 거라고 생각했다. 그런데 아니었단 말인가. 이유를 알 수 없는 불안한 예감이 피부를 파고들었다.

"실은 나 오빠한테 고백할 게 있어."

"고백? 고백이라니!"

눈을 치켜뜨며 지후가 물었다.

"사실은…… 나 말야. 지난 주에 현수 씨 만났어."

"현수를? 언제 어디서?"

지후의 음성은 흔들리고 있었다. 놀라 되묻는 지후의 검은 눈과 목소리에는 초조함이 뒤섞여 미수를 재촉했다.

"내가 전화했어, 만나자고."

"뭐?"

입을 다물지 못하는 지후를 보며 미수는 불안했다.

"스튜디오에서 오빠와 석현 씨가 다투는 걸 보고 가만있을 수가 없었어. 현수 씨가 오빠를 기만하는 것 같아, 또 두 남자를 농락하는 거 같아 충고하고 싶었어."

"야, 진미수! 그건 네가 관여할 일이 아니야."

"알아, 미안해. 만나고 나서 후회했어. 난 현수 씨가 오빠랑 잘되었으면 하는 마음에……."

미수는 말을 끝내지 못하고 흘렸다. 그러나 지후는 흘려버릴 수 없었다.

"그래서?"

"화 내지 마. 난 그저, 그냥…… 오빠가 원한다면 애인도 되어 줄 수 있다고……."

"헉!"

"내가 잘못했어. 난 그냥 오빠가 얼마나 괜찮은 남자인지 현수 씨가 깨닫기를 바랐어. 미안해."

지후는 할 말을 잃었다. 현수의 갑작스런 심경의 변화, 그건 그의 생각처럼 단순하지만은 않았다. 분명히 미수의 말도 영향을 미쳤을 것이다. 헤어지지 않을 거라고 단호히 거부하던 그녀가 며칠 만에 순순히 헤어지자고 했을 때 조금은 의심해 봤어야 했는지 모른다. 석현과 함께 있지 않는 거라면, 오늘 왜 현수는 자신을 찾아왔을까? 서류 정리를 위해서? 만약 아니라면, 지후의 심장은 그 어느 때보다 무섭게 달음질을 치기 시작했다. 창백한 얼굴로 미안하다는 말을 남긴 채 일어서 나가 버리던 현수의 모습이 뇌리를 스쳤다. 그 모습은 그의 가슴에 선명하게 각인되어 사라지지 않았다.

가라앉을 대로 가라앉은 분위기, 심각한 기운이 감돌았다. 미수는 지후의 무거운 침묵에 짓눌려 그의 눈치만을 보고 있었다. 그녀가 옆에 앉아 있다는 것도 잊은 듯 지후는 깊은 생각에 빠진 것 같았다. 상념에 젖어 주위에 신경 쓸 여유가 전혀 없었던 그들은 다가오는 한 여자를 보지 못했다.

"지후 씨 아니에요?"

현수의 친구 선주였다. 놀란 얼굴로 일어서는 지후를 향해 반갑게 아는 척을 하던 선주는 옆에 앉아 있는 미수를 보자 얼굴색이 바뀌었다. 그리고 날카로운 시선으로 지후를 바라봤다.

"잘 지내나 봐요?"

"아, 네."

갑작스런 선주와의 만남에 당황해 있던 지후는 얼떨결에 그렇다고 대답했다. 그러나 선주의 눈꼬리가 올라가는 것이 느껴지자 아차 싶었지만 이미 늦었다. 선주의 입에서는 기가 막히다는 듯 허탈한 한숨 소리가 흘러나왔다.

"허!"

"저, 현수는……."

"내일 오후에 들를 테니까 서류 준비해서 넘겨줘요. 다른 변호사를 알아볼 필요 없잖아요."

"선주 씨!"

"결혼하겠다고 했을 때 말렸어야 했는데, 내 발등을 찍고 싶은 기분이에요. 나도 한몫했으니까 정리하는 것도 도와야죠."

선주는 아주 차가웠다. 거침없이 경멸의 시선을 보내며 자조하듯 말했지만 모두 지후를 향한 칼날이었다.

"아, 정말 재수 더럽게 없는 날이네!"

들으라는 듯 툭 한마디 내뱉은 선주는 일행들을 향해 다가갔다.

"편집장님, 우리 자리 옮겨요. 여기 물 너무 안 좋네요. 오늘은 쓰러질 때까지 가는 겁니다."

선주의 걸걸한 목소리가 지후와 미수에게까지 들렸다.

"누구야?"

"현수 친구."

"서류 정리라니! 오빠, 어떻게 된 거야? 설마 나 때문에……."

멀어지는 선주의 뒷모습을 흘겨보던 미수는 죄책감이 가득한 얼굴로 지후를 바라봤다.

"내가 현수 씨 다시 한 번 만나볼까?"

"됐다. 그만 일어나자."

"오빠!"

"가만있는 게 날 도와주는 거다."

지후는 술을 마시기 전보다 더 맑은 머리를 하고 바를 나왔다. 취하고자 마셨던 술은 미수와 선주가 터뜨린 폭탄으로 인해 정신이 바짝 들고 말았다.

13... 고백

"요즘 무리하는 거 아냐?"

아침 엘리베이터에서 만난 진서가 지후를 향해 말했다.

현수가 떠난 후, 지후는 일 중독에 빠진 사람처럼 쉬지 않고 자신을 몰아세우고 있었다. 그가 굳이 하지 않아도 되는 부분까지 챙겨가며 아침부터 밤늦게까지 사무실에 앉아 있는 그를 보며 진서는 불만 섞인 표정을 짓곤 했다.

"괜찮아."

"무슨 일인지 모르겠지만 적당히 해라. 참, 어제 윤수 형 만났는데, 네 얘기 하더라. 요즘 통 연락도 않는다고."

"……"

대꾸가 없는 지후를 향해 진서는 말을 계속했다.

"윤수 형은 네 부부 사이 안 좋은 거 전혀 모르는 것 같던데, 어떡할 생각이야?"

그러나 지후는 자신도 알 수 없는 대답을 진서에게 할 수 없었다. 입이 붙은 듯 말이 없는 지후를 보며 안타까운 시선을 보내는 진서였다.

"좋은 아침!"

"안녕하세요."

진서의 유쾌한 아침 인사에 은희가 반갑게 인사를 했다. 그러나 어제 밤새 뒤척이느라 잠을 이루지 못한 지후는 그저 고개만 끄덕인 채 자신의 사무실로 들어가 버렸다. 사람과 얼굴을 맞대고 웃으며 대화 나누고 할 여력이 없었다. 몸도 마음도 몹시 지친 상태였다. 어느 누구에게도 헤어지기로 한 결정을 알리지 않았다. 하물며 진서에게조차.

스스로 먼저 결별 사실을 알릴 생각은 추호도 없었다. 인정하고 싶지 않은 마음 때문이라고 해야겠다. 그러나 오늘 찾아오겠다던 선주의 말은 최후통첩처럼 느껴졌다. 잔뜩 쌓아놓은 변론 서류들이 눈에 전혀 들어오지 않았다. 꼬리에 꼬리를 무는 의문들, 현수를 다시 만나봐야 했다. 정말 무슨 생각을 하고 있는지 알기 전까지 어떤 결정도, 행동도 할 수 없었다.

똑똑.

노크 소리가 들렸다.

"네."

은희가 문을 열고 들어왔다.

"저, 변호사님, 변호사님 앞으로 택배가 왔는데요."

"택배?"

눈꼬리를 올리며 되묻는 지후에게 은희는 문을 활짝 열어 그 사실을 증명해 보였다. 택배 직원이 물건을 어디에 내려놔야 할지 몰라 두리번거렸다. 은희도 눈으로 묻고 있었다.

"안쪽으로 가져오세요."

택배 직원의 손에 들려 있는 것은 겉보기에 액자처럼 보였다. 택배 직원이 돌아가고 진서는 물론 사무장과 은희까지 자리로 돌아가지 않은 채 지후 앞으로 배달되어 온 물건에 관심을 보이고 있었다.

포장지 위에 붙여진 배송지와 보낸 이를 살피던 지후는 거친 숨을 몰아쉬었다. 석현이 보내온 것이었다.

"뭐야? 누가 보낸 건데 그리 뜸을 들여? 구경 좀 하자. 빨리 뜯어봐."

진서의 재촉하는 소리에 덩달아 은희와 사무장도 목을 길게 늘어뜨렸다.

"액자 같은데 변호사님, 그림 사셨어요?"

지후는 쉽게 포장지를 찢어낼 수 없었다. 안 봐도 무엇인지 알 수 있기 때문이다. '현수를 사랑합니다. 내 안에 현수가 남아 있는 한 저 사진들은 내 소유입니다'라고 당당하게 내뱉던 석현의 말이 아직까지 선명하게 뇌리에 남아 있었다.

그런데 지금 그에게 사진을 보내오다니! 지후는 놀란 입을 다물 수 없었다.

그가 생각하던 방향과는 너무도 다르게 진행되는 상황들이 지후를 당혹스럽게 했다. 다시 만난 연인들의 재회처럼 뜨거운 사랑의 밀어를 속삭이고 있을 줄 알았는데, 이 사진은 뭐란 말인가. 설마, 이젠 실물이 있으니 사진은 필요없다는 것인가. 정말 우습지도 않은 생각이 잠시 머리를 스쳤지만 지워 버렸다.

굼뜨게 만지작거리고 있는 지후를 참지 못하고 진서가 달려들어 마분지로 포장된 종이를 쫙 뜯어냈다. 종이 찢어지는 소리와 함께 현수의 환한 얼굴이 드러났다. 감탄사들이 터져 나왔다.

"어머, 이거 사모님 맞죠?"

"야!!"

"와, 이거 보통 사진이 아닌데?"

다들 한마디씩 던졌지만 지후는 묵묵히 사진만을 들여다봤다.

"어? 변호사님, 저기 메모지 같은데요."

사진의 맨 왼쪽 모서리에 포스트 잇이 보였다. 지후는 다른 사람들이 볼세라 재빨리 뜯어 손에 쥐었다.

"그만들 나가지. 일 안 할 거야?"

지후의 음성과 눈초리에서 심상치 않음을 느꼈는지, 진서와 직원들은 아쉬움이 가득한 얼굴을 한 채 사무실을 빠져나갔다. 혼자 남은 지후는 사진 속의 현수를 뚫어지도록 바라봤다. 손에서 바스락거리는 소리가 들렸다. 자신의 손 안에 들려 있던 메모지가 구겨지는 소리였다. 지후는 심호흡을 한 후 구겨진 메모지를 폈다.

〈이제 현수는 내가 아닌 당신을 향해 웃습니다. 석현.〉

아주 짧은 메모였다. 그러나 의미는 세상의 어떤 것과 비교할 수 없을 정도로 컸다. 암울한 그의 인생에 강렬한 빛임에 분명했다. 미수가 전한 대로 석현은 마음을 정리하기 위해 떠난 게 확실했다.

지후는 메모를 읽고 또 읽었다. 그리고 가만있지 못하고 사무실 안을 서성거리기 시작했다. 현수를 만나야 했다. 마음이 급했다. 자신이 알고 있다고 확신하던 것들이 틀렸다는 사실 앞에 지후는 초조함을 감추지 못했다.

다급하게 버튼을 눌러 현수와 전화 통화를 시도했지만 전화기는 꺼져 있었다. 선주에게라도 연락을 해봐야 할 것 같았다. 지후는 핸드폰에 저장된 선주의 전화번호를 열심히 찾았다.

새벽에 들어온 선주는 정오가 다 될 때까지 늘어지게 잠을 자고 있었다. 선주의 핸드폰이 요란하게 울려댔지만 선주는 끄덕도 하지 않았다. 그러나 전화를 거는 상대방도 집요했다. 현수가 다가와 대신 전화를 받으려다 발신자에 선명히 찍힌 지후의 이름을 보고 다시 내려놨다.

"그만 일어나."

"아, 몇 시야?"

"몇 시간? 열두 시가 다 됐지."

선주는 부스스한 얼굴로 겨우 눈꺼풀을 힘겹게 올렸다. 창백한 얼굴의 현수가 눈에 들어왔다.

"너라도 뭐 좀 먹지?"

"응. 먹었으니까 정신 차리고 씻고 나와."

욕실로 떠미는 현수를 바라보는 선주의 시선에는 안쓰러움이 배어 있었다.

잡지사의 회식에 끼게 된 선주는 바에서 술을 마시고 있는 지후를 발견했다. 그저 아는 여자와 술 한잔하는 걸 가지고 굳이 이상한 생각까지 할 만큼 속 좁은 선주는 아니었다. 그러나 지후와 나란히 앉아 있는 여자가 미수라는 것을 알았을 때, 연예인에게 관심도 없는 현수가 미수의 기사를 유난히 관심있게 보던 모습이 뇌리를 강타했다. 여자의 예감이란 때론 무섭다. 지후를 만나겠다고 나갔던 현수가 생각을 바꾼 것도 이상했다. 현수가 헤어지기로 결정한 이유에는 단순히 자신이 생각하는 이유 말고도 더 있는 게 분명했다. 그런데 미수를 보니 모든 게 아귀가 맞는 것 같았다. 지후에 대한 배신감이 치밀었다. 샤워를 하면서도 분노에 부르르 떨었다. 기필코 가만두지 않으리라. 선주는 이를 악물었다.

샤워를 하고 식탁에 마주 앉은 선주는 마음의 동요를 애써 지으며 아무렇지도 않은 척 물었다.

"애 낳을 거야?"

"무슨 소리야?"

무슨 말도 안 되는 말을 하느냐는 듯 현수의 시선이 선주를 향했다.

"너, 그럼 혼자 애 낳아 기를 거야?"

"응."

"지후 씨한테는 정말 안 알리고?"

"알려야겠지. 하지만 지금은 아냐. 다 정리되고 나면……."

선주는 입맛이 없는지 숟가락을 놓았다.

"그럼 빨리 정리하자. 미룰 거 뭐 있니?"

"그렇지."

현수의 대답에 힘이 없었다.

"오늘 지후 씨 사무실에 들러서 서류 받아올게."

"어? 응."

놀란 듯 현수의 눈동자가 커졌지만 바로 줄어들었다.

선주가 외출 준비를 하고 나간 후 현수는 멍하니 침대에 앉아 있었다. 남남이 된다는 것, 참 쉬운 일이다. 자신을 몰아세우는 지후에게 아이 얘기는 꺼내보지도 못했다. 담담하게 받아들이고자 했지만, 속은 폭풍이 이는 바다에 홀로 떠 있는 배처럼 일렁이고 있었다. 난파되기 직전의 배처럼 힘겹게 자신을 부여잡고 있었다.

울고 싶지 않은데 눈가에 맺힌 물방울들이 소리없이 볼을 타고 흘러내렸다. 바보같이! 자신의 모습에 화가 난 현수는 벌떡 일어나 손등으로 눈물을 훔치고 휴지로 코를 시원하게 풀었다.

그리고 굳은 다짐을 하듯 눈을 빛내며 주먹을 말아 쥐었다. 더 이상 아파하지도 미련을 갖지도 않으리라.

"김 변호사, 박현기 씨 말야. 아무래도 좀 수상하지 않아?"
"어?"
"자신은 억울하다고 하지만, 검찰 측 자료나 피해자들의 진술로 보면 어딘가 미심쩍어. 우리한테 뭔가를 숨기고 있는 것 같단 말야. 이래 가지고 제대로 된 변론이나 할 수 있을지 모르겠어."
"……."
"지후야, 지후야!"
진서가 몇 번을 부르는데 지후는 대답이 없었다. 진서가 눈을 치켜뜨며 어깨를 툭 치자 그제야 정신이 돌아온 듯 눈을 깜박거렸다.
"왜 그래?"
"어? 아냐."
"아니긴 뭐가 아냐? 내내 딴생각만 하고 있는 것 같던데."
며칠 후로 잡힌 공판을 앞두고 대화를 나누던 그들이었다. 지후는 진서의 말에 귀 기울이려 했지만 머리 속에 가득한 현수는 그를 방해했다. 도저히 어떤 것도 손에 잡히지도, 귀에 들리지도 않았다.
그걸 눈치 채지 못할 진서가 아니었다. 모르는 척 넘기고 싶었지만 지금 지후의 행동은 정상이 아니었다. 이토록 안정감을 잃고 초조해하는 모습은 처음이었다. 진서가 막 따지고 들으려는 순간 노크 소리가 들렸다.

"김 변호사님, 이선주 씨가 찾아왔는데요."

지후의 얼굴이 눈에 띄게 굳어지는 걸 보며 정작 대답을 한 건 진서였다.

"들여보내요."

지후가 혼자일 거라 생각했던 선주는 진서의 얼굴을 보고 눈꼬리를 올렸다. 그러나 바로 관심없다는 듯 지후를 향했다.

"서류 주세요. 도장만 찍어 접수하면 되겠죠?"

고객이라면 진서가 모를 리 없을 텐데, 처음 보는 여자가 대뜸 찾아와 서류를 달라고 하니 황당했다. 지후는 꿀 먹은 벙어리마냥 침묵하고 있었다.

"무슨 서류 말이죠?"

진서가 물었다.

"당신한테 달라는 거 아니니까 끼어들지 말아요."

건방진 선주의 말투에 진서의 눈가에 깊은 주름이 생겼다.

"현수가 보냈나요?"

지후의 낮은 음성이 들렸다.

"누가 보내든 그게 무슨 상관이에요? 이미 두 사람 끝내기로 합의 본 것 아니에요? 미적미적거릴 필요가 뭐 있어요? 빨리 끝내는 게 새로 시작하기도 편하죠. 안 그런가요, 김지후 씨?"

선주의 비아냥거림에도 지후는 얼굴을 찡그리지 않았다.

"혹시 지금 현수, 성주 씨 집에 있어요?"

"그게 왜 궁금한지 모르겠네요. 나, 당신 얼굴 오래 보고 싶지 않으니까 빨리 서류나 줘요."

"현수 좀 만나야겠습니다."

"허! 어제 충분히 만나지 않았나요?"

멈출 줄 모르는 선주의 날카로운 공격에 지후가 잠시 머뭇거렸다. 그사이 진서가 어이없다는 표정을 지으며 대꾸했다.

"당신 누구야? 당사자도 아닌 것 같은데 남의 결혼사에 너무 월권이라고 생각지 않아?"

지후가 제대로 변변하게 대답도 못하는 걸 보고 있자니 화가 치밀었다. 그렇지 않아도 요즘 힘들어하고 있는 걸 알고 있는 진서로서는 막무가내로 끝내라 마라 하는 여자를 이해할 수 없었다.

"당신, 나 언제 봤다고 반말이야?"

"네가 반말이나 듣게 행동하잖아. 네가 현수 씨 가족이야 뭐야? 감히 어딜 찾아와서 서류를 달라 말라야?"

"뭐 이런 자식이 다 있어? 그런 말 할 만하니까 하는 거야. 그러는 너야말로 남의 일에 끼어들지 마. 그 상판대기도 맘에 안 들기는 마찬가지니까."

두 사람의 거친 대화가 오가는 동안 지후는 침묵하고 있었다.

"당신 여자 맞아?"

"내가 여자이든 아니든 그건 당신과는 상관없는 일이고, 지금 내가 필요한 건 서류야. 김지후와 장현수가 남남이라는 걸 증명할 수 있는 서류!!"

선주는 말이 없는 지후를 향해 말머리를 돌렸다.

"이혼을 해도 그건 지후와 현수 씨가 결정할 일이고 절차야. 당신이 배 놔라, 감 놔라 할 자격이 없다고."

"지후 씨도 그렇게 생각해요? 난 이 결혼에 대해 충분히 책임을 통감하는 사람이에요. 그때 난 현수를 말렸어야 했고, 석현 오빠가 귀국했다는 걸 현수에게 알려야 했어요. 난 적어도 김지후라는 인간이 그토록 무책임할 줄은 몰랐어요. 내 믿음을 완전히 헌신짝처럼 배신한 사람과 내 친구가 연결되는 꼴은 보지 못해요."

선주는 진서를 무시하고 지후에게 섭섭함을 털어놨다. 그러나 꿀 먹은 벙어리마냥 말이 없는 지후를 대신해 다시 진서가 이죽거렸다.

"아예 당신이 친구 대신 인생을 살아주지 그래? 선택은 현수 씨가 했고, 결과도 현수 씨의 몫일 뿐야."

"남자들 입에서 나오는 소리라고는 어쩜 하나같이 똑같은지. 그 친구에 그 친구라더니 할 말이 없네! 더 이상 당신이랑 입씨름하기 싫고, 지후 씨! 뭐 해요? 내가 어제 했던 말 잊은 거예요?"

"선주 씨, 전 이혼할 생각 없습니다."

지후의 강건한 대답은 두 사람의 말다툼을 멈추게 했다. 네 개의 눈동자가 지후를 향했다. 그러나 지후는 더 이상 할 말이 없다는 듯 입을 굳게 다물었다. 의기양양한 얼굴로 진서가 선주를 향해 비아냥거렸다.

"할 일 없으면 발 닦고 집에 가 잠이나 자요. 남의 일에 나서지 말고. 보아하니 시집도 못 간 노처녀 같은데, 친구가 잘살기를 바라지는 못할망정……. 현수 씨가 안됐네, 댁 같은 사람을 친구로 두고."

얼굴이 붉으락푸르락해진 선주의 눈에 활화산 같은 불꽃이 일었다. 허리에 올린 양손에 힘이 들어가고 있었다. 팔팔 끓는 주전자처럼 씩씩거리던 선주는 주먹을 진서의 얼굴에 날렸다. 현수에 대한 안타까움, 지후에 대한 실망, 무엇보다도 자신의 행동에 대한 못마땅함이 한꺼번에 분출되었다.

갑작스럽게 날아든 주먹에 얼굴을 정통으로 맞은 진서는 얼굴이 벌게져 선주를 노려봤다.

"너, 너…… 뭐야?"

그러나 선주 역시 만만치 않았다.

"당신 같은 사람들을 상대하고 있던 내가 병신이지. 당신들은 결혼은커녕 애 아빠 될 자격도 없는 사람들이야. 너, 불쌍한 여자 만들지 말고 쭉 혼자 살아라."

선주는 진서와 지후를 한데 몰아 아주 파렴치한으로 만든 후, 거칠게 문을 닫고 사라졌다.

놀라 입을 다물지 못한 것은 진서만이 아니었다. 지후 역시 홀린 눈으로 휑하니 나가 버리는 선주의 모습을 넋을 잃고 바라봤다.

"현수 씨 친구 맞아? 뭐 저런 싸가지가 다 있어?"

아직도 얼얼한지 선주에게 맞은 뺨을 만지며 진서는 볼멘소리를 했다. 그러나 지후는 진서의 투덜거림은 들리지도 않았다. 애 아빠 될 자격도 없는 사람이라고 말하던 선주의 눈과 정면으로 마주쳤다. 선주는 분명 다소 당황한 듯 시선을 진서에게 돌렸었다.

분이 가시지 않는 듯 중얼거리는 진서를 남겨두고 뛰쳐나왔다. 선주에게 확인해야만 했다. 아니, 현수를 어디에 머무르는지 알아야만 했다. 엘리베이터를 기다릴 여유도 없이 계단을 뛰어 내려왔다. 지하 주차장에 내려오자 선주가 차를 돌리기 위해 후진하고 있었다. 지후는 선주를 놓치지 않기 위해 겁도 없이 후진하는 차를 향해 돌진했다. 놀라 급브레이크 밟는 소리가 지하 주차장을 요란하게 울렸다.

"당신 미쳤어요?"

다혈질인 선주의 쩌렁쩌렁한 목소리가 문이 열림과 동시에 들려왔다. 막상 자신의 차를 막아선 사람이 지후라는 것에 놀란 듯 선주는 노려볼 뿐 입을 다물었다.

"정말인가요?"

대뜸 밑도 끝도 없이 묻는 지후를 보며 선주는 당혹스러웠다. 자신이 말실수를 한 게 분명했다. 그 부분에 대해서는 오로지 현수만의 영역이었다.

"뭘요?"

"선주 씨, 모르는 척하지 말아요. 현수 아이 가진 거 맞죠?"

당장이라도 찾아갈 기세를 한 지후였다. 선주는 놀랄 현수의 얼굴을 떠올리며 자신의 머리를 한 대 쥐어박고 싶은 심정이었다.

"글쎄요."

끝내 애매모호한 대답을 하는 선주를 바라보며 지후는 얼굴을 찡그렸다. 그리고 마음이 다급해졌다.

어제 자신을 찾아왔던 현수의 모습이 뇌리를 스쳤다. 현수는 아이에 대한 이야기를 하고자 찾아온 게 분명했다. 그런데 그런 식으로 말했으니……. 현수가 아무 말도 하지 않고 돌아가 버린 게 당연했다.

"비켜요. 내가 지후 씨에게 실망한 것, 그 이상을 실망한 사람은 현수일 거예요. 제가 저번 날 그랬죠, 전 현수 편이라고? 괜히 서로 피곤하게 옥신각신할 필요가 뭐 있어요? 보아하니 지후 씨도 현수한테 미련 같은 건 없는 것 같은데……."

"라이프 오피스텔 살죠? 몇 호예요?"

지후는 굳이 선주의 질문에 대답하지 않았다. 그의 모습이 다른 사람들의 눈에는 어떻게 보였을지 모르지만 지금 그는 절박했다. 이대로 끝낼 수는 없었다.

대답을 들을 때까지는 비켜서지 않을 듯 고집스런 눈빛의 지후를 보며 선주는 무거운 한숨을 내쉬었다. 선주는 잠시 망설였으나 곧 포기했다. 지후에 대한 감정이 풀린 것은 아니었으나, 당사자인 두 사람이 만나서 해결해야 되는 문제임에는 분명했다.

"1402호예요."

"고마워요."

지후는 뒤도 돌아보지 않고 자신의 차로 발걸음을 옮겼다. 지후의 차가 급하게 주차장을 빠져나가는 걸 지켜보며 선주는 고개를 흔들었다. 도저히 그녀로서는 이해가 안 되는 커플이었다.

띵동, 띵동띵동.
요란하게 현관 벨이 울려댔다. 깜박 잠이 들었던 현수는 겨우 눈꺼풀을 올리며 여전히 잠이 덜 깬 모습으로 문으로 다가갔다.
"누구세요?"
쉰 듯 가라앉은 목소리는 거칠었다.
"나야!"
누구지? 귀에 익은 음성임에도 알아듣지 못한 현수는 한참을 멍하니 서 있었다.
"현수야."
초조한 듯 문을 두드리며 자신의 이름을 부르는 소리가 다시 한 번 들리자 현수는 정신이 번쩍 드는 것 같았다. 지후였다. 그녀에게 남아 있던 잠은 지후라는 걸 깨닫는 순간 사라진 지 오래였다. 자신도 모르게 발끝에서부터 머리까지 훑어보았다. 몰골이 말이 아니었다.
"웬일이야?"
"잠깐 문 좀 열어. 얼굴 보고 얘기 좀 하자."
"아직도 할 얘기가 남았을까?"
"현수야!"
낮게 깔린 음성은 거역하기 힘든 힘이 느껴졌다. 현수는 문을 열었다. 지후가 문 바로 앞에 우뚝 서 있었다. 비켜설 생각을 않고 바라보는 현수를 살짝 밀어내며 지후는 곧장 안으로 들어왔다.

"무슨 일이야?"

"어제 왜 날 찾아왔어?"

현수는 지후의 강한 시선을 느꼈다. 알고 찾아온 게 분명했다. 선주가 말한 게 틀림없었다.

"알면서 뭘 물어?"

현수는 귀찮다는 듯이 어깨를 들썩였다.

"근데 왜 애기 안 했어?"

"지금 그걸 말이라고 하는 거야? 차라리 네 애가 맞냐고 묻지 그래? 그게 훨씬 너다운 질문이니까."

"현수야."

"안 그래? 맞잖아. 넌 처음부터 날 석현 오빠와 결부시켜 생각했으니까. 난 어제 충분히 네 생각을 들었어. 아이가 있다고 해서 달라질 건 없어. 다만 애 아빠니까 너도 알아야겠다 싶어 찾아간 거였지만, 굳이 알릴 필요 없겠다는 생각을 심어준 거 너였어."

무심하던 얼굴을 지우고 치미는 화를 참지 못한 듯 속사포처럼 쏟아놓는 현수를 지후는 안타까운 마음으로 바라봤다.

"지금 그거 확인하려고 나 찾아온 거야? 확인하면 뭐가 달라지는데? 선주 편으로 서류만 보내주면 간단하게 해결될 일이잖아."

"장현수, 나 너랑 이혼 안 해."

"허!"

평정을 잃은 현수와 달리 지후는 감정이 다분히 절제된 목소리로 단호하게 말했다. 이혼을 하지 않겠다는 지후의 말에 현수의 입에서는 바람 빠진 듯한 쇳소리가 흘러나왔다. 화가 머리끝까지 치솟은 현수의 얼굴은 붉은빛으로 물들었다. 극도로 흥분한 상태였다. 그 모습을 넋을 잃고 바라보고 있는 지후와 상반되게 현수는 냉정했다.

"왜? 아이 때문에?"

"……."

당장이라도 끝낼 듯 달려드는 현수였다.

"우린 이미 끝났어. 우리가 서로 합의했던 결혼 생활은 불가능한 꿈에 지나지 않았잖아. 난 다시 아이 때문에 결혼 생활을 유지할 마음은 전혀 없어. 아이는 나 혼자서도 충분히 키울 수 있어."

"애한테는 아빠가 필요해!"

지후의 말은 현수의 분노를 부채질했다. 어제까지만 해도 그토록 자신을 몰아세우며 차갑게 대하던 지후가 아이를 가졌다는 사실 앞에 이혼을 부인하고 다시 시작하고자 한다. 스스로에 대한 모멸감이 느껴졌다. 어제 만났을 때만 해도 그가 붙잡았더라면 현수는 주저앉았을지도 모른다. 그러나 그녀는 그에게 받은 상처가 너무 컸다. 지금 역시도 그녀의 화를 누그러뜨리기는커녕 부채질하는 꼴이었다.

그에게 그녀는 아무런 의미가 없었다. 자신의 뱃속에 든 아이

고백 317

만큼도 못한다. 결코 자신을 바라봐 주지 않는 사람에게 아이와 경쟁까지 하고 싶은 마음은 추호도 없었다.

"아빠라는 걸 부인하지는 않아. 그렇다고 같이 살 필요는 없잖아."

현수는 몹시 차가웠다. 어느 정도 예상은 했지만 지후는 불안하고 초조했다.

"내가 오해했어. 난 네가 그 사람과 합치려고 날 떠나는 거라 생각했어."

"말은 바로 해. 헤어지길 원한 건 내가 아니고 너야."

"미안해. 내가 정말 잘못했어. 네 짐 가방을 들고 있는 그 자식을 집 앞에서 보지만 않았더라면…… 어제 너한테 심하게 대하지는 않았을 거야. 현수야, 너 나 사랑한다며?"

현수는 지후의 대꾸에 어이가 없었다.

"그 말을 믿어? 너, 안 믿잖아. 나라는 사람은 남자라면 물불 안 가리고 덤빈다며? 사랑이라면 지겹다는 사람이 지금 내게 사랑을 말하는 거야? 너에 대한 내 사랑은 시궁창에 갖다 버렸어. 더 이상 너를 바라보지도, 기대하지도 않으니까 그 따위 소리 집어치워!"

자신이 질투에 눈이 멀어 홧김에 내뱉은 말은 그대로 부메랑이 되어 그에게 돌아왔다. 붙잡으려는 그를 현수는 외면했다. 현수의 눈빛은 너무 확고해 보였다.

그러나 지후는 현수의 말처럼 끝낼 수가 없었다. 상처받고 싶지 않아서, 자존심이 무너지는 게 싫어서 그녀를 심하게 대했던 것들이 후회스럽기만 했다. 상처를 입고 피가 흐르더라도, 자존심이 무너져 현수 앞에 무릎을 꿇더라도 그녀가 곁에 있어야만 했다. 그때 차라리 석현에게 가방을 빼앗고 그녀를 끌고 왔어야 했는지 모른다. 그렇다면 얼음장 같은 현수를 대하지 않아도 됐을 텐데……. 후회가 물밀듯이 밀려왔다. 현수가 없는 삶 자체를 생각할 수가 없었다. 현수는 그가 처음 사랑한 여자였다. 사랑이란 감정 자체를 부인하던 그에게 사랑이 뭔지를 알려준 여자였다.

그런 현수와 헤어지겠다는 호기 어린 자만심이 이 지경까지 몰고 왔다는 사실 앞에 지후는 미칠 것만 같았다. 그는 유능하고 완벽한 사람처럼 보였지만 결코 허점투성이의 인간이었다. 그런 자신을 모르고 날뛰었다. 그리고 결국 소중한 것을 잃게 될 위험에 처해 있었다.

"내가 널 사랑한다면……?"

현수는 놀라 입을 다물지 못했다. 그토록 원했던 그의 사랑, 그러나 단 한 번도 그는 사랑이라는 말을 하지 않았을뿐더러 그녀의 사랑마저 부인한 사람이었다. 그런 사람이 사랑이라니! 가슴으로 와 닿지 않았다. 가슴 떨리고 두근거려야 할 심장이 그렇지 못했다. 그는 결코 사랑을 모르는 사람이었다.

"네가 나를 사랑한다면 헤어지자는 말은 하지 않았겠지. 어떻게든 함께하고자 노력했겠지. 그렇지만 넌 끊임없이 의심하고 날 밀어냈어. 내 고백마저 아주 우습게 만들고."

"현수야."

"이만 가줘. 나 너랑 더 이상 말다툼할 기운도, 체력도 없어. 더 자야겠어."

현수는 차갑게 말하며 현관문을 열었다. 그리고 눈짓으로 나가줄 것을 종용했다. 그러나 지후는 꿈쩍도 하지 않았다. 화가 나 노려보는 현수의 눈과 지후의 눈이 허공에서 만났다. 지금까지 그녀가 알아왔던 지후의 눈빛이 아니었다. 항상 차갑고 분명해 시린 빛을 발하던 그의 눈은 거기에 없었다. 불안한 듯 흔들리며 애절하게 바라보는 눈빛이 현수의 시선을 붙잡고 있었다. 현수는 한 발자국 뒤로 물러섰다.

"너 정말 왜 이러는 거야?"

"나한테 한 번만 기회를 주면 안 될까?"

"기회라구? 무슨 기회?"

"나, 너랑 헤어지고 싶지 않아. 앞으로 잘할게."

"그런 말 하기엔 너무 늦은 거 아냐? 내가 노력할 때 넌 뭐 했어? 내 노력을 거들떠나 봤어? 난 지금 지쳤어. 더 이상 네 얼굴을 쳐다봐 줄 기운 없어. 네가 원하는 대로 되었는데 뭐가 문제야?"

"그래, 너 지쳤어. 그러니까 넌 그냥 있어. 이번에는 내가 노력할게. 집으로 가자. 그럼 나머지는 내가 다 할게. 헤어지자는 말만 하지 마."

현수는 지후의 말에 할 말을 잃고 멍하니 바라봤다. 도저히 그 김지후라는 사람의 입에서 나오는 말이라고 믿기지 않는 말이 그녀의 귀에 울려 퍼졌다. 자신감없는 얼굴, 무언가를 부탁하는 얼굴, 너무 낯선 모습의 지후가 현수 앞에 서 있었다. 이 사람 진심일까?

"좋은 아빠가 될 거야."

마지막으로 내뱉은 지후의 말 한마디만 아니었다면, 현수는 충분히 흔들렸을 것이다. 현수는 씁쓸했다. 아이만 아니었다면 그는 그녀를 찾아오지도 않았으리라. 참 여러모로 그녀를 비참하게 만드는 재주가 있었다.

"난 돌아갈 맘 없어."

현수는 현관문을 열어놓은 채 방으로 들어가 버렸다. 홀로 남은 지후는 닫힌 방문만을 한없이 바라봤다.

"어? 왜 문을 열어놨지?"

밖에서 선주의 음성이 들리더니 불쑥 나타났다. 지후와 눈이 마주치자 이미 상황을 파악한 듯 방 쪽으로 시선을 옮겼다. 고소하다는 표정이 언뜻 스쳤다.

"주변 정리는 하고 찾아온 거예요?"

지후는 선주의 빈정거림을 바로 이해하지 못하고 눈꼬리를 올렸다. 그러다 문득 미수를 말한다는 걸 깨닫고 어이없는 표정을 지었다.

"미수는 동생이에요."

"동생이라……."

전혀 믿기지 않는다는 얼굴이었지만 그래도 고개를 끄덕였다. 지후는 현수도 없는 거실에 선주와 마주 보고 있기가 불편했다. 그래서 가볍게 목례를 하고 오피스텔을 나왔다. 그러나 선뜻 발이 떨어지지 않았다. 어떻게 해야만 현수가 마음을 돌릴까? 가슴에 돌덩이를 얹은 것처럼 답답하기만 했다.

오피스텔 주차장에 세워놓은 차에 올랐다. 그러나 시동을 걸지 못한 채 핸들에 머리를 박았다. 핸드폰이 울려댔지만 무시했다. 자신의 아이가 현수의 뱃속에서 자라고 있다는 것만으로도 가슴 뭉클했다. 모르는 타인을 붙잡고라도 자랑하고 싶은 심정이었다.

그러나 그를 단연코 받아들이지 않는 현수를 생각하면 가슴 언저리가 아팠다. 시궁창에 던져 버렸다고 말한 사랑이 거짓이 아님을 너무 늦게 깨달았다. 시간을 되돌릴 수 있다면……. 뒤늦은 후회의 바람이 그를 엄습했다.

다시 핸드폰이 울리자 귀에 가져다 댔다. 윤수였다.

―바쁘냐?

"아뇨."

―그럼 저녁때 보자.

"네."

간단하게 용건만 말하고 윤수는 전화를 끊었다.

14... 구애

**한**낮에 뜨겁게 달구어졌던 아스팔트의 더운 기운들이 해가 진 후에도 쏟아져 나오는 것 같았다. 후텁지근한 공기와 땀으로 뒤섞인 피부는 끈적거렸다. 무더위는 지후의 불쾌지수만큼이나 극성이었다. 교대역에서 남부터미널 쪽으로 가다 보면 꽤 유명한 곱창집이 있었다.

실내에서부터 길거리까지 즐비하게 늘어진 테이블마다 퇴근 후 들른 직장인들로 가득 찼다. 여름이 아니고는 볼 수 없는 풍경 중의 하나였다. 불판 위에서 벌겋게 익어가는 곱창과 소주잔을 마주하고 앉은 윤수와 지후였다.

"너희 무슨 일 있냐?"

"……."

윤수의 질문에 지후는 말없이 소주만을 비웠다.

"어머니가 너 한번 만나보라고 하던데……. 현수랑 안 좋냐?"

"형, 나 얼마 전에 윤석현을 만났어요."

"뭐?"

윤수는 몹시도 당황한 듯 젓가락에 쥐고 있던 곱창을 흘렸다.

"현수, 나랑 헤어지고 싶어해요."

"뭐…… 어?"

놀랐는지 윤수는 같은 말만 되풀이했다.

"내가 이걸 당장……."

흥분한 윤수는 당장이라도 현수에게 쫓아갈 태세였다. 윤수 역시 지후가 생각했던 걸 그대로 답습했다. 지후는 일어서는 윤수의 팔을 붙잡으며 말했다.

"형, 나 때문이야."

"응? 그건 또 무슨 소리야?"

"질투에 눈이 먼 남자의 발악이라고 해야 할까. 내가 헤어지자고 했어."

"허!"

어이가 없다는 듯 허탈한 감탄사만을 내뱉는 윤수였다.

"그래서 헤어질 생각이냐?"

"아뇨. 나, 현수 사랑해요."

윤수의 얼굴에 배시시 웃음이 고였다. 표정없는 얼굴, 무뚝뚝하기만 하던 지후의 입에서 너무도 자연스럽게 사랑이라는 말이 흘러나왔다. 윤수는 지그시 지후를 바라봤다. 이제야 조금 자신보다 어린 사람처럼 보였다. 후배이고 여동생의 남편이었지만 지후는 동년배나 혹은 연장자처럼 느껴질 때가 더 많았다. 그만큼 조숙함이 몸에 밴 지후였다.

"어이, 선배!"

뒤늦게 진서가 합류했다. 진서가 왔음에도 꿀 먹은 벙어리처럼 소주만 기울이고 있는 지후를 보며 윤수에게 이유를 묻듯 눈짓을 하자 피식 웃으며 대답했다.

"지후가 내 동생, 현수를 사랑한댄다."

"형은 무슨. 그거야 옛날부터 다 아는 사실인데 새삼."

지후보다 더 확신에 찬 목소리로 진서가 말했다.

"근데 현수 씨는 만났어? 그 지독한 친구랑 현수 씨 빨리 떼어내라. 아무래도 현수 씨가 그 여자한테 물든 거 같아."

이마를 찡그린 진서는 선주를 생각하는 것만으로 치가 떨리는 것 같았다.

"지독한 친구라니, 누구?"

"선주 씨요."

자신을 향해 묻는 윤수에게 지후는 간단히 대답했다.

"선주? 진서야, 너 선주 만났니? 내가 대학 때 프러포즈했다가 퇴짜맞았는데······."

"네?"

윤수가 얼굴을 살짝 붉히며 말하자 눈이 휘둥그레진 진서였다.

구애 325

"말도 안 돼. 그 왈패를 형이?"

도저히 믿을 수 없다는 표정이었다.

"성격이 좀 직선적이긴 하지. 그게 걔 매력이기도 하고."

진서와 윤수가 선주에 대해 옥신각신 서로 다른 주장을 펼치는 걸 보며 지후는 묵묵히 술잔만을 비웠다. 지금 그에게는 어떤 소리도 들리지 않았다. 뜨거운 불덩이가 가슴에서 일렁였다. 현수를 향한 간절함에 가슴이 저렸다. 일방적이고 서툴기만 한 자신의 사랑에 대해 현수는 이해하지 못할 것이다. 현수와 함께하고 싶다.

"지후야, 김지후!"

"어?"

진서가 몇 번을 부른 후에야 무슨 일이냐는 듯 시선을 고정시켰다.

"선배, 애 먼저 보내야겠다. 정신을 못 차리는데……."

아무래도 술 한잔 더 하기로 한 듯했다.

"괜찮아."

"괜찮긴, 너 하나도 괜찮아 보이지 않아. 들어가 좀 쉬어라."

결국 지후는 먼저 집으로 향했다.

불 꺼진 집, 온기라고는 전혀 느껴지지 않는 공간에 들어선 지후는 현수가 지내던 방으로 들어갔다. 그리고 씻지도 않은 채 침대에 누웠다. 주인 없는 침대에서는 희미해진 현수의 체취를 느낄 수 있었다.

왜 좀 더 행복해지기 위해 노력하지 않았는지, 왜 좀 더 사랑을 표현하지 않았는지 모든 게 후회투성이었다. 술기운이 밀려왔다. 지후는 죽은 듯이 그 자리에 그대로 잠이 들었다.

오빠, 윤수의 전화를 받았다. 직접적으로 묻지는 않았지만 어딘지 모르게 그녀의 감정을 떠보는 게 엿보였다. 그러나 현수는 모른 척했다. 아직은 어떤 말도 할 단계가 아니었다. 아이까지 가진 걸 알면 집에서 가만있을 리 만무했다. 홀로 집 안에 있는 시간은 유난히 길게 느껴졌다.

현관 벨소리가 울리자 당연히 선주라 생각하고 반가운 마음으로 문을 열었다. 그러나 문 앞에는 어제와 마찬가지로 지후가 서 있었다. 다만 다른 것이 있다면 빨간 장미다발을 한아름 들고 어울리지 않게 수줍은 미소를 짓고 있었다. 놀라고 기가 막힌 현수는 자신도 모르게 문을 닫아버렸다.

"현수야!!"

그녀의 이름을 부르는 지후의 안타까운 목소리가 들렸지만 현수는 무시한 채 문을 열지 않았다. 놀라다 못해 황당했다. 도대체 어떻게 받아들여야 할지 난감했다. 입술을 지근지근 깨물며 거실을 서성였지만 어떤 답도 찾을 수 없었다.

다시 문을 두드리든 초인종이 울리든 하리라 생각했다. 그러나 그녀의 생각과 달리 조용했다. 문을 열어 확인하고 싶은 마음이 굴뚝같았지만 참았다. 지후로 인해 받은 상처가 너무 컸다. 고집스럽게 입을 다문 현수는 텔레비전 볼륨을 높였다. 오락프로, 드라마 어느 것 하나 눈에 들어올 리가 없었다. 다만 문 밖으로 집중해 있는 모든 신경을 분산시키고 싶을 뿐이었다. 프로 하나가 끝나고 광고가 몇 번 바뀌었다. 그리고 다시 새로운 오락프로가 시작되고 있었다.

그때 천둥 번개로 착각하리만큼 크게 느껴지는 초인종이 울렸다. 현수는 벌떡 일어났다가 다시 소파에 앉아버렸다. 문이 열리는 소리가 들렸다. 현관을 들어서는 사람은 선주였다.

"뭐야? 집에 있으면서 문도 안 열어준 거야?"

선주는 투덜거리며 손에 들려 있던 장미다발을 거실 테이블 위에 성의없이 올려놨다.

"웬 꽃이야?"

분명 지후가 안고 있던 꽃이었다.

"몰라. 우리 집 앞에 놓여 있어서 들고 들어온 거야. 딴생각하고 걷다가 그만 밟아버렸잖아. 몇 송이 망가졌을 거야. 잘못 배달된 거라고 찾으러 오면 어차피 배상해야 될 것 같아 들고 들어왔어. 현수 너 장미 좋아하잖아."

선주는 장미와 현수만을 남겨둔 채 욕실로 들어가 버렸다.

상처난 장미가 한눈에 들어왔다. 보지 않으려 고개를 돌렸지만 시선은 자꾸 처연하게 놓인 장미에게로 향했다. 선주의 발에 밟혔다는 장미는 꽃잎이 떨어져 나가고, 잎이 일그러져 있었다. 상처 입은 자신의 마음과 흡사했다. 현수는 상한 장미 송이를 버리고 싱싱한 송이들만 골라 화병에 꽂았다. 장미 향이 어느새 집 안을 가득 메웠다.

현수는 자신이 화병에 장미를 꽂았으면서도, 무슨 전염병 환자라도 되는 것처럼 시선을 피했다. 강렬한 색깔의 꽃은 어김없이 그녀의 눈길을 잡아당겼지만 현수는 꽃병이 놓여 있는 쪽으로 고개를 돌리지 않았다.

지후는 작정을 한 듯했다. 퇴근 후, 선주의 오피스텔에 출근 도장을 찍기 시작했다. 손에는 항상 뭔가가 들려 있었다. 어떤 날은 꽃이, 어떤 날은 먹을 것들이, 어떤 날은 믿기지 않지만 인형들이……. 매일 같이 찾아오는 그에게 결코 문을 열어주지 않았지만, 한참을 서서 기다리던 그는 문 앞에 사 온 것들을 두고 사라지곤 했다. 처음 몇 번은 아무렇지도 않게 무시했다. 그러나 그런 일이 반복되자 현수 역시 불편했다. 같은 오피스텔에 사는 사람들의 눈도 의식하지 않을 수 없었다.

결국 문을 열고 거절했지만 지후는 막무가내였다. 선주는 은근히 지후의 그런 모습을 즐기는 듯했다. 능청스럽게 오늘은 몇 시부터 밖에 서 있다느니, 오늘은 뭐가 먹고 싶은데 사 오려나 등등……. 당사자인 현수는 불편함으로 조바심이 하늘에 닿을 것 같은데 선주는 느긋하기만 했다.

현수는 늦은 아침을 먹고 집을 나섰다. 정기검진이 있는 날이었다. 자신의 뱃속에 아이가 자라고 있다는 사실, 초음파나 심장 소리를 듣지 않았다면 믿지 못했을 것이다. 한 달 만에 찾는 병원, 아무 탈 없이 건강하게 잘 자라주기를 바라며 현수는 엘리베이터에 몸을 실었다. 엘리베이터 문이 열리고 막 로비를 빠져나오려는 뒤에서 부르는 소리가 들렸다.

"현수야."

지후가 서 있었다. 사무실에 있어야 할 사람이 그녀를 부르자 현수는 곤혹스러운 얼굴로 바라봤다.

"정기검진 일이지? 가자, 태워다 줄게."

선주의 농간이 분명했다. 도와주지 않아도 될 부분에 나서는 선주에게 이번만은 화가 났다. 그와 얼굴을 마주하고 싶지 않은 마음이 가장 컸다. 아니라는 걸 누구보다 잘 알면서도 자꾸 흔들리게 되는 자신의 마음이 보기 싫어 고집스럽게 그를 피하는 중이었다. 그런데 친구라고 있는 녀석이 도와주질 않는다. 현수는 이를 부드득 갈며 노려봤다.

"괜찮아. 바로 앞에서 택시 타면 돼."

"현수야."

돌아서서 찬바람을 일으키며 걸어가는 현수의 손목을 지후가 붙잡았다. 그러나 현수는 거세게 팔을 털어냈다. 그리고 뛰다시피 해 건물을 빠져나와 달려오는 택시를 향해 손을 내밀었다.

지후는 현수가 택시를 타고 사라지는 모습을 황망한 표정을 지으며 바라봤다. 눈 깜짝할 새에 일어난 일이었다. 무슨 말을 꺼내기도 전, 그의 팔을 뿌리친 현수는 택시를 타버린 것이다. 선주에게 사정사정 해서 알아낸 날이었다. 적어도 병원에 바래다주는 것마저 거절하지는 않으리라 생각했다. 그러나 그건 그만의 착각인 듯했다. 택시의 꼬리가 더 이상 보이지 않을 때쯤에야 정신이 든 지후는 선주가 알려준 병원을 향해 차를 몰기 시작했다. 지구 끝까지라도 따라갈 생각이었다.

평일 정오라 도로의 교통은 원활했다. 아니, 그가 오피스텔까지 오는 동안은 문제가 없었다. 그러나 갑자기 막히기 시작했다. 예약 시간 안에 도착하지 못하는 것은 아닌가 불안해지기 시작했다. 차가 막힐 시간이 아닌데, 무슨 사고라도 났나. 고개를 갸웃거렸다.

조금씩 움직이는 차량 행렬을 따라 버스와 택시가 접촉 사고를 일으켰는지, 심하게 찌그러진 채 교통경찰과 사람들의 모여 있는 게 보였다. 뒤에 따라가던 택시가 갑자기 멈춰 서는 버스를 피하지 못하고 부딪힌 듯했다. 지후는 많고 많은 사고 중에 자신과 관련된 사람의 사고일 거라고는 꿈에도 생각지 못했다.

더디게 움직이는 차들을 바라보며 초조하게 핸들을 두드리고 있던 지후는 핸드폰이 울리자 귀찮은 듯 쳐다봤다. 벨이 한참 울리고도 힐끔거리기만 하던 지후는 투덜거리며 핸드폰을 집어 들었다. 액정 화면 가득히 현수의 이름과 전화번호가 차지하고 있었다. 갑자기 마음이 분주해졌다. 심장도 거칠게 뛰기 시작했다. 침을 삼키느라 목울대가 움직였다.

"여보세요."

—어, 통화가 되네. 이 핸드폰 주인 알죠?

생각지도 못한 굵은 남자의 음성이 전해지자 지후는 거의 제정신이 아니었다. 불길한 예감이 전신을 휘감았다. 설마, 말도 안 돼! 순간 스친 생각이 현실이 되어버렸다.

—지금 응급차예요. 교통사고로 지금 성신병원 응급실로 옮기는 중입니다. 보호자 되시면 바로 오셔서 수속 밟으십시오.

심장이 쿵 내려앉는 소리가 들렸다. 손에 들려 있던 핸드폰이 떨어져 인정사정없이 바닥에 굴렀다. 도저히 믿을 수 없었다. 장난 전화일 거야라는 생각에 허리를 구부려 핸드폰을 다시 집어 들었다. 그리고 최근 통화 목록을 확인했다. 선명하게 현수의 핸드폰 번호가 남아 있었다. 아찔했다. 손발이 떨려 운전이 불가능할 정도였다. 꽉 막힌 도로가 원망스러울 뿐이었다.

현수는 지후를 남겨두고 급히 택시에 올랐다. 택시기사에게 산부인과 위치를 알려주고 의자에 깊숙이 몸을 묻고 편하게 기대 눈을 감았다. 그러나 눈을 감은 지 채 얼마 되지 않아 끽 소리와 함께 쿵! 어딘가에 부딪치는 소리가 고막을 찔렀다. 전혀 무방비 상태에 있던 현수는 몸이 앞쪽으로 쏠리는 것을 느끼며 자신도 모르게 손으로 배를 감쌌다. 얼굴을 정통으로 보조석에 부딪친 듯 멍했다. 그리고 암흑 속으로 빠져들었다. 흐릿하게 사이렌 소리와 사람들의 웅성거림이 전해져 왔지만 눈을 뜰 수가 없었다. 그저 깊은 수렁 속으로 빨려 들어가는 것 같았다.

얼마나 시간이 흘렀는지 알 수 없었다. 희미한 형광등 불빛이 눈에 거슬렸다. 몇 번이나 눈을 깜박거렸지만 쉽게 눈이 떠지지 않았다.

"현수야, 현수야!"

다급하고 절박하게 부르는 남자의 음성이 귓가에 메아리쳤다. 무슨 일이 일어난 거지? 현수는 겨우 눈을 떴다. 흰색 커튼에 가려워져 밖은 보이지 않았다. 간이 의자에 커다란 몸을 웅크린 채 걱정스런 시선으로 자신을 바라보고 있는 지후가 있었다. 그리고 팔에는 주삿바늘이 꽂혀 있었다.

순간 현수는 두 눈이 번쩍 커지면서 쿵, 신음 소리를 내고 말았다. 무슨 일이 있었는지 너무도 분명하게 떠올랐기 때문이다. 더 이상 다른 것은 눈에 들어오지 않았다. 힘없이 늘어졌던 손을 배 위로 가져갔다. 설마 아기가 잘못되기라도 했다면 현수는 자신을 용서할 수 없을 것 같았다.

"아이는? 아이는?"

파랗게 질려 묻는 현수의 손을 지후가 두 손으로 꽉 움켜쥐며 말했다.

"괜찮아, 괜찮아."

그러나 현수는 믿을 수 없었다. 지후의 손을 뿌리치고 히스테릭하게 소리쳤다.

"의사 선생님 불러와. 당장! 네 말은 믿을 수가 없어."

"현수야, 아이는 괜찮아. 다친 건 너야."

지후가 안타깝게 그녀를 타일렀지만 소용없었다. 어디에서 그런 힘이 났는지 현수는 벌떡 일어나 손으로 주삿바늘을 뽑을 태세였다.

"잠깐만 기다려. 그러지 마. 선생님 모셔올 테니까."

지후가 사라지고도 현수는 마음을 진정시키지 못해 끙끙 앓았다. 지후와 함께 들어온 의사가 아이는 무사하다는 말을 하기까지 현수는 피가 마르는 것 같았다. 긴장감이 풀리자 현수는 픽 쓰러졌다. 놀란 지후가 그녀를 붙잡아 침대에 눕히자 현수는 잠 속으로 빠져들었다.

어떻게 병원으로 달려왔는지 기억조차 나지 않았다. 만약 현수가 잘못되기라도 했다면, 파르르 입술이 떨리고 손발이 저렸다. 입술에 짭짜름한 맛이 느껴졌다. 어려서부터 조숙했던 그는 일찍 어른이 되었다. 그 후로 단 한 번도 흘려보지 않았던 눈물이 볼을 타고 흘러내렸다.

병원에 도착해 본 그녀는 정신을 잃은 채 병원 침대에 누워 있는 모습이었다. 다리가 떨려 현수에게 다가가기까지 꽤 오랜 시간이 걸렸다. 차가운 손을 움켜쥐며 정신 나간 사람처럼 의사를 불렀다. 그가 알지 못하는 여러 가지 검사들을 거친 의사는 아이가 무사함을 전해줬다. 또한 심한 타박상 외에는 다친 곳이 없다고 했다. 다만 후유증이 어떨지 모르니 지켜보자는 말을 들으며 지후는 가슴을 쓸어 내렸다.

많이 마른 것 같았다. 핏기라고는 찾아볼 수 없을 정도로 창백한 피부에 숨소리마저 너무 작아 들리지 않았다. 이대로 영원히 잠들어 버릴 것처럼 보이는 현수를 내려다보며 지후는 흔들어 깨우고 싶은 충동을 느꼈다. 현수의 얼굴은 누군가에게 맞은 것처럼 통통 부어오른 데다 심하게 울긋불긋 멍까지 들어 있었다. 그녀의 얼굴을 쓸었다. 따끔거리는지 잠이 든 현수의 표정이 찡그려졌다. 지후는 자신이 얻어맞은 것처럼 아팠다. 가슴이 욱신거리고 미안해 견딜 수가 없었다.

모든 게 자신의 탓처럼 느껴졌다. 그가 현수를 찾아가지만 않았더라면 급하게 택시를 탈 필요도 없었을 것이다. 더 근본적인 이유는 현수와 관계를 어긋나게 만들어 버린 어리석은 자신이었다. 현수는 입원실로 옮겨지는 동안 내내 깨어나지 않았다.

지후는 망설이던 끝에 윤수에게 전화를 넣었다. 아무도 모르게 그냥 지나치고 싶었지만 아플 때 필요한 사람은 누구보다 가족이 아닐까 싶었다. 잠깐 깨어나자마자 아이를 걱정하며 그의 손을 냉정하게 뿌리치던 현수가 생생했다.

현수는 웅성거림에 눈을 떴다. 눈꺼풀이 무거워 힘겹게 눈을 떴지만 아무도 그녀가 깨어난 줄 모르는 듯했다. 넓지 않은 병실에 검은 머리들이 많았다. 수심이 가득한 얼굴의 엄마 미정과 아빠 민호까지……. 두런두런 나누는 이야기가 잘 들리지 않았다. 사고 탓인지 귀가 윙윙거리는 것 같았다. 그러나 조용한 병실을 가르는 현경의 날카로운 음성은 선명하게 귓가에 전해져 왔다.

"형부는? 얼마나 바쁜 사람이길래, 임신한 언니를 혼자 택시를 타고 병원에 가게 해요? 그리고 저게 사람 얼굴이에요? 오늘 정말 형부한테 실망했어요."

"어허, 현경아!"

현경의 질타에 놀란 미정이 지후를 향해 미안한 표정을 지으며 나무랐다.

"그럼 일하는 사람이 어떻게 병원 갈 때마다 따라다녀? 어쩌다 보니 사고가 난 것이지, 그게 어떻게 김 서방 탓이냐? 애도 괜찮고, 현수도 크게 다치지 않았으니 천만다행이지."

그러나 현경은 화가 풀리지 않는 듯 지후에게 곱지 않은 시선을 보냈다. 지후는 죄인인 양 고개를 떨군 채 말이 없었다. 민호가 지후의 어깨를 괜찮다는 듯이 다독거리자 지후는 나지막하게 말했다.

"죄송합니다."

"아닐세. 좋은 일 앞두고 액땜한 거라 생각하세. 근데 애가 너무 오래 자는 거 아닌지 몰라."

"아빠……."

민호를 부르는 가냘픈 음성에 모두의 시선이 현수에게로 향했다. 그나마 평정을 유지하던 민호의 눈이 떨리면서 급하게 현수의 손을 잡았다.

"현수야."

"저 괜찮아요."

"그래."

민호는 그저 현수의 손을 꼭 쥐고 고개를 끄덕였다. 정말 오랜만에 느껴보는 아버지의 다정한 시선이었다. 언젠가부터 깊게 패인 골로 인해 느껴졌던 거리감은 위로하듯 손등을 부드럽게 두드리는 민호의 손길에 의해 사라졌다. 현수는 울컥 목이 메었다.

민호의 등 너머로 가족들의 걱정 어린 시선들이 느껴졌다. 현수는 일부러 웃으려 했지만 얼굴 근육들이 당긴 나머지 찡그리는 꼴이 되고 말았다. 심통이 잔뜩 난 현경은 그만 울음까지 터뜨리고 말았다.

"언니, 좀 조심해! 어떻게 결혼을 해서도 시한폭탄이냐?"

현경의 어리광 섞인 투정에 윤수가 키득거렸다.

"아무튼 축하한다. 그 몰골을 하고 축하받기는 좀 뭐하겠지만 그래도 조카가 생긴다고 하니까 기분은 나쁘지 않다."

지후의 어깨를 툭 치며 현수를 향해 윤수가 말했다. 현수는 조심스럽게 손을 배 위에 올려놓았다. 지후의 찌를 듯한 시선이 느껴졌지만 현수는 애써 피했다. 가족들에게 입만 벙긋거리는 거로 대꾸를 대신할 뿐 지후는 모른 체했다.

가족들이 몰려 나가자 이번에는 선주가 달려왔다. 선주가 도착하자 지후는 슬며시 자리를 피했다.

"어떻게 된 거야? 지후 씨가 너 태우고 병원 간 것 아니었어?"

"응."

"이 인간이, 뭐야? 그럼 나한테 전화해서 사정사정 하기에 병원이랑 예약 시간 알려줬더니 데리러 가지도 않은 거야?"

발끈해서 당장 쫓아가 따지기라도 하려는 듯 지후를 찾아 두리번거리는 선주를 보며 현수는 고개를 저었다.

"아냐, 데리러 왔는데 내가 싫다고 했어. 그리고 택시 탄 게 이 모양이야."

"허!"

선주가 눈을 치켜뜨며 한 말이 없다는 듯 한숨을 내쉬었다.

"어쩐지, 보아하니 너보다 지후 씨가 충격이 더 큰 거 같다. 의욕을 상실한 사람처럼 기운이 하나도 없어 보이더라. 하여튼 너도 너다. 거기까지 태우러 온 사람을 놔두고 택시는 왜 타니? 지후 씨랑 정말 끝낼 생각인 거야? 좋아, 끝낸다고 쳐. 끝내더라도 지후 씨가 애 아빠잖아. 애 때문에 병원 가는데 차 좀 타면 어디가 덧나니? 웬 고집을 부려 가지고 애 놀라고, 사람들 놀라게 하는지 정말……. 그러고 보면 너도 일을 만들고 다녀."

선주의 말이 모두 옳았다. 괜한 고집이었다. 충분히 받아들일 수 있음에도 자신의 욕심을 채우기 위해 아이를 생각하지 않았다. 사람이 어떻게 앞날을 알 수 있겠는가. 지독히 운이 나빴을 뿐이다. 그럼에도 지후에게 미안했다. 자신으로 인해 주변 사람들에게 꾸중을 듣는 것도, 아이에 대한 그의 권리를 마음대로 박탈한 것에 대해서도.

선주의 긴 일장연설을 듣고도 한참 동안의 수다는 길어졌다. 현수의 기분을 풀어주려는 듯 선주는 내내 우스갯소리를 했다. 지후는 어디에 갔는지 얼굴을 비치지 않았다.

"밤에 내가 와 있을까?"

"아냐, 엄마가 오신대."

"그래? 지후 씨는?"

"일하는 사람인데 자야지."

선주는 엉덩이를 털며 일어섰다. 못마땅한 듯한 표정이 언뜻 스치는 것도 같았지만 언제 그랬나 싶게 털털하게 웃었다.

"입원한 김에 푹 쉬어라."

선주가 나가자 기다렸다는 듯이 지후가 병실로 들어왔다. 어색한 침묵이 감돌았다. 마음과 달리 선뜻 미안하다는 말이 나오지 않았다.

"어머니 오지 말라고 했어. 필요한 거 있으면 말해."

표정도, 목소리도 음울했다. 긴 밤을 어떻게 좁은 병실에서 단둘이 보내야 할지 답답했다. 병실 문이 열리고 저녁 식사가 왔다. 입맛이 전혀 없었다. 그러나 심각한 표정으로 자신의 저녁을 챙기는 지후를 보자니 차마 먹고 싶지 않다는 말이 나오지 않았다.

미역국에 밥 몇 숟가락을 말아 먹고 말았다. 좀 더 먹기를 바라는 듯 바라보는 지후의 시선을 느꼈지만 현수는 더 이상 먹을 수가 없었다. 포기한 듯 지후가 쟁반을 치우는 모습을 현수는 지켜봤다.

"저…… 지후야."

"피곤하겠다. 그만 자라. 얘기는 다음에 하자."

현수는 그가 자신의 시선을 피하고 있음을 느꼈다. 현수는 씁쓸함을 입 안으로 삼키며 누웠다. 그리고 눈을 감았다.

입원한 지 일주일 만에 퇴원을 하는 날이었다. 현수의 핸드폰은 불이 나고 있었다.

"엄마, 왜……?"

―집으로 와. 너 입덧도 한다며? 집에 와서 며칠 쉬었다가 가.

"싫어. 집이 제일 편하단 말야."

―임신했을 때는 다 친정에 와 있고 하는 거야.

"그건 엄마 생각이지. 난 우리 집이 제일 좋단 말야."

―암튼 계집애, 고집 하나는 세가지고. 알았어. 그럼 내가 내일 사골이라도 끓여서 들르마.

현수가 옥신각신 미정과 통화를 하는 동안 지후는 묵묵히 짐을 싸고 있었다. 일주일 내내 병실을 지킨 지후였다. 그러나 무슨 생각을 하는지 말이 없었다. 그의 침묵에 버거워 소리라도 지르고 싶었지만 지후의 우울한 눈동자와 마주치면 아무 말도 못하고 만다.

퇴원 수속을 다 하고 나온 지후는 현수가 차에 오르기를 기다렸다. 지후는 어디로 가야 할지 묻지 않았다. 이미 현수의 마음을 다 안다는 듯 선주의 오피스텔 앞에 그녀를 내려줬다.

"올라가."

"응."

지후는 현수를 남겨둔 채 도시의 차량 속으로 사라졌다. 집으로 가자는 말을 기다렸던 것일까. 멀어지는 차를 바라보며 현수는 입술을 깨물었다. 섭섭했다. 굳이 미정에게 가지 않겠다고 고집을 부린 건 지후와의 불편한 관계를 가족들에게 보이고 싶지 않았기 때문이다. 그러나 지후는 오해를 한 듯했다.

그날 이후, 일주일이 지나도록 지후는 더 이상 찾아오지 않았다. 미안함과 죄책감이 더해져만 갔다. 퇴근 시간이 가까워지면 으레 현관문에 귀를 기울이곤 했다. 초인종이 울릴 때면 깜짝깜짝 놀라곤 했다. 그러나 모든 기대에도 불구하고 지후가 아니라는 걸 알고 난 후의 실망감은 이루 말할 수 없었다.
"오늘도 지후 씨 안 들르려나……."
전혀 내색하지 못하는 현수와 달리 초조함을 여실히 드러내는 선주였다.
"야, 현수야, 무슨 일 생긴 거 아냐? 그렇지 않고서야 갑자기 발을 뚝 끊을 수 있겠어?"
걱정이 된다는 듯 중얼거리는 선주를 보며 현수 역시 속이 탔다.
"에이, 모르겠다. 내가 전화라도 해봐야겠다."
선주는 현수의 동의도 구하지 않은 채 지후의 핸드폰으로 전화를 걸었다. 한참을 들고 있던 선주는 입을 내밀면서 어깨를 들썩였다. 아무래도 받지 않는 모양이었다. 다시 몇 번 더 시도해 보더니 갑자기 생각난 듯 자리에서 일어났다.
"왜?"
"아, 지후 씨한테 받은 명함 있거든. 사무실로 해봐야지."
지갑에서 명함을 꺼낸 선주는 다시 한 번 버튼을 눌렀다.
"저, 이선주라고 하는데요. 김지후 변호사님 좀 바꿔주세요."
―지금 안 계신데요.
"그래요? 그럼 어디 가셨는지는 모르세요?"
―네. 며칠 쉬신다고만 하셨거든요.
"네, 고맙습니다. 참, 저기요? 거기 다른 변호사님 계시죠?"
―네, 현 변호사님이요?
"좀 바꿔줄래요?"

구애 341

―…….

전화가 연결되기를 기다리는 동안 선주의 턱 근육이 씰룩거렸다. 초조하기는 현수도 마찬가지였다.

―현진섭니다.

"저, 이선주예요. 지후 씨 어디 갔어요?"

―허, 내가 그걸 왜 당신한테 말해 줘야 하지?

"야, 현수가 궁금하니까 전화한 거잖아."

―그럼 너 말고 현수 씨 바꿔.

선주는 눈을 부라리며 전화기를 현수에게 넘겼다. 분을 삭히지 못한 선주의 씩씩거리는 소리가 집 안을 울렸다.

"진서 씨, 미안해요."

―아뇨. 지후 며칠 쉰다고 시골 갔어요.

"아, 네."

―저…… 현수 씨? 사실은 어머니가 일하시다가 허리를 삐긋하셨나 봐요. 현수 씨한테는 말하지 말라고 했는데 아무래도 알아야 할 것 같아서요. 내일이 어머니 생신이라서 모레나 올라올 거예요.

"아."

―현수 씨, 정말 헤어질 생각은 아니죠? 그러지 말고 다시 한 번 생각해 봐요. 친구로서 보기가 참 안타까워요. 그 친구 강해 보이지만 여린 구석도 많거든요. 원래 사랑을 못 받고 자란 사람은 사랑하는 방법도 잘 모르는 법이에요.

"고맙습니다."

귀를 쫑긋 세우고 궁금해하는 선주가 보였지만 현수는 쉽게 입을 열 수가 없었다. 순자가 아프다는 소식도, 내일이 순자의 생일이라는 것도 금시초문이었다. 정말 헤어지면 남이라는 말이 있듯이 가족이라면 결코 몰라서는 안 되는 일들이었다.

"선주야, 나 공항에 좀 데려다 줘."

"뭐? 어디 가려구?"

　갑자기 공항에 가야겠다는 현수를 눈이 휘둥그레져 쳐다보는 선주였다.

"어. 어머니한테 다녀와야겠어. 지후 씨도 거기 있다네."

"그래, 나가자. 표가 있을는지 모르겠네. 쳇, 암튼 지후 씨 친구라는 작자 정말 맘에 안 든다. 그게 별거라고 너 바꿔달라는 지……."

　선주의 투덜거리는 소리가 아주 먼 곳에서 들리는 것처럼 느껴졌다. 그는 도대체 무슨 생각을 하고 있는 걸까. 그리고 순자는 언제 다친 것일까. 자신을 퇴원시키고 바로 내려간 것을 보면 그녀가 입원 중일 때 다쳤을지도 모른다는 생각이 문득 들었다. 마음이 급해졌다.

"선주야, 빨리 가자."

*15... 사랑은...*

어느덧 여름이 가고 있었다. 며칠간 계속되던 장마도, 극성을 부리던 무더위도 물러가고 한들한들 피부를 스치는 바람이 신선했다. 여름 휴가철이 끝난 탓인지 비행기는 빈 좌석이 많았다. 그래서 힘들지 않게 바로 출발할 수 있었다. 양양공항에 도착했을 때는 아직 해가 산 위에 걸려 있었다. 그러나 그 열기를 잃은 햇살은 긴 여름이 점점 짧아지고 있음을 보여줬다.

 5시 30분에 출발한 대한항공 여객기는 오십여 분 만에 현수를 지상에 내려줬다. 낯선 곳이었다. 신행길에 다녀간 이후로 자주 들르겠다는 그녀의 말은 지켜지지 않았다. 지후와의 관계가 삐거덕거리며 순자과의 관계도 소홀해졌던 것이다. 죄송스러운 마음뿐이었다.

공항을 빠져나와 대기 중이던 택시를 탔다. 택시는 긴 공항 도로를 빠져나와 순자가 살고 있는 동네로 향했다. 채 삼십 분도 안 되는 거리였다. 지후와 함께 찾았을 때만큼 편하거나 여유롭지 못했지만 눈에 익은 동네 어귀가 보이기 시작하자 안도의 한숨이 절로 나왔다. 마당에 들어섰지만 사람이 살지 않기라도 하듯 조용했다. 혹시 병원에 입원해 계시는 것은 아닌지 불안한 생각마저 들었다.

"어머니, 어머니……."

현수는 남의 집을 찾아온 사람처럼 기웃거렸다. 방문이 열렸다.

"누구요?"

"어머니, 저예요."

현수는 현관문을 열고 거실 마루로 들어섰다. 현수의 목소리에 놀란 듯 순자는 자다 일어난 차림 그대로 방에서 나왔다.

"아니, 아가, 어떻게 된 거냐? 교통사고로 몸 추스르고 있다는 사람이……."

지후가 그녀를 위해 핑계를 댄 듯했다. 아직까지도 움직이지 못하고 누워 있으리라 생각했던 순자는 꽤 놀란 것 같았다.

"아, 며칠 전에 퇴원했어요. 지후랑 같이 내려왔어야 했는데…… 죄송해요."

"무슨, 늙은이 몸이야 갈 때가 다 되어가니 쉽게 여기저기 탈이 나지만, 젊은 사람이야 어디 그래? 잘 추슬러야지, 안 그러면

사랑은… 345

두고두고 고생이야. 내 병도 다 젊어서 얻은 거잖아."

지후와 현수의 트러블을 전혀 모르는 듯 현수의 두 손을 매만지는 거친 손을 느끼며 현수는 가슴이 뭉클했다.

"어머니, 허리는 괜찮으셔요?"

"어, 며칠 동안 한의원에서 침 맞았더니 훨씬 수월해."

"언제 다치신 거예요?"

"한 열흘 됐나……."

현수가 입원해 있을 때였다. 지후의 마음이 어땠을지 현수는 짐작조차 하기 어려웠다. 세상에 혈육이라고는 하나뿐인 순자와 그녀 사이에 얼마나 힘들었을지 눈에 선했다.

"지후는 안 보이네요."

현수가 집 안을 두리번거리며 묻자 순자가 고개를 끄덕이며 대답했다.

"바닷가에 갔을 거다. 이 시간이면 바닷가에 가 한참 있다 오곤 하더라. 아무래도 그렇겠지, 서울 생활하던 녀석이 시골에 와 있으니 답답하기도 할 거야. 내일은 같이 올라가야지."

"어머니, 죄송해요. 급하게 내려오느라 선물도 준비 못했어요. 대신 제가 생일상 차려 드릴게요."

"생일상은 무슨, 난 너희 부부가 금슬 좋게 오래오래 사는 거면 족해. 그게 제일 큰 선물이야."

순자의 말을 들으며 현수는 마음이 아팠다. 죄를 짓고 감추고 있는 것처럼 불편하고 불안했다. 순자와 마주하고 있는 시간이 길수록 죄책감은 더해질 것만 같아 일어섰다.

"어머니, 저 지후한테 갔다 올게요."
"그래, 길 조심하고. 어딘지는 알지?"
"네."

현수는 순자에게 인사를 하고 집을 나섰다. 봄에 다녀갔던 길이었다. 여름 태양과 비로 영양분을 보충한 잡초들은 무성하게 자리 그녀의 무릎까지 올라왔다. 그나마 사람이 밟아 지나다닌 곳을 따라 샛길처럼 길이 나 있었다.

뱀이 있을지도 모른다며 그녀의 손을 잡아주던 지후가 떠올랐다. 그의 손을 잡으며 그녀가 느꼈던 안정감과 설렘, 아주 오래된 이야기처럼 느껴졌다. 이미 어둑어둑해진 시골길을 따라 현수의 걸음은 더뎠다. 든든하게 그녀의 손을 잡아줄 사람이 없기에 발을 헛디디지 않으려고, 혹시라도 뱀이라도 나오면 어쩌나 싶은 마음에 긴장감으로 어깨가 뻣뻣하게 굳어 있었다.

모래사장이 보이는 게 고지가 멀지 않았다. 시원한 바닷바람에도 불구하고 등줄기에서 땀이 흐르는 것 같았다. 잡초가 무성한 시골길을 빠져나오자 하얀 모래가 그녀를 반겼다. 그러나 현수가 찾는 건 모래가 아니고 지후였다. 바닷가를 두리번거렸다. 발 속에 파묻히는 모래를 밟으며 자세히 보기 위해 눈을 크게 떴다.

어두워지는 바닷가에 한 남자가 서 있었다. 세상에 모든 짐을 혼자 진 듯 외롭고, 쓸쓸해 보이는 모습으로 하염없이 바다만을 바라보고 있었다. 분명 지후였다. 현수의 마음에도 휑한 바람이 부는 것 같았다. 그녀가 그의 옆에 다가설 때까지도 지후에게는

사랑은… 347

그 자리에 뿌리를 박은 나무처럼 움직임을 느낄 수 없었다. 모래 밟는 소리가 들렸을 텐데도 다른 세상을 헤매고 있는 듯 주변의 변화와 소리에 관심조차 없는 듯했다.

그의 옆에 선 현수는 지후를 올려다봤다. 그러나 지후는 바다만 바라볼 뿐이었다. 현수 역시 바다로 시선을 돌렸다. 검푸른 파도가 철썩이며 밀려왔다가 다시 멀어지기를 반복했다. 파도 소리 외에는 그 어떤 소리도 들리지 않았다.

"무슨 생각 해?"

현수의 물음에도 지후는 미동조차 하지 않았다. 그녀가 옆에 있다는 것도 의식하지 못하는 것 같았다. 나란히 바다를 바라보고 서 있지만 아주 멀리 있는 사람처럼 느껴졌다. 그를 이토록이나 황량하게 만든 사람이 자신인 것만 같아 현수는 안타까웠다.

"김지후!"

"그냥 이런저런 생각……."

전혀 듣지 못한 것처럼 표정 하나 변하지 않던 그였는데 듣고 있었나 보다.

"왜 말하지 않았어? 난 괜찮았는데……. 어머니한테 곧장 내려오지 그랬어?"

"……."

지후는 말이 없었다. 대답을 찾는 듯 묵묵히 바다만 바라보던 지후는 쓸쓸한 기운이 감도는 목소리로 말했다.

"모르겠다. 세상에서 날 사랑하는 유일한 사람이 다쳤다는데,

왜 바로 내려오지 못했는지…….”

지후의 자조적인 음성이 현수의 귓가에 울려 퍼졌다. 자신을 사랑하는 사람이 순자뿐이라고 말하는 지후를 바라보며 현수의 눈가가 젖어갔다. 왜 눈물이 나는지 알 수 없었다. 그의 처연하게 서 있는 모습만으로 가슴이 아렸다. 그러나 애써 눈물을 지으며 내색하지 않았다.

"난 어려서 시골 마을에서 자랐어. 어머니는 작은 시골 학교에서 사무 보조를 하셨지. 사생아가 뭔지도 몰랐고, 아버지가 없어도 행복하던 시절이었어. 그런데 초등학교에 들어가면서 내 귀에 사람들의 수군거림이 들리기 시작했어. 내가 누구네 아들 아니냐고? 초등학교 교장 선생님을 많이 닮았다는 게 그 수군거림의 원인이었지. 어머니에게 딱 한 번 물었던 적이 있어. 직접적으로 그 늙은 교장 선생님이 정말 내 아버지냐고 묻고 싶었지만 차마 그러지 못하고, 내가 어떻게 태어났는지 물었지. 어머니가 그러시더라. 아버지를 사랑해서 날 낳았다고. 내가 사랑을 믿지 않기 시작한 건 바로 그때부터였을 거야.”

처음 들어보는 그의 어린 시절이었다. 사랑을 부정하게 된 어린 꼬마의 모습이 눈에 선명했다. 다른 아이들과 다르게 늘 진지하고 조숙했던 지후였다. 진한 그의 생채기가 느껴져 현수는 위로하듯 무심코 그에게 손을 내밀었다. 지후는 현수가 내민 손을 선뜻 잡지 못한 채 현수의 눈을 주시했다.

"동정이니?"

"지후야.”

"내게 필요한 건 동정이 아냐. 넌 처음에도 내게 그렇게 다가왔지. 남이 신던 운동화 하나조차 사 신지 못하는 나를 동정하면서……."

그때를 회상하는지 입가에 차가운 미소가 스쳤다. 끝내 현수의 손을 잡지 않는 지후였다.

"앉자."

지후가 모래밭에 앉자 머쓱하게 손을 내려놓으며 그녀도 따라 앉았다. 무릎을 세우고 앉아 서늘한 모래를 손에 한 움큼 쥐었다 놓았다를 반복했다. 지후는 한쪽 무릎만 세우고 그 위에 팔을 올려놓은 채 먼바다를 응시했다. 한동안 말을 잃은 듯, 아니면 깊은 생각에 젖은 듯 조용했다.

"교장 선생님을 찾아간 적이 있어. 겁도 없었지. 찾아서 대뜸 당신이 내 아버지냐고 물었지."

"뭐라고 하셨어?"

현수는 조심스럽게 물었다.

"어땠을 것 같아? 채 열 살밖에 안 되는 녀석이 찾아와 당신이 내 아버지냐고 했으니……. 후."

공허한 지후의 웃음소리가 귀가 아닌 가슴속으로 파고들었다. 현수는 대꾸없이 그를 바라봤다.

"흠, 야멸친 비아냥과 뺨 한 대였지. 그리고 어머니는 학교를 관뒀어. 무슨 소리를 들었는지 무작정 날 데리고 서울로 왔지. 너도 알지, 우리의 서울 생활이 어땠는지?"

궁핍했던 지후의 어린 시절을 현수는 선명하게 기억하고 있었다.

"지후야."

"그런데 정말 우스운 건 사법고시에 패스하고 일주일쯤 지났을까? 교장 선생님의 아들이란 작자가 날 찾아온 거야. 자기가 내 아버지라고."

"뭐?"

"난 아버지란 사람 없다고 상대도 안 해줬지. 미안하다고 사과하는 걸 거들떠도 안 봤어. 그런데 한 달 만에 연락이 왔더라. 내게 많은 유산을 남기고 돌아가셨다고. 언젠가 내가 얘기했었지? 결국 난 그 아버지란 사람의 혜택을 받았어. 난 보란 듯이 성공하고 싶었다. 그들 앞에서 당신들이 부인한 나란 존재가 얼마나 대단한 존재인지 보여주고 싶어 미친 듯이 공부했는데 허탈하더라. 내가 그 사람한테 감사해야 하는 거니?"

"지후야."

"그만 일어나자."

지후는 고해 성사를 하듯 자신의 이야기를 털어놓더니 모래를 털고 일어섰다. 사랑한다느니, 기회를 달라는 말보다 더 그녀의 가슴을 울리는 진솔한 그의 이야기였다. 현수는 묵묵히 앞서 걷는 지후의 뒤를 따라 걸었다.

끈 하나만으로 연결된 어깨가 훤히 드러나는 원피스를 입은 채 바람에 치맛자락과 향기를 날리며 다가오는 현수를 보는 순간 지후는 아찔한 현기증을 느꼈다. 지후는 진서에게조차 하지 않았던 이야기를 현수에게 털어놓고 말았다. 동정을 원하는 게

사랑은… 351

아니라고 우겼지만 그의 내면에서는 동정이라도 끌어내 그녀를 붙잡고 싶었는지 모른다. 그녀가 위로하려는 듯 그의 이름을 불렀을 때 지후는 흠칫했다. 자신이 무슨 짓을 하고 있는지 깨달았기 때문이다. 자신의 모습이 너무나 초라하게 느껴져 현수를 더 이상 바라볼 수 없었다. 그녀를 두고 성큼성큼 앞서 걸었다.

그러나 그의 귀는 뒤에서 들려오는 현수의 발자국 소리에 예민하게 반응하고 있었다. 자칫 멀어질까, 컴컴한데 넘어지는 건 아닌가 하는 조바심이 그를 휘감고 있다는 걸 현수는 추호도 모르리라. 채 몇 걸음 가지 못해 발을 헛디디는 소리가 들렸다. 놀란 지후는 뒤를 돌아봤다. 웅덩이에 빠진 현수의 발이 보였다.

"괜찮아?"

"응. 좀 미끄러졌어."

괜찮다는 듯 웅덩이에서 발을 꺼내 걷는 현수의 손을 지후가 붙잡았다. 현수의 가슴에 잔잔한 파문이 일고 있었다. 내내 그녀를 슬프게 했던 감정들이 북받쳤다. 심장 박동도 빨라졌다. 현수는 지후의 손을 의지하며 시골길을 걸었다. 멀리서 개 짖는 소리가 들려왔고, 집집마다 하나둘씩 불이 켜지고 있었다.

집이 가까워질 동안 내내 두 사람은 말이 없었다. 그저 손을 맞잡고 걸을 뿐이었다. 처음 이 길을 걸었던 때가 아주 오래전 기억처럼 느껴졌는데, 이제는 영원히 잊혀지지 않을 것 같다. 사랑하는 사람과 두 손을 꼭 잡고 걷는 이 길을 어떻게 잊을 수 있겠는가.

"내일이 어머니 생신이라며?"

"응."

"내일 미역국이라도 끓여야 할 텐데, 미역 있어?"

"글쎄, 잘 모르겠는데……."

"그럼 속초에 있는 마트라도 갔다 오자. 며느리한테 생일상 한 번쯤은 받으실 만하잖아."

지후가 걸음을 멈추고 현수를 바라봤다.

"굳이 그럴 필요 없어. 어차피……."

지후는 결국 하려던 말을 잇지 못했다. 더 이상 욕심 부려서는 안 된다는 걸 알면서도 차마 입으로 떨어지지 않았다. 현수의 사고를 접하던 날의 그 아득함을 생각하면 아직도 떨렸다. 현수가 이 세상에 존재하지 않는 삶은 상상조차 할 수 없었다. 그에게 마음의 문을 닫아버린 현수를 향한 자신의 집착이 사고로 내몬 것 같아 괴로웠다.

"내가 차려 드리고 싶어."

늦은 저녁, 지후와 현수는 쇼핑 카트를 밀며 장을 봤다. 생일상에 차릴 장을 보면서 두 사람은 말이 없었다. 묵묵히 야채와 과일, 생선을 고르면서도 서로의 의견을 묻지 않았다. 한동안 마트 안을 배회하던 현수는 지후에게 물었다.

"어머니 뭐 좋아하셔?"

"글쎄……."

지후는 대답을 하지 못했다. 한참을 생각했지만 순자가 과연 좋아하는 것이 무엇인지 떠오르지 않았다. 자식에 대한 순자의 사랑을 단 한 번도 의심해 보지 않았지만, 참 대화가 없던 모자 사이였다. 좀처럼 순자에게 자신의 이야기를 하지 않았던 그와 묻지 않았던 순자. 일생을 그를 위해 살았다고 해도 과언이 아닌 순자에 대해 아는 게 별로 없다는 사실 앞에 지후는 고개를 떨굴 수밖에 없었다.

이 모든 게 스스로가 자초한 일처럼 느껴졌다. 표현하지는 않았지만 다분히 순자에 대한 원망이 없었다면 거짓말일 것이다. 따뜻한 말 한마디 건네지 않는 아들을 바라보는 순자의 마음은 어떨까. 육류 코너에서 고기를 보고 있는 현수를 바라봤다. 현수가 그에게서 등을 돌린 것도 어쩌면 당연한 것일지도 모른다. 진심을 담아 사랑한다는 말보다는 모진 소리로 그녀를 괴롭히기만 하지 않았는가.

"어머니 이는 괜찮으셔?"

"글쎄……."

"어머니는 아무래도 찜을 좋아하시겠지?"

"……."

지후는 대답하는 걸 포기했다. 한심하다는 듯 쳐다볼 만도 하건만 현수는 그러지 않았다. 묻고 대답이 없으면 혼자 잠시 생각하는가 싶더니 물건을 골랐다. 돌아오는 길, 장바구니가 꽤 무거웠다. 순자가 처음 받아보는 생일상일 것이다.

이른 아침, 눈을 뜬 현수는 분주하게 움직였다. 그녀보다 더 일찍 깨어 텃밭에 나간 순자를 뒤로하고 현수는 미역을 담그고 쌀을 씻었다. 지후는 산책을 나갔는지 보이지 않았다.

그날처럼 어제도 순자가 깔아준 이불과 요에 나란히 누웠다. 얼마 만에 함께 누워보는지 기분이 묘했다. 그도, 그녀도 쉽게 잠들 수 없었다. 서로의 뒤척임을 모른 체하는 긴긴 밤이었다. 그나마 몸이 피곤했던 현수가 먼저 잠이 들었던 것 같다.

미역국과 갈비찜, 버섯부침과 쇠고기산적, 생선 양념구이 등……. 현수가 정성을 들여 차린 아침상은 푸짐한 음식들로 가득 찼다. 밖에서 인기척이 들렸다. 순자가 들어오는 모양이었다. 현수는 대충 상을 다 차린 다음 문을 열었다. 그러나 엉거주춤 서 있는 사람은 순자가 아닌 지후였다.

"어디 갔다 왔어?"

"응, 잠깐 바람 좀 쐬었어."

"어머니 좀 모시고 오지?"

"그래."

상을 다 차렸을 때쯤 지후와 함께 순자가 들어왔다. 조금 전에는 보지 못했는데 지후의 손엔 케이크가 들려 있었다. 아마도 일찍 일어나 시내에 다녀온 모양이었다.

"어머니, 앉으세요. 그리고 생신 축하드려요. 오래도록 건강하세요."

순자는 큰 상 가득 차려진 음식들을 바라보며 말을 잃고 있었다. 현수는 뿌듯함을 느끼며 지후의 손에 들려 있는 케이크를 받아 들었다. 자연스럽게 케이크에 초를 붙이는 현수와 달리 순자와 지후는 어색한 표정을 감추지 못하고 있었다.

"어머니, 초에 불 끄셔야죠?"

사랑은… 355

현수의 재촉에도 쑥스러운 듯 바라보고 있던 순자는 마지못해 훅 불어 불을 껐다. 박수를 치는 사람은 현수 혼자뿐이었다. 지후는 묵묵히 그 모습을 지켜볼 뿐이었다.

그때였다, 순자가 눈가를 훔치는 것을 본 것은. 그 모습을 비단 현수만이 본 것은 아닌 듯했다. 지후의 눈썹이 꿈틀거리는 걸 보니 그 또한 순자의 모습을 본 것 같았다. 며느리에게 생일상 받는 게 뭐 대단한 일이라고 감격해 눈물을 흘리는 순자를 보자니 현수 역시 눈가가 젖어들고 있었다. 그러나 생일상을 마주하고 울 수는 없었다.

"어머니, 국 한번 드셔보세요. 간이 맞는지 모르겠어요."

애써 못 본 척, 태연한 척 순자에게 말을 걸었다. 지후는 말없이 미역국을 뜨고 있었다.

"힘들게 뭘 이렇게 많이 했어? 국이나 끓이면 됐지."

"어머니는, 괜히 며느리인가요? 이제는 생일상을 받으셔야죠."

지후는 말없이 현수와 순자의 대화를 들으며 밥을 먹었다. 참 오랜만에 맛보는 현수의 음식들이었다. 그녀의 정성이 듬뿍 담긴 밥상을 받은 것만으로도 충분히 감격했다. 그런데 눈물을 글썽이는 순자를 보니 뜨거운 것이 안에서 울컥 올라왔다. 자신의 생일조차 잊고 산 날이 많았던 순자에게 현수가 차린 생일상은 그저 생일상만은 아니었을 것이다. 그 생각이 드는 순간, 코가 맵고 눈이 시렸다. 지후는 입술을 지그시 깨물며 눈물을 속으로 삼켰다.

순자는 눈물을 감추고 세상에서 가장 행복한 사람처럼 웃고 있었다. 밥이 제대로 넘어가지 않았다. 그들이 결별을 앞두고 있다는 것을 알았다면 불가능한 일이었다. 순자의 행복한 얼굴을 현수는 흐뭇한 미소를 지으며 바라보고 있었다. 자신만큼 실망할 순자의 얼굴이 스쳤다.

지후는 힘겹게 밀어 넣던 음식들을 더 이상 먹지 못하고 숟가락을 놓았다. 현수의 시선이 자신을 향한다는 걸 알았지만 모르는 체했다. 컵에 따라진 물을 마시며 현수를 향해 일렁이는 감정들을 무시하고자 했다.

"그런데 지후 너는 이렇게 오래 자리를 비워도 돼? 나 혼자서도 이제 충분히 거동이 가능하니까 오후에 올라가라."

말이 없는 지후를 대신해 현수가 말했다.

"어머니, 제가 며칠 더 머무를게요."

"무슨? 그렇지 않아도 나 때문에 떨어져 지낸 게 며칠인데, 나 멀쩡하니까 같이 올라가. 너도 다 나았다고 하지만 더 쉬어야지."

일언지하에 거절하는 순자를 바라보며 현수는 더 이상 고집 부리지 않았다.

결국 오후에 지후와 현수는 차에 함께 올랐다. 차가 보이지 않을 때까지 손을 흔드는 순자를 뒤로하고 서울로 향했다. 서울로 올라오는 내내 두 사람은 말이 없었다. 지후는 운전에만 집중했고, 현수는 창밖만 바라봤다. 파도가 일렁이는 바다를 지나 푸름이 짙은 산을 지났다. 잔뜩 흐린 하늘은 비라도 뿌릴 듯 습기를 머금고 있었다.

두 사람은 분명 나눠야 할 이야기들이 있었다. 그러나 어느 누구도 선뜻 입을 열지 못한 채 침묵할 뿐이었다. 서울이 가까워지는 동안 현수는 초조했다. 더 이상 다시 시작하자는, 노력한다는 말을 하지 않는 지후를 바라보며 안타까웠다. 정말 이대로 남이 되는 것일까.

"미안해."

지후가 흠칫하는 게 느껴졌다. 너무 늦은 말이었다. 진작 그에게 사과했어야 했다.

"네 차를 탔어야 했는데, 괜한 고집을 부려서 너 많이 난처하게 했다."

지후는 여전히 앞만 바라본 채 아무런 대꾸가 없었다.

"지후야."

"이젠 괴롭히지 않을게."

낮게 읊조리는 그의 음성이 현수에게는 천둥 소리처럼 크게 들렸다.

"그 말 진심이야?"

"노력할게."

자신없는 그의 태도가 현수를 슬프게 했다. 오만하다고 느껴질 정도로 자신감에 차 있던 지후의 모습이 그리웠다. 자신을 붙잡지 않기 위해 노력한다는 지후를 보며 현수는 가슴이 아려왔다.

"어머니가 무척 실망하시겠다."

"……."

"왜 어머니께 얘기하지 않았어? 우리 아이 가진 거……."

"모르시는 게 나을 것 같아서. 아이까지 가진 걸 아시면 널 쉽게 포기하지 못할 거야."

그의 말속에 담겨 있는 체념을 느끼며 현수는 더 이상 묻지 않았다. 이미 그의 마음을 엿보았기 때문이다.

이미 어둠이 내려앉고 있었다. 쉬지 않고 달려온 차는 어느새 선주의 오피스텔로 들어섰다. 오피스텔 지하 주차장에 차를 부드럽게 세우는 지후를 보며 현수는 말했다.

"올라가서 저녁 먹고 가."

"됐어."

현수를 돌아보지 않은 채 앞만 주시하며 짧게 대꾸하는 지후였다. 현수가 내리기를 기다리는 것 같았다. 그러나 현수 역시 흐릿한 형광 불빛에 줄을 맞춰 주차되어 있는 차들만을 바라볼 뿐 미동도 하지 않았다. 고요한 침묵이 두 사람을 감쌌다. 그러나 누구도 쉽게 그 침묵을 깨지 못한 채 시간은 흘러가고 있었다. 간혹 차들이 들어오고 나가기를 반복하는 모습을 지켜볼 뿐이다.

"지후야, 네가 원하는 게 나야, 아이야?"

현수의 차분한 음성이 침묵을 깨뜨렸다. 현수의 질문에 지후의 눈꼬리가 올라갔다.

"사람 놀리니?"

"정말 궁금해서 묻는 거야."

지후는 핸들을 잡고 있던 손을 걸치듯 길게 뻗으며 숨을 몰아쉬었다. 검은 눈동자는 음울한 듯 그 빛을 잃었고, 턱은 경직된 듯했다.

"나 많이 후회했다. 네가 사랑한다 고백했을 때 받아주지 못한 것, 오래전부터 널 사랑한다고 표현하지 못한 것……."

현수는 고른 숨을 내쉴 수가 없었다. 지후가 너무 쉽게 자신의 감정을 털어놓을 거라고는 미처 생각지 못했다. 현수가 어떤 대꾸도 할 새 없이 지후는 다시 입을 열었다.

"나, 결혼 전에 윤석현이 돌아온 거 알았어."

"뭐?"

놀란 눈의 현수가 지후를 바라봤다. 그러나 지후의 표정은 변화가 없었다. 빛을 잃은 눈동자와 경직된 턱은 여전했다. 담담하기만 그의 음성이었음에도 불구하고 현수에게는 커다란 파장을 일으켰다. 꿈속에서나 가능했던 지후의 고백이 믿기지 않아 두 눈을 여러 번 깜박거렸다. 심장도 주인의 의지와 상관없이 광란을 일으키듯 뛰기 시작했다. 그러나 지후는 그녀의 감정의 변화를 눈치 채지 못한 듯 계속 말을 이었다.

"마음이 편했다고 하면 그건 거짓말일 거야. 그렇지만 너한테 알리고 싶지 않았던 것도 내 마음이야. 그때는 단순히 널 원해서라고만 생각했는데, 어쩌면 원하는 것 이상이었을지도 몰라. 넌 다른 사람을 만나 아름다운 사랑의 꿈에 빠져 있을 때, 난 가끔 네 생각 했어. 여자를 만날 기회가 없었던 것도 아냐, 너도 알겠지만. 그렇지만 여자 하면 떠오르는 사람이 너뿐이었어. 윤수 선배가 동생을 소개해 주겠다고 했을 때, 처음엔 거절했었어. 그런데 네 이름을 듣는 순간 한번 만나보고 싶더라. 혹시 너이지 않을까 하는 마음으로……. 운명 같은 건 믿지도, 생각해본 적도 없는데 널 보는 순간 운명이라 생각했어. 넌 아니었지만."

"지후야."

"나, 윤석현을 엄청 질투했다. 처음부터 그 사람이 널 못 잊고 있다는 걸 알았거든. 너도 그랬고. 그래서 다시 만나면 나 같은 놈은 헌신짝 버리듯 떠날지도 모른다 생각했었나 봐. 사실은 네가 내 곁에 있어주기를 바라는 만큼, 나만을 바라봐 주기를 원하는 만큼 널 함부로 대했어. 우습지만 그게 내 사랑 표현이었어. 좀 더 솔직해지지 못한 것 많이 후회했다. 난 너도, 아이도 선택할 권한 없어. 다만 네가 가진 내 아이기 때문에 소중해. 우리 아이는 적어도 나 같은 경험을 하지 않기를 바라. 내가 한 번도 불러보지 못했던 아버지를 맘껏 부르며 사랑을 두려워하지 않는 아이로 자라기를 바랄 뿐이야."

그의 고뇌와 아픔이, 사랑이 그녀를 뒤흔들었다. 목이 메었다. 볼을 타고 눈물이 흘러내렸다. 손으로 훔쳤지만 한 번 쏟아지기 시작한 눈물은 멈출 기미를 보이지 않았다. 현수는 결국 두 손으로 얼굴을 가리고 울기 시작했다. 그저 소리없이 눈물만 쏟아내던 현수의 입에서 흐느낌이 흘러나왔다. 복받치는 감정을 자제하지 못하고 놓아버린 탓이다.

마음속에 묻어두기만 했던 자신의 감정들을 마지막이라 생각하며 토해내던 지후는 현수의 흐느낌에 놀라 돌아봤다. 현수는 눈물, 콧물이 범벅이 된 얼굴을 손으로 가린 채 어깨를 들썩이며 흐느끼고 있었다.

"현수야?"

"엉엉엉……."

현수의 흐느낌은 이제 대성통곡이 되고 말았다. 당황한 지후는 현수를 진정시키기 위해 꼭 껴안으며 등을 토닥였다. 지후의 와이셔츠가 젖어 몸에 달라붙을 때까지 현수는 울고 또 울었다. 울다 지친 듯 조금씩 울음소리가 수그러들었다.

"너 정말 나빠."

현수의 웅얼거림이 들려왔다. 지후는 쓸쓸한 미소를 지으며 현수를 껴안았던 손을 풀고 내려다봤다. 현수의 눈은 벌겋게 충혈되어 있었고, 코는 빨갰다. 얼굴 전체가 상기된 듯 불그스름한 빛을 띤 현수는 너무 청조해 보였다. 자꾸만 손이 현수의 얼굴을 향해 움직이려 하자 지후는 이를 악물며 자신에게 기대 있는 현수의 어깨를 밀어내고자 했다. 그러나 현수는 떨어지지 않으려는 듯 지후의 품으로 파고들 뿐이었다. 어찌해야 할지 몰라 하고 있는 지후의 귓가에 믿기지 않는 현수의 음성이 들려왔다.

"지후야, 나 좀 꼭 껴안아 줘. 키스해 줘."

현수의 어깨 위에 올려졌던 그의 손에 힘이 들어갔다. 그녀의 의중이 뭔지 궁금했던 지후는 물을 요량이었다. 그러나 부딪쳐 오는 건 현수의 따스한 입술이었다. 부드러운 감촉의 입술이 그의 입술에 부딪쳐 오자 지후는 당혹스러웠다. 허겁지겁 받아들이기엔 지금 심경이 너무나 복잡했다. 그의 긴 고백은 마지막 작별 인사와도 같았다. 그러나 그 앞에서 울음보를 터뜨려 버린 현수의 모습과 그의 입술에 부딪쳐 오는 입술은 그에게 자꾸만 기대를 갖게 했다. 안간힘을 다해 마음을 접고자 하는 그를 흔들고 있었다.

떼어내고자 했으나 부드러운 감촉의 입술을 맛보는 순간 이성이나 생각들은 아득하게 멀어져 갔다. 설령 마지막이 될지라도 마음껏 그녀의 입술을 느끼고 싶은 욕구가 치솟았다. 머뭇거림은 잠시였다. 현수를 품 안에 가두며 그녀의 입술 사이를 헤집고 들어갔다. 그녀의 속살들은 따뜻하고 달콤했다. 가지런한 치아와 잇몸, 그리고 말캉말캉한 혀. 서로의 혀가 만나 뒤엉키고 유혹하듯 닿았다가 떨어지기를 반복하는 동안 현수의 입에는 신음 소리가 흘러나왔다. 그녀의 모든 것을 다 삼킬 듯 지후는 뜨겁고 강하게 현수를 열망했다. 지후의 입속으로 빨려 들어가는 듯한 착각에 빠질 정도였다.

지후의 손이 현수의 어깨에 걸려 있던 원피스 끈을 밀어젖히고 가슴으로 들어왔다. 그리고 브래지어를 두 손으로 가볍게 풀어 내린 후 탐스런 그녀의 가슴을 손으로 움켜쥐었다. 현수의 입에서 가늘게 떨리는 비음이 새어 나왔다. 툭 튀어나온 젖꼭지가 지후의 손바닥을 자극했다. 위아래로, 좌우로 현수의 가슴을 움켜쥔 채 그 부드럽고 야릇한 느낌에 지후는 젖어들었다.

에어컨이 시원하게 잘 돌아갔지만 두 사람의 열기로 차 안은 뜨거웠다. 입술에 머물러 있던 지후의 입술이 귓불을 지나 목덜

사랑은… 363

미로 물 흐르듯 키스를 남기며 결국은 원피스가 내려가 하얀 속살을 드러낸 가슴으로 옮겨갔다. 기다리기라도 한 듯 봉긋 솟아오른 유두를 한입에 물어버리는 지후였다.

"아."

현수는 나약하지만 짧은 소리로 그의 갑작스런 공격에 주의를 줬다. 그러나 지후는 들리지 않는 듯 현수의 가슴에 얼굴을 묻고 있었다. 현수의 입에서는 자신조차 믿기지 않은 음탕한 신음 소리가 연신 흘러나왔다. 그 어느 때보다 흥분되고 짜릿한 느낌이 그녀를 휘감고 있었다.

그녀의 가슴을 그의 입술과 혀가 농락하는 동안, 그의 손은 등을 지나 그녀의 둔부를 어루만지고 있었다. 더 이상은 불가능했다. 운전석과 보조석을 가로막는 차의 구조상 마음껏 서로의 몸을 탐하기는 힘들었다.

"지후야, 지후야……."

현수는 재촉하듯 지후의 이름을 불러댔지만 지하 주차장 안에서 사랑을 나눈다는 건 위험천만이었다. 당장이라도 건너가 현수와 뒤엉키고 싶은 욕심이 앞섰지만 애써 참아내며 지후는 몸을 떼어냈다. 농염한 표정의 현수가 왜 그러냐는 듯 눈을 치켜떴다.

"그만 하는 게 좋겠어."

"뭐?"

"지금 멈추지 않으면 끝까지 가게 될 거야. 널 놓지 못하게 될 것 같아."

지후의 불룩 튀어나온 바지 앞섶이 눈에 보였다. 그녀만큼이나 그도 흥분을 가라앉히지 못해 몸이 떨리고 있다는 걸 느꼈다. 힘겹게 토해내는 지후의 심경을 들으며 현수는 다시 가슴이 뜨거워지는 걸 느꼈다.

"넌 여전히 바보야. 너 아닌 다른 남자한테도 내 심장이, 내 가슴이 뜨거워진다고 생각하니? 너이기 때문에 가능한 거야."

지후의 시선이 여전히 속살을 드러내 놓고 있는 가슴으로 향하자, 현수는 얼굴이 화끈거렸다. 주섬주섬 원피스 끈을 어깨 위에 걸쳤다. 그 모습을 지켜보는 지후의 눈동자는 깊이를 가늠할 수 없을 만큼 깊고 진해져 갔다.

"그렇다면 네 말의 의미는 아직도, 아직도……."

"그래."

쉽게 말을 잇지 못하는 지후를 대신해 그녀가 먼저 대답을 했다.

"넌 모르지? 네가 결혼하지 말자고 할까 봐 내 신경이 얼마나 날카로워졌었는지……. 난 너와 평범한 결혼 생활을 꿈꿨어. 사랑은 없다고 우기면서도 언젠가는 서로 사랑하게 될 거라고 믿고 싶었고, 예쁜 아이 낳아 오순도순 살아가는 소박한 꿈. 처음부터 그 꿈속에 넌 내 남편이었고, 아이 아빠였어."

조용히 내뱉는 말이 채 끝나기도 전 현수는 지후의 품속으로 빨려 들어갔다. 숨막히도록 진한 입맞춤이 그녀를 가로막았다. 그의 입술이 잠깐 떨어지는 사이 현수는 숨을 헐떡이며 거친 숨을 내쉬었다.

차가 요란한 굉음을 내며 움직이기 시작했다. 바닥과 타이어가 거칠게 마찰하면서 발생하는 소음이었다. 놀란 눈을 치켜뜨는 현수를 보지 못한 듯 지후는 차를 거칠게 움직여 출구를 향하고 있었다.

"어디 가?"

"우리 집!!"

가을을 재촉하는 듯 후두두 빗방울이 떨어지는 소리가 들렸다. 아직 아침이 오려면 이른 시간, 현수는 눈을 떴다. 근 두 달 만에 돌아온 집이었다. 어떻게 돌아왔는지 기억조차 없다. 무서운 속력을 내는 지후의 옆모습을 훔쳐보며 가슴을 쓸어 내리던 것도 잠시, 어느새 그들은 그들의 보금자리였던 침대에서 사랑을 나누고 있었다.

지후의 고른 숨소리가 들렸다. 조금은 마른 듯한 그의 얼굴을 손으로 쓸어보았다. 밤새 자란 턱수염이 따끔거렸다. 그녀의 품으로 자꾸 파고드는 그는 덩치만 큰 어린아이 같았다. 그들의 뜨거운 밤을 식히기라도 하듯 시원스럽게 쏟아지는 빗소리가 너무 정겹게 느껴졌다. 현수는 슬며시 침대를 빠져나와 지후의 셔츠를 걸치고 창가에 섰다. 멀리서 뿌연 가로등 불빛만 보일 뿐 비에 젖고 있는 세상의 것들은 어둠 속에 묻혀 있었다.

언제 일어났는지 소리도 듣지 못했는데 뒤에서 그의 체취가 느껴졌다.

"너무 좋다."

아직 잠에서 덜 깬 듯 허스키한 음성이 들려왔다. 그녀를 뒤에서 꼭 껴안아 그의 품으로 가두는 지후에게 현수 역시 느긋하게 기댔다. 잘 여며지지 않은 셔츠 사이를 지후의 손이 헤매자 차분하게 이완되어 있던 혈관들이 다시 뜨거워지기 시작했다.

"기다려 줘서 고마워."

"오래 기다리게 하지 않아서 고마워. 너도 알겠지만 나, 기다리는 데 소질없잖아."

"후후……."

그의 입김이 뒷목덜미에서 느껴졌다. 낮게 웃는 웃음소리가 그녀의 가슴까지 울려왔다.

"사랑해, 현수야."

"나도……."

사랑은 예고없이 그들을 찾아왔다. 누가 먼저 서로에게 사랑을 느꼈는지는 모른다. 다만 지금 함께 두 손을 꼭 잡고 한곳을 바라보고 있다는 것이다. 빗소리가 그들을 축복하는 사랑의 노래처럼 들렸다. 그들은 밤을 적시는 빗소리를 벗삼아 서로의 심장에 귀를 기울이며 오래도록 창가에 서 있었다.

*에필로그*

**토**요일 오후, 요란하게 현관 벨이 울렸다. 지현이 깰까 급한 마음에 누군지 확인도 하지 않고 현관문을 열었다. 현관문 앞에는 반갑지 않은 손님, 미수가 쇼핑백을 가득히 들고 서 있었다. 현수의 얼굴이 자연스럽게 굳어졌다.

"누구야?"

지현을 재우러 들어갔던 지후가 방문을 조심스럽게 닫으며 물었다.

"미수 씨."

"오빠, 나 왔어."

현수의 차가운 얼굴과 환하게 웃는 미수의 얼굴을 번갈아 보며 지후는 난처한 표정을 감추지 못했다. 현수가 아기를 낳은 후, 미수는 제 집처럼 일이 없는 날이면 시도 때도 없이 찾아오곤 했다. 현수의 표정만으로 분명히 반기지 않는다는 걸 알 텐데도 눈치가 없는 건지, 아니면 무시하는 건지 한결같은 얼굴을 하고 방문했다.

"어, 미수구나."

미수를 향해 말하면서도 눈은 현수를 향하는 지후였다. 미수가 다녀갈 때마다 현수의 잔소리가 하늘을 찌른다는 걸 피부로 느끼는 지후였기에 그 역시도 미수의 방문이 달갑지만은 않았다.

"너, 요즘 일 없나 보다."

"일이 없기는, 잔뜩인데. 지현이 얼굴이 가물가물해서 견딜 수가 있어야지. 그래서 어제 밤새 몰아쳐서 촬영하고 달려온 거야."

떨떠름한 얼굴로 주스 잔을 내미는 현수를 향해 미수는 환하게 웃으며 말을 건넸다.

"언니, 잠깐 앉아봐. 내가 오늘 지현이 드레스 사 왔다. 이거 유명 디자이너가 만든 거야. 어때?"

미수는 이제 육 개월 된 지현이가 입기에는 무리인 듯한 분홍빛 드레스를 꺼내 현수 앞에 펼쳤다. 동화 속 공주님의 드레스처럼 예쁜 리본과 레이스 장식에 감탄이 절로 나왔다.

어디 그뿐인가. 미수는 정신없이 쇼핑백에서 지현의 선물들을 꺼내놓았다. 인형에서부터 머리핀까지, 미수가 사다 나른 지현의 선물들이 차고도 넘칠 정도였다.

"미수 씨, 이렇게 안 사 와도 되는데……."

"어머, 언니는. 고모가 조카 선물 사는 거야 당연한 거죠. 오빠, 안 그래?"

지후의 동의를 구하듯 묻는 미수를 향해 지후는 얼버무렸다.

"어? 어……."

현수는 미수의 작태에 기가 막히면서도 드러내 놓고 기분 나쁘다는 소리도 못했다. 미수를 친동생처럼 생각한다는 지후의 말 때문이었다. 미수를 맘에 들어하지 않는 그녀에게 미안한 표정을 지으면서도 미수에게 싫은 소리를 못하는 지후라는 걸 현수는 알고 있었다.

부모님도 돌아가시고 남은 혈육인 오빠마저 세상을 떠난 불쌍한 애라는 지후의 말에 현수 역시 미수를 내치지 못했다. 그러나 미수가 아무리 이상한 감정 없이 지후를 정말 오빠처럼 대한다 할지라도 여자로서 이미 미수에게 가져 버린 질투의 감정은 쉽게 가라앉혀지지 않았다. 자신보다 지후를 아낀다는 듯, 당당하게 사랑한다고 말하던 미수를 어떻게 잊을 수 있겠는가. 지후에게 미수는 친동생일지 모르지만 현수에게는 연적으로밖에 느껴지지 않았다. 자신의 옹졸함이 싫었지만 어쩔 수 없었다.

"참, 장 본다며?"

"아, 맞다. 곧 진서 씨랑 선주 올 시간이네."

"미수야, 네가 지현이 좀 봐라. 지금 재워놨으니까 일어나진 않겠지만 그래도 혹시 모르니까."

"마트 가려고?"

"응."

"그럼 잘됐다. 오빠가 집에 있어. 내가 언니랑 가서 장 봐올게."

"뭐?"

"나 지현이 울면 감당 못해. 언니, 가자!"

자연스럽게 현수의 팔에 팔짱을 끼는 미수였다. 정말 이 사람이 자신에게 훈계를 하며 험한 말을 하던 사람인지 의심이 갈 정도였다. 집에서 멀지 않는 거리였다. 현수는 유명인인 미수와의 쇼핑이 영 불편했지만 미수는 아무렇지도 않은지 쇼핑 카트를 몰고 다니며 극성스럽게 그녀에게 말을 붙였다.

"미수 씨, 정말 왜 그래요?"

"언니가 나 싫어하는 거 알아요. 하지만 난 언니가 좋은 걸 어떡해요?"

"네? 나한테 미수 씨가 한 말 다 잊은 거예요?"

"그때는 언니를 잘 몰랐을 때죠. 지금은 지후 오빠의 아내로, 저의 올케 언니로 대만족인걸요."

현수는 어이가 없어 웃고 말았다.

"오늘 메뉴는 뭐예요?"

"삼계탕이요."

"언니, 음식 솜씨는 알아줘야 해요. 나도 좀 배워야 하는데……."

"삼계탕 쉬워요."

"그건 언니한테나 쉽죠. 저한테는 아니에요."

타인이라고 생각하는 그녀의 생각을 깨부수듯 미수는 자연스럽게 지후와 그녀를 가족이라는 울타리 안에 넣고 있었다. 그 모습에 현수는 미수에 대한 섭섭함이나 오해의 감정들이 조금 너그러워지는 것 같았다.

돌아오는 차 안에서 미수는 조심스럽게 현수를 불렀다.

"언니."

"왜요?"

"나, 언니한테 한 가지 허락받고 싶은 게 있는데, 들어줄래요?"

"미수 씨가 나한테 허락받을 일이 뭐가 있다고 미수 씨답지 않게 내 눈치를 살펴요?"

현수의 가벼운 대꾸에도 미수는 좀처럼 말을 꺼내지 못하고 입술을 깨물었다.

"저, 언니…… 나 석현 씨 사랑해요."

"허!"

"놀랐죠? 제가 언니한테 심하게 굴었던 거 다 석현 씨 때문이에요. 언니 못 잊고 방황하는 모습 보니까 안타깝고, 속상했거든요. 언니, 우리 축복해 줄 수 있죠?"

"석현 오빠도 미수 씨 사랑해요?"

현수의 질문에 미수의 눈이 가늘게 떨렸다.

"아뇨, 저만의 짝사랑이에요. 열심히 찍고 있는데 끄덕도 안

하네요. 그렇지만 언니가 날 응원해 준다면 나 자신있어요. 아주 조금, 아주아주 조금 나한테 마음을 여는 것 같거든요."

"그럼 잘해봐요. 미수 씨도, 석현 오빠도 다들 행복해지면 좋죠. 내가 아끼는 사람들인데."

미수의 얼굴이 금세 환하게 바뀌었다. 눈동자에 기쁨이 일렁이고 있었다. 아마도 많은 고민을 했던 것 같다.

현수는 스스로의 말에 놀랐다. 방금 전까지만 해도 미수에게 눈을 흘기던 자신의 입에서 나온 말에 머쓱했다. 연적이 아니라는 사실에 간사한 자신의 모습을 들여다보며 실소를 흘리지 않을 수 없었다.

"고마워요, 언니."

"고맙긴요. 제가 한 게 뭐가 있다고요. 석현 오빠가 빨리 미수 씨의 사랑을 깨달았으면 좋겠네요. 우리처럼 먼길을 돌아오지 않도록……."

장을 보러 갈 때만 해도 껄끄러웠던 두 사람이었지만, 돌아오는 길은 사이좋은 올케와 시누이라도 되는 듯 웃음꽃이 만발했다.

현관에 들어서자 어김없이 진서와 선주의 불꽃튀는 접전이 벌어지고 있었다. 지후는 포기한 듯 저만치 앉아서 지현을 안고 있었다.

"왔어?"

현수와 미수를 발견하자 지후가 지현을 안은 채 다가왔다.

"언제부터 저래?"

"얼굴 마주치자마자."

"지겹지도 않을까, 볼 때마다 싸우니? 저러다 정 들지."

"오빠랑 언니도 지겹게들 싸우다 정들었나 보지?"

미수는 이죽거리며 지후에게서 지현을 빼앗아 안았다. 그리고 그녀의 세련된 모습과는 달리 지현을 위해 학교 종이 땡땡땡 어서 모이자 하며 동요를 부르기 시작했다. 이제 갓 육 개월 지난 아기에게 학교 종이라니! 겉모습과 달리 어울리지 않는 동요를 흥얼거리는 미수의 모습은 혼자 보기 아까운 광경이었다.

황당해하며 웃던 현수와 지후의 눈이 마주쳤다. 주방 구석으로 현수의 손을 잡아끈 지후가 그녀를 꼭 껴안았다. 거실에서는 진서와 선주의 따발총처럼 오가는 격한 언쟁과 미수의 오래된 동요가 어울려 소음을 만들고 있었지만 현수와 지후의 귀에는 들리지 않았다.

"밥 안 줄 거야?"

"정말 너무들 한다. 그만 좀 해. 배고파!"

"뭐 하는 짓이야? 지현이는 미성년자란 말야. 지현아, 눈 감아."

제발 주말을 돌려다오. 조용한 주말을 위해 도망이라도 가야 할 듯싶다. 지후와 현수의 애정 행각은 금방 들통이 나고 말았다, 못 말리는 친구들과 시누이를 자처하는 미수로 인해. 그럼에도 입가에 미소는 사라지지 않았다.

벌써 두 번째 출간작이군요. 『사랑의 시차』는 저를 참 많이 힘들게 했던 글입니다. 출간에 욕심을 부렸던 스스로를 탓하며 자신을 돌아보는 시간을 갖게 했습니다.

처음 연재 당시 제목은 『사랑의 유효 기간』이었습니다. 그런데 수정 작업을 거치다 보니 처음 의도했던 주제와 많이 어긋나게 되었고 결국은 제목까지 『사랑의 시차』로 바꾸게 되었습니다.

이정하님의 『사랑의 시차』라는 시를 옮겨볼까 합니다.

먼 곳에서 전화가 왔습니다.
이곳은 새벽인데 그곳은 밤이라 합니다.
이렇듯 우리 사랑에는 시차가 있는가 봅니다.
나의 힘으로는 어쩔 수 없는,
내가 할 수 있는 것이라곤 지독한 그리움뿐.

나는 새벽인데
그대는 밤이라 합니다.

이정하님의 시를 굉장히 좋아하는데요. 이 시는 석현의 마음을 가장 잘 표현한 것이라 생각됩니다. 또한 현수가 떠난 후에 후회하는 지후의 마음이기도 하구요.

마주 잡고 있던 손을 먼저 놓는 사람은 이미 사랑을 포기한 건지도 모릅니다.

연재하는 내내 사랑을 보내주셨던 독자님들, 특히 『사랑의 유효 기간』을 잊지 않고 연락주셔서 저에게 용기를 주셨던 밍이님 고맙습니다. 그리고 수정하느라 바쁘신 중에도 리뷰를 해주셨던 솔방울님, 차차님, 멋진 제목을 지어주신 프쉬케님 감사해요. 아울러 가족들에게도 사랑과 감사의 맘을 전합니다. 마지막으로 청어람의 종민님, 규진님 고마워요.

저에게는 잔인한 4월입니다. 꽃구경 한 번 못한 데다 사랑하는 분들이 많이 힘드셨거든요. 가끔은 그런 생각을 합니다. 눈에 보이는 것만이 전부가 아니라는 것을, 모든 것에는 양면이 존재한다는 것을, 침묵이 더 많은 것을 말할 때가 있다는 것을 잊곤 합니다.

모두가 행복한 5월이 되었으면 좋겠습니다.

―김지안.

hungeoram romance novel

### 윤정

19XX년 생

추리, 환타지, 역사물을 좋아하며

왕년엔 양서를 읽는 성실한 독서가였으나

요즘은 주로 금서(禁書)를 쫓아다니고 있는 불성실한

독서가로 변모했음

북토피아에서 E북을 발간하면서 본격적으로

로맨스를 쓰기 시작함

# 『마녀를 위하여』

medieval fantasy romance

"그 빌어먹을 놈의 앞에서 에르기아와 결혼할 거야.
비참하게 일그러지는 그 얼굴에 대고 침을 뱉어줄 테다.
그리고 왕이 되겠어. 나를 경멸하던 그자를 짓밟고,
그렇게나 내게 내주지 않으려 했던 에르기아를 품에 안고 왕이 될 거다."

### 에르기아는 이미 내 것이다.

● 윤정 지음  값 9,000원

## 지호

나이 : 34세 (女)

경력 :

넷상에서 〈RED HOT〉과 〈화려한 꽃〉 연재, 완결
〈제1회 영언문화사 공모 연재〉 '베스트 유' 상 수상
현재 〈RED FOX〉, 〈검은 옷의 비너스〉 집필 중

러브 이즈 http://www.soloveis.com

# 『Red Hot』

"미안해, 대헌 씨. 나도 어쩔 수가 없어. 숨이 막혀.
한 사람에게 매인다는 생각만 해도 숨을 쉴 수가 없어.
있지도 않는 사랑타령이나 해대면서 위선을 떨고 싶지도 않아.
자유롭고 싶어. 노력해 봤지만 언제나 실패하고 말았어.
그리고 그때마다 상처받는 건 다른 누구도 아닌 바로 나야."
진진의 말이 끝나기가 무섭게 대헌은 벽을 내려쳤다.

### "책임져."

● 지호 지음 값 9,000원

# chungeoram romance novel

### 편편

나이는 3, 주민등록번호는 7, 학번은 9로 시작
달과 지구 사이, 냉정과 열정 사이,
이상과 현실 사이를 시계추처럼 오가는 이야기꾼
주요 작품 〈파일 넘버 제로〉, 〈이런 사랑을 원하십니까〉
등

# 『로맨틱 코미디 선생님』

유진, 나 이제 알 것 같아.
그 속에 담긴 네가 전한 메시지,
이제 그에 대한 답변을 할 때가 된 거 같아.
Out of sight, out of mind.
눈에서 멀어지면 마음에서도 멀어진다는 뜻이지.
하지만 오늘부로 이렇게 바꾸려 해.

### Out of sight, into the mind.

● 편편 지음 값 9,000원

## 김이현

1976년생

완결작 – 그, 그녀에게 복수하다(출간예정),
　나를 찾아서, Rainbow Love Story(러비앤 전자출판),
　그 외 다수의 단편들연재
러브이즈에서 『그대의 연인(戀人)』과
푸른 달을 걷다에서 『판도라의 상자』를 연재 중

LOVE IS http://www.soloveis.com
푸른 달을 걷다 http://bluemoon21.net/sub

# 『불처럼 뜨겁게』

소영의 맞은편에 앉아 있는 여자는 분명 얼마 전 수영장에서 마주쳤던 그녀다.
시시때때로 그녀의 모습이 떠올라
지혁을 곤혹스럽게 했던 바로 그 여자.
아무것도 아니라 치부하려 했지만 그녀를 떠올릴 때마다
가슴 한쪽을 싸하게 만들었던 여자…….

"빌어먹을! 뭐야, 이거? 도대체 누구야, 저 여자는!"

● 김이현 지음 값 9,000원

---

도서출판 **청어람**
부천시 원미구 심곡1동 350-1 남성빌딩 3층 우420-011　☎ 032-656-4452　FAX 032-656-4453
E-mail : eoram99@chol.com

 hungeoram romance novel

### 한시윤

198*생 꽃띠.
그러나 외모는 40대. 건강 나이는 70대
로맨스 월드에서 활동했고, 지금은 홈페이지하나
운영하며 연재하고 있다
정말 좋아하는 아르바이트를 하면서
홈페이지 운영비를 벌고 있는 반백수이며,
부양가족인 햄스터 세 마리와 함께 부모님께
부양되고 있다
좌우명:어떻게든 되긴 된다

종이하늘 http://www.paper-sky.net

# 『유리 상자』

"여긴 내 집이 아닌걸요. 단 한 순간도 내 집인 적이 없었는걸요."
"당신은 내 아내고 이 집의 안주인이야.
그것 말고 여기가 당신 집이라는 이유를 더 들려줘야겠어?!'
준혁이 흥분해서 고함을 내질렀다.

"난 당신의 아내가 아니에요."

● 한시윤 지음 값 9,000원

## 연두

1977년 생

상상과 현실의 경계에서 서성이는 즐거움으로 살고 있는 사람. 글 쓰고, 그림 그리고, 밥 먹고, 산책하며 강아지 둘이랑 살고 있다

출간작 : 〈얼어죽을 놈의 나무〉,
〈그림자의 사랑〉

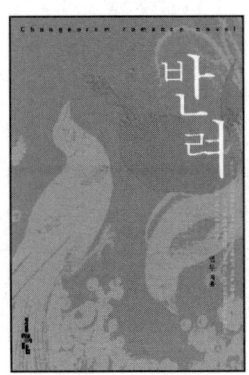

# 『반려』

상관없다, 그가 왜 나와 관계를 맺는지.
그저 육체가 탐이 났다면 그거라도 상관없다.
모든 게 덧없는 작은 미약일 뿐이다. 미약을 마실 뿐이다.
잠시 이 건강하지 못한 미약에 기댄들 무슨 상관이랴.

### 각자의 반려를 품은 채 서로의 반려가 되어간다.

● 연두 지음  값 9,000원

---

**도서출판 청어람**　　　　　　　　E-mail : eoram99@chol.com
부천시 원미구 심곡1동 350-1 남성빌딩 3층 우420-011　☎ 032-656-4452　FAX 032-656-4453